Kapitel

Maddie

Achtunddreißig Likes. Nicht schlecht, schließlich war es mitten am Tag, und die meisten Menschen sollten im Büro und nicht auf Facebook sein. Ich lehnte mich zurück und nahm einen Schluck von meiner Buttertoffee-Latte. Die zusätzlichen Kalorien waren mir mittlerweile egal – was für eine Braut vier Tage vor der Hochzeit vermutlich eher ungewöhnlich war.

Ich scrollte zu dem Bild zurück, das ich vorhin gepostet hatte, und grinste. Ich saß darauf beim Friseur, um meine Hochzeitsfrisur zur Probe stecken zu lassen. Die Stylistin hatte die Hälfte meiner Haare nach hinten gekämmt, als sie einen dringenden Anruf erhielt und mich auf meinem Stuhl neben dem Fenster allein zurückließ. Ich sah aus wie Wurzel, die Vogelscheuche, an einem Bad Hair Day. Ich konnte nicht widerstehen, machte ein Spiegel-Selfie und postete es.

Auf der Suche nach dem perfekten Hochzeits-Look. Was meint ihr dazu?

Ich wischte über das Display, um das Bild zu vergrößern, und runzelte die Stirn. Ich hätte die Praktikantin ausschneiden sollen, die gerade mit einer Tasse Kaffee auf mich zukam, und auch den stämmigen Glatzkopf mit der schwarzen Lederjacke, der durch das Fenster zu mir hereinstarrte. Aber egal. Das Foto war witzig.

»Dir ist schon klar, dass du besessen bist, oder?«, hatte mich Ryan einige Monate nach unserem ersten Date gefragt.

»Von dir?«, fragte ich und klimperte mit meinen langen schwarzen Wimpern.

»Ja, das hoffe ich doch«, antwortete er liebevoll und verschränkte seine Finger mit meinen. »Aber eigentlich meinte ich das Posten von jedem einzelnen Moment deines Lebens.«

Ich betrachtete ihn eingehend, denn ich war mir nicht sicher, ob er in Wahrheit verärgert war. Doch er sah mich mit diesem sanften, zärtlichen Blick an, den er nur für mich reserviert hatte.

»Ich poste doch nicht alles«, erwiderte ich vielsagend, und Ryans Augen blitzten spitzbübisch auf. »Aber ich arbeite immerhin in einem Medienunternehmen«, fuhr ich fort. »Und da kann es an beruflichen Selbstmord grenzen, wenn man sich nicht auf den sozialen Netzwerken einbringt.«

Er hatte gelacht und mir das Telefon aus der Hand genommen. »Aber es gibt Dinge, die bleiben besser privat«, hatte er geflüstert und mich an sich gezogen.

Ich lächelte in mich hinein, als ich jetzt daran zurückdachte. Die Junisonne fiel durch das Fenster ins Café, und langsam wurde es unangenehm warm. Ich bereute, dass ich mich für einen Fensterplatz entschieden hatte. Aber mittlerweile waren alle Tische besetzt, und die Schlange, die auf ihr Take-away-Mittagessen wartete, wurde immer länger.

Ich schluckte den letzten Bissen meines Panino hinunter, und plötzlich stieg Übelkeit in mir hoch. Nein! Ich würde nicht zulassen, dass sie mir den Tag versaute! Es gab eine lange To-do-Liste, die ich abarbeiten wollte, und obwohl mir mein Verlobter Hilfe angeboten hatte, musste ich mich um den Großteil selbst kümmern.

»Es ist süß, dass du mich unterstützen willst, aber ich werde sicher nicht zulassen, dass du mich vor Samstag in meinem Hochzeitskleid zu Gesicht bekommst. Immer vorausgesetzt, dass sie die Nähte noch auslassen konnten«, hatte ich gesagt und kaum merklich die Stirn gerunzelt. »Sonst muss ich in Jeans und T-Shirt heiraten.«

»Und du wärst trotzdem die bezauberndste Braut aller Zeiten«, hatte Ryan erwidert und seine Hand zu meinem kleinen, aber sichtbar gewölbten Bauch gleiten lassen. Als ich mein Hochzeitskleid in Auftrag gegeben hatte, war er noch flach gewesen, und ich hoffte, dass die Schneiderinnen im Brautmodengeschäft meines Vertrauens Zauberkräfte besaßen und mir für Samstag ein paar zusätzliche Zentimeter schenken würden. Meine Familie wusste noch nichts von den Neuigkeiten, wir wollten es ihnen erst nach der Hochzeit sagen.

Ich warf einen Blick auf die Uhr. Das Brautmodengeschäft befand sich am anderen Ende der Stadt, und die U-Bahn-Station war ganz in der Nähe. Es gab also keinen Grund, mir ein Taxi zu rufen, obwohl ich es Ryan heute Morgen versprochen hatte. Er hatte leicht besorgt gewirkt, als er sich mit einem Kuss von mir verabschiedete. Er hatte eine dringende Besprechung im Büro, die er nicht schwänzen konnte, sonst hätte er mich vermutlich nicht allein gehen lassen. Ich bin von Natur aus blass, doch an diesem Tag war meine Haut weiß wie Alabaster. Entgegen der allgemeinen Behauptung brachte mich die Schwangerschaft nicht zum Strahlen. In den letzten vierzehn Wochen erinnerte ich eher an eine Statistin in einem Vampirfilm.

»Vielleicht solltest du es heute lieber langsam angehen lassen und dich noch mal hinlegen?«, hatte Ryan sanft vorgeschlagen.

Das war der Moment – der einzige Moment –, an dem ich das Schicksal vielleicht noch hätte abwenden können. Aber da war nichts. Keine böse Vorahnung, kein Gefühl der drohenden Gefahr. Ich hatte keine Ahnung, dass mein Leben schon in ein paar Stunden vollkommen unkontrollierbar werden und aus der Bahn geraten würde.

»Nein, ich habe viel zu viel zu tun«, erwiderte ich und schlang meine Arme um ihn. »Schlafen kann ich auch, wenn ich tot bin.«

Genau das habe ich gesagt.

Obwohl ich meine Wohnung noch nicht aufgegeben hatte, verbrachte ich mehr oder weniger jede Nacht bei Ryan, und nach den Flitterwochen wollten wir uns nach etwas Neuem umsehen und zusammenziehen. Ich träumte von einem Haus mit Garten, wo wir auf dem Rasen saßen, während eine Miniaturausgabe von uns beiden vor uns auf einer karierten Decke lag und mit den pummeligen Beinchen strampelte. Dieser Moment gehörte dann auf alle Fälle auf Facebook.

Der Tag hatte im Grunde begonnen wie jeder andere auch. Ich war in Ryans Bett aufgewacht, seine Arme fest um mich geschlungen, als hätte er Angst, dass ich in der Nacht verloren gehen könnte. Ich öffnete die Augen. Die ersten Sonnenstrahlen fielen ins Zimmer, und Staubkörnchen tanzten im Licht, doch ich konnte die Wärme nicht genießen. Ich sprintete bereits ins Bad und stoppte in Gedanken die Zeit. Das hatte ich mir vor einiger Zeit angewöhnt, und heute legte ich mit beeindruckenden acht Sekunden eine neue persönliche Bestzeit hin. Ich hätte mir ja selbst gratuliert, aber ich war zu sehr damit beschäftigt, mich zu übergeben.

Sekunden später spürte ich Ryans kühle Hand auf meinem Nacken, während er mir die langen schwarzen Haare aus dem Gesicht hielt. In der anderen Hand hatte er ein Glas eiskaltes Wasser, das ich dankbar nahm, als ich endlich fertig war. Spülen, spucken, schlucken – das war mein neues Morgenmantra. Ich sah von unten zu ihm hoch, und seine blauen Augen musterten mich besorgt.

»Es tut mir so leid, Maddie.«

Er streckte mir die Hand entgegen und zog mich hoch. Es ging mir bereits besser.

»Warum? Es ist doch nicht deine Schuld, dass ich mich übergeben muss.«

»Nein, aber es ist meine Schuld, dass du schwanger bist.«

Ich rückte ein Stück näher an ihn heran und warf ihm einen zärtlichen Blick zu. »Ich denke, es gehören zwei dazu.«

Ryans Lächeln war wie ein Leuchtfeuer, das mir den Weg wies – es war auch das Erste, das mir an ihm aufgefallen war, als ich ihn bei einem langweiligen Firmenevent auf der anderen Seite des Saales stehen sah. Unsere Blicke trafen sich, und er kam mir unerklärlicherweise so bekannt vor, dass ich ihm beinahe zugewinkt hätte. Doch stattdessen warf ich verlegen einen Blick über die Schulter, denn ich war mir sicher, dass er jemanden anlächelte, der direkt hinter mir stand. Als ich niemanden entdecken konnte, lächelte ich zurück.

Das war mittlerweile achtzehn Monate her, und seitdem hatte ich nicht mehr aufgehört zu lächeln.

Kurz darauf trat Ryan zu mir unter die Dusche. Ich hatte die Augen geschlossen und ließ mir das Wasser auf den Kopf prasseln, doch ich spürte einen kühlen Luftzug, als er die Duschtür öffnete und wieder schloss. Ich öffnete blinzelnd die Augen, und alles, was ich sah, war er: groß, breitschultrig und immer noch leicht gebräunt von unserem Urlaub in Spanien, von dem wir ein unerwartetes Souvenir mit nach Hause gebracht hatten. Meine Hände wanderten unbewusst zu der kleinen Wölbung, die ich nicht länger verstecken konnte. Ryan verschränkte seine Finger mit meinen und ließ seine Hand über meinen seifigen Bauch gleiten.

»Hast du vielleicht Zeit, noch einen weiteren wichtigen Punkt auf deine Liste zu setzen?«, fragte er und zog mich sanft an sich.

Man erinnert sich ein Leben lang an das *erste* Mal mit der Person, mit der man den Rest seines Lebens verbringen will. Aber das *letzte* Mal passiert einfach so und zerrinnt wie Sand zwischen den Fingern, bis es schließlich den Abfluss hinuntergespült wird.

Auf dem Weg zum Brautladen. Hoffentlich passt das Kleid!, twitterte ich eilig, während ich aufstand und meine Strickjacke und die Einkaufstaschen zusammenraffte, die sich bereits angesammelt hatten. Vermutlich war das der Grund, weshalb ich meine Handtasche vergaß, die an der Stuhllehne baumelte. Ich war erst etwa hundert Meter weit gekommen, als ich es bemerkte, und mir wurde beinahe so übel wie am Morgen nach dem Aufwachen.

In der Tasche befand sich ein Umschlag mit so viel Bargeld, wie ich es in meinem ganzen Leben noch nie in der Hand gehalten hatte. Noch bevor der Bankangestellte seine Bedenken äußerte, hatte mich bei dem Gedanken, mit einer solchen Summe herumzulaufen, ein mulmiges Gefühl beschlichen. Diese Aufgabe hätte ich wirklich Ryan überlassen sollen. Man sollte keiner Frau, die ganz offensichtlich unter Schwangerschaftsdemenz litt, so viel Geld anvertrauen.

Ich machte also kehrt und rannte zurück, wobei ich mir bereits das Worst-Case-Szenario ausmalte. Wie sollten wir den Caterer, den Saal und den Restbetrag für mein Kleid bezahlen, wenn das Geld gestohlen worden war? Der Bürgersteig, der mir noch vor einer Minute leer erschienen war, war plötzlich voller Mütter mit Kinderwagen, dahinschlendernder Touristen, die eifrig Fotos machten, und Passanten beim Schaufensterbummel. Ich senkte den Kopf und stürmte wie ein Footballspieler beim Angriff durch sie hindurch, und in meiner Panik stieß ich mit einem Mann zusammen, der gerade aus einem Hauseingang trat. Ich geriet ins Straucheln, und plötzlich waren meine Gedanken an die Tausende Pfund, die an einer Stuhllehne baumelten, wie weggeblasen, und ich konnte nur noch an mein Baby denken. Was, wenn ich jetzt hinfiel? Glücklicherweise fand ich gleich darauf das Gleichgewicht wieder. Ich warf einen schnellen Blick auf den Mann, der in mich hineingelaufen war – oder ich in ihn? Egal. Er hatte es jedenfalls nicht für notwendig gehalten, stehen zu bleiben, um sich zu entschuldigen oder zu prüfen, ob mit mir alles in Ordnung war. Ich sah nur noch die breiten Schultern in der schwarzen Lederjacke, die in einer Nebenstraße verschwanden.

Die Tasche hing noch genau dort, wo ich sie zurückgelassen hatte. Und auch wenn das junge Paar, das sich gerade an den Tisch setzen wollte, ein wenig überrascht aussah, als ich mit rotem Kopf und außer Atem auf sie zustürzte, lächelten beide freundlich und reichten mir meine Handtasche.

Auf dem Weg zur U-Bahnstation kribbelten meine Beine immer noch von dem unerwarteten Sprint, und auf der Rolltreppe drückte ich die Handtasche fest an mich.

Es waren nur acht Stationen, und es war eine der angenehmsten Tageszeiten, um im Sommer mit der U-Bahn zu fahren. Denn die Züge waren halb leer, und es bestand die Chance, dass man nicht unter der Achsel eines anderen Passagiers klebte, der am Morgen sein Deo vergessen hatte.

Wäre mehr los gewesen, hätte ich ihn sicher nicht gesehen. Hätte ich ein Buch – oder meinen Kindle – dabeigehabt, hätte ich mich sicher nicht gelangweilt umgesehen. Er saß auf dem letzten Platz neben der Tür und so weit entfernt von mir, wie es in dem engen U-Bahn-Waggon überhaupt möglich war. Beim ersten Mal glitt mein Blick über ihn hinweg, doch plötzlich wurde in meinem Gehirn ein Schalter umgelegt, und ein Lämpchen begann zu blinken. Diesen Mann kenne ich doch, oder?

Er war in den Vierzigern, breit und stämmig, aber es war schwer zu sagen, ob er zu viele Stunden im Fitnesscenter oder doch im Pub verbracht hatte. Er trug schwere Doc Martens, die makellos sauber waren. Genau wie seine Jeans und das weiße T-Shirt. Beide Unterarme waren tätowiert, aber ich saß zu weit entfernt, um ein Motiv auszumachen. Woher kannte ich diesen Mann bloß?

Ich überlegte. Von der Arbeit? Ich lernte viele verschiedene Menschen kennen und besuchte viele Events, aber irgendwie passte er nicht in diese Kategorie. Er wirkte »roher« als die Männer, mit denen ich beruflich in Kontakt kam. Oder vielleicht aus dem Fernsehen? Er hatte zumindest eine gewisse Ähnlichkeit mit Grant Mitchell aus *EastEnders*. Plötzlich richtete er sich auf und hob den Blick, als habe er gespürt, dass ich ihn anstarrte. Er sah an den Passagieren, die zwischen uns saßen, vorbei und fixierte mich. Ich lächelte unsicher. Falls ich ihn wirklich kannte und vergessen hatte, woher, wäre es ziemlich peinlich, wenn er mich jetzt wiedererkannte. Aber er sagte nichts, nickte mir nicht zu und hob auch nicht die Hand zum Gruß. Seine Augen waren dunkel und ausdruckslos, aber daran war vermutlich nur die seltsame Beleuchtung im Waggon schuld. Er musterte mich auf eine unangenehme Art, dann wandte er sich ab. Offensichtlich war er nicht an mir interessiert. Er nahm eine liegen gebliebene Zeitung vom Platz neben ihm und schlug sie auf.

Ich zwang mich, nicht mehr in seine Richtung zu sehen, denn ich wollte auf keinen Fall, dass sich unsere Blicke erneut trafen. Das erste Mal war schon unangenehm genug gewesen. Stattdessen verbannte ich ihn aus meinen Gedanken.

Ich sah ihn erst wieder, als ich mit der Rolltreppe nach oben fuhr. Er stand einige Meter vor mir. Es war eine gut besuchte U-Bahnstation, also war es nichts Ungewöhnliches, dass wir beide hier ausgestiegen waren. Doch in diesem Moment warf er seine schwarze Lederjacke über die Schulter, und da wurde mir plötzlich klar: Er war der Mann, den ich vorhin beim Friseur unabsichtlich fotografiert und dessen Bild ich anschließend auf Facebook gepostet hatte. Ich klopfte mir in Gedanken lobend auf die Schulter, weil ich ihn endlich zuordnen konnte. Von wegen Schwangerschaftsdemenz! Mein Gehirn arbeitete immer noch auf Hochtouren. Zumindest beinahe.

Ich war bereits auf halbem Weg über die Straße und sah das Brautmodengeschäft schon vor mir, als mir der Gedanke kam, dass es in einer Großstadt wie London ziemlich seltsam war, einem Fremden an einem Tag gleich zwei Mal über den Weg zu laufen.

Dreißig angsterfüllte Minuten später, in denen ich so gut wie eben möglich den Bauch eingezogen und die Luft angehalten hatte, ohne ohnmächtig zu werden, ging der Reißverschluss meines Hochzeitskleides endlich zu.

Kurz darauf verließ ich beschwingt das Brautmodengeschäft, obwohl ich einen ziemlich großen Batzen meines Geldes dort gelassen hatte. Der Asphalt unter meinen Sandalen war mittlerweile brennend heiß und die Sonnenbrille eine Notwendigkeit und kein modisches Statement. Ich hatte es nicht sehr eilig, deshalb beschloss ich, nicht gleich mit der U-Bahn weiterzufahren, sondern ein Stück zu Fuß zu gehen und anschließend den Bus zu nehmen.

Ich hätte mir die Portion Eis mit den knusprigen Schokoflakes sicher besser verkneifen sollen, aber ich kaufte sie mir trotzdem.

Mit der tropfenden Waffel setzte ich mich auf eine freie Bank abseits der Straße, holte mein Handy heraus und sah mir das letzte Foto aus dem Ankleidezimmer des Brautmodengeschäftes noch einmal an. Ein Lächeln breitete sich auf meinem Gesicht aus. Das Kleid sah sogar noch traumhafter aus, als ich es in Erinnerung hatte, und die champagnerfarbene Seide passte sehr viel besser zu meiner blassen Haut und den schwarzen Haaren als reines Weiß. Ich vergrößerte das Bild und riss erstaunt die Augen auf. Die Schwangerschaft tat mir anscheinend doch gut – mein Dekolleté war so üppig wie nie. Ich warf einen Blick auf den Ausschnitt meines T-Shirts und lächelte. »Ihr beide dürft gern länger bleiben«, sagte ich und lachte, als mir ein Passant einen verwunderten Blick zuwarf. Natürlich ist es ein bisschen verrückt, auf einer Parkbank sitzend mit seinen Möpsen zu reden, aber egal. Endlich war alles so, wie es sein sollte. Es war einer dieser seltenen vollkommen ungetrübten Glücksmomente.

Mehrere japanische Touristen schlenderten vorbei und bewunderten lautstark eine Besonderheit, die meinen Augen verborgen blieb, und ich lächelte ihnen zu. Mein Lächeln gefror jedoch, als mein Blick auf einen Kopf auf der anderen Seite der Reisegruppe fiel. Die dazugehörende Person wurde beinahe vollständig von den Touristen verdeckt, ich sah nur eine glänzende Glatze. Es gab also keinen Grund anzunehmen, dass es sich um denselben Kerl handelte, der mir an diesem Tag bereits zwei Mal über den Weg gelaufen war. Um Himmels willen, es gab sicher *Tausende* Glatzköpfe in dieser Stadt! Trotzdem war meine gute Laune mit einem Mal dahin. Die Eiscreme war plötzlich zu süß und klebrig, und die geschmolzenen Schokoflakes sahen unappetitlich aus. Ich warf die Waffel in den Abfalleimer. Mir war der Appetit vergangen.

Das Telefon in meiner Hand begann so unerwartet zu läuten, dass ich es beinahe fallen ließ. Ich warf einen Blick auf die Nummer und zwang mich, wieder zu lächeln. Er würde selbst die kleinste Unsicherheit in meiner Stimme sofort hören.

»Hi, Dad. Alles klar?«

»Ja, mir geht es gut, Liebling. Ich wollte dich nur schnell mal anrufen. Deine Mum macht gerade ein Nickerchen.«

Ich schluckte den Kloß in meinem Hals hinunter. Mum ständig im Auge zu behalten und gleichzeitig so zu tun, als würde er es *nicht* tun, nahm seine ganze Zeit und Energie in Anspruch. Er tat praktisch nichts anderes. Die Tatsache, dass er dieses Telefonat nur führte, weil sie schlief und er sich ein wenig entspannen konnte, war bereits die Antwort auf meine nächste Frage, aber ich stellte sie trotzdem.

»Wie geht es ihr?«

»Um einiges besser, glaube ich.«

Ich biss mir auf die Lippe und beobachtete eine blaugraue Taube, die vor meinen Füßen hin und her lief und nach Sandwichkrümeln Ausschau hielt. Es war offensichtlich ziemlich anstrengend, und sie würde ewig brauchen, um satt zu werden, aber sie machte einfach weiter – genau wie mein Vater. Er schluckte auch immer nur kleine Bröckchen, denn der volle Umfang der Katastrophe wäre zu viel für ihn gewesen.

»Das neue Medikament wird ihr sicher helfen. Das spüre ich«, erklärte er überzeugt.

»Ich hoffe es, Dad«, erwiderte ich leise. Immerhin machten die Forscher *tatsächlich* laufend Fortschritte bei der Behandlung von Alzheimer im Frühstadium.

»Wie geht es voran mit den Hochzeitsvorbereitungen? Hast du schon alles erledigt?«

»Ja, fast«, erwiderte ich mit bewusst fröhlicher Stimme und dachte an die letzten Punkte auf meiner Liste, die ich nun wirklich langsam in Angriff nehmen sollte, anstatt auf einer Parkbank in der Sonne zu sitzen und Eis zu essen.

»Wenn Mum und ich dir etwas abnehmen können, dann sag Bescheid, okay, Maddie?«

Ich nickte und räusperte mich. In meinen Augen standen Tränen. Mum und ich hatten uns früher sämtliche Reality-Hochzeitsshows angesehen und uns darüber ausgelassen. Wir konnten stundenlang über die zur Auswahl stehenden Brautkleider und die unvorteilhafte Aufmachung der Brautjungfern diskutieren und auch darüber, wie viele Stockwerke eine Hochzeitstorte haben durfte, ohne kitschig auszusehen. Wir waren uns einig, dass wir bei *meiner* Hochzeit sämtliche Missgeschicke und Fehler vermeiden würden. Wir waren richtiggehende Expertinnen – doch als es schließlich Zeit wurde, meinen großen Tag zu planen, war Mum nicht mehr dazu in der Lage.

In der ersten Zeit war sie nur ein wenig vergesslich, und wir hatten darüber gelacht, doch irgendwann war es nicht mehr lustig gewesen. Vor allem nicht, nachdem der Arzt der Krankheit einen Namen gegeben hatte.

»Ihr beide checkt im Hotel ein und entspannt euch. Und an meinem großen Tag darf Mum dasitzen und ein paar Tränen vergießen, während du deine Tochter mit zitternden Knien zum Altar führst.«

»Deine Knie zittern bestimmt nicht«, sagte er überzeugt. »Ich habe noch nie erlebt, dass du dir einer Sache so sicher warst wie bei deiner Hochzeit mit Ryan.«

Ich dachte lächelnd an die bissigen Kommentare zurück, mit denen er meine Exfreunde im Laufe der Jahre bedacht hatte. Ich hatte zahlreiche Frösche geküsst, bevor mir mein Prinz begegnet war. Meine Eltern liebten Ryan beinahe so sehr wie ich, und das war wie der Zuckerguss auf meiner Hochzeitstorte – die im Übrigen *drei* Stockwerke hatte. Mit dieser Zahl war auch meine Mutter einverstanden. Oder besser gesagt: Sie wäre einverstanden gewesen.

Dads Anruf hatte mich in eine nachdenkliche Stimmung versetzt, und ich beschloss, noch ein Stück zu Fuß zu gehen, um sie zu vertreiben. Ich wollte nicht über die Dinge in meinem Leben nachdenken, die ich gern geändert hätte. Ich wollte das Leben feiern, das ich bald führen würde – als Mrs Ryan Turner. Obwohl es nur noch vier Tage dauerte, erschien mir selbst diese Zeit furchtbar lang. Ich war mehr als bereit für mein zukünftiges Leben, und es konnte gar nicht schnell genug beginnen.

Plötzlich hörte ich in einiger Entfernung ein vertrautes Rumpeln, und die Leute an der Bushaltestelle begannen, in ihren Taschen nach den Fahrscheinen zu kramen, und traten unruhig von einem Fuß auf den anderen. Ich sprintete die letzten paar Meter zur Haltestelle, und gerade als ich ankam, hielt der Bus mit zischenden Bremsen neben mir. Ich ließ mich auf einen freien Platz am Fenster sinken und war in Gedanken schon bei der Druckerei, wo ich die Tischkärtchen abholen wollte.

Der Bus reihte sich in den Verkehr ein, allerdings ging es nur schleppend voran. Ich fragte mich, ob es wirklich eine gute Idee gewesen war, mich für den Bus zu entscheiden, und zuckte zusammen, als ein Radfahrer sich vor ein Taxi drängte, dessen Bremsen lautstark quietschten. Der Taxifahrer streckte wütend die Faust aus dem Fenster, während der Radfahrer bloß den Mittelfinger zeigte und weiterfuhr.

Im nächsten Moment fiel mir auf, dass wir uns gerade in Sichtweite der U-Bahnstation befanden, an der ich zuvor ausgestiegen war. Ich sah den jungen Mann mit den feuerroten Haaren neben dem Zeitungsstand, der den Pendlern eine Gratiszeitung in die Hand drückte, und den kleinen Kiosk mit den überteuerten Äpfeln auf einem Bett aus grünem Kunstgras. Daneben stand jemand im Schatten. Der Mann achtete sorgsam darauf, den Eingang nicht zu blockieren, und über seinem tätowierten Unterarm hing eine schwarze Lederjacke.

Ich bekam kaum noch Luft. *Er wartet auf dich!* Der Gedanke hatte kaum Gestalt angenommen, als ich ihn schon wieder verwarf. Natürlich wartete der Mann *nicht* auf mich. Ich kannte ihn doch gar nicht, und er kannte mich nicht. Es war bloß einer dieser seltsamen, unheimlichen Zufälle, die immer wieder mal vorkamen. Die Vernunft riet mir, Ruhe zu bewahren, obwohl ich kurz davorstand, in Panik zu geraten. Hunderte, vielleicht sogar Tausende Menschen stiegen pro Tag an dieser Station aus, und es war durchaus logisch, dass der Mann mittlerweile ebenfalls alles erledigt hatte und zurückgekommen war, um nach Hause zu fahren.

Der Verkehr bewegte sich immer noch quälend langsam voran, und bevor ich mich vom Fenster abwenden oder mir einen neuen Sitzplatz suchen konnte, kam der Bus genau gegenüber der U-Bahnstation zum Stehen. Der Mann hatte den Blick auf sein Telefon gerichtet, doch als er das Zischen der Bremsen hörte, sah er auf. Es war, als hätte er genau gewusst, hinter welchem Fenster er mich finden würde, denn eine Sekunde später sah er mir direkt in die Augen. Dieses Mal kam es mir vor, als würde er mich ebenfalls wiedererkennen. Er setzte sich in Bewegung, und ich riss entsetzt die Augen auf, als hätte er eine Waffe gezogen. Ich warf einen hektischen Blick auf die Autos vor uns, während der Mann in Richtung der nächsten Bushaltestelle eilte, die sich mehrere Hundert Meter die Straße hinunter befand. Noch war die Haltestelle verwaist, und der Bus würde nur stehen bleiben, wenn ein Fahrgast den Halteknopf drückte. Wenn keiner der anderen Passagiere aussteigen wollte, würden wir weiterfahren und den unheimlichen Mann mit der Lederjacke hinter uns lassen. Aber wenn er die Bushaltestelle vor uns erreichte und seinen Arm ausstreckte, würde der Bus genau vor ihm anhalten.

Ich saß angespannt auf meinem Platz, und eine irrationale Panik ergriff von mir Besitz. *Fahr weiter! Fahr weiter!*, flehte ich stumm. Doch dann stand eine Frau mit einem Kinderwagen auf und machte sich schwankend auf den Weg zur Tür. Der Fahrer hob den Blick und entdeckte sie im Rückspiegel. Die Frau wirkte unsicher. Sie wandte sich an einen älteren Mann und fragte ihn etwas, doch er zuckte bloß mit den Schultern. Danach versuchte sie es bei einem Teenager mit weißen Kopfhörern, der sie entweder nicht hörte oder ihr schlichtweg nicht antworten wollte.

Der Fahrer sah erneut in den Rückspiegel und setzte den Blinker. Ich warf einen Blick über die Schulter. Mehrere Gäste waren gerade aus einem Pub herausgetreten und blockierten die Sicht auf die anderen Fußgänger. War der Mann mit der Lederjacke in der Nähe?

»Ist Haltestelle von Krankenhaus?«, fragte die junge Frau mit starkem Akzent, während der Bus immer langsamer wurde. Bald würde der Fahrer anhalten und die Türen öffnen – und der Mann würde in den Bus steigen.

»St. Margaret's?«, wollte der Fahrer wissen.

Die junge Frau nickte.

»Nein. Das ist erst die nächste Haltestelle. Setzen Sie sich ruhig wieder hin, ich sage Ihnen dann, wenn es so weit ist.«

Wir reihten uns wieder in den Verkehr ein, der sich auf zauberhafte Weise gelichtet hatte, und fuhren direkt an der Bushaltestelle vorbei.

Erst jetzt hatte ich den Mut, einen weiteren Blick über die Schulter zu werfen. Der Glatzkopf hetzte dem Bus hinterher, aber es war zu spät. Sein Gesicht war wutverzerrt, als er erkannte, dass er es nicht mehr rechtzeitig schaffen würde. Er hatte den Bus verpasst. Und mich auch.

Ich überlegte hin und her, ob ich die Nachricht wirklich abschicken sollte. Sie klang so albern, dass ich sie im letzten Moment doch noch löschte, bloß um kurz darauf mein Handy erneut hervorzuholen und etwas Unverfänglicheres zu tippen.

Bist du noch in dem Meeting?

Ich wusste, dass Ryan das Telefon lautlos gestellt hatte und es eine Weile dauern würde, bis er die Zeit fand, einen diskreten Blick darauf zu werfen. Dennoch verging kaum eine Minute, bevor das Handy in meiner schweißnassen Hand vibrierte.

Ja leider. Es ist verdammt langweilig. Wie läuft's bei dir? Sollen wir durchbrennen?

Ich lächelte, als ich den letzten Satz las, und bewunderte ihn für seine Fähigkeit, mich zu beruhigen, auch wenn er kilometerweit entfernt war und gar nichts von meinem Stress wusste. Wahrscheinlich waren ohnehin nur die Schwangerschaftshormone an meinem Zustand schuld. Es musste einfach so sein. Normalerweise war ich nicht so überspannt, und außerdem kannte ich London. Ich lebte seit Jahren hier und war auch oft allein in der Nacht unterwegs, ohne mir Gedanken zu machen. Deshalb war diese Reaktion wohl auf eine Kombination aus Schwangerschaftshormonen und der Nervosität vor der Hochzeit zurückzuführen – eine gefährliche Mischung, die selbst eine normale und vernünftige Achtundzwanzigjährige in eine Verrückte verwandelte.

Mir war durchaus klar, dass diese Verrückte immer noch am Ruder saß, als meine Finger über das Telefon flogen und ich Ryan die Nachricht schickte, die mein vernünftiges Ich vorhin gerade erst gelöscht hatte.

Jemand folgt mir.

Quälende zwei Minuten und neunundvierzig Sekunden später kam die Antwort.

Ich weiß. Beim letzten Mal hattest du 1775 Follower.

Ich vertippte mich ständig, bis die Antwort fertig war.

Nicht auf Twitter! In echt. Ich werde von einem fremden Mann verfolgt.

Es folgte eine weitere, schrecklich lange Pause. Glaubte er, dass ich Witze machte? Hatte meine Nachricht auch nur im

Entferntesten witzig geklungen? Ich wurde schon wütend, als mein Telefon plötzlich klingelte.

»Wer verfolgt dich?« Ryan hielt sich gar nicht erst mit einer Begrüßung auf. Es war ihm deutlich anzuhören, dass er meine Nachricht ernst nahm. Seltsamerweise linderte seine Sorge um mich meine Angst ein wenig.

»Sprichst du in dem Raum, wo ihr das Meeting habt?« Ich stellte mir vor, wie etliche Menschen – von denen nicht wenige am Samstag zu unserer Hochzeit kommen würden – mitbekamen, wie Ryans Verlobte langsam, aber sicher den Verstand verlor.

»Nein, ich bin kurz raus. Wo bist du denn?«

»Linie 73. Wir sind gerade in die Lincoln Street eingebogen.«

»Sitzt der Mann bei dir im Bus? Hat er dich angequatscht? Was hat er denn getan?«

Ja, was hat er eigentlich getan?, fragte ich mich, und die Verrückte in mir versank vor Scham im Erdboden. Ich hatte den Feueralarm ausgelöst und zu spät bemerkt, dass es gar nicht brannte.

»Er war einfach da«, erwiderte ich und hörte selbst, wie lahm das klang. Ich konnte eigentlich gut mit Worten umgehen, aber jemandem ein vages, irrationales Gefühl zu erklären war sehr viel schwieriger, als konkrete Fakten zu vermitteln.

Und was hatte der Mann mir getan? Er hatte sich auf mein Selfie beim Friseur geschummelt, hatte in derselben U-Bahn wie ich gesessen, war an derselben Station ausgestiegen, hatte einige Zeit später vor dem Eingang der Station auf jemanden (aber nicht zwangsläufig auf mich) gewartet und war dann meinem Bus hinterhergelaufen. Ich konnte nicht mit Sicherheit sagen, ob er auch der Mann gewesen war, in den ich vorhin auf dem Weg zurück ins Café hineingelaufen war. Und ebenfalls nicht, ob er sich hinter den japanischen Touristen versteckt hatte. In meinem Kopf hatte sich die Bedrohung sehr real angefühlt, doch jetzt, wo ich meinen Verdacht laut aussprechen sollte, kam mir alles albern vor.

»Nein, er hat gar nichts getan«, wiederholte ich. »Es tut mir leid, Schatz. Ich bin offenbar ein bisschen durchgedreht. Ignorier meine Nachricht und geh wieder in dein Meeting«, sagte ich, und es war mir durchaus klar, dass mehrere Fahrgäste unser Gespräch belauschten.

»Wohin bist du denn gerade unterwegs?«

»Zur Druckerei, aber …«

»Okay, wir treffen uns dort.«

»Nein, Ryan! Ist schon okay. Es war dumm von mir. Du musst dein Meeting nicht sausen lassen. Du hast doch gesagt, dass es wichtig ist.«

»*Du* bist mir wichtig«, korrigierte er mich, und es war ihm anzuhören, dass ich ihn nicht mehr von seinem Entschluss abbringen konnte. In diesem Moment verliebte ich mich noch einmal in ihn.

»Fahr zur Druckerei und warte dort auf mich«, drängte er und legte auf, bevor ich mich bei ihm bedanken oder – noch wichtiger – ihm sagen konnte, dass ich ihn liebte. Aber wahrscheinlich war ihm das ohnehin klar.

Obwohl ich wusste, dass Ryan bereits unterwegs war, rutschte ich unruhig auf meinem Sitz hin und her, während sich der Bus durch den Verkehr quälte. Ich drehte mich immer wieder um und versuchte, einen Blick auf die Straße hinter uns zu erhaschen, doch wir wurden von einem anderen Bus verfolgt, der so nahe an uns dran war, dass sich die Stoßstangen beinahe berührten. Er fuhr anscheinend dieselbe Route.

Ich sah, dass es ebenfalls ein Bus der Linie 73 war, und verfiel erneut in Panik. Wenn mich der Mann immer noch verfolgte, war er vermutlich nur wenige Meter hinter uns. Ich wandte mich wieder nach vorn. Für mich bestand inzwischen kein Zweifel mehr, dass er im zweiten Bus saß, und wenn ich in etwa zehn Minuten aus dem Bus stieg, würde er dasselbe tun. Ich *wusste* es einfach.

Ich stand auf und ging zur Tür, lange bevor der Bus überhaupt langsamer wurde. Ich war mir nicht mehr ganz sicher, wie weit die Druckerei von der Bushaltestelle entfernt lag, denn ich war erst einmal dort gewesen. Aber wenn ich mich beeilte, konnte ich vielleicht einen kleinen Vorsprung herausholen, bevor der zweite Bus anhielt.

Ich sprang auf den Bürgersteig und schlängelte mich durch die Passanten. Ich stieß dauernd mit jemandem zusammen und wagte es nur ein einziges Mal, mich umzudrehen. Der zweite Bus hatte gerade angehalten, und die Passagiere strömten auf den Bürgersteig. Mein Herz klopfte, und ich legte an Tempo zu. Kurz darauf stand ich erleichtert vor der Glastür der Druckerei.

Leider sah ich den Zettel, der von innen auf dem Glas klebte, nicht gleich und verschwendete mehrere wertvolle Sekunden damit, an der versperrten Tür zu rütteln. Dann sah ich die handgeschriebene Nachricht. *Komme gleich wieder.*

Ich wandte den Kopf ab – und sah, wie sich der Mann, der mich schon den ganzen Tag verfolgte, durch die Menschenmenge in meine Richtung schob. Ich legte eine Hand auf meinen Hals. Mein Puls machte mir langsam Sorgen. Ich drängte mich näher an die Glastür. Links und rechts neben dem Eingang standen in großen Terrakottatöpfen zwei Zwergkoniferen, und es bestand die winzig kleine Möglichkeit, dass mich der Mann noch nicht gesehen hatte. War es besser, hierzubleiben und darauf zu hoffen, dass er vorbeiging, oder sollte ich lieber weitergehen?

Mein Entschluss – der sich im Nachhinein als der größte Fehler meines Lebens erwies – war unüberlegt und übereilt, was irgendwie seltsam ist, weil ich alles in Zeitlupe sehe, wenn ich daran zurückdenke. Ich beschloss weiterzugehen. Ein Stück weiter auf der anderen Straßenseite befand sich ein Restaurant mit großen Schaufenstern, wo ich auf Ryan warten konnte.

Erst als ich wieder auf den Bürgersteig trat, wurde mir klar, wie sehr ich die Geschwindigkeit meines Verfolgers unterschätzt hatte, denn zwischen uns lagen plötzlich nur noch ungefähr fünf Meter. Ich schnappte nach Luft und erkannte zu spät, dass ich einen Fehler gemacht hatte.

»Hey, Sie!«, rief er, und es war das erste Mal, dass ich seine Stimme hörte. Sie war überraschend wohlklingend und tief. »Warten Sie!«

Ja klar!, dachte ich, machte auf dem Absatz kehrt und begann zu laufen.

»Hey!«, rief er erneut, aber ich drehte mich nicht mehr um. Ich glaubte, schwere Schritte auf dem Bürgersteig hinter mir zu hören, aber vermutlich war das bloß Einbildung.

Ich warf einen Blick auf das Restaurant auf der anderen Seite der vierspurigen Straße und blinzelte, als hätte ich eine Fata Morgana gesehen. Ein schwarzes Taxi hatte am Randstein gehalten, und daneben stand Ryan. Er bezahlte gerade und hatte mich noch nicht entdeckt. Es herrschte starker Verkehr, und ich bezweifelte, dass er mich hören konnte, aber ich rief trotzdem nach ihm.

Ein Windstoß wehte Ryan einen Geldschein aus der Hand, und er flatterte in den Rinnstein. Er bückte sich, um ihn aufzuheben, und weitere wertvolle Sekunden verstrichen. Aus dem Augenwinkel sah ich eine Gestalt, die immer näher kam. Gleich würde der Mann auf offener Straße und direkt vor den

Augen meines Verlobten über mich herfallen, und Ryan konnte absolut nichts tun, um es zu verhindern.

»Hey!«, rief der Mann ein weiteres Mal und klang mittlerweile richtig wütend. Trotzdem wollte ich nicht stehen bleiben, um ihm die Sache einfacher zu machen. Ich entdeckte eine kleine Lücke zwischen zwei Autos, zögerte kurz und sprang dann auf die Straße. Der Fahrer des einen Wagens starrte mich überrascht und wutentbrannt an, ehe er mit voller Wucht auf die Bremse trat. Auf der Nebenspur erklang wütendes Hupen, und ich machte einen Satz zur Seite. Das Auto war mir so nahe gekommen, dass ich die Wärme der Motorhaube spüren konnte. Der Glatzkopf stand am Bürgersteig und brüllte mir etwas Unverständliches zu. Ich hörte auch Ryan, der auf der anderen Straßenseite stand und meinen Namen rief.

»Maddie!« Ich lief auf ihn zu. Er war mein sicherer Hafen.

»Maddie!« Dieses Mal klang seine Stimme irgendwie anders. Panischer. Er hatte den Mund weit aufgerissen und brüllte, und seltsamerweise machte der glatzköpfige Mann hinter mir genau dasselbe. Und da er sehr viel näher war als Ryan, verstand ich ihn besser.

»Passen Sie auf, um Himmels willen! Passen Sie auf!«

Ich wandte mich zu ihm um. Ich erinnere mich, dass ich überlegte, was er da in der Hand hielt. Es sah aus wie meine Strickjacke, dabei war mir gar nicht aufgefallen, dass ich sie verloren hatte.

In diesen letzten Sekunden starrte ich direkt in die ausdruckslosen schwarzen Augen des Glatzkopfes, und wenn ich nur eine einzige Sekunde an diesem ganzen Tag hätte ändern können, hätte ich mich zu Ryan umgedreht. Es wäre um einiges leichter zu ertragen gewesen, wenn ich *ihm* in die Augen gesehen hätte.

Es dauerte nur einen Sekundenbruchteil. Eben noch stand

ich mitten auf der Straße, und im nächsten Moment wurde ich durch die Luft geschleudert. Ich sah den Himmel, die Fahrbahn und dann seltsamerweise wieder den Himmel. Ich sah eine riesige weiße Wand – die Motorhaube des Vans, der mich umgefahren hatte. Ich spürte keinerlei Schmerzen, als ich wie ein nasser Sack auf dem Autoblech landete. Ich merkte nicht, wie ich gegen die Windschutzscheibe geschleudert wurde, hörte nicht, wie das Sicherheitsglas brach. Ich hatte Brüche an Armen und Beinen erlitten, und ich schlitterte zurück auf die Straße, ohne irgendwo Halt zu finden. Ich sah erneut in den Himmel, und einen Augenblick später tauchten mehrere Gesichter über mir auf, doch ich konnte niemanden erkennen, denn sie waren voller Blut. So viel Blut. Jemand brüllte meinen Namen, aber es klang, als würde er hinter einer Wand aus Watte stehen. Die Welt wurde immer kleiner und die Gesichter immer undeutlicher. Ich blinzelte, als noch mehr Blut in meine Augen rann, und dann wurde alles ruhig und sehr, sehr dunkel.

Kapitel 2

Ich befand mich in einem langen, dunklen Tunnel. Eigentlich war es ein ganzes Netzwerk aus Tunneln, die sich ständig kreuzten, wie bei einem Labyrinth. Manchmal glaubte ich, ein Licht zu sehen, doch meistens war alles um mich herum schwarz. Manche Geräusche schafften es, die Stille zu durchbrechen: Einmal waren es Stimmen, dann wieder lautes Geklapper, das ich nicht zuordnen konnte. Am häufigsten hörte ich meinen Namen. Ab und zu war es nur ein Flüstern, ein anderes Mal klang es wie ein Schluchzen und dann wieder wie ein wütendes Brüllen. Aber das alles spielte keine Rolle, denn ich konnte ohnehin nicht antworten.

Seltsamerweise war die Stimme meiner Mutter die klarste und deutlichste von allen. Sie sagte mir, dass ich durchhalten solle. Dass ich nicht allein sei. Dass sie bei mir bleiben würde. Sie drängte mich, weiter durch die Dunkelheit zu laufen, bis ich den Weg zurückfand.

Aber wo war ich eigentlich?

Hände berührten mich. Manchmal waren die Berührungen roh, manchmal zärtlich. Ryan. Ich hätte das Gefühl seiner Haut auf meiner überall erkannt.

Die anderen Gefühle waren sehr viel unangenehmer, denn da war vor allem Schmerz. Sehr großer Schmerz. Manchmal hatte ich Angst, darin unterzugehen, und ich versuchte verzweifelt, zurück an die Oberfläche zu gelangen, die jedoch kein einziges Mal in greifbare Nähe rückte. Es fühlte sich an, als hätte mich ein wütender Riese mit einem Putzlappen verwechselt, den er nun langsam und sorgfältig auswrang. Die

Schmerzen waren zu grausam und die Dunkelheit zu verlockend, und so floh ich immer tiefer in das Labyrinth hinein und kam lange Zeit nicht mehr heraus.

Ich schwamm unter einer Eisschicht, doch das Wasser war nicht kalt, sondern warm, und ich fühlte mich so geborgen wie in einem Kokon. *Wie ein Baby im Mutterleib,* dachte ich – und etwas an dieser Vorstellung beunruhigte mich. Ich versuchte, den Gedanken festzuhalten, aber er entglitt mir immer wieder. Ich schwebte im Nichts und blickte in einen schwarzen Himmel, der unerklärlicherweise immer grauer und nur nach oben hin heller wurde. Die Schmerzen, die meinen Körper lange Zeit verschont hatten, waren plötzlich wieder da, und die Warnung meines Gehirns war unmissverständlich: *Weg hier!*

Doch dann hörte ich die drängende Stimme meiner Mutter: »Geh weiter, Maddie!«

Ich entdeckte einen langen Riss in dem Eis über mir. Ich streckte die Hand danach aus und berührte ihn mit den Fingerspitzen. Die Kanten waren messerscharf. Um mich herum war es vollkommen still, doch von weit her erklang ein leises Rumpeln, als würde eine Lawine auf mich zudonnern. Ein Lichtstrahl durchschnitt die Dunkelheit, und ich schwamm, so schnell ich konnte, darauf zu, weil ich Angst hatte, er könnte jeden Moment wieder verschwinden.

Es wäre viel einfacher gewesen, in der Dunkelheit zu bleiben. Ich konnte mich zurück auf den Grund sinken lassen – oder die Hände gegen den Spalt pressen. Und dann würde er aufbrechen. Das wusste ich mit Sicherheit. *Pressen! Pressen!* Es war wie eine lange vergessene Erinnerung. Ich legte meine Hände auf das Eis, drückte den Rücken durch und durchbrach die Oberfläche.

»Mum!«

Jemand kreischte, aber ich war es nicht. Ich hatte nicht die Kraft dazu. Die hatte ich gebraucht, um das Eis zu durchstoßen.

Etwas fiel zu Boden, und Glas oder Porzellan zerbrach.

»O mein Gott, sie ist wach! Sie ist wach!«, rief eine unbekannte Stimme.

»Mum?«, fragte ich zögernd. Doch meine Mutter war in die schwarze Leere zurückgekehrt. Wer auch immer die Frau war, die nun die Hände auf mein Gesicht legte – meine Mutter war es nicht.

Ich versuchte mit unmenschlichem Kraftaufwand, meine Augen zu öffnen. Zuerst sah ich gar nichts, doch dann gewöhnte sich meine Netzhaut wieder ans Licht. Die Schatten teilten sich, und mein Gehirn erinnerte sich daran, wie es die Bilder verarbeiten musste, die ihm meine Augen schickten. Eine Gestalt beugte sich über mich, doch ich vermochte sie nicht zu erkennen und auch nicht zu verstehen. Ich konnte zwar einzelne Worte unterscheiden, doch sie klangen fremd und unglaublich aufgeregt. Langsam wurde mir klar, dass die Frau weinte.

Die Hand, die eben noch mein Gesicht berührt hatte, legte sich auf meine, die auf etwas Kratzigem lag. Eine Decke vielleicht? Lag ich etwa im Bett? Aber wenn es so war, dann war es sicher nicht mein eigenes. Ich hatte keine Ahnung, wo ich war, und plötzlich bekam ich furchtbare Angst. Die Frau merkte es vermutlich, denn im nächsten Moment drückte sie meine Hand so fest, dass es beinahe wehtat.

»O nein, Maddie! Das lassen Sie schön bleiben. Sie bleiben hier!« Sie hielt meine Hand immer noch fest umklammert, während sie mit der anderen einen Knopf an der Wand drückte. Meine Augenlider flatterten und schlossen sich langsam wieder. Gleichzeitig hörte ich die Frau rufen: »Sie ist wach! Sie ist wach! Madeline Chambers ist wach!«

Es dauerte einige Zeit, bis ich erneut die Augen öffnete. Ich befand mich in einem dunklen Raum, in dem nur eine einzelne, schwache Lampe brannte. Ein seltsamer Geruch lag in der Luft, und es dauerte ein wenig, bis ich ihn richtig einordnen konnte. Desinfektionsmittel. Ich lag also im Krankenhaus. Aber warum?

Leise Schritte auf dem Linoleumboden sagten mir, dass ich nicht allein war, und im nächsten Moment trat eine Krankenschwester an mein Bett. Mein Blick war immer noch getrübt und ließ sich nicht scharf stellen, und als sie sich über mich beugte, war ihr Gesicht von einem Strahlenkranz umgeben. Sie sah aus wie ein Engel.

»Was ist passiert?«, fragte ich. Meine Stimme klang heiser und kratzig, als sei meine Kehle eingerostet.

Bildete ich es mir nur ein, oder zögerte sie, bevor sie antwortete? »Sie hatten einen Unfall, Madeline. Sie sind im St.-Margaret's-Krankenhaus.«

St. Margaret's? Hatte sich nicht vorhin erst jemand danach erkundigt? Meine Erinnerungen waren verschwommen und entglitten mir jedes Mal, wenn ich meine Gedanken darauf fokussieren wollte. Also konzentrierte ich mich stattdessen auf die Antwort der Krankenschwester. Das konnte doch nicht sein, oder? Ich erinnerte mich an nichts.

»Einen Unfall? Nein, das … das ist unmöglich«, erwiderte ich zögerlich. Plötzlich sah ich eine schwarze Lederjacke vor mir – und ich hatte keine Ahnung, warum.

Eine andere Erinnerung kam zwar langsam wieder, blieb jedoch gerade außer Reichweite, sodass ich sie auch dieses Mal nicht zu fassen bekam. Doch dann schaffte ich es endlich.

»Ryan?«, keuchte ich panisch. »Wo ist Ryan?« Ich drehte meinen Kopf von einer Seite zur anderen und konnte nicht glauben, dass er nicht bei mir war. Doch nur ich und die Krankenschwester befanden sich in dem Zimmer, und der Besucherstuhl war leer. »Mein Verlobter … Ist er hier?«

Das Gesicht der Krankenschwester glich einer ausdruckslosen Maske. Sie räusperte sich, bevor sie antwortete, und ich glaube, ich werde dieses Räuspern nie vergessen. »Er war hier, aber er musste gehen.«

»Warum? Wo ist er denn hin?« Ryan hätte mich niemals in diesem Zustand allein zurückgelassen, es sei denn, er war in denselben Unfall verwickelt gewesen wie ich. Es war offensichtlich, dass die Krankenschwester mir etwas verschwieg. Ihr Gesicht war voller Mitgefühl, doch es lag noch etwas in ihren Augen, das mir Angst machte. Warum konnte ich mich an nichts erinnern? »Ist er … Wurde er auch verletzt?«

Die Krankenschwester antwortete nicht, sondern trat auf die Tür zu. »Ich hole den diensthabenden Arzt«, erklärte sie und konnte es anscheinend kaum erwarten, von mir fortzukommen.

Doch bevor sie in den Flur hinausschlüpfte, warf sie noch einen Blick zurück. Sie kaute nervös auf ihrer Unterlippe. »Ihr Verlobter war nicht in den Unfall verwickelt. Es geht ihm gut. Aber er ist vor einiger Zeit nach Hause gegangen. Man hat ihn inzwischen angerufen und ihm gesagt, dass Sie wach sind. Ich bin mir sicher, dass er bald hier ist.«

Ich ließ mich beruhigt ins Kissen zurücksinken. Ryan würde herkommen – und dann war alles wieder gut.

Ich lag in dem abgedunkelten Zimmer, wartete darauf, dass jemand meine Welt wieder in Ordnung brachte, und versuchte, den wenigen Informationen, die ich bis jetzt erhalten hatte, einen Sinn zu entnehmen. Die Krankenschwester hatte gesagt, dass ich einen Unfall gehabt hatte, und das stimmte wohl, denn warum war ich sonst im Krankenhaus? War ich schwer verletzt? Ich hob vorsichtig einen Arm. Er war steif und hatte das Gewicht von Blei. Aber abgesehen davon schien alles in Ordnung zu sein. Ich ging Arme und Beine der Reihe nach durch. Sie schmerzten, und selbst die kleinste Bewegung war furchtbar anstrengend, aber ich trug weder einen Verband noch einen Gips. Was wohl bedeutete, dass ich mir nichts gebrochen hatte. Ich berührte mein Gesicht und den Kopf. Jemand hatte meine Haare zu einem Zopf geflochten, was mir seltsam vorkam, aber abgesehen davon schien alles wie immer.

In meinem Zimmer war es so ruhig, dass ich irgendwann einschlief, und mit dem Schlaf kamen auch die Träume. Es waren seltsame Träume, die ebenfalls keinen Sinn ergaben. Ich war in einem Laden und wollte etwas sehr Wichtiges kaufen. Ich glaube, es war eine Strickjacke. Und ich machte mir Sorgen, weil niemand meine Handtasche fand, denn wie sollte ich für alles bezahlen, wenn ich kein Geld hatte? Im nächsten Augenblick saß ich beim Friseur, doch als mich die Friseurin bat, in den Spiegel zu sehen, blickte mir ein Albtraumgesicht entgegen. Mein Kopf war vollkommen kahl.

Ich schnappte panisch nach Luft und war plötzlich wieder wach. Meine Hand wanderte instinktiv zu meinem Zopf, obwohl ich ihn deutlich unter dem Nacken spüren konnte. Ich sah aus dem Fenster, wo langsam die Morgendämmerung hereinbrach. Ich hatte wohl mehrere Stunden geschlafen, und falls Ärzte im Zimmer gewesen waren, hatten sie vermutlich beschlossen, mich nicht zu wecken.

Draußen auf dem Flur erklangen Schritte, die immer langsamer wurden und schließlich vor meiner Tür innehielten. Ich hörte zwei leise Stimmen. Die eine klang tief und schroff und kam mir nicht bekannt vor, doch die andere war die eine Stimme, die mir auf dieser Welt am meisten bedeutete.

Ich hatte den Kopf zur Tür gedreht, bevor sie geöffnet wurde, und mein Herz sehnte sich so sehr nach ihm, dass es beinahe körperlich wehtat. Ryan betrat das Zimmer hinter dem diensthabenden Arzt, doch dann erstarrte er.

Mein Lächeln gefror. Er sah schrecklich aus. Selbst in dem düsteren Licht war es offensichtlich, wie sehr ihn mein Unfall mitgenommen hatte. Seine Haare waren zerzaust, als sei er Tausende Male mit den Händen hindurchgefahren, und seine Augen wirkten gequält. Und plötzlich waren die Erinnerungen wieder da. Ich sah die Straße, ich sah den Glatzkopf mit meiner Strickjacke, und als es bereits viel zu spät war, um etwas zu ändern, sah ich auch den Van, der auf mich zuraste.

Ich stöhnte auf und streckte die Hand nach Ryan aus, doch er zögerte noch immer. Es lagen so viel Kummer und Schmerz in seinem Blick – und im nächsten Augenblick wusste ich auch, weshalb. Meine Hand glitt zu meinem Bauch und wanderte von einem hervorstehenden Hüftknochen zum anderen und wieder zurück. Mein Bauch war flach. Die Wölbung war verschwunden. Als Ryan endlich an mein Bett trat, weinte ich. Und ich stellte ihm die Frage, auf die ich im Grunde keine Antwort mehr benötigte: »Das Baby … Ryan, wo ist das Baby? Habe ich unser Baby verloren?«

Er nahm mich in die Arme und drückte mich an sich, und ich spürte die vertraute Wärme, roch den vertrauten Geruch. Er hielt mich so fest, dass die Knöpfe seines Hemdes bestimmt Abdrücke auf meiner Wange hinterließen.

Wir weinten beide, und ich bekam nur am Rande mit, dass der Arzt eine leise Entschuldigung murmelte und sich zurückzog. Ich war froh, dass er ging.

Ryan ließ mich sanft auf das Kissen sinken und nahm auf dem Besucherstuhl Platz.

»Wie fühlst du dich, Maddie?«, fragte er, und seine Stimme war kaum mehr als ein Flüstern.

»Als hätte mich ein Lastwagen überfahren«, erwiderte ich. Ich wollte eigentlich nicht witzig sein, denn die Situation war es keinesfalls. Das Kind, das wir nicht geplant, aber auf das wir uns trotzdem wahnsinnig gefreut hatten, war nicht mehr da. Die Schuld lastete schwer auf mir. Ich war achtlos gewesen. Man hatte mir etwas Wertvolles, Unersetzbares anvertraut, aber ich hatte nicht gut genug darauf aufgepasst. *Ich.* Ich war schuld daran.

Doch meine Antwort auf Ryans Frage war auch aus einem zweiten Grund unpassend, denn ich fühlte mich *nicht,* als hätte ich einen Unfall gehabt.

Ich war nicht eingegipst, ich war nicht blutverschmiert, und ich hatte keine Prellungen – obwohl ich es verdient hätte, denn ich allein hatte mir und dem Baby das alles in einem unbedachten Moment angetan. Kein Wunder, dass Ryan es kaum ertrug, mich in den Armen zu halten.

»Wie ist es möglich, dass ich keine Verletzungen habe? Ich erinnere mich, wie mich der Van angefahren hat. Ich flog durch die Luft …«

Ryan stöhnte, und Tränen liefen über seine Wangen. Er griff nach meiner Hand und verschränkte seine Finger mit meinen. Die Geste war so vertraut, dass ich das Gefühl hatte, endlich wieder zu Hause zu sein.

»Es war der schlimmste Augenblick meines Lebens. Ich werde nie vergessen, wie du geschrien hast und wie der Van plötzlich in dich hineinraste … Als ich endlich bei dir war, dachte ich, du wärst tot. Und ich wäre dir am liebsten sofort gefolgt. Die Vorstellung, auch nur eine Minute ohne dich zu sein, war unerträglich.«

Ich hörte erneut die Panik in seiner Stimme, als er vom anderen Straßenrand nach mir rief, und mein Herz zersprang in tausend Stücke.

»Es war ein Wunder, dass du noch lebtest. Das sagten die Sanitäter, die Ärzte und alle, die sich um dich kümmerten. Und ich glaubte ihnen. Und als sie mich jetzt mitten in der Nacht anriefen und sagten, dass du aufgewacht bist, war dies das nächste Wunder.«

Ich ließ meinen Daumen über seine Hand gleiten. Seine Haut fühlte sich seltsam an. So heiß und trocken, als hätte er Fieber.

Etwas an dem, was er gerade gesagt hatte, beunruhigte mich. Mein Kopf begann zu schmerzen, aber ich bohrte tiefer und tiefer und versuchte herauszufinden, was es war.

Auf dem Flur hörte man das Klappern des Frühstückswagens, und die Schwestern, Ärzte und Besucher wünschten einander einen guten Morgen und lachten. Die ersten Sonnenstrahlen fielen durchs Fenster. Ein weiterer wunderschöner Junitag begann. *Oder etwa nicht?*

»Wir müssen die Hochzeit absagen. Wir können nicht weitermachen, als wäre nichts geschehen. Das wäre nicht richtig. Wir müssen sie verschieben und uns Zeit geben, um unser Baby zu trauern«, sagte ich mit zitternder Stimme.

Ich hatte schon viele Augenblicke mit Ryan geteilt: Glück, Freude, Leidenschaft und auch ein paar heftige Streitigkeiten, deren einziger Sinn die spektakulären Versöhnungen waren. Aber das Mitleid, das nun aus seinen Augen sprach, war neu für mich.

Er sah mich so eindringlich an, als wollte er mich dazu bringen, die Wahrheit selbst zu erkennen. Es war offensichtlich, dass er die Worte nicht über die Lippen brachte.

»Wir müssen die Hochzeit gar nicht mehr absagen, oder?«

Er schüttelte kaum merklich den Kopf.

»Weil … weil du es bereits getan hast?«

Er gab einen erstickten Laut von sich, den ich als Ja deutete.

Mittlerweile schien die Sonne ins Zimmer. Es würde wohl ein sehr heißer Tag werden. Heißer, als man es im Juni normalerweise erwartete.

»Welcher Tag ist heute?«

Ryan schüttelte den Kopf. Er sagte nichts, obwohl seine Körpersprache mir unmissverständlich klarmachte, dass ich diese Frage lieber nicht hätte stellen sollen.

»Ryan. Sieh mich an! Welcher Tag ist heute?«

Er sah mir nicht in die Augen, als er schließlich antwortete. Wahrscheinlich ertrug er es nicht. »Heute ist der zehnte August«, erwiderte er stockend.

Sieben Wochen – oder genauer gesagt: siebeneinhalb Wochen. Wie war das möglich? Wie konnte ich einfach so zweiundfünfzig Tage meines Lebens verlieren? Inzwischen vermochte ich mich genau an den Tag des Unfalles zu erinnern, und alle Einzelheiten waren wieder da. Doch die Wochen, die ich im Krankenhaus verbracht hatte, waren für immer verschwunden. Sie waren genauso unwiederbringlich fort wie das Kind, das ich verloren hatte.

Wenigstens erklärte es, warum weder Ryan noch meine Eltern bei mir gewesen waren, als ich aufwachte. Natürlich hatte meine Familie nach dem Unfall an meinem Bett gewacht, doch das war inzwischen mehrere Wochen her.

»Wie geht es meinen Eltern? Wissen sie schon, dass ich wach bin?«

Ryan nickte, doch der traurige Ausdruck in seinen Augen verschwand nicht. »Man hat sie noch vor mir verständigt. Ich habe mit deinem Dad gesprochen, bevor ich los bin. Er kommt so schnell wie möglich.«

»Er kommt allein?«

Ryan wählte seine Worte mit Bedacht. »Der Zustand deiner Mum hat sich nach dem Unfall … verschlechtert«, erklärte er schließlich und drückte meine Hand. Er wusste genau, dass ich mir die Schuld daran geben würde. Ich war schwach und müde, aber mir war trotzdem klar, dass er die Sache beschönigte.

»Warum? Was ist passiert?«

»Das soll dir lieber dein Dad erzählen«, erwiderte Ryan und warf einen sehnsüchtigen Blick zur Tür, als wünschte er sich, dass endlich jemand kam. Für einen Mann, der den Rest seines Lebens mit mir verbringen wollte, schien es ihm ziemlich unangenehm, mit mir allein zu sein.

»Ryan, was verschweigst du mir? Hat es vielleicht etwas mit meinen Verletzungen zu tun?«

Er schüttelte den Kopf, doch er war schon immer ein schlechter Lügner gewesen.

»Nein, es ist nichts«, erklärte er und presste die Lippen zusammen. »Vielleicht solltest du dich jetzt lieber ein wenig ausruhen. Sie haben gesagt, dass ich nicht lange bleiben darf. Sie müssen einige Tests machen, nachdem du jetzt wieder ... da bist.«

Es klang, als hätte ich eine lange Reise unternommen. Vielleicht fühlte sich meine siebenwöchige Abwesenheit für ihn tatsächlich so an, doch für mich war es, als sei bloß ein Tag vergangen.

»Kannst du nicht noch hierbleiben?«, fragte ich und klang wie ein verängstigtes Kind am ersten Schultag.

Ich bemerkte erschrocken, dass er zögerte. Ich kannte sein Gesicht beinahe so gut wie mein eigenes, und ich hatte immer schon genau gewusst, was er dachte. Ich hatte sogar gewusst, dass er mir einen Heiratsantrag machen würde – und zwar mindestens eine halbe Stunde bevor er die Worte endlich über die Lippen brachte. Ich musste ihn also nicht fragen, wie die letzten sieben Wochen für ihn gewesen waren. Ich sah es in seinem Gesicht und in den zarten Fältchen um seine Augen, die vorher noch nicht da gewesen waren und die ihn älter aussehen ließen.

»Ja, ein Weilchen sicher noch«, sagte er, hob meine Hand und küsste sanft meine Fingerknöchel. In diesem Moment wurde mir klar, dass er mich noch kein einziges Mal richtig geküsst hatte, seit er ins Zimmer gekommen war.

Nachdem ich Wochen in vollkommener Dunkelheit verbracht hatte, war die Sonne, die durchs Fenster fiel, unerträglich hell. Ryan trat vors Fenster und versuchte, die Schnüre der Jalousien zu entwirren. Es dauerte seltsam lange. Als er sich schließlich umdrehte, war er erneut den Tränen nahe.

»Ich habe dich so vermisst, Maddie.«

Es versetzte mir einen Stich, als ich an den Schmerz dachte, den er wegen mir erlitten hatte. »Das tut mir so furchtbar leid! Aber jetzt bin ich ja wieder da.«

Er nickte schweigend, und ich hatte das Gefühl, irgendetwas verpasst zu haben. Etwas Wichtiges. Er ließ die Schnüre los, und die Jalousie ratterte hinunter und warf einen Schatten über uns. Ryan kam zurück ans Bett, doch dieses Mal setzte er sich nicht auf den Besucherstuhl, sondern auf die Bettkante.

Er griff nach einer Haarsträhne, die sich aus meinem Zopf gelöst hatte, und wickelte sie sich um den Finger. Er liebte meine langen Haare und zog mich immer damit auf, dass ich aussah wie Dornröschen, wenn sie sich im Schlaf wie ein Kranz um meinen Kopf ausbreiteten.

Schon seltsam, wie ironisch das im Nachhinein klingt.

Er betrachtete die Strähne, die er wie einen Ring um seinen Finger gewickelt hatte. »Das habe ich auch vermisst.«

Ich begann ebenfalls zu weinen. Vielleicht ahnte ich bereits, dass er etwas sagen würde, was ich gar nicht hören wollte.

»Du kannst dir nicht vorstellen, wie sehr ich mir gewünscht

habe, der Van hätte mich erfasst und nicht dich, denn wenn ich es gewesen wäre, hätte ich nie …«

»Madeline.« Eine Krankenschwester steckte den Kopf zur Tür herein. »Wir müssen hinauf in die Neurologie.«

Ich warf Ryan einen verzweifelten Blick zu, damit er weitersprach, doch sein Gesicht wirkte jetzt verschlossen. Er stand auf und trat zur Seite, während die Schwester und ein Krankenpfleger mein Bett in die richtige Position brachten, um es aus dem Zimmer zu schieben.

»Kann mein Verlobter mitkommen?«, fragte ich. Ryan stand hinter dem Bett, sodass ich ihn nicht sehen konnte, aber ich beobachtete, wie die Krankenschwester ihm einen schnellen Blick zuwarf. Niemand sagte etwas, aber ich hatte trotzdem das Gefühl, als würde zwischen den beiden ein Gespräch stattfinden, an dem ich nicht teilnehmen durfte.

»Es tut mir leid, aber das ist nicht erlaubt. Sie sehen ihn ja später, wenn wir Sie wieder zurückgebracht haben.«

Ryan beugte sich über mich und hauchte mir einen Kuss auf den Scheitel.

»Du bleibst doch hier, oder?«, fragte ich ängstlich und griff nach seiner Hand. Er drückte sie, doch aus irgendeinem unerfindlichen Grund war ich nicht beruhigt.

»Ich gehe noch nicht, versprochen.«

Als ich den grünen Flur entlang zu den Aufzügen geschoben wurde, dachte ich, wie viel glücklicher mich der Satz ohne das Wörtchen »noch« gemacht hätte.

Tests. Dutzende Tests und Untersuchungen. An einigen musste ich mich aktiv beteiligen, bei anderen reichte es, wenn ich regungslos dalag, was mir natürlich leichter fiel – immerhin hatte ich wochenlange Übung darin. Es machte mich wütend, dass das Krankenhauspersonal sich nicht äußerte und ich folglich keine Ahnung hatte, ob die Ergebnisse gut oder schlecht waren.

Am schlimmsten war jedoch, als die Krankenschwester die Decke zurückschlug und mich in einen Rollstuhl setzte. Ich sah entsetzt auf meine dürren Beine hinunter, die unter dem Krankenhauskittel hervorragten und aussahen, als gehörten sie nicht zu mir. Man sah jeden einzelnen Knochen und keinen einzigen Muskel. Ich legte behutsam eine Hand auf den Oberschenkel, zog sie jedoch rasch wieder zurück, als ich den Knochen unter der Haut spürte.

»Machen Sie sich keine Gedanken deswegen«, tröstete mich die Schwester. »Sie werden sich schon bald wieder beschweren, dass Sie nicht mehr in Ihre Lieblingsjeans passen.« Trotz ihrer Unbeschwertheit wollte sie mir gewiss ihr Verständnis für meine Sorge vermitteln, denn sie legte mir die Hand auf die Schulter und drückte sie sanft. »Sie befanden sich ständig in Physiotherapie, während Sie … schliefen, damit alles ordnungsgemäß weiterfunktioniert.« Ich verzog die Mundwinkel, weil auch sie meinen Zustand schönredete. »Und das wird auch noch eine Weile so bleiben, bis Sie wieder auf eigenen Beinen stehen können. Und zwar im wahrsten Sinne des Wortes«, erklärte sie mit einem aufmunternden Lächeln. »Im Moment brauchen Sie vor allem Geduld.«

In diesem Augenblick wurde mir klar, dass ich wahrscheinlich noch längere Zeit im Krankenhaus bleiben musste. Mein Unfall und die Wochen im Koma waren nichts, wovon man sich schnell erholte, und aus der Sommerhochzeit, die Ryan und ich geplant hatten, würde vermutlich eine Winterhochzeit werden.

»Also, wie habe ich mich geschlagen?«, fragte ich die Schwester, als wir mit dem Aufzug auf die Station zurückfuhren. »Die Ärzte haben ihre besten Pokerfaces aufgesetzt. Ich habe keine Ahnung, ob meine Antworten und Reaktionen richtig oder falsch waren.«

Die Schwester nahm ihre Hand vom Bettrahmen und drückte meine Finger. Ich wollte den Druck erwidern, doch mir fehlte die Kraft. Die Tests waren zu anstrengend gewesen.

»Es gibt keine richtigen oder falschen Antworten, Madeline. Niemand will Sie austricksen oder aufs Glatteis führen. Wir wollen nur, dass es Ihnen so schnell wie möglich besser geht und Sie nach Hause können. Wir spielen im selben Team.«

Ich lächelte müde und blickte in ihr warmes, offenes, mit Sommersprossen übersätes Gesicht. »Nennen Sie mich doch Maddie«, sagte ich freundlich. »So nennen mich meine Freunde.« Seltsamerweise wusste ich, ohne nachzufragen, dass diese Frau in den letzten Wochen sehr viel Zeit mit mir verbracht und mich gepflegt hatte. War es möglich, eine Verbindung zu jemandem aufzubauen, obwohl man im Koma lag? Denn es existierte auf jeden Fall eine unerklärliche Nähe zwischen uns, obwohl ich sie gerade erst kennengelernt hatte.

»Waren Sie die ganze Zeit über meine Krankenschwester?«

»Ach du meine Güte, nein. Ich bin erst seit …« Sie brach ab und wurde rot, sodass die Sommersprossen plötzlich nicht mehr zu sehen waren. Als sie sich erneut an mich wandte, wählte sie ihre Worte offenbar mit Bedacht. »Aber ich kümmere mich inzwischen schon eine Weile um Sie.«

Der Aufzug hielt in unserem Stockwerk, und sie wirkte erleichtert, als sich die Türen öffneten.

»Dann machen wir uns mal auf den Weg in Ihr Zimmer«, sagte sie, zog die ohnehin glatte Decke zurecht und rückte das Kissen gerade. »Sie sollten sich ausruhen.« Und damit hatte sie natürlich recht.

Ryan war nicht da, als ich von der Neurologie zurückkam, und seine Abwesenheit belastete mich mehr, als ich zugeben wollte. Ohne ihn fühlte ich mich irgendwie verloren. Ich bat die freundliche Schwester, meine Handtasche und mein Telefon aus dem Nachttisch zu holen, doch sie fand weder das eine noch das andere.

»Wahrscheinlich haben Ihre Eltern oder Ihr Verlobter die Sachen mit nach Hause genommen«, erklärte sie und schlug die Nachttischtür energisch wieder zu.

Ich ließ mich erschöpft auf das gestärkte Kissen sinken. Es kostete immense Kraft, die Augen offen zu halten, und vermutlich verlor ich den Kampf bald.

»Ich wünschte, Ryan wäre hier. Ich brauche ihn so.«

»Ja, das kann ich mir denken«, erwiderte die Schwester, und der tröstende Ton in ihrer Stimme wickelte sich wie eine weiche Decke um mich und begleitete mich auf dem Weg in einen tiefen Schlaf.

Die Jalousien waren geöffnet, und die Sonne würde bald untergehen. Die Tür meines Zimmers stand ebenfalls offen, und Ryan stand draußen auf dem Flur und unterhielt sich mit einem Arzt. Ich rief nach ihm, und er wandte sich ein wenig zu schnell um, sodass er seinen ängstlichen Gesichtsausdruck nicht mehr rechtzeitig verbergen konnte. Er bemühte sich immer noch, seine Miene wieder unter Kontrolle zu bringen, als er zu mir ins Zimmer trat. Der Arzt folgte direkt hinter ihm.

»Du warst nicht hier«, sagte ich mit kratziger Stimme und klang bemitleidenswerter, als ich beabsichtigt hatte.

»Ich weiß. Tut mir leid. Ich habe mit den Ärzten geredet. Und mit deinem Dad. Es gab einige Verzögerungen auf der Fahrt hierher, aber er wird bald eintreffen.«

Und dann kannst du endlich gehen.

Ich hatte keine Ahnung, woher dieser Gedanke plötzlich kam, aber er war so deutlich und klang so wahr, dass ich einen

Moment lang dachte, ich hätte ihn laut ausgesprochen. Doch da Ryan mich immer noch mit freundlich besorgtem Blick ansah, war das wohl nicht der Fall.

»Mein Telefon ist fort«, erklärte ich ohne Überleitung. Das war etwas, was mir in den letzten Stunden aufgefallen war: Mein Gehirn schien vergessen zu haben, wie man ein geregeltes Gespräch führt.

Seltsamerweise legte Ryan den Kopf in den Nacken und lachte so herzhaft, dass der Arzt ihn verwirrt musterte. »Ich hatte ganz vergessen, wie besessen du von dem Ding bist. Was hattest du denn vor? Wolltest du einen schnellen Tweet aus dem Krankenhausbett versenden?«

Ich sah zu ihm hoch, und für einen Augenblick war er wie ein Fremder. »Ich wollte dich anrufen«, erklärte ich verletzt. »Du warst ja nicht hier, als ich zurückkam.«

Sein Lachen erstarb. »Es tut mir leid, Maddie. Aber ich war nicht weit weg.« Das war zwar keine befriedigende Antwort, aber offensichtlich die einzige, die ich bekommen würde.

Irgendwie war ich beunruhigt. Weil er mich ausgelacht hatte? Nein, das war vermutlich nicht das Problem. Unser gemeinsamer Sinn für Humor war schließlich auch ein Grund gewesen, warum wir uns ineinander verliebt hatten. Lachen gehörte in unserer Beziehung dazu. Aber was war es dann?

Die Erkenntnis kam plötzlich und unerwartet: Er hatte offenbar vollkommen vergessen, dass mein Telefon einen Teil meiner Persönlichkeit ausmachte.

»Der Akku ist inzwischen sicher leer«, sagte Ryan. »Und wahrscheinlich wurde das Handy bei dem Unfall beschädigt.«

»Hast du das Telefon und die Handtasche mit nach Hause genommen? Ich hatte immerhin eine Menge Geld dabei.«

Es sah mich ausdruckslos an, als habe er vergessen, dass ich am Tag des Unfalles Tausende Pfund von unserem gemeinsamen

Konto abgehoben hatte. Ich führte seine Verwirrung auf das Gespräch zurück, das er und der Arzt draußen auf dem Flur geführt hatten. Man musste kein Genie sein, um zu wissen, dass sie über meinen Zustand gesprochen hatten.

In diesem Moment ergriff der Arzt das Wort. »Madeline, ich habe mir die ersten Tests angesehen, die Sie am Vormittag gemacht haben, und ich muss sagen, dass die Resultate wirklich erstaunlich sind. Wenn man bedenkt, was Sie durchgemacht haben – und jetzt sind Ihre kognitiven Fähigkeiten und Ihre Reaktionsschnelligkeit bereits wieder auf einem sehr guten Stand. Das ist ...« Der Arzt wirkte peinlich berührt von seiner eigenen Begeisterung. »Um ehrlich zu sein, hat niemand hier schon einmal etwas Vergleichbares erlebt. Natürlich liegt noch ein langer Weg vor Ihnen, bis Sie wieder zu Ihrer alten Form gelangt sind, und wir werden alles ganz genau beobachten müssen, aber ich bin zuversichtlich, dass wir mit Ausdauer, harter Arbeit und Geduld« – da war wieder dieses Wort – »etwas schaffen werden, was bis jetzt unmöglich erschien.«

Unmöglich.

Dieses Wort machte mir Angst. Hatte mein Leben nach dem Unfall wirklich am seidenen Faden gehangen? Ryan trat nervös von einem Bein aufs andere. Ich hatte ihn erst ein einziges Mal so erlebt, und zwar, als wir nach dem Heiratsantrag zu meinen Eltern gefahren waren.

»Ich hätte deinen Dad zuerst fragen sollen«, hatte er gemurmelt, während wir Schulter an Schulter vor der Tür warteten.

»Er wird nichts dagegen haben. Er ist wahrscheinlich einfach froh, dass du mich nimmst. Er dachte sicher, er hätte mich sein ganzes Leben lang an der Backe.«

»Ja klar, Miss Austen«, erwiderte Ryan und drückte mir einen schnellen Kuss auf die Lippen, als wir hörten, dass sich jemand auf den Weg zur Tür gemacht hatte. »Dabei heirate ich dich nur wegen der Mitgift, wusstest du das nicht?«, scherzte er.

»Mann, dann hast du aber aufs falsche Pferd gesetzt«, hatte ich gewitzelt, während mein Vater endlich die Tür öffnete.

Ich lächelte traurig, als ich daran zurückdachte, während mein Verlobter immer noch nervös neben dem Bett herumzappelte. Offensichtlich beunruhigte ihn etwas. Etwas, worüber der Arzt und er vorhin gesprochen hatten. Die beiden hatten zwar anscheinend beschlossen, dass ich nichts davon zu erfahren brauchte, aber ich sah das natürlich anders. Abgesehen davon, dass ich schon ahnte, worum es ging.

»Doktor, das Baby, das ich verloren habe …«

Ryan stieß ein leises Stöhnen aus, und in dem Moment wurde mir erst richtig klar, wie sehr es ihn belastete, dass unser ungeborenes Kind nicht mehr da war. Vielleicht spürte er den Schmerz sogar noch mehr als ich, denn seine Begeisterung, als wir davon erfuhren, war sehr viel größer gewesen als meine. War das meine Strafe? Hatte ich das Baby verloren, weil mir zu Beginn nicht bewusst gewesen war, wie sehr ich es eigentlich wollte? Dabei waren meine Zweifel nicht von langer Dauer gewesen …

»Ich verstehe, dass ich meinem Körper Zeit geben muss, um sich von dem Unfall und dem Koma zu erholen, aber können Sie vielleicht schon sagen, wie lange es in etwa dauern wird, bis wir es noch einmal versuchen können?«

»Maddie …« Ryans Stimme klang flehend.

»Ähm …«

»Ich weiß natürlich, dass solche Dinge nicht von heute auf morgen klappen, aber ich will nicht zu lange warten.«

»Maddie, wir müssen doch nicht jetzt schon über dieses Thema reden, oder?«

Ich wandte mich wieder an den Arzt, dem anzusehen war, dass er sich sehnlichst einen Notfall herbeiwünschte, damit er das Zimmer verlassen konnte.

»Einen Monat? Zwei Monate?«, bohrte ich weiter. Der Blick des Arztes wanderte zu Ryan und dann wieder zurück zu mir.

»Was? Was verschweigen Sie mir? Ich *kann* doch noch Kinder bekommen, oder?«

Der Arzt nickte bedächtig. »Ja, nach dem jetzigen Stand der Dinge sollte es auf jeden Fall möglich sein.«

Meine Erleichterung war riesig. »Gott sei Dank! Jetzt wäre ich beinahe ein wenig in Panik geraten.« Ich lachte auf und hoffte, dass sich die beiden Männer anschließen würden, doch nichts dergleichen geschah.

»Es kommt sicher nicht oft vor, dass jemand sieben Wochen im Koma liegt, oder? Müssen wir auf etwas Besonderes achten, bevor wir es noch einmal versuchen?«

»Ich kann das nicht!«, platzte es plötzlich aus Ryan heraus. Er fuhr sich mit der Hand durch die Haare und sah den Arzt flehend an.

»Was ist denn?«, rief ich. »Ryan, was ist los? Ich verstehe das alles nicht!« Doch Ryan hatte sich bereits umgedreht und lief aus dem Zimmer. »Wo willst du hin?«, rief ich ihm nach und wollte mich hochstemmen, um ihm zu folgen. Doch der Arzt ergriff meine Schulter und drückte mich zurück. »Wo ist er hin? Worüber haben Sie gesprochen, ehe ich aufgewacht bin?«

Doch bevor der Arzt die Möglichkeit hatte, mir zu antworten – und niemand weiß, ob er mir tatsächlich die Wahrheit gesagt hätte –, kam Ryan zurück.

Er trat mit zögernden Schritten an mein Bett. Dann zog er eine Tageszeitung unter seinem Arm hervor und legte sie vorsichtig vor mir auf die Decke, als sei sie eine Bombe – was sie im Grunde genommen auch war.

Auf der Titelseite prangte das Bild eines Mannes, den ich aus den Medien kannte. Er sah ein wenig rundlicher aus, als ich ihn in Erinnerung hatte, sein Gesicht war seltsam gerötet, und seine Haare wurden langsam schütter. Aber das schockierte mich gar nicht so sehr. Es war vielmehr die Schlagzeile, die mich nach Luft schnappen ließ, und ich sah amüsiert zu Ryan hoch: *US-Präsident tritt vor den Kongress.*

»Ist das eine dieser Scherz-Zeitungen?«, fragte ich und ließ den Finger über die dicken schwarzen Buchstaben gleiten.

»Das wäre wohl für alle das Beste«, murmelte der Arzt und wirkte leicht genervt von Ryans spontanem Entschluss.

»Nein, das ist die heutige Tageszeitung«, erklärte Ryan bestimmt.

»Aber … das kann doch nicht sein! Ich kenne den US-Präsidenten. Und das hier ist …«

»Vergiss den verdammten Präsidenten!«, unterbrach mich Ryan und klang beinahe, als wäre er wütend auf mich. »Deshalb habe ich die Zeitung nicht gekauft.«

»Und warum dann?«, fragte ich unsicher, denn ich ahnte mit einem Mal, dass das hier ein wichtiger Moment war.

»Schau auf das Datum«, bat Ryan gequält.

Mein Blick wanderte zur obersten Zeile. »Zehnter August.« Ich sah meinen Verlobten an. »Aber das hast du mir ja schon gesagt.«

Er schloss die Augen, und ich vermute, dass er nicht mit ansehen konnte, wie seine Worte meine Welt in tausend Stücke zerschmetterten. »Nicht den Monat, das Jahr«, befahl er.

»Zweitausend…« Ich hob den Blick und sah ihn ängstlich an. »Ist das ein Druckfehler?«

»Nein, Maddie.«

»Aber das ist unmöglich!« Ich las noch einmal die Datumszeile und schüttelte den Kopf, obwohl ein Teil von mir bereits wusste, dass es die schreckliche Wahrheit war.

»Zweitausend*achtzehn?*«

Beide Männer nickten langsam.

»Willst du damit sagen, dass der Unfall nicht erst vor ein paar Wochen passiert ist, sondern … sondern …« Es war wie ein Albtraum, aus dem es kein Erwachen gab.

In Ryans Augen standen Tränen, und in seinem Blick lag eine Traurigkeit, die ich noch nie zuvor bei ihm gesehen hatte.

»Der Unfall ist jetzt sechs Jahre her, Maddie. Du hast sechs Jahre im Koma gelegen.«

Kapitel 3

Ich hörte weder, wie der Arzt ging, noch, wie sich die Tür hinter ihm schloss. Er konnte mir ohnehin nicht helfen, genauso wenig wie Ryan.

Ich hatte den Halt verloren und vermochte nicht einmal mehr zu weinen, und ich hörte auch an Ryans Stimme, dass er große Mühe hatte, seine eigenen Gefühle im Zaum zu halten.

»Wie ist das möglich? Warum bin ich so lange nicht aufgewacht?«

Ryan ließ mich langsam los und griff nach meinen zu Fäusten geballten Händen, die die Krankenhausdecke umklammerten. Er öffnete sie sanft und verschränkte seine Finger mit meinen.

»Das weiß niemand«, erklärte er traurig. »Die Ärzte haben alles versucht, was in ihrer Macht stand. Am Anfang waren sie voller Hoffnung. Du hattest schwere, traumatische Verletzungen davongetragen, und sie sagten, dass es natürlich eine Weile dauern würde. Doch dann klangen ihre Stimmen plötzlich anders, wenn sie mit uns sprachen, und als aus den Wochen Monate und aus den Monaten schließlich Jahre wurden, war die Hoffnung dahin. Die Ärzte erklärten, die Chancen, dass du jemals wieder aufwachst, würden sinken, je länger du im Koma liegst.« Er lächelte bitter. »Sie fragen sich nicht, warum du so lange im Koma gelegen hast, sondern warum du überhaupt wieder aufgewacht bist. Sie bezeichnen dich als Wunder, weißt du?«

Nun stiegen mir doch Tränen in die Augen, und als ich blinzelte, liefen sie über meine Wangen. »Ich habe sechs Jahre meines Lebens verloren – das klingt für mich nicht gerade nach einem Wunder. Mein Gott, dann bin ich mittlerweile also ... vierunddreißig?«

Ryan nickte.

»Ich bin alt geworden, ohne es zu merken!«, rief ich verzweifelt. »Und ich habe meinen dreißigsten Geburtstag verpasst.«

Ryan beugte sich näher zu mir und wischte mir mit dem Daumen die Tränen von den Wangen. »Du hattest eine Torte«, erklärte er tröstend. »Und Kerzen.«

»Aber ich war nicht da, um sie auszublasen!«

In seinen Augen spiegelten sich viele Emotionen. »Nein, Maddie. Du warst nicht da.«

Seine Worte klangen schrecklich endgültig – beinahe so, als würde er mir die Schuld dafür geben, dass ich nicht aufgewacht war.

»Ich sehe bestimmt anders aus. Holst du bitte einen Spiegel? Ich will es sehen.«

Ryan wollte mich offensichtlich nicht lange allein lassen, er war so schnell wieder da, dass ich mich fragte, ob er vielleicht der erstbesten Frau den Spiegel aus der Handtasche geklaut hatte. Er hielt mir einen kleinen Handspiegel entgegen, doch die Bewegungen meiner Finger waren noch zu unkoordiniert, und ich konnte den winzigen Verschluss nicht öffnen.

Ryan half mir und gab mir den Spiegel anschließend wieder.

Meine Hand zitterte, als ich ihn vors Gesicht hielt. Vielleicht würde ich es vor lauter Falten gar nicht wiedererkennen? Doch offensichtlich sieht man mit vierunddreißig nicht viel anders aus als mit achtundzwanzig. Mein Gesicht war zwar eingefallen, und meine Wangenknochen stachen hervor, aber im Grunde war das immer noch ich. Erst als ich näher hinsah, merkte ich, wie blass ich war, und entdeckte dunkle Ringe unter den Augen, die man eigentlich nicht bei jemandem erwarten würde, der mehr als sechs Jahre geschlafen hatte.

»Du siehst keinen Tag älter aus«, erklärte Ryan beruhigend.

»Das sagst du nur, weil du mich liebst«, erwiderte ich.

Ich betrachtete noch immer mein Spiegelbild, weshalb ich seinen besorgten Blick nur aus dem Augenwinkel sah. Ich senkte den Spiegel und musterte ihn eingehend. Die Zeit hatte auf meinem Gesicht zwar kaum Spuren hinterlassen, dafür aber auf seinem. Und jetzt, wo ich genauer hinschaute, fragte ich mich, wie es mir bis jetzt hatte entgehen können.

»Wir hatten vor, gemeinsam alt zu werden«, lächelte ich traurig. »Aber dann bin ich eingeschlafen und habe dich mit diesem Vorsatz allein gelassen.«

Er presste die Lippen aufeinander und griff erneut nach meiner Hand.

»Es muss schwer gewesen sein, so lange auf mich zu warten.«

»Für deine Eltern war es noch schwieriger«, erwiderte Ryan zögernd. »Vor allem für deinen Dad. Es ist sicher schrecklich, seine Tochter in diesem Zustand zu sehen …« Er verstummte.

»Ich kann es kaum erwarten, ihn zu sehen. Und Mum natürlich auch.«

Ryan wandte den Blick ab, und die Art, wie sich sein ganzer Körper versteifte, machte mir Angst. Er fixierte einen Punkt neben dem Fenster und sprach dann sehr viel weniger selbstbewusst weiter. »Sie haben nie aufgehört, an ein Wunder zu glauben. Vor allem dein Dad. Selbst als dich alle anderen bereits aufgegeben hatten, hatte er noch Hoffnung.« Er drehte sich langsam um und kam mir in diesem Moment genauso alt vor wie mein Vater. »Er war der Einzige, der nie den Glauben daran verlor, dass du wieder aufwachst.«

Es folgte eine lange Pause, und die Worte, die eigentlich gesagt werden mussten, hingen zwischen uns in der Luft. Ich beschloss, das Schweigen zu brechen.

»Außer dir natürlich. Du hast die Hoffnung auch nicht aufgegeben …«

Er sah aus, als hätte ich ihm ein Messer in die Brust gerammt.

»Du *hast* sie aufgegeben? Du hast nicht mehr daran geglaubt, dass ich noch einmal ins Leben zurückkehre?«

Der Moment war gekommen. Doch ich wäre am liebsten davongelaufen. Allerdings war mein Körper viel zu schwach und ließ es nicht zu. Die Wahrheit kam immer näher – wie der Van, der mich überfahren hatte.

Ryan hielt immer noch meine Hand. Seine Hände fühlten sich schon die ganze Zeit über seltsam und irgendwie falsch an. Ich ließ meinen Zeigefinger über die Handfläche bis zu seinem Ringfinger wandern. Jetzt, wo ich wusste, wonach ich suchte, spürte ich es natürlich sofort. Eine deutliche Rille.

Hier steckte normalerweise sein Ehering.

Das Schweigen schien endlos. Irgendwann erhob sich Ryan und trat ans Fenster, und ich betrachtete die Silhouette des Mannes, der mir gehört hatte, als ich die Augen schloss, und der einer anderen gehörte, als ich sie wieder öffnete.

»Gratuliere«, sagte ich schließlich bitter. »Wer ist sie?«

Ryan stemmte die Hände gegen den Fensterrahmen, als wolle er ihn hinausdrücken. Das Hemd, das ich nicht kannte, war perfekt gebügelt, und da Ryan nicht bügeln konnte, war seine Neue vermutlich für den perfekten Auftritt verantwortlich. Es war dieser kleine Akt der Intimität, der mir die Tränen in die Augen trieb. Jetzt war sie diejenige, die seine Socken aufsammelte, die nie den Weg in den Wäschekorb fanden. Ich hatte mich Tausende Male darüber beschwert. Erst *gestern* Morgen hatte ich ihn darauf aufmerksam gemacht – zumindest kam es mir so vor. Und jetzt würde ich es nie wieder tun. Ryan und sein Leben waren mir fremd geworden. Dabei hatte ich nur die Augen geschlossen.

Er sah mich über die Schulter hinweg an. »Ich habe dich geliebt. Mehr, als du jemals begreifen wirst.« Seine Stimme klang rau, als würden seine Worte eine alte Wunde aufreißen. Trotzdem sagte mir die Zeitform, in der er sprach, alles, was ich wissen musste.

»Wie lange?«, fragte ich ihn leise, aber überraschend gefasst, obwohl mir die Tränen immer noch über die Wangen liefen.

»Wir haben vor zwei Jahren geheiratet.« Das »wir« versetzte mir einen Stich. Es erschien mir wie ein grausamer Scherz.

Ich vergrub mein Gesicht im tränennassen Kissen. »Aber ich kenne sie schon länger.«

Ich sah ihn an. »Kanntest du sie schon, als wir zusammen waren?« War die unbekannte Frau, die mir meine Zukunft gestohlen hatte, womöglich auch Teil meiner Vergangenheit? Kannte *ich* sie etwa? Es war ein schwacher Trost, dass meine Frage Ryan offensichtlich entsetzte.

»Nein, natürlich nicht! Wir haben uns erst nach dem Unfall kennengelernt. Zu einer Zeit, als ich … als ich dringend jemanden zum Anlehnen brauchte.«

Ich!, rief eine Stimme in meinem Kopf. *Ich sollte diejenige sein, an die du dich anlehnst!* Doch ich sprach die Worte nicht aus, denn eigentlich wollte ich etwas ganz anderes sagen: *Du hättest auf mich warten sollen, denn* ich *hätte es getan. Ich hätte bis ans Ende meines Lebens auf dich gewartet.*

»Wie heißt sie?«

Ryan sah mich an. *Warum fragst du mich so etwas?, fragten seine Augen.*

Weil ich es wissen muss. Ich muss alles wissen, antworteten meine.

»Chloe. Sie heißt Chloe.« Und in diesem Moment wurde

die fremde Frau real – nicht, weil ich nun ihren Namen kannte, sondern wegen der Wärme in seiner Stimme, als er ihn aussprach. Es gab keinen Zweifel daran, dass er sie liebte, denn genauso hatte er früher auch meinen Namen ausgesprochen.

»Die Ärzte sagten, du würdest nie wieder aufwachen«, flüsterte Ryan. »Sie meinten, es würde schon viel zu lange dauern und dass wir uns von dir verabschieden sollen. Dass wir dich so in Erinnerung behalten sollen, wie du vor dem Unfall warst.«

Er trat wieder ans Bett, und meine Augen versanken in seinen. Würde ich ihn jemals wiedersehen, wenn er jetzt ging? Würde seine Frau es zulassen? Wenn ich an ihrer Stelle gewesen wäre, hätte ich es nicht getan.

»Drei Jahre lang saß ich an deinem Bett und hoffte Tag und Nacht auf ein Wunder.«

Mein Lachen klang bitter und sarkastisch. »Na ja, du weißt ja, was man so sagt: Man sollte vorsichtig sein mit dem, was man sich wünscht.«

»Tu das nicht«, flehte er und griff nach meiner Hand, doch ich zog sie fort. Er hatte kein Recht, meine Hand zu halten, denn sein Ring steckte an der Hand einer anderen.

»Als gestern Nacht das Telefon läutete und ich den Anruf erhielt, auf den ich sechs Jahre lang gewartet hatte, empfand ich nur eine unglaubliche Freude, dass du wieder da bist.«

Es klang ehrlich, doch als ich die Augen schloss und mir den Moment vorstellte, sah ich die Hand einer Frau, die im Dunkeln verschlafen seine Schulter berührte. Ich sah, wie sie hinter ihm im Bett kniete und fragte, wer denn um Himmels willen um diese Zeit anrief. Ich sah, wie er aufstand und nach seinen Klamotten griff, während sie ins Kissen zurücksank. Ich sah es so deutlich, als wäre ich dabei gewesen.

»Ich glaube, du solltest jetzt gehen«, sagte ich, und meine Stimme zitterte vor Anstrengung. Es kostete mich immense

Kraft, nicht laut herauszubrüllen, wie unfair das alles war. Warum war ich überhaupt aufgewacht? Damit ich erkannte, dass mein Verlobter mit einer anderen verheiratet war?

»Maddie, wir müssen trotzdem darüber reden …«

»Nein. Nicht jetzt. Es gibt ein Maximum an Dingen, die ich an einem Tag ertrage. Es reicht, Ryan. Bitte geh.« Ich stand kurz davor, die Fassung zu verlieren. Es würde hässlich und laut werden, und ich wollte unbeobachtet sein.

Trotzdem schien ich unbewusst zu ahnen, dass es noch etwas zu sagen gab. Also drehte ich ein letztes Mal am russischen Roulette, bevor er zu ihr zurückkehrte.

»Habt ihr Kinder?«

Seine Hand lag bereits auf der Türklinke, doch dann erstarrte er. Er wandte sich nicht zu mir um, weshalb ich sein Gesicht nicht sah, als er mir antwortete. Ich stellte mir vor, dass es voller Reue und vielleicht auch voller Scham war. Er hielt den Blick gesenkt.

»Ja, wir haben ein kleines Mädchen.« Und dann verließ er ohne ein weiteres Wort das Zimmer.

Ich hatte gedacht, dass nichts den Schmerz übertreffen konnte, den ich erlitten hatte. Ich hatte gedacht, ich wäre am Limit angelangt. Aber ich hatte mich geirrt.

Die Schwestern ließen mich eine Zeit lang allein, und ich war ihnen dankbar, denn manche Schmerzen kann niemand heilen, gleichgültig, wie erfahren er ist. Ich brauchte Zeit, um zu trauern und zu weinen – denn während jeder mein Aufwachen als Wiedergeburt feierte, starb ein Teil von mir für jeden Tag, den ich verloren hatte. Natürlich war ich dankbar, dass ich noch am Leben war, aber ich wollte *alles* zurückhaben und nicht nur eine abgespeckte Version meines alten Lebens.

»Genug jetzt!«, befahl ich mir irgendwann.

Und als die Krankenschwester mit den Sommersprossen ihren Kopf zur Tür hereinsteckte, brachte ich sogar so etwas wie ein Lächeln zustande, obwohl das Mitleid in ihrem Blick mich beinahe erneut zu Boden geschleudert hätte. Diese Menschen hatten sich lange Zeit um mich gekümmert und vermutlich sehr viel früher von den Veränderungen in meinem Leben erfahren als ich. Ich fragte mich, was sie sonst noch wussten.

»Kann ich irgendetwas für Sie tun, Maddie?«

»Ja, Sie könnten mich ins Jahr 2012 zurückbeamen«, erwiderte ich. Die flapsige Antwort hatte in Gedanken irgendwie sehr viel witziger geklungen.

»Ich wünschte, ich könnte die Zeit für Sie zurückdrehen«, antwortete die Schwester – deren Name Ellen war, wie ich später herausfand. »Aber Sie wissen ja, wie das ist: Das staatliche Gesundheitssystem muss sparen …«

Ich lachte, und es fühlte sich sehr viel besser an, als zu weinen. Ellen füllte mein Wasserglas, steckte einen Strohhalm hinein und musterte mich verstohlen. Und sie war sicher nicht die Einzige im Krankenhaus, die sich über meinen psychischen Zustand Gedanken machte. Sie hielt das Glas, während ich am Strohhalm zog, und plötzlich sah ich vor mir, wie Ryan nach meinen morgendlichen Übelkeitsattacken mit einem Glas Wasser neben mir gestanden hatte, und meine Unterlippe begann zu zittern.

»Ich kann mir nicht einmal ansatzweise vorstellen, wie schrecklich das alles für Sie ist. Aber wenn es Ihnen erst einmal besser geht – und es wird Ihnen *definitiv* bald besser gehen«, fügte sie in einem kämpferischen Ton hinzu, »werden Sie irgendwann erkennen, dass Sie lernen müssen zu vergeben. Nur so können Sie weiterziehen.« Ich sah in ihr freundliches, besorgtes Gesicht. »Er ist Ihnen lange Zeit nicht von der Seite gewichen«, sagte sie sanft.

»Aber irgendwann dann doch«, erwiderte ich traurig.

Vielleicht tat ich ihm unrecht. Ich hatte keine Ahnung, wie sehr Ryan gelitten hatte, aber das änderte nichts an der Wut und der Eifersucht, wenn ich ihn mir mit dieser Frau vorstellte … mit dieser *Chloe*. Mein Leben lag in Trümmern, und sie hatte die Einzelteile aufgesammelt und sie sich zu eigen gemacht.

»Mein Verlobter …« Ich brach ab und atmete tief durch, bevor ich weitersprach. »Mein *ehemaliger* Verlobter hat mir heute erzählt, dass er mittlerweile ein verheirateter Mann und Vater ist.« Ellen sah mich an, und es war offensichtlich, dass sie keine Partei ergreifen würde. »Wir waren auch schwanger, wissen Sie? Ryan und ich, meine ich. Es war noch früh, aber wir hätten ein Baby bekommen.«

Ellens Blick wurde sanft, und sie legte tröstend eine Hand auf meinen Arm. »Ich weiß, Maddie. Es steht in Ihrer Akte. Es tut mir leid, dass es so viel gibt, womit Sie zurechtkommen müssen. Soll ich Ihnen etwas geben, damit Sie schlafen können?«

Ich schüttelte den Kopf. Ryan hatte gesagt, dass mein Vater auf dem Weg war, und es war wohl das Mindeste, dass ich wach blieb, bis er kam.

Die untergehende Sonne tauchte mein Zimmer in Orange und Gold, als ich meinen Vater nach sechs Jahren wiedersah. Er sah viel älter aus, als ich es erwartet hatte. Seine grau melierten Haare waren inzwischen weiß, und auch seine Glatze hatte sich ausgebreitet.

Er öffnete die Tür und blieb dann im Türrahmen stehen, als könne er nicht glauben, was er vor sich sah. Seine Lippen bewegten sich tonlos, bevor er endlich die Sprache wiederfand.

»Hallo, Maddie. Ich bin's. Dad.«

Glaubte er etwa, dass ich ihn nicht erkannte? Sein Lachen klang rau. Offensichtlich war er den Tränen nahe. »Tut mir leid, Macht der Gewohnheit. Wir sollten immer sagen, wer wir sind, wenn wir das Zimmer betraten.«

Ich nickte, denn ich brachte kein Wort über die Lippen. Wir starrten einander eine gefühlte Ewigkeit lang an. Er hatte seit meinem Unfall auf diesen Augenblick gewartet, und plötzlich war er da, doch er wirkte wie ein Schauspieler, der seinen Text vergessen hat. Vermutlich hatte ihm niemand gesagt, wie er in dieser Situation reagieren sollte – vor allem deshalb, weil niemand damit gerechnet hatte, dass ich jemals wieder aufwachen würde.

»Daddy?« So hatte ich ihn als Kind immer genannt, und plötzlich stürmten die Erinnerungen auf mich ein. Wie er mich auf der Schaukel anschubste; wie er meinem Fahrrad hinterherlief, nachdem er die Stützräder abmontiert hatte; wie er während meiner ersten Schwimmversuche neben mir im Wasser stand. Seine Arme waren immer ein schützender Hafen gewesen, und nun eilte er auf mich zu, und ich klammerte mich wie ein kleines Kind an ihn, während die Gefühle uns übermannten.

Schließlich löste er sich von mir, und seine Hände umfassten mein Gesicht. »Du bist zurückgekommen«, flüsterte er, und seine Stimme brach beinahe. »Du bist zu uns zurückgekommen. Ich wusste, dass es eines Tages passieren würde.«

Er zog den Besucherstuhl so nahe wie möglich ans Bett und ließ sich darauf nieder. Seine Bewegungen wirkten steif, und ich sah, wie er zusammenzuckte, als er sich setzte. Die Fahrt von meinem Elternhaus nach London dauerte mehrere Stunden, und er hatte sich vermutlich nicht die Zeit für eine Pause genommen, um sich die Füße zu vertreten. Es war eine lange Reise für einen Mann seines Alters, und die Frage, warum er sie ohne meine Mum in Angriff genommen hatte, ließ sich nicht länger hinausschieben.

»Du bist allein gekommen?«

Er nickte zögerlich und sah mir mit einer Intensität in die Augen, als würde er meines Anblicks niemals müde werden.

»Ryan hat erwähnt, dass Mum ...« Ich brach ab und versuchte, mich an seine genauen Worte zu erinnern.

Mein Vater nahm meine Hand in die Hände. »Deine Mum ist schon seit einer ganzen Weile nicht mehr sie selbst.« Schmerz blitzte in seinen wässrig blauen Augen auf, und ich ahnte, dass es um einiges schlimmer war, als er zugeben wollte. Er sah sich im Zimmer um, als brauche er Unterstützung. »Ist Ryan schon weg?«

Ja, das ist er – und zwar im wahrsten Sinne des Wortes, dachte ich traurig und nickte.

Meine Gefühle waren mir wohl anzusehen, denn er umklammerte meine Hand noch fester. »Es tut mir so leid, Maddie. Wegen Ryan, meine ich.«

Ich schüttelte den Kopf. »Darüber können wir später reden. Jetzt will ich erst mal wissen, wie es Mum geht. Du hast sie doch sicher nicht allein gelassen, oder? Wer ist denn im Moment bei ihr?«

Ein seltsamer Ausdruck machte sich auf Dads Gesicht breit, und ich brauchte eine Weile, bis ich ihn richtig einordnen konnte. Er fühlte sich schuldig. »Es geht ihr gut, und sie ist in guten Händen. Aber sie ist nicht mehr zu Hause.« Er räusperte sich. »Sie braucht mehr Pflege, als ich leisten kann.« Die Schuldgefühle waren so deutlich zu spüren, dass sie auf mich übersprangen.

»War es wegen meines Unfall? Hat der Schock ihren Zustand so drastisch verschlechtert?«

»Nein, Maddie, auf keinen Fall.« Seine Stimme klang plötzlich sehr viel fester und so streng, wie ich sie seit meinen Teenagerjahren nicht mehr gehört hatte. »So etwas darfst du niemals denken! Du darfst dir nicht die Schuld geben. Mum ging es schon längere Zeit nicht gut. Kannst du dich nicht erinnern, dass sie schon bei deinen Hochzeitsvorbereitungen …« Er brach ab und sah mich erschrocken an.

Ich drückte seine Hand und war mir nicht mehr sicher, wer hier wen tröstete. »Ist schon okay, Dad. Ich weiß von Ryan … und seiner Frau. Auch wenn ich erst lernen muss, damit klarzukommen. Für mich hat die Zeit stillgestanden, aber mir ist klar, dass euer Leben weiterging, während ich im Krankenhaus lag.«

Die Stimme meines Vaters klang immer noch rau, als er mir stockend erzählte, wie Mums Pflege ihm langsam zu viel geworden war. Die Entscheidung, sie in ein Pflegeheim zu geben, hatte ihm schier das Herz gebrochen. »Aber sie scheint dort glücklich zu sein. Ruhiger. Und ich besuche sie jeden Tag, sitze neben ihr und rede mit ihr. Ich darf bleiben, solange ich will. An manchen Tagen ist es besser, an manchen schlechter«, gab er seufzend zu.

Und wenn er nicht bei Mum war, hat er mich besucht, dachte ich bitter. Es war kein Wunder, dass er in den letzten sechs Jahren so deutlich gealtert war.

»Ich bin mir sicher, dass du ein wunderbares Pflegeheim für sie gefunden hast, aber kostet so etwas nicht ein Vermögen?«, fragte ich naiv.

Er rutschte verlegen hin und her und biss sich auf die Lippe. Ich brauchte eine Weile, um seinen Gesichtsausdruck zu deuten. Die Schuldgefühle waren wieder da – und auch die Reue. »Oh, Dad! Du hast das Haus verkauft, nicht wahr?«

Er nickte. »Es tut mir leid, Maddie. Ich hatte keine andere Wahl. Ich weiß, wie sehr du dieses Haus geliebt hast und wie viele glückliche Erinnerungen für uns alle damit verbunden sind, aber es war viel zu groß für mich allein, und außerdem bin ich ja die meiste Zeit sowieso bei deiner Mum. Aber ich habe die Sache offenbar nicht richtig durchdacht. Ich habe nicht daran gedacht, was passiert, wenn du aufwachst. Dass du einen Ort brauchst, an dem du wieder zu dir finden und dich erholen kannst.«

Ich hatte noch gar nicht darüber nachgedacht, wo ich eigentlich wohnen würde, wenn ich erst mal aus dem Krankenhaus entlassen wurde. Vor ein paar Stunden wäre die Antwort noch einfach gewesen: Ich wäre zu Ryan gezogen – oder in mein Elternhaus. Jetzt war beides nicht mehr möglich.

Ich sah in das bekümmerte Gesicht meines Vaters, und mir wurde klar, dass es hier um mehr ging als darum, wo ich später wohnen würde.

Das Reden erschöpfte mich zusehends, und sosehr ich mich auch bemühte, im Hier und Jetzt zu bleiben, fielen mir immer wieder die Augen zu.

»Du solltest dich ausruhen, Maddie. Versuche, ein wenig zu schlafen, Liebling.«

Er stand auf und wollte gehen, doch ich griff nach seiner Hand, und er hielt noch einmal inne. »Ich habe Angst, Dad«, flüsterte ich. »Was, wenn ich nicht wieder aufwache? Oder wenn noch einmal sechs Jahre vergehen?«

Sein Adamsapfel zuckte einige Male, bevor er sich wieder unter Kontrolle hatte. »Na ja, ich schätze, du hast keine andere Wahl. Ich habe mir ein Zimmer genommen und habe vor, morgen wiederzukommen.«

Ich lächelte müde. »Du hast immer noch jederzeit einen Scherz auf den Lippen, was?«

Mein Vater beugte sich zu mir und drückte mir einen sanften Kuss auf die Stirn. »Eigentlich war das der erste, seit sie dich hierhergebracht haben.«

Ich amtete seufzend den vertrauten Duft seines Aftershaves ein. »Bleibst du bitte hier, bis ich eingeschlafen bin?«, fragte ich wie ein Kind, das in der Nacht aus einem Albtraum hochgeschreckt war.

Mein Vater ließ sich wieder auf den Besucherstuhl sinken, und ich sah die Sorge um mich in seinem Gesicht, aber auch die Erleichterung, mich wiederzuhaben. Doch am stärksten war die Liebe, die er für mich empfand. Ich nahm dieses Bild mit mir, als ich langsam in den Schlaf glitt. Sollte ich nie mehr aufwachen, konnte ich es für immer bei mir tragen.

Aber natürlich wachte ich wieder auf. So gut schläft man in Krankenhäusern auch wieder nicht.

Ich realisierte erst jetzt wirklich, wie einzigartig und verblüffend mein Erwachen aus dem Koma war, denn Dutzende Mediziner gingen in meinem Zimmer ein und aus.

Ich war noch immer an zahlreiche Monitore angeschlossen, die ebenfalls unter ständiger Beobachtung standen. Irgendwann ließ Ellen die Jalousie vor dem Fenster in meiner Zimmertür herunter, um die medizinischen »Gaffer« abzuwimmeln, doch es war sinnlos. Ich fühlte mich trotzdem wie ein Freak in einem Zirkus.

Die Sonne war bereits vor mehreren Stunden aufgegangen, als ich plötzlich zwei vertraute Stimmen vor meiner Tür hörte. Durch die heruntergelassenen Jalousien sah ich zwar nur die Umrisse der beiden, und sie sprachen viel zu leise, als dass ich etwas verstehen konnte. Trotzdem hätte ich ihre Stimmen überall sofort erkannt. Ich erlaubte mir für einen kurzen Moment, sechs Jahre in die Vergangenheit zu reisen. *Der Mann an meiner linken Seite bot mir den Arm, und wir gingen gemeinsam den mit Blütenblättern bestreuten Mittelgang hinunter. Wir blieben vor dem Altar stehen, und er nahm meine Hand, um sie sanft in die*

Hand des etwas größeren Mannes zu legen, der sein ganzes Leben mit mir teilen wollte.

Ich wischte mir wütend mit dem Handrücken die Tränen fort, und die Kanüle, die noch immer darin steckte, kratzte über meine Haut. Meine Wangen waren gerötet, als mein Vater schließlich leise an die Tür klopfte und seinen Kopf hereinsteckte, aber wenigstens waren sie trocken.

»Guten Morgen, Maddie. Du bist wach!« Die Freude in seiner Stimme war ansteckend, und ich lächelte. Meine Gefühle waren vollkommen durcheinander, seit ich aufgewacht war. Die Grenze zwischen extremem Glück und tiefer Trauer war hauchdünn.

Ich sah an meinem Vater vorbei zu der Silhouette, die immer noch auf dem Flur vor dem Zimmer wartete. »Was macht Ryan denn hier?«

Mein Vater trat ins Zimmer und schloss vorsichtig die Tür. »Er hat sich Sorgen gemacht. Er hat letzte Nacht kein Auge zugetan und wollte einfach sehen, wie es dir geht.«

Ich schüttelte den Kopf. »Das will ich nicht. Er kann nicht Teil meines Lebens bleiben. Das wäre nicht fair. Weder mir gegenüber noch dieser … Wie hieß sie noch gleich?« Ich wusste nur zu gut, wie die Frau hieß, die mein Verlobter geheiratet hatte. Ihr Name stand auf dem Grabstein meiner Ehe. Es war reiner Selbstschutz, dass ich so tat, als wäre es nicht weiter wichtig.

»Ihr Name ist Chloe«, erklärte mein Vater besorgt und drückte mir einen Kuss auf die Wange.

Ich wich, so weit es ging, vor ihm zurück. »Du weißt, wie sie heißt?« Er nickte und vermied es, mir in die Augen zu sehen. »*Kennst* du die Frau etwa, Dad?«

Mein Vater war schon immer ein miserabler Lügner gewesen, und das hatte sich offenbar auch in den letzten sechs Jahren nicht geändert. »Nicht wirklich. Wir haben uns ein paarmal gesehen.« Selbst wenn sein Hals nicht knallrot angelaufen wäre, hätte ich sofort gewusst, dass er log, und es war beunruhigend, dass er nicht zugeben wollte, wie gut er diese Frau kannte.

Er trat ans Fenster und sah hinaus. Es würde noch Wochen dauern, bis ich dasselbe tun konnte.

»Warum, Dad?«

»Warum was?«, fragte er.

Die Spannung zwischen uns wuchs mit jeder Sekunde. »Warum kennst du Ryans Frau?«

Mein Dad wandte sich mit einem traurigen Lächeln zu mir um. »Es wäre unhöflich gewesen, ein Treffen abzulehnen. Vor allem, nachdem er mich um Erlaubnis gebeten hatte, sie heiraten zu dürfen.«

»Was machst du hier? Du solltest zu Hause bei deiner Familie sein.«

»*Du* bist genauso meine Familie.« Ryans Worte schafften es tatsächlich, mich mit noch größerer Wucht zu Boden zu schleudern als der Van, der in mich hineingedonnert war.

»Nein, das bin ich nicht! Sag so etwas nicht – wir wissen beide, dass es nicht stimmt.«

»Ich habe eine andere geheiratet, aber das bedeutet nicht, dass es mir egal ist, was aus dir wird.«

»Das sollte es aber«, entgegnete ich absichtlich schroff. »So ist das nun mal, wenn man Schluss macht. Man muss die Gefühle ablegen, die man füreinander hatte. Nur dann kann man weiterziehen.«

»Aber wir haben nie Schluss gemacht …«

Ich sah zu ihm hoch und spürte erste Risse in der Mauer, hinter der ich Zuflucht gefunden hatte. »Doch, das haben wir. Unsere Beziehung war zu Ende, als du eine andere geheiratet hast. Und warum zum Teufel hast du meinen Dad auch noch in die Sache mit hineingezogen?«

Ryan warf einen verlegenen Blick zur Tür, durch die mein Vater kurz zuvor verschwunden war.

»Du hattest kein Recht, ihn in eine derart missliche Lage zu bringen. Was hast du dir nur dabei gedacht?«

Er betrachtete mich eine Zeit lang schweigend, und es sah immer wieder so aus, als wolle er etwas sagen, doch dann überlegte er es sich in letzter Sekunde anders.

Schließlich bemerkte er: »Wir sind uns in den Monaten und Jahren nach deinem Unfall sehr nahegekommen. Wir haben einander durch eine unvorstellbar schwere Zeit geholfen.« Er senkte den Blick auf seine Schuhe, und ich sah erneut vor mir, wie wir vor dem Heiratsantrag an der Tür meines Vaters gestanden hatten. Die Erinnerung daran befand sich viel zu nahe an der Oberfläche – und es tat unglaublich weh.

»Dein Dad ist wie ein Schwiegervater für mich«, gestand Ryan. »Er gehört zur Familie.«

»Nein, tut er nicht. Und ich bin mir nicht sicher, ob sich deine Frau freuen würde, wenn sie dich so reden hörte.«

»Eigentlich hat sie gar nicht …«

»Nein, Ryan. Ich kann das nicht. Ich will das alles nicht hören. Du darfst nicht hier sein. *Noch* nicht. Du magst in mir eine verflossene Liebe sehen, aber ich weiß nur, dass du nicht mehr mir gehörst, und es ist die reinste Folter.«

Er trat auf das Bett zu, doch ich hob abwehrend die Hand. »Komm nicht näher! Denn dann will ich, dass du mich festhältst, mich küsst und mir sagst, dass alles nur ein schrecklicher Albtraum war und ich jeden Moment aufwachen und wieder in deinen Armen in deinem Bett liegen werde.«

Er sah aus, als hätte ich ihm ein Messer in die Brust gerammt. »Maddie …«

»Bitte, Ryan, ich muss mich jetzt darauf konzentrieren, wieder gesund zu werden, damit ich bald aus dem Krankenhaus rauskomme. Mein Körper braucht Zeit, um zu heilen – und mein Herz auch.«

Seine Stimme klang erstickt, als er nach seiner Jacke griff, die er achtlos über den Stuhl geworfen hatte. »Du willst mich wirklich nicht mehr sehen?«

»Ich würde dich am liebsten *jeden* Tag sehen, und zwar für den Rest meines Lebens – aber wir wissen beide, dass das nicht geht«, gab ich zu.

»Ich bin mir nicht sicher, ob ich es schaffen werde, nicht mehr herzukommen«, sagte er mit dem Rücken zu mir, bevor er das Zimmer verließ.

Es stellte sich heraus, dass er es sehr wohl schaffte, denn es vergingen beinahe drei Monate, bis ich ihn wiedersah.

Kapitel 4

Drei Monate später

»Ich heiße Heidi, und Sie werden mich schon bald hassen.« Genau so hatte sich meine Physiotherapeutin wenige Tage später bei mir vorgestellt. »Unser Ziel ist, dass Sie in ein paar Monaten zu Fuß aus dem Krankenhaus rausspazieren. Und zwar ohne Krücken, ohne Gehstock und ohne zu humpeln. *Capisce?*«

Ich weiß noch, wie ich die kleine, stämmige Frau mit den raspelkurzen weißblonden Haaren und den Nasenpiercings anstarrte. Der Name hätte eher zu einem pausbäckigen, fröhlichen Mädchen gepasst. *Meine* Heidi sah hingegen aus wie ein Elitesoldat, und das Training, mit dem sie mich in den darauffolgenden Monaten quälte, bestätigte meinen ersten Eindruck. Vor dem Unfall war ich ziemlich durchtrainiert gewesen, denn ich hatte viele Wochen im Fitnesscenter an meiner Hochzeitsfigur gearbeitet, bevor mir die unerwartete Schwangerschaft einen Strich durch die Rechnung machte.

Jetzt zog ich keuchend und schnaufend Heidis Programm durch, das meine verkümmerten Muskeln wieder aktivieren sollte. »Ihr Körper will das!«, rief sie jedes Mal, wenn ich mich am liebsten übergeben hätte – was am Anfang bei jeder Einheit der Fall war.

Heidi legte eine extreme Ausdauer an den Tag. »Passen Sie auf«, sagte sie, nachdem sie mich gezwungen hatte, die ersten unsicheren Schritte entlang der Haltestange an der Wand zu machen, »wenn Sie es ohne Hilfe bis zum Ende der Stange schaffen, dürfen Sie mir ins Gesicht schlagen. Und zwar so fest sie können.« Diese Aussicht trieb mich monatelang an, doch als ich es schließlich schaffte, dachte ich nicht mehr daran, sondern sank in Heidis Arme, und wir begannen beide zu weinen. Offenbar hatte ich tatsächlich etwas Besonderes erreicht, denn Heidi war keine Frau, die leichtfertig Tränen vergoss.

Die Ärzte und Schwestern hatten zwar endlich aufgehört, mich als Wunder zu bezeichnen, aber an diesem Tag wusste ich endlich, was sie gemeint hatten.

Ich hatte meinen Dad nach langen Diskussionen davon überzeugt, dass er mich nur einmal die Woche besuchen kam. Mein Argument war, dass ich mich auf die Therapien konzentrieren musste. In Wahrheit war mir jedoch klar, dass meine Mutter ihn mehr brauchte als ich. Es brach ihm zwar jedes Mal das Herz, wenn sie sich nicht mehr an seinen Namen und an die vielen gemeinsamen Jahre erinnern konnte, aber sie wartete immer noch jeden Morgen auf den Mann, der sie so oft besuchen kam. Und manchmal wusste sie sogar noch, dass sie ihn liebte.

Anfang Oktober konnte ich mich bereits mit einem Gehgestell fortbewegen. »Du musst üben«, sagte Heidi. »Je mehr du übst, desto schneller werde ich dich nicht mehr jeden Tag quälen.«

»Wenigstens gibst du es endlich zu!«, erwiderte ich mit einem Lächeln.

Das Reha-Team war unglaublich. Sie brachten mir in mühevoller Kleinarbeit all die Dinge bei, die mein Körper vergessen hatte. Selbst ans Essen und Trinken musste ich mich erst wieder gewöhnen, und als mein Magen endlich wieder feste Nahrung akzeptierte, legte ich auch an Gewicht zu. Es war zwar noch nichts von meinen früheren Rundungen zu sehen, aber wenigstens hatte ich wieder etwas Fleisch auf den Rippen.

Es wurde Herbst und schließlich Winter, und ich hatte das Schicksal mittlerweile in einer Art akzeptiert, die ich nie für möglich gehalten hätte. Ich konnte inzwischen an Ryan und das verlorene Leben mit ihm denken, ohne gleich in Tränen auszubrechen. Die Leute im Krankenhaus mussten mich nicht mehr ständig daran erinnern, wie erstaunlich meine Genesung war, und ich fühlte mich geradezu moralisch verpflichtet, etwas Bedeutsames aus dem Leben zu machen, das mir geschenkt worden war, und nicht in Selbstmitleid und Bitterkeit zu versinken.

Doch der Brief, den ich an einem Vormittag Anfang November bekam, änderte alles.

Ich saß auf einem Stuhl und starrte zum Fenster hinaus, aber ich sah weder den kleinen Park noch das mehrstöckige Parkhaus, das den Großteil der Aussicht blockierte. Ich war zu sehr in den Erinnerungen an meine Erlebnisse vom Vormittag versunken. Und ich war immer noch fahrig und durcheinander. Es war, als hätte sich plötzlich eine Tür einen Spaltbreit geöffnet und ich hätte etwas gesehen – eine Erinnerung vielleicht? –, das seitdem an mir nagte.

In den letzten Wochen hatte ich genügend Selbstvertrauen gesammelt, um allein durch das Krankenhaus zu streifen. Es gab kaum Stationen, die ich während meines Trainings nicht besucht hatte, und nach einiger Zeit erkannten mich die Angestellten wieder. Die Krankenschwestern, Ärzte und Therapeuten waren zu richtigen Freunden geworden. Und das war gut so, denn zu meinen früheren Freunden gab es kaum noch Kontakt.

Als ich aus dem Koma erwacht war, hatten meine beiden ehemaligen besten Freundinnen geheiratet und waren fortgezogen. Die eine lebte jetzt in Edinburgh, die andere in Australien. Natürlich waren zahlreiche Bekannte und Arbeitskollegen vorbeigekommen, doch sie hatten sich spürbar unwohl gefühlt. Die Gespräche verliefen stockend und unsicher, als würden sie sich schämen oder sogar schuldig fühlen, dass *ihr* Leben weitergegangen war. Oder erinnerte ich sie vielleicht an ihre eigene Sterblichkeit? Im Grunde konnte doch jeder von einem Auto überfahren werden – und dieses Mal hatte es eben mich erwischt.

An diesem Vormittag hatte ich die Aufzüge wie üblich links liegen gelassen und mich langsam auf den Weg die Treppe hinauf gemacht. Normalerweise schaffte ich es nur bis in den fünften Stock, doch diesmal hatte ich mich so fit wie nie gefühlt und zwei weitere Stockwerke in Angriff genommen.

Am Ende fand ich mich vor der Entbindungsstation wieder.

Ich war ein wenig außer Atem, und Schweiß lief meine Wirbelsäule hinunter. Durch das Fenster in der Tür sah ich mehrere Patientinnen, die langsam den Flur entlanggingen und sich dabei auf ihre männlichen Begleiter stützten. Eine der Frauen drehte sich gerade um, und unsere Blicke trafen sich einen Augenblick lang, bevor eine Wehe sie packte und sie sich an die Schulter ihres Partners klammerte, bis sie vorbei war.

Meine Hand wanderte unbewusst zu meinem flachen Bauch, und ein stechender Schmerz durchfuhr mich. Das dort hätten Ryan und ich sein können. Wir wären auch hier gewesen und hätten aufgeregt und besorgt die Geburt unseres ersten Kindes erwartet. Wir hätten das alles ebenfalls erlebt, wenn ich nicht so unvorsichtig gewesen wäre.

Hinter der schwangeren Frau schob eine Mutter gerade ein Babybettchen aus dem Säuglingszimmer. Das Baby selbst war nicht zu sehen, doch es hatte eine rosafarbene Decke. Plötzlich kam es mir furchtbar falsch vor, dass ich nicht einmal wusste, ob ich einen Jungen oder ein Mädchen bekommen hätte.

Es war ein Fehler gewesen hierherzukommen. Ich wollte umdrehen und in mein Zimmer zurückkehren. Doch meine Füße gehorchten mir nicht, und so blieb ich vor der Tür stehen, bis ein junger Krankenpfleger hinter mir auftauchte, den Türöffner drückte und die Station betrat.

Er wandte sich mir zu und hielt mir die Tür auf. »Kommen Sie auch herein?«

Nein!, schrie die Vernunft in mir. *Auf keinen Fall!*

»Ja danke«, sagte eine Stimme, die ich kaum erkannte, und ich ging mit einer falschen Selbstverständlichkeit an den werdenden Eltern vorbei bis zu der Tür, aus der die Frau mit dem Babybettchen gekommen war. Ich warf einen Blick durch das Fenster in das Säuglingszimmer und war erst mal verwirrt, denn es sah ganz anders aus als im Fernsehen. Es gab dort keine aufgereihten Babybettchen. Doch dann fiel mir ein, dass die Mütter ihre Babys mittlerweile bei sich im Zimmer hatten – vermutlich, um sie vor den gierigen Blicken kinderloser Frauen zu schützen.

In der gegenüberliegenden Ecke des Zimmers saßen zwei Mütter, die ihre Neugeborenen stillten und sich miteinander unterhielten. Ich sah auf meine Brüste hinunter, die langsam wieder etwas voller wurden, und fragte mich, wie sich das wohl anfühlte. Ich schloss die Augen und sah ein gelb gestrichenes Kinderzimmer mit einem altmodischen Schaukelstuhl vor mir. Ich hielt mein Baby im Arm, und Ryan stand neben mir und …

»Entschuldigen Sie, kann ich Ihnen vielleicht helfen?«

Ich wandte mich langsam von dem Fenster ab und blinzelte hektisch, damit die Schwester meine Tränen nicht sah.

»Sie sind keine unserer Wöchnerinnen, oder?«

Ich hätte es sein sollen. Vor langer, langer Zeit.

»Nein. Nein, ich komme von der Winchester-Station.«

Sie wollte mich gerade fragen, was ich hier verloren hatte, als ihr ein Licht aufging.

»Sie sind Madeline Chambers, oder? Die Frau, die im Koma lag und die …«

»Schwester Martin, kommen Sie bitte!«

Die junge Krankenschwester zuckte zusammen, als die Stationsschwester ihren Namen rief, und eilte zum Schwesternzimmer. Die beiden waren zu weit weg, als dass ich sie verstehen konnte, aber offenbar hatte die junge Schwester einen Fehler gemacht. Sie schüttelte immer wieder abwehrend den Kopf, und einmal sahen beide in meine Richtung. Ihre Gesichter waren unergründlich.

Offenbar wurden Außenstehende auf der Entbindungsstation nicht gern gesehen. Und eine solche Außenstehende war ich nun mal. Ich legte die Hand auf das Fenster in der Tür und starrte blicklos ins Säuglingszimmer. Irgendwo weinte ein Baby. Ich hätte wirklich nicht herkommen sollen, und die junge Schwester war offensichtlich derselben Meinung, als sie kurz darauf neben mich trat.

»Es tut mir leid, aber die Privatsphäre der jungen Mütter auf unserer Station ist uns sehr wichtig. Meine Kollegin hat mich daher gebeten, Sie zurück auf Ihre Station zu begleiten, Miss Chambers.«

Ich lehnte ihr Angebot mit einem kühlen Lächeln ab. Es war schon seltsam genug, dass sie mich bis zur Tür begleitete, als habe sie Zweifel, dass ich diese Station wirklich verlassen würde.

Ich machte mich langsam auf den Weg die Treppe hinunter und war mir über meine Gefühle nicht ganz im Klaren. Ich spürte eine Sehnsucht, die ich weder erklären noch ignorieren konnte, und sie machte mir Angst. War ich eine der Frauen, vor denen sich junge Mütter in Acht nehmen mussten? Ich hatte gedacht, ich hätte Frieden damit geschlossen, dass ich mein Baby verloren hatte, aber anscheinend hatte ich mich geirrt. Ein Blick ins Säuglingszimmer, und der Schmerz war wieder da. Er war so stark wie die Wehen, die ich nie erlebt hatte – und die ich vielleicht nie erleben würde.

Ich tauchte aus meinen Erinnerungen an den Vormittag auf, als Ellen mit einem weißen Umschlag in der Hand mein Zimmer betrat. Ein Krankenhaus ist wie kleines Dorf, und es dauert nicht lange, bis sich gewisse Dinge herumsprechen. Deshalb war es nicht überraschend, dass sie mich mit gespielter Beiläufigkeit auf meinen Ausflug ansprach.

»Ich habe gehört, dass Sie heute Morgen auf der Entbindungsstation waren, Maddie?«

Ich lächelte und fühlte mich dennoch wie ein ungezogenes Kind, das auf seine Standpauke wartet.

»Was hat Sie dorthin geführt?«

»Die Treppe«, erwiderte ich.

Ellen lachte, aber das Lachen reichte nicht bis zu ihren Augen. »Ich habe mich nur gefragt, warum Sie sich ausgerechnet *diese* Station ausgesucht haben.«

Ich ließ mir Zeit mit meiner Antwort. Für einen Außenstehenden war es vermutlich in selbstzerstörerischer Absicht geschehen – und vielleicht stimmte es sogar. Es gab keine plausible Erklärung für die Anziehungskraft, die das Säuglingszimmer auf mich ausgeübt hatte. Vielleicht war es das ohrenbetäubend laute Ticken meiner biologischen Uhr, vielleicht hatte ich in jenem Augenblick auch gedacht, ich hätte das Recht, dort zu sein. Aber wie sollte ich Ellen das erklären?

Wie sollte es ein Außenstehender verstehen, wenn ich es selbst nicht verstand?

Manchmal setzt man eine Reihe von Ereignissen in Gang, ohne es zu bemerken. Man geht zu einem öden Firmenevent und trifft dort den Mann, mit dem man den Rest seines Lebens verbringen möchte. Man fotografiert unabsichtlich einen Fremden und denkt fälschlicherweise, dass man verfolgt wird. Man macht morgens einen Spaziergang durchs Krankenhaus, landet auf der Entbindungsstation und bekommt am Nachmittag einen Brief.

Ellen hielt mir den unauffälligen weißen Umschlag hin, und bevor ich danach griff, wusste ich bereits, von wem er stammte.

Es stand weder mein Nachname noch die Adresse des Krankenhauses darauf, und es gab auch keine Briefmarke. Der Brief war also persönlich abgegeben worden. War Ryan etwa hier im Krankenhaus?

Ich legte den Umschlag vorsichtig in meinen Schoß. Meine Finger zitterten kaum merklich, und Ellen bemerkte es natürlich. Sie musterte mich besorgt, und das machte mir noch mehr Angst.

»Sie sollten ihn öffnen«, drängte sie sanft.

Ich betrachtete die vertraute Handschrift, und mein Magen zog sich zusammen. »Okay«, erwiderte ich bemüht unbeeindruckt, als würde ich jeden Tag einen Brief von einem Mann bekommen, den ich mehrere Monate nicht mehr gesehen hatte. »Später.«

Was so viel hieß wie: *Ich werde ihn erst lesen, wenn ich allein bin. Dann sieht es niemand, dass ich weine.*

Doch war Ellen nicht nur meine Krankenschwester, sondern inzwischen auch eine Freundin. »Sie müssen ihn jetzt sofort öffnen, Maddie.«

Sie klang unerwartet streng, weshalb ich den Umschlag wieder in die Hand nahm.

Die Wahrscheinlichkeit stieg, dass Ryan tatsächlich hier war.

Ellen machte sich daran, die Kommode neben meinem Bett aufzuräumen, obwohl sie nicht aufgeräumt werden musste. Ich war ihr dankbar für das bisschen Privatsphäre, das sie mir damit gewährte, und zog ein Blatt Papier aus dem Umschlag.

Ryans Handschrift versetzte mir einen schmerzhaften Stich.

Maddie,
bitte zerreiße den Brief nicht oder wirf ihn weg, bevor Du ihn gelesen hast.

Als hätte ich so etwas jemals getan! Ich schluckte ein Lachen hinunter. Ich sehnte mich nach Ryan, obwohl das natürlich falsch war. Ich hatte einen guten Grund gehabt, ihn wegzuschicken, aber mittlerweile konnte ich mich kaum noch daran erinnern.

Ich weiß, dass ich mich von Dir fernhalten soll, und ich habe mich in den letzten Monaten daran gehalten. Aber es ist etwas passiert, und ich muss unbedingt mit Dir sprechen. Ich will nicht mehr dazu schreiben, weil es zu wichtig ist und ich es Dir persönlich sagen muss. Ich warte unten in der Lobby. Bitte schick mich nicht fort, denn Du musst davon erfahren. Und zwar heute.
Es tut mir leid, Maddie. Ich weiß, es ist schwer zu verstehen, aber bitte vertrau mir. Wenn es okay ist, dass ich zu Dir hochkomme, dann bitte Ellen, mich anzurufen.
Ryan

Ich las den Brief drei Mal. Es war, als wäre er in einer fremden Sprache geschrieben und als würde ich Zeit brauchen, um ihn zu übersetzen. Doch auch nach dem dritten Mal war ich nicht schlauer.

Ryans Bitte klang dringend und ziemlich mysteriös. Und plötzlich war da ein kleiner Hoffnungsschimmer, auch wenn ich sofort versuchte, ihn im Keim zu ersticken. Ging es um seine Ehe? War ich ein schlechter Mensch, wenn ich mir wünschte, er habe mir deshalb geschrieben?

Ellen hatte ihre Pseudo-Aufräumversuche beendet und stand jetzt neben mir. »Wollen Sie, dass er heraufkommt?«

Ich schluckte. »Wissen Sie, worum es geht?«

Einen Sekundenbruchteil lang sah ich etwas in ihren Augen aufblitzen, doch dann schüttelte sie den Kopf. »Nein.«

Vermutlich wusste sie, dass ich ihr nicht glaubte.

»Was soll ich ihm sagen?«, drängte sie mich.

»Holen Sie ihn herauf.«

Ihr erleichtertes Seufzen war nicht zu überhören. Was auch immer Ryan mir zu sagen hatte, es belastete nicht nur ihn, sondern auch andere, und das senkte die Wahrscheinlichkeit, dass es um seine Ehe ging. Außerdem erinnerte ich mich noch genau, wie seine Stimme geklungen hatte, als er mir von seiner Frau erzählt hatte. Solch eine tiefe Verbindung konnte nur durchbrochen werden, wenn man einander lange Zeit nicht sah … sechs Jahre zum Beispiel.

Ellen wollte gehen, doch ich hielt sie zurück. Ich schämte mich, aber ich musste die Frage trotzdem stellen: »Wie sehe ich aus? Muss ich mir noch die Haare kämmen?«

Sie lächelte traurig und schüttelte den Kopf. Ihr Blick glitt über meine dicken schwarzen Haare, die wie ein Cape über meinen Rücken fielen. »Sie sehen bezaubernd aus, Maddie.«

Er erschien sehr viel schneller vor der Tür, als ich erwartet hatte. Ich hatte gerade meinen Taschenspiegel in das kleine Täschchen gesteckt, nachdem ich etwas Vaseline auf meinen trockenen Lippen verteilt hatte. Wenigstens sah ich um einiges besser aus als beim letzten Mal. Keine Ahnung, warum mir mein Aussehen so wichtig war. Der Mann hatte immerhin mehrmals neben mir gestanden, als ich mich übergeben hatte. Aber da war ich eine andere Maddie gewesen – und er leider auch ein anderer Ryan.

Ich sah Ryans Schatten durch das kleine Fenster in der Tür. Ich versuchte, meinen Atem unter Kontrolle zu bringen, und er räusperte sich leise, als seien ihm die Worte, die ihn hierhergeführt hatten, im Hals stecken geblieben. Dann klopfte er an die Tür, und ich wandte mich auf dem Stuhl zu ihm um.

Es war wie ein Schlag in die Magengrube. Ich hatte mir die letzten drei Monate eingeredet, dass Ryan der Vergangenheit angehörte, doch nur ein Blick auf seine breiten Schultern, die zerzausten dunkelblonden Haare und das zaghafte Lächeln reichte, und ich stand wieder ganz am Anfang.

»Maddie«, sagte er leise, trat ins Zimmer und riss damit sämtliche Barrikaden ein, die ich mühsam errichtet hatte. »Danke, dass ich kommen durfte.«

»Es klang nicht gerade so, als hätte ich eine andere Wahl.« Ich deutete mit dem Kopf auf den zweiten Stuhl, und er zog ihn heran. Er schlüpfte aus seiner Jacke und nahm sich länger als notwendig Zeit, um sie zu falten und sich dann langsam auf den Stuhl sinken zu lassen. Er erinnerte mich an einen Mann, der auf dem Dach eines Hochhauses steht und sich nicht sicher ist, ob er tatsächlich den Mut aufbringt zu springen. Ryan wirkte noch angespannter als ich, und ich hatte keine Ahnung, warum.

»Du siehst wirklich gut aus«, sagte er schließlich mit einem nervösen Lächeln. »Beinahe wieder wie früher.«

Ich nickte und nahm das Kompliment kommentarlos hin, denn wir beide wussten, dass mein altes Ich viele Veränderungen verschlafen hatte und in einer Welt aufgewacht war, die ich kaum wiedererkannte. »Es war ein langer Weg«, erklärte ich, wobei ich unerwähnt ließ, wie oft ich Heidi am liebsten erwürgt hätte, wenn ich bloß die Kraft dazu gehabt hätte. »Aber wenigstens kann ich jetzt wieder allein gehen. Und in ein paar Wochen werde ich entlassen.«

»Ja, ich weiß«, erwiderte Ryan gedankenverloren, und mein Kopf fuhr hoch. Er biss die Zähne zusammen, doch es war zu spät.

»Woher denn?«

Er sah mir in die Augen und hielt meinem prüfenden Blick stand. »Weil ich regelmäßig mit deinem Dad telefoniere. Er hat mich über deine Fortschritte auf dem Laufenden gehalten.«

Ich fühlte mich doppelt betrogen, doch ich hatte nicht vor, ihm zu zeigen, wie sehr mich sein Geständnis durcheinanderbrachte. Ich freute mich natürlich, dass er sich immer noch um mich sorgte, doch die Wut auf die beiden war stärker. Ich hasste die Vorstellung, dass sie sich am Telefon über mich unterhielten, als läge ich noch im Koma.

»Okay, aber ab jetzt gibt es dazu wohl keinen Grund mehr, oder?«

Ryan betrachtete mich lange, ohne ein einziges Mal zu blinzeln. Ich versuchte zu erraten, was in ihm vorging, doch obwohl ich ihn gut kannte, war dieser Gesichtsausdruck neu für mich. »Doch, den gibt es. Und genau deshalb muss ich heute mit dir reden.«

Mein Herz klopfte plötzlich so laut, dass ich Angst hatte, er könnte es hören. Ich griff nach meinem Wasserglas, und es kostete mich viel Kraft, es an den Mund zu führen, ohne alles zu verschütten.

Ryan beugte sich nach vorn und streckte mir seine Hände entgegen. Die Handflächen zeigten einladend nach oben, doch ich wusste, dass es gefährlich werden konnte, wenn ich meine Hände in seine legte. Diese Hände berührten inzwischen eine andere Frau. Ich schüttelte abwehrend den Kopf, und er zögerte kurz, bevor er die Hände zurückzog und auf seine Knie legte.

»Das Krankenhaus hat angerufen und mich gebeten, mit dir zu sprechen.«

Jetzt war ich endgültig verwirrt – und noch wütender. Ich musste schon verkraften, dass mein Dad und Ryan noch Kontakt hatten, aber die Ärzte, die für meine Genesung zuständig waren, hatten kein Recht, sich mit meinem Exverlobten auszutauschen. Ich dachte, man hätte ihn als Kontaktperson aus meinen Akten gestrichen.

»Du solltest mir jetzt endlich mal erklären, worum es eigentlich geht!« Meine Stimme klang kalt, aber bloß, weil die Angst ihr sämtliche Wärme nahm. Es war, als würde eine Lawine auf mich zurollen und als hätte ich keine Chance, ihr zu entkommen – und Ryans Blick nach zu schließen, ging es ihm genauso. Sie würde uns beide unter sich begraben.

Sein Blick huschte zu dem kleinen schwarzen Leinenbeutel, den er mitgebracht und neben dem Stuhl abgestellt hatte. Es war unmöglich zu sagen, was sich darin befand, aber es war nicht das erste Mal, dass er besorgt darauf hinuntersah.

»Das hier ist sehr schwer für mich, Maddie. Und es gibt keinen einfachen Weg, es dir zu sagen. Es wird Leben verändern – und damit meine ich nicht nur dein und mein Leben.«

Mein Herz setzte einen Schlag lang aus. Es ging also tatsächlich um seine Ehe! Was sollte es denn sonst sein? »Okay.«

»Du warst auf der Entbindungsstation, oder?«

Ich lachte gekünstelt auf. »Mein Gott, warum machen alle so ein Drama daraus? Ich habe doch nichts getan! Ihr tut so, als wollte ich ein Baby entführen!«

Ryans Blick wurde sanft, und für einen kurzen Moment konnte ich die Liebe sehen, die er früher für mich empfunden hatte. Doch dann blinzelte er, und sie war fort. »Die Ärzte glauben, dass es vielleicht einen Grund gibt, der dich ausgerechnet dorthin geführt hat. Dass es eine Art Durchbruch war.«

Ich schüttelte den Kopf. »Ich war spazieren, das ist alles. Und wäre es wirklich so überraschend, wenn es mich tatsächlich dorthin gezogen hätte? Für dich ist der Unfall schon sechs Jahre her – aber für mich nicht. *Ich* habe unser Baby erst vor drei Monaten verloren.«

Er verzog gequält das Gesicht. Vermutlich war es schwierig für ihn, wenn ich von »unserem« Baby sprach, obwohl er inzwischen ein Kind mit einer anderen Frau hatte.

»Aber das ist nicht so«, erwiderte er dann und griff trotz meiner ablehnenden Haltung nach meinen Händen. »Du hast unser Baby nicht vor drei Monaten verloren.«

Mir stiegen Tränen in die Augen. »Ja, ich weiß«, sagte ich heiser. »Es ist schon *sechs Jahre* her.«

Ryan schüttelte den Kopf und lächelte, was ich denkbar unpassend fand. »Du hast unser Baby nicht verloren.«

Ich hörte, was er sagte. *Natürlich* hörte ich es. Aber es ergab keinen Sinn.

»Ich … ich …« Ich hatte keine Ahnung, was ich erwidern sollte, also sprach Ryan weiter.

»Deine Verletzungen waren schlimm. Beide Beine und ein Arm waren mehrfach gebrochen, und niemand wusste, welche Auswirkungen deine schweren Kopfverletzungen haben würden. Es war ein Wunder, dass du überlebt hattest – doch es gab noch ein viel größeres Wunder.«

»Willst du damit sagen, dass ich …« Ich brachte es kaum über die Lippen. »… dass ich keine Fehlgeburt hatte?«

Tränen traten in Ryans Augen, dann sagte er beinahe ehrfürchtig: »Ja, Maddie. Du bist eine unglaubliche Frau. Du hast unser Baby nicht verloren. Du hast unser Baby *beschützt.*« Seine Stimme brach. »Obwohl du selbst so schwer verletzt warst, hast du sie beschützt.«

»Sie?«, flüsterte ich ungläubig.

Er lachte und weinte jetzt gleichzeitig. »Ja! *Sie.* Ein kleines Mädchen. Irgendwie hast du es geschafft, die Prognosen der Ärzte zu widerlegen und unser Baby zu retten. Bis zum Ende der Schwangerschaft.«

Alles drehte sich, und nichts ergab mehr Sinn.

»Ich war dabei, als sie geboren wurde. Ich hielt sie in den Armen und wünschte mir mehr als alles andere, dass du die Augen öffnest und siehst, welches Wunder wir erschaffen hatten. Wir legten sie auf deine nackte Haut, und einen Moment lang hofften alle, dass das *der* Moment sein würde. Die Ärzte, die Schwestern – alle hatten Tränen in den Augen, als sie sich mit ihren winzigen Fingern an dich klammerte.« Er senkte den Blick, schien den Ausdruck auf meinem Gesicht plötzlich nicht mehr zu ertragen. »Aber ihre Geburt war wohl Wunder genug, denn du bist nicht aufgewacht. Du konntest sie nicht mit eigenen Augen sehen.«

Ich stand schwankend auf und fragte zitternd: »Ich habe eine Tochter? Wir haben ein *Kind?* Ich habe ein Mädchen zur Welt gebracht, während ich im Koma lag? Ist das überhaupt möglich?«

Ryan nickte. »Und es ist inzwischen fünf Jahre alt.«

Ich stützte mich an der Stuhllehne ab. Warum hatte ich so lange gebraucht, um das Offensichtliche zu erkennen?

»Die Tochter, von der du mir erzählt hast … Sie ist nicht Chloes Kind, oder?«

Ryan wirkte überrascht, dass ich den Namen seiner Frau in den Mund genommen hatte, doch dann antwortete er ruhig: »Nein. Hope ist *unsere* Tochter. Deine und meine.«

Ich kann mich nicht erinnern, dass ich wieder auf den Stuhl sank, aber es muss wohl so gewesen sein. Ryan beugte sich erneut nach vorn und sah mir ängstlich ins Gesicht, das vermutlich noch blasser war als sonst.

»Alles in Ordnung? Soll ich jemanden rufen?«

Ich schüttelte langsam den Kopf. »Nein, bitte nicht. Aber es ist *nicht* alles in Ordnung. Nicht im Geringsten. Das ist … Es ist … ziemlich viel.« Ich hatte die Fähigkeit verloren, zusammenhängende Sätze zu bilden.

»Ja, ich weiß. Ich kann mir nicht einmal ansatzweise vorstellen, was dir gerade alles durch den Kopf geht.«

Die Worte waren ausgesprochen, bevor ich darüber nachdenken konnte. »Ich frage mich vor allem, warum du mir nicht gleich von ihr erzählt hast! Warum hast du drei Monate damit gewartet?«

Ryan rutschte verlegen auf seinem Stuhl hin und her und konnte mir kaum in die Augen schauen. »Wir haben beschlossen, dass wir warten, bis es dir besser geht. Wir hatten Bedenken, dass ein solcher Schock deiner Genesung im Wege stehen würde oder vielleicht sogar einen Rückfall ins Koma auslösen könnte.«

»Und ihr habt nie daran gedacht, dass die Hölle, durch die ich gegangen bin, einfacher zu ertragen gewesen wäre, wenn ich gewusst hätte, dass ich mein Kind *gar nicht verloren habe?*«

Ryans Gesichtsausdruck verriet mir, dass er sich genau das gedacht hatte.

»Ich habe sechs Jahre meines Lebens verloren! Ich habe meine Zukunft verloren, auf die ich mich so sehr gefreut hatte … Ich habe dich verloren! War es da wirklich fair, mich in dem Glauben zu lassen, ich hätte auch mein Baby verloren?«

»Es war nicht meine alleinige Entscheidung«, gab Ryan zögernd zu.

Ich atmete tief durch und beschloss, mir keine weiteren Gedanken darüber zu machen, wessen Schuld es gewesen war, denn es gab andere, wichtigere Dinge. »Hast du ein Foto von ihr?«

Ryans Lächeln öffnete eine Tür zu Hunderten von Erinnerungen, doch ich schlug sie eilig wieder zu. Es ging jetzt nicht um ihn und mich, es ging einzig und allein um das Leben, das wir beide erschaffen hatten.

»Ich habe einige neuere Fotos auf dem Handy«, sagte er und zog es aus der Hosentasche. »Wir sind in den Ferien ein paar Tage in Urlaub gefahren.«

Ich sah ihn ausdruckslos an. Ich hatte natürlich keine Ahnung, wann Schulferien waren. Ryan hingegen war mit solchen Dingen sehr vertraut, und mich überkam zum ersten Mal eine ohnmächtige Eifersucht.

Er brauchte ewig, um durch die Fotos zu scrollen. »Ah ja!«, rief er dann und lächelte zärtlich. »Da ist das Foto, nach dem ich gesucht habe.« Ich war so ungeduldig, dass ich ihm das Telefon mehr oder weniger aus der Hand riss, als er es mir entgegenstreckte.

Meine Hand zitterte, und das Foto des Mädchens zitterte ebenfalls. Trotzdem konnte ich den Blick nicht mehr davon lösen.

Irgendwie hatte ich zwar kein Baby, aber ein sehr viel jüngeres Kind erwartet als das Mädchen, das mir von dem Display entgegenlächelte. Ich schnappte hörbar nach Luft und vergrößerte das Foto, um jedes Detail des hübschen, herzförmigen Gesichts in mich aufzusaugen. Tränen liefen über meine Wangen und landeten auf dem Handy.

»Sie sieht aus wie ich«, hauchte ich.

Ryan nickte und schluckte. »Ja, es ist herzerweichend. Das war schon immer so. Schon seit ihrer Geburt.«

Ich starrte auf das Foto. Das Gesicht meiner Tochter war genauso blass wie meines, und sie hatte volle, rosige Lippen, genau wie ich. Ihre Haare waren lang und dunkel, und jemand – ich wollte nicht darüber nachdenken, wer – hatte sie zu zwei ordentlichen Zöpfen geflochten. Ich kannte ähnliche Fotos aus den Fotoalben meiner Schulzeit. Sie sah genauso aus wie ich damals. Dieser Gedanke war ein solcher Schock, dass ich den Kopf hob. »Meine Eltern ... Sind sie ein Teil ihres Lebens?«

Ryan wirkte überrascht, als sei das eine ziemlich dumme Frage. »Ja natürlich! Dein Dad vergöttert sie. Für deine Mum ist es schwerer ...« Er biss sich auf die Lippe und war sich offenbar nicht sicher, wie viel er mir erzählen durfte. »Hoffentlich ist es nicht zu indiskret, wenn ich das jetzt sage, aber deine Mum ist oft ziemlich verwirrt. Sie glaubt, Hope wäre du.«

Mein Magen zog sich zusammen. Der Zustand meiner Mutter war offensichtlich sehr viel schlechter, als Dad zugegeben hatte. »Aber Hope liebt die beiden sehr. Es sind die einzigen Großeltern, die sie kennt, denn meine Eltern leben immer noch in den Staaten, und Chloes Eltern sind bereits tot.«

Ich versuchte, mir nichts anmerken zu lassen, doch ich spürte, dass sich meine Lippen verärgert verzogen. Diese Leute waren nicht ihre Verwandten. Sie waren nicht ihre Großeltern. Etwas Kompaktes, Ekliges machte sich in mir breit.

Ich wischte zum nächsten Bild weiter, ohne um Erlaubnis zu fragen, und Ryan runzelte besorgt die Stirn, als er es bemerkte.

Der Schmerz war mir deutlich anzusehen, denn auf diesem Foto war unsere Tochter nicht allein. Die Frau war etwa in meinem Alter, trug einen marineblauen Badeanzug und saß in einem Korbstuhl neben einem funkelnden Swimmingpool. Und auf ihrem Schoß saß meine Tochter in einem süßen getupften Bikini. Mein Fleisch und Blut. Mein perfektes, wunderschönes Kind. Man musste sie nur ansehen und wusste, dass sie meine Tochter war, und doch schlangen sich die Arme einer anderen Frau um ihre Mitte. Die beiden lachten glücklich in die Kamera, und das Messer, das in meinem Herzen steckte, bohrte sich noch tiefer hinein.

Ryan war hinter mich getreten. Ich spürte seinen Atem in meinem Nacken, als er das Bild betrachtete. »Da hat Chloe ihr das Schwimmen beigebracht. Sie wollte schon seit einer Ewigkeit, dass Hope es lernt. Und sie hat recht. Es ist lebenswichtig. Hope hatte es gerade einmal durch das Becken geschafft, als ich das Foto gemacht habe.«

Ich drehte schwerfällig den Kopf und sah ihn an. »Wusstest du, dass ich Rettungsschwimmerin im städtischen Bad war, bevor ich zur Uni ging?«

Ryans Augen verdüsterten sich. »Ja, davon hast du mir mal erzählt.«

»*Ich* hätte ihr das Schwimmen beibringen können.« Einer von Millionen wertvoller Augenblicke, den ich an die Frau verloren hatte, die mittlerweile mein Leben lebte. Ich betrachtete das Foto erneut, doch dieses Mal konzentrierte ich mich nicht auf meine Tochter, sondern auf Chloe. Ihre Haare waren etwas heller als Ryans, und sie hatte klare, blaugraue, ungeschminkte Augen. Es war schwer zu sagen, wie groß sie war, da sie saß, doch ich konnte erkennen, dass sie weibliche Rundungen hatte. Ihr Badeanzug war sportlich und nicht wirklich sexy, aber es war offensichtlich, dass ihr Dekolleté um einiges üppiger war als meines.

Chloe besaß ein offenes Lächeln, das sogar auf dem Foto zu

erkennen war, und sie sah weiblich und mütterlich aus. Das hier war die überaus nette, überaus glückliche Ehefrau des Mannes, den ich liebte.

Ich hasste sie mit einer Inbrunst, die mir Angst machte.

Man hatte mich vor den extremen Stimmungsschwankungen gewarnt, die bei Komapatienten offenbar normal waren. Doch in diesem Moment merkte ich zum ersten Mal, dass meine Gefühle gehörig auf Abwege geraten konnten, und ich stand immer noch im Bann dieser gar nicht netten Seite an mir, als ich Ryan das Telefon wiedergab.

»Ich habe so viel von ihrem Leben versäumt! Es gibt Dinge, die werde ich nie über sie und ihre ersten Jahre auf dieser Welt erfahren. Ich weiß nicht einmal, wie sich die Geburt anfühlte.«

»Es gibt sicher mehr als genug Frauen, die diese Stunden am liebsten vergessen würden«, erwiderte Ryan in dem Versuch, mich auf sanfte Weise aufzuheitern. Er war immer sehr gut darin gewesen, und es war interessant, dass er den Trick noch beherrschte. Er steckte das Handy in die Hosentasche und griff nach dem schwarzen Leinenbeutel.

»Vielleicht gibt es einen Weg, doch noch daran teilzuhaben«, sagte er und zog ein großes, ledergebundenes Buch aus dem Beutel.

»Was ist das?«

»Das ist ein Fotoalbum, mit dem wir begonnen haben, als uns klar wurde, dass du dir mit dem Aufwachen noch ein wenig Zeit lassen würdest.« Ich musste unwillkürlich lächeln, denn es klang, als hätte ich aus freien Stücken beschlossen, sechs Jahre im Bett zu verbringen.

»Wir wussten, dass du vieles versäumt haben würdest, falls du wieder aufwachst ...«

Es war eine kurze Unachtsamkeit, aber das Lächeln auf

seinem Gesicht erstarb, und er sah mich entsetzt an. »*Wenn*«, korrigierte er sich eilig. »Also haben wir ein Erinnerungsalbum für dich zusammengestellt«, fuhr er dann verlegen fort und hielt mir das Buch hin.

Ich wollte es bereits öffnen, doch er legte seine Hand für einen Moment auf meine, und eine Million Nervenenden erwachten zum Leben, als ich seine Haut spürte.

»Einige der Fotos sind kurze Zeit nach dem Unfall entstanden, und es ist dir vielleicht unangenehm, sie zu sehen.« Ich schaute auf das Album hinunter, und meine erste Freude erlitt einen herben Dämpfer.

»Okay«, sagte ich ein wenig verhalten, nahm das Buch und ging damit zu dem Stuhl am Fenster.

Ryan wirkte hin- und hergerissen. Er machte einen Schritt in meine Richtung, doch dann blieb er stehen. »Weißt du was, ich gehe runter in die Cafeteria und trinke eine Tasse Tee, damit du es dir in Ruhe ansehen kannst. Ist das okay?«

Nein. Nichts, was passiert ist, ist auch nur ansatzweise okay!

»Ja, in Ordnung«, erwiderte ich.

Ich öffnete das Album, noch bevor Ryan die Tür hinter sich zugezogen hatte. Zuerst dachte ich, die ersten Seiten enthielten lediglich verschiedene Abzüge desselben Fotos, doch als ich genauer hinsah, erkannte ich den Unterschied.

Es war ein anderes Zimmer als das, in dem ich jetzt lag, und das Bett stand näher am Fenster. Ich war die einzige Person auf den Fotos. Auf dem ersten schien die Sonne zum Fenster herein, die Blätter der Bäume waren saftig grün, und beide Beine waren eingegipst. Das Datum unter dem Foto bestätigte, dass es Mitte August, also acht Wochen nach dem Unfall aufgenommen worden war.

Ich blätterte zur nächsten Seite. Das Foto war etwa sechs

Wochen später entstanden, die Blätter auf den Bäumen wurden langsam weniger, und Wolken zogen über den Himmel. Doch die gravierendste Veränderung betraf nicht das Wetter, sondern mich. Auf dem ersten Foto waren noch Blutergüsse in Senfgelb zu sehen, doch auf dem zweiten Foto war meine Haut alabasterweiß. Am interessantesten war allerdings die zarte Wölbung, die sich unter der Decke abzeichnete. Vor dem Unfall war mein Babybauch stets verschwunden, sobald ich mich auf den Rücken legte, doch auf diesem Foto war er deutlich zu erkennen. Ich ließ den Finger über den kleinen Hügel gleiten und blätterte dann eilig weiter und immer weiter. Es war ein seltsamer Schnelldurchlauf meiner Schwangerschaft.

Ich seufzte. Ich hatte mich so auf die Veränderungen in meinem Körper gefreut und mir vorgenommen, jedes Detail zu genießen … Und dann hatte ich alles versäumt. Ich hatte Ryan nie mitten in der Nacht zum Kiosk geschickt, um Schokolade und Essiggurken zu kaufen, ich hatte die ersten zarten Bewegungen meines Kindes nicht gespürt, und ich hatte nie zärtlich meinen dicken Bauch gestreichelt. Natürlich waren mir auch das Sodbrennen, die Rückenschmerzen und die Krampfadern erspart geblieben, aber ich hätte all das liebend gern ertragen.

Auf dem letzten Foto vor Hopes Geburt stand Ryan neben dem Bett und hielt meine schlaffe Hand. Die andere Hand lag liebevoll auf meinem Bauch, und es machte mich traurig, dass ich es nicht gespürt hatte. Beunruhigender war jedoch, wie sehr sich Ryan in den Monaten seit meinem Unfall verändert hatte. Er hatte abgenommen, und die Falten um seine Augen waren deutlich zu erkennen. Er lächelte tapfer, doch die Traurigkeit in seinem Blick war nicht zu leugnen. Ich war diejenige, die von dem Van niedergefahren worden war. Ich war diejenige, die schwer verletzt worden war. Doch das Foto zeigte deutlich, dass Ryans Wunden genauso schrecklich gewesen waren.

Das erste Foto von Hope war bereits wenige Minuten nach ihrer Geburt entstanden. Sie befand sich in einem Operationssaal, obwohl ich aufgrund fehlender Narben wusste, dass ich keinen Kaiserschnitt gehabt hatte. Ich wollte immer eine natürliche Geburt erleben, und erstaunlicherweise war es wohl auch so gekommen – bloß, dass ich mich nicht daran erinnern konnte. Unser Baby lag in den Armen seines Vaters. Ryan trug einen grünen Krankenhauskittel und eine alberne Papiermütze, doch ich sah nur das winzige Bündel, das er sicher in seinen starken Armen wiegte. Von Hope waren nur das kleine, schrumpelig rote Gesicht und der erstaunlich schwarze Haarschopf zu sehen. Es gab auf dem Foto nur ein Detail, das mich von unserer neugeborenen Tochter ablenkte, und das war der Ausdruck tiefer Liebe auf Ryans Gesicht.

Zuletzt wanderte mein Blick zu der dritten Person auf dem Bild, und die war ich selbst. Meine Augen waren geschlossen, meine Lippen kaum merklich geöffnet, und mein Gesicht ausdruckslos. Ich hatte gerade einen magischen Moment erlebt und nichts davon mitbekommen.

Auf den nächsten Seiten folgten Zeitungsberichte, die nach Hopes Geburt in der lokalen Presse erschienen waren und eine unglaubliche Geschichte erzählten. Es war befremdlich, die Artikel über meinen Unfall, meine Zeit im Koma und die Geburt meiner Tochter zu lesen. Obwohl ich mein Leben früher gern auf Facebook und Twitter mit anderen geteilt hatte, empfand ich diese persönliche Berichterstattung als beunruhigend und anmaßend.

Deshalb mochte ich den zweiten Teil von Ryans Album

auch lieber. Mein Zustand änderte sich im Lauf der Monate zwar nicht, aber ich war ohnehin bloß die Nebendarstellerin. Der wirkliche Star war Hope.

Auf einem Foto lag sie in einem kleinen Nest aus Kissen neben meinem Kopf, und ich musste lächeln, als ich sie sah. Ryan hatte recht: Schon damals war die Ähnlichkeit mit mir bemerkenswert gewesen. Es war wie ein kleiner Trostpreis, den ich dankbar entgegennahm.

Ryan hatte versucht, sämtliche einschneidenden Ereignisse im Leben unserer Tochter für mich festzuhalten. Ich bezweifelte zwar, dass sie auf dem Foto, auf dem sie über meinen regungslosen Körper krabbelte, tatsächlich zum ersten Mal entdeckt hatte, wie man sich von A nach B bewegt, aber es war trotzdem schön. Keine Ahnung, wer das Foto von Ryan gemacht hatte, der Hopes pummelige Händchen festhielt, während sie neben meinem Bett ihre ersten Schritte machte, aber ich nahm an, dass es eine der Krankenschwestern gewesen war. Eine andere Möglichkeit wollte ich schlichtweg nicht in Betracht ziehen. Hope war zu diesem Zeitpunkt etwa vierzehn Monate alt gewesen. Hatte Ryan Chloe damals schon gekannt?

Die besonderen Tage und Feste, die ich versäumt hatte, waren sorgfältig katalogisiert. Ich sah Hopes erste drei Geburtstagstorten, und ich sah den kleinen Weihnachtsbaum, den jemand – vermutlich Ryan – in einer Ecke meines Zimmers aufgestellt hatte. Er wusste, wie sehr ich Weihnachten liebte, und hatte das Zimmer geschmückt und glitzernde Lichter in den Baum gehängt, obwohl sich die Frau in dem Bett standhaft weigerte, die Augen zu öffnen. *Es gibt nichts auf dieser Welt, das ich nicht für dich tun würde,* hatte er oft zu mir gesagt, wenn ich sicher und geborgen in seinen Armen lag. Sagte er dasselbe nun auch zu ihr?

Ich spürte einen Kloß im Hals und blätterte rasch um, doch es gab dort kein Foto eines lachenden kleinen Mädchens, das mich aufgeheitert hätte, die nächste Seite war leer. Ich runzelte die Stirn und blätterte abermals weiter, doch auch auf den restlichen Seiten waren keine Fotos mehr. Aus irgendeinem Grund hatte Ryan vor zwei Jahren aufgehört, das Album fortzuführen.

Ich schloss es, legte es auf meinen Schoß und wartete eine gefühlte Ewigkeit darauf, dass er zurückkam. In einer Beziehung lernt man, den Partner sehr gut einzuschätzen. Vielleicht war Ryans Fähigkeit, genau zu wissen, wie es mir ging, in den letzten sechs Jahren eingerostet, aber in meinem Fall war sie noch sehr ausgeprägt.

Ich erkannte also an der Art, wie er vorsichtig das Zimmer betrat, und an dem Lächeln, das nicht ganz bis zu seinen Augen reichte, dass er keine Ahnung hatte, wie ich auf die Fotos reagieren würde.

Er warf einen Blick auf meine Hände, die auf dem ledergebundenen Album in meinem Schoß ruhten. Würde er mir die Wahrheit sagen?

»Warum gibt es in dem Album keine aktuellen Fotos von unserer Tochter?«

Ryan trat verlegen von einem Fuß auf den anderen, und er tat mir irgendwie leid, aber er hatte doch sicher mit dieser Frage gerechnet. »Ich habe noch haufenweise Fotos zu Hause, und auch ziemlich viele Videos, die ich dir alle vorbeibringen kann.«

Es war ein beherzter Versuch, der Frage auszuweichen, aber ich ließ mich nicht abwimmeln. »Okay, aber was ist mit Fotos aus dem Krankenhaus?«

Er fuhr sich nervös mit der Zunge über die Unterlippe. »Es gibt keine weiteren.«

Es war zwar die Antwort, die ich erwartet hatte, aber sie versetzte mir trotzdem einen Stich, denn ich wusste, was das bedeutete. »Du hast sie nicht mehr mit hergebracht.« Es war ein Vorwurf und keine Frage, und das wussten wir beide.

»Wir mussten damit aufhören.«

Ich lag bereits blutend auf dem Boden, doch das »wir« gab mir den Rest. *Wir. Wir. Wir.* Er und sie. Die neue Mrs Ryan Turner. Abgesehen davon, dass sie nicht die »*neue* Mrs Turner« war, denn ich hatte es erst gar nicht so weit gebracht. Chloe war die erste und einzige Mrs Turner. Die Ehefrau meines Verlobten und die Mutter meines Kindes.

»Warum? Was war so wichtig, dass wir getrennt wurden?«

Ryan zuckte zusammen, doch ich wollte den Vorwurf nicht entkräften, auch wenn er nicht ganz zutreffend war. Das *Koma* hatte mich von meinem Kind getrennt, nicht Ryan. Ich sah ihm in die Augen und forderte ihn wortlos auf, mir zu widersprechen. Aber er sagte nichts.

»Wäre es nicht richtig gewesen, dass ich weiterhin ein Teil ihres Lebens bleibe?«

»Es brachte sie zu sehr durcheinander. Sie bekam schreckliche Albträume. Sie verstand nicht, warum du nicht wenigstens für sie aufwachen wolltest.«

Seine Worte waren wie Messerstiche. Mein Kind hatte mich gebraucht, aber ich hatte es im Stich gelassen – und zwar nicht nur einmal, sondern jeden Tag. Sechs lange Jahre.

»Wir haben mit zahlreichen Experten gesprochen – mit Kinderpsychologen und Ärzten –, und sie alle meinten, wir müssten tun, was für Hope das Beste war.«

Plötzlich war mir eiskalt. »Und was war das Beste für Hope? Was habt ihr zu ihr gesagt?«

In Ryans Augen glitzerten Tränen. Ich wusste zwar, was er gleich sagen würde, aber ich war nicht bereit, es ihm zu ersparen. »Es tut mir so leid, Maddie! Wir dachten, es wäre das Beste. Wir hatten ja keine Ahnung …«

»Was habt ihr ihr gesagt?«

Er wandte den Blick ab. Zwang er mich wirklich, ihn auch noch ein drittes Mal zu fragen? Er atmete tief ein, und dann sprach er endlich die Worte aus, die mir den Boden unter den Füßen wegrissen: »Wir haben ihr gesagt, dass du gestorben bist.«

Kapitel 5

»Hast du alles?«

Ich schloss sorgfältig den Reißverschluss meiner Reisetasche und sah mich noch einmal in dem Krankenzimmer um, das zu meinem Zuhause geworden war.

»Ich glaube schon, Dad.«

Meine Tasche stand auf dem Krankenbett. Es hatte nicht viel zu packen gegeben, obwohl ich so lange hier gewesen war. Die Tasche enthielt lediglich ein paar Toilettenartikel, mehrere Taschenbücher und meine Gymnastik-Outfits. »Die werde ich sofort wegwerfen«, hatte ich Heidi nach unserer letzten Einheit erklärt und auf meine schweißnassen Klamotten gedeutet.

»Das würde ich an deiner Stelle nicht tun. Oder trainierst du gern nackt?«

Ich trank gerade aus der Wasserflasche, die ich nach Heidis Folterprogramm immer in einem Zug leerte, deshalb kam mein verwirrtes »Hä?« etwas zu spät.

»Du musst in den kommenden Monaten zweimal pro Woche zum Training vorbeikommen. Und natürlich zu den Arztterminen«, erklärte sie und legte mir einen Arm um die Schultern. Meine zitternden Beine gaben beinahe unter mir nach. »Du dachtest doch nicht etwa, dass du mich so schnell loswirst, oder?« Sie grinste verschlagen, und mir wurde klar, dass ich ihre Übungen zwar schrecklich fand, dass ich sie aber trotzdem vermisst hätte, wenn wir uns nie wiedergesehen hätten. Außerdem hatte sie zweifellos einen großen Anteil daran, dass ich nun wieder auf eigenen – wenn auch wackeligen – Beinen stand.

Mein Dad war nicht gerade erfreut gewesen, als ich ihm

erklärt hatte, dass ich nach meiner Entlassung in der Nähe des Krankenhauses bleiben musste. »Warum gehst du nicht in ein Krankenhaus in *meiner* Nähe? Dann könnte ich dir helfen und dich …« Er brach ab.

»Im Auge behalten?«, schlug ich vor und versuchte, den Worten mit einem Lächeln die Schärfe zu nehmen.

Er grinste verlegen. Ich hatte ihn durchschaut. »Ja, so in der Art.«

Ich schüttelte den Kopf. Sein Angebot war gut gemeint, aber zurzeit nicht das Richtige für mich. »Wenn die Ärzte der Meinung sind, dass ich fit genug bin, um entlassen zu werden, dann bin ich sicher auch fit genug, um allein klarzukommen. Außerdem will ich keine neuen Ärzte und Therapeuten. Ich mag die, die ich jetzt habe.« Heidi wäre glatt vom Stuhl gefallen, wenn sie das gehört hätte. »Und wir wissen beide, dass es noch einen Grund gibt, warum ich nicht fortwill.«

Mein Vater biss sich auf die Lippe und sah mich schuldbewusst an. Hope – die Enkeltochter, die ich ihm geschenkt hatte und von der ich bis vor Kurzem nicht einmal etwas gewusst hatte – war immer noch ein heikles Thema. Er war die ausschlaggebende Stimme gewesen, als es darum ging, ob man mir ihre Existenz verschweigen sollte, und ich würde sicher eine Weile brauchen, bis ich ihm verzeihen konnte.

»Du denkst an das Wohlergehen deiner Tochter«, hatte er gesagt, als ich ihn nach Ryans schockierender Enthüllung anrief. »Das verstehe ich natürlich. Aber du verstehst hoffentlich, dass *ich* genau dasselbe getan habe.«

Ich wollte mich damals nicht mit ihm streiten, obwohl ich der Meinung war, dass er einen großen Fehler gemacht hatte, und ich wollte es auch jetzt nicht. Aber einer Dreijährigen vorzulügen, dass ihre Mutter gestorben war, obwohl es gar nicht stimmte? Damit würde ich sicher nie zurechtkommen.

Mein Vater griff nach meiner Tasche. »Darf ich noch ein letztes Mal sagen, wie schön es wäre, wenn du mit mir nach Lingford kommen würdest?« Er seufzte schwer.

»Ich weiß, Dad. Aber es wird Zeit, dass ich mein Leben weiterlebe. Außerdem bin ich achtundzwanzig, und das ist ein wenig zu alt, um wieder zu den Eltern zu ziehen.«

Mein Vater wusste genauso gut wie ich, dass damit eine Menge ungesagt blieb. Erstens gab es kein Elternhaus mehr – mein Vater wohnte in einer kleinen Wohnung mit nur einem Schlafzimmer –, und zweitens brauchte er sämtliche Zeit und Energie, um sich um meine Mutter zu kümmern.

»Vierunddreißig«, murmelte er.

»Wie bitte?«

»Du bist *vierunddreißig,* nicht achtundzwanzig.«

Jedes Mal, wenn ich dachte, ich hätte akzeptiert, sechs Jahre meines Lebens verloren zu haben, warf mich eine unbedachte Äußerung erneut meilenweit zurück. Ich räusperte mich, dann fuhr ich betont fröhlich fort: »Siehst du, noch mehr Grund, auf eigenen Beinen zu stehen! Heidi hat immerhin schwer dafür geschuftet.«

Ich sah mich ein letztes Mal in dem Zimmer um, dann folgte ich meinem Vater zur Tür hinaus. Meine Rückkehr in die richtige Welt hätte ein feierlicher Moment sein sollen, doch in Wahrheit hatte ich Angst. Im Krankenhaus kannte ich die Regeln und die tägliche Routine, doch draußen hatte sich vieles verändert. Ich fühlte mich wie eine Fremde in meinem eigenen Leben – und das würde wohl noch einige Zeit so bleiben.

Mir stiegen Tränen in die Augen, als ich das Verabschiedungskomitee sah, das sich vor dem Ausgang der Station versammelt hatte. Sie standen in einer kleinen Gruppe zusammen, und als ich auf sie zuging, begann Ellen zu klatschen. Einen Augenblick später fielen auch die anderen in den Applaus mit ein, und als mein Vater und ich nahe genug waren, um uns umarmen zu lassen, war ich bereits in Tränen aufgelöst. Jemand drückte mir eine riesige Verabschiedungskarte in die Hand, wie man sie normalerweise von den Kollegen bekommt, wenn man gekündigt hat.

»Ähm … Es könnten ein oder zwei Kommentare darauf stehen, die ein wenig unanständig sind«, warnte Heidi, als mein Vater über meine Schulter einen Blick auf die Karte warf. Sie enthielt handgeschriebene Glückwünsche und Nachrichten von allen Anwesenden. Ich lächelte, als ich sah, wie Heidi errötete, und freute mich schon auf ihre Zeilen.

Von Ellen fiel mir der Abschied am schwersten.

»Aber es ist doch gar kein Abschied!«, erklärte sie bestimmt. »Wir sind nächste Woche zum Mittagessen verabredet, schon vergessen?«

Ich nickte, ohne den Kopf von ihrer Schulter zu heben, die feucht von meinen Tränen war. »Ich glaube, ich will gar nicht weg«, gestand ich so leise, dass nur sie es hören konnte. »Ich bin noch nicht so weit.«

Ellen versuchte nicht, meine Bedenken zu zerstreuen oder sie schönzureden. Das war nicht ihre Art. Stattdessen löste sie sich von mir, hielt meine Oberarme mit ihren starken, fähigen Händen fest und sah mir in die Augen. »Du wirst am Boden liegen«, erklärte sie. »Körperlich und emotional. Und nicht nur einmal, sondern immer wieder.«

Ich schniefte und verzog das Gesicht. »Das ist jetzt nicht gerade hilfreich.«

Ellens Lächeln war voller Vertrauen in mich, das ich selbst nicht spürte. »Aber jedes Mal, wenn du fällst, stehst du auf und machst weiter. Und willst du wissen, woher ich das weiß?«

»Weil Heidi eine Tyrannin ist?«

Ellen lachte und sah zu der Therapeutin hinüber, die gerade

meinen Vater umarmte und ihn so fest drückte, dass ich Angst um seine Rippen hatte.

»Du wirst immer wieder aufstehen, Madeline Chambers, weil du die tapferste und stärkste Frau bist, die ich jemals gesund pflegen durfte.«

Es war nicht der richtige Moment für eine sarkastische Bemerkung, und so nahm ich ihre Hände und sprach aus, was ich fühlte. »Danke. Für alles.«

»Pah! Das hast du ganz allein geschafft. Und du wirst es auch weiterhin tun. Dort draußen wartet ein ganz neues Leben darauf, dass du es für dich entdeckst.«

Die Zuversicht in Ellens Worten begleitete mich, als ich mich schließlich bei Dad unterhakte und wir uns auf den Weg zu seinem Auto machten. Der kalte Novemberwind war ein erfrischender Kontrast zu der überheizten Krankenhausluft, und ich erlaubte mir einen Moment lang, einfach nur dankbar zu sein, dass ich am Leben war. Ich konnte endlich das Krankenhaus verlassen, und auch wenn es nicht am Arm des Mannes war, den ich früher geliebt hatte, und auch nicht mit dem Kind, das wir beide gezeugt hatten, gab es dennoch eine Zukunft, auf die ich mich freuen konnte. Sie unterschied sich bloß von der, die ich geplant hatte.

»Es ist sauber und ohne viel Schnickschnack«, sagte mein Vater, als er auf den Vorplatz des Hotels bog. Es gehörte zu einer bekannten Hotelkette, und er hatte immer hier übernachtet, wenn er mich besuchte.

Er fuhr langsam über den Parkplatz und runzelte kaum merklich die Stirn, während er an mehreren Lücken vorbeirollte, die mir persönlich groß genug erschienen wären. Obwohl ich natürlich noch nicht selbst Auto fahren durfte, bis die Ärzte das Okay gaben. Das war einer der Punkte, die ich bei meinem ersten Termin ansprechen wollte.

Wir machten uns auf den Weg zur Rezeption, und Dad bestand darauf, meine Tasche zu tragen. In Anbetracht der Tatsache, dass er hier Stammgast war und das Personal seinen Namen kannte, sah er sich ziemlich unsicher um. Als wir das mit blauem Teppichboden ausgelegte Foyer betraten, wurde mir der Grund dafür klar.

Ich wandte mich an meinen Vater. »Was macht Ryan hier? Wusstest du, dass er kommt?« Meine Stimme klang angespannt, hoch und auch viel zu laut, und vermutlich hatte Ryan mich gehört.

»Nein, Maddie. Ich wusste nicht, dass er kommt. Und ich habe ihn ganz sicher nicht hergebeten. Ich habe allerdings sein Auto auf dem Parkplatz gesehen.«

Das erklärte das besorgte Stirnrunzeln. Ich hatte Ryan unmissverständlich klargemacht, dass ich ihn nicht sehen wollte, bis er eine Lösung für das Problem gefunden hatte, das seine unverzeihliche Lüge mit sich brachte. Unsere letzte Unterhaltung vor zwei Wochen hatte in einer frustrierenden Pattsituation geendet, und Ryan war anzusehen, dass er sich genauso lebhaft daran erinnerte wie ich.

»Ich will meine Tochter sehen, Ryan.«

Er runzelte die Stirn – vielleicht, weil ich Hope meine *Tochter genannt hatte.*

»Natürlich kannst du sie sehen, Maddie. Niemand behauptet das Gegenteil«, sagte er beruhigend. Meine Hoffnung stieg, doch er machte sie sofort wieder zunichte. »Wenn die Zeit reif ist.«

»Wir waren jahrelang getrennt. Ich will nicht noch länger warten.«

Ryan fuhr sich mit der Hand durch die Haare.

»Das verstehe ich natürlich«, erwiderte er und machte den Fehler, nach meiner Hand zu greifen. Ich wischte ihn wie eine lästige Wespe beiseite – die Art Wespe, die dich irgendwann stechen wird, gleichgültig, wie oft du sie verscheuchst. »Ich bitte dich nur um etwas Geduld, damit wir uns überlegen können, wie wir die Sache am besten angehen.«

»Ich musste sechs Jahre lang warten, Ryan! Das ist nicht fair.«

Er warf mir einen gequälten Blick zu. »An dieser Situation ist überhaupt nichts fair, Maddie. Wir beide hätten 2012 heiraten und Hope gemeinsam großziehen sollen. Und sie hätte sich nicht schon als Fünfjährige mit so schrecklichen Dingen wie Koma, lebensbedrohlichen Verletzungen und Tod auseinandersetzen sollen.«

Er sah mich flehend an. Er wollte, dass ich zumindest für den Moment klein beigab. Aber ich konnte nicht.

»Aber es ist doch niemand gestorben, nicht wahr? Du hast unserer Tochter bloß eine Lüge aufgetischt, die du nun nicht mehr zurücknehmen willst.«

Seine Antwort war schockierend ehrlich. »Nein, das will ich wirklich nicht. Weil ich Angst habe, was es in ihr auslösen könnte. Sie vertraut mir und ihrer M… Chloe.«

Ich biss mir auf die Lippe. Mutter. Diese Frau hatte alles, was früher mir gehört hatte.

»Kannst du uns nicht bitte ein wenig Zeit geben, damit wir mit unserem Arzt oder einem Kinderpsychologen sprechen können? Das ist doch nicht zu viel verlangt, oder?«

»Wäre es nicht besser gewesen, das alles schon vorab zu klären? Dann hättest du jetzt bereits einen Plan«, entgegnete ich.

Ryan antwortete nicht, und ich brauchte einen Augenblick, um zu verstehen. Er hatte mit niemandem gesprochen, und es gab auch keinen Plan für den Fall der Fälle, denn niemand hatte mit dieser Situation gerechnet.

»Ryan«, begrüßte ihn mein Dad, schüttelte seine Hand und klopfte ihm freundschaftlich auf die Schulter. Ihre Beziehung hatte sich während meines Komas offenbar vertieft, und ich fühlte mich wie ein Eindringling. *Das ist* mein *Dad, und nicht deiner!*, wollte ich trotzig rufen, und im nächsten Moment durchschoss es mich, dass Ryans Bedenken vielleicht doch berechtigt waren. Ich zeigte kaum die nötige Reife, die man als Mutter brauchte.

»Ich wusste nicht, dass du heute kommen würdest, Junge.«

Der *Junge*, der mittlerweile angegraute Schläfen hatte, hatte mich während der Begrüßung kein einziges Mal aus den Augen gelassen. Es wirkte wie auf der Hut.

»Ich dachte, Maddie hätte gern einige ihrer alten Klamotten«, erklärte Ryan, und es machte mich fruchtbar wütend, dass er so tat, als sei ich gar nicht da. Oder waren sie nach sechs Jahren Koma einfach zu sehr an diese Art der Unterhaltung gewöhnt?

Ich senkte den Blick, und plötzlich wurde ich wie von einem Blitz getroffen. Ich hätte am liebsten zu weinen begonnen, doch daran war nicht nur der vertraute rote Koffer schuld, der neben Ryan stand, sondern vor allem der Aufkleber einer Airline, den niemand entfernt hatte. Er stammte von unserem letzten gemeinsamen Urlaub, den wir ihn Spanien verbracht hatten und in dem Hope gezeugt worden war.

Mein Vater bemühte sich, das darauffolgende Schweigen zu durchbrechen. »Das ist sehr aufmerksam! Ich hatte ganz vergessen, dass du ihre Sachen in einem Lagerraum untergebracht hast.«

Mein Kopf fuhr hoch.

»Die meisten waren ja schon vor dem Unfall in meiner Wohnung«, sagte Ryan rasch. »Und du hattest deine Wohnung bereits gekündigt, daher schien es sinnvoll, deine Sachen einzulagern.«

Vermutlich hätte ich mich bedanken sollen, aber ich sah bloß meine Kleider vor mir, die ungenutzt in seinem Schrank hingen. Wie lange hatten sie bleiben dürfen, bevor er sie zusammengepackt und in ein Lager gebracht hatte? War es erst so weit gewesen, als er den Platz für Chloes Sachen benötigte?

Erneut senkte sich peinliches Schweigen über uns, und auch dieses Mal war es mein Vater, der zuerst das Wort ergriff. »Wisst ihr was? Ich checke mal ein und bringe die Tasche und den Koffer in Maddies Zimmer, dann könnt ihr euch noch ein wenig unterhalten.«

Ich wollte gerade erwidern, dass das nicht notwendig sei, doch Ryan war schneller. »Danke, Bill!«

Ich sah meinem Vater nach, wie er mit meiner Tasche und dem Koffer zur Rezeption ging, und versuchte, mich wie eine erwachsene Frau und nicht wie ein zurückgelassenes Kleinkind zu fühlen.

»Sollen wir einen Kaffee trinken? Wir müssen reden, Maddie.«

Er hatte dunkle Ringe unter den Augen. Sein Blick wirkte unsicher, und sein Zögern berührte mich auf eine Weise, die nicht gut für mich war.

Das Hotel besaß kein eigenes Restaurant, aber die Gäste konnten in das Lokal nebenan ausweichen. Wir traten hinaus in die Kälte, und Ryan legte automatisch eine Hand auf meinen unteren Rücken, um mich zum Nachbarhaus zu führen. Ich beschleunigte die Schritte und ging um einiges schneller, als angenehm für mich war, um seiner Berührung zu entkommen.

Ryan zog los, um Kaffee zu holen, und ich nahm an einem Tisch neben dem offenen Kamin Platz und nutzte die Zeit, um mich zu sammeln. Das Restaurant war beinahe leer und somit angemessen für eine private Unterhaltung. Wenige Minuten später trat Ryan mit zwei dampfenden Kaffeebechern und einem großen Stück Möhrentorte an den Tisch. Ich liebte Möhrentorte, und die Tatsache, dass er sich daran erinnerte, berührte mich. Vielleicht gab es auch auf seiner Seite noch Erinnerungen und Gefühle, die ihm nicht gleichgültig waren. Doch als er den Teller vor mir abstellte, merkte ich, dass er sich dieses Mal nicht die Mühe gemacht hatte, seinen Ehering abzulegen. Er glänzte strahlend und erinnerte mich an alles, was ich verloren hatte. Plötzlich hatte ich keinen Appetit mehr.

»Es fühlt sich sicher seltsam an, nicht mehr im Krankenhaus zu sein.«

Ich stach mit der Gabel in die Torte. »Ja schon.«

»Wie lange bleibst du im Hotel? Ziehst du zu deinem Dad?« Ryan klang nicht bloß höflich interessiert, sondern vielmehr hoffnungsvoll.

Ich steckte ein Stück Torte in den Mund. Sie war bestimmt köstlich, aber für mich schmeckte sie wie Sägemehl. »Nein, ich werde in der Stadt bleiben. Ich muss einmal im Monat zur Kontrolle ins Krankenhaus und zweimal pro Woche zur Therapie. Dad bleibt ein paar Tage, dann fährt er zurück zu Mum. Es ist nicht gut für sie, wenn sie ihn länger nicht sieht.«

»Ich weiß.«

Ich biss mir auf die Lippe und starrte ins Feuer. Es gefiel mir ganz und gar nicht, dass er mehr über meine Familie und den Zustand meiner Mutter wusste als ich.

»Und willst du weiterhin hier wohnen?«, fragte Ryan und deutete auf das angrenzende Hotel.

Ich schüttelte den Kopf und fragte mich, warum sich diese Unterhaltung so gezwungen anfühlte. Es war wie bei einem Blind Date mit jemandem, bei dem einem von Anfang an klar ist, dass man nicht zusammenpasst.

»Nur, bis ich eine Wohnung gefunden habe«, erwiderte ich

und streckte die Hände in Richtung der Flammen, um sie aufzuwärmen. Seit ich das Krankenhaus verlassen hatte, war mir ständig kalt. »Ich muss dir noch dafür danken, dass du die Versicherungsangelegenheiten für mich geregelt hast.«

Ryan winkte ab. Vermutlich war das alles schon so lange her, dass er die großzügige Versicherungssumme vollkommen vergessen hatte, die es mir ermöglichte, eine eigene Wohnung zu mieten und mir noch eine Zeit lang keine Gedanken über einen neuen Job machen zu müssen.

»Chloe und ich haben überlegt, wie wir die Situation am besten handhaben«, begann Ryan betreten. *Die Situation*. War ich das für ihn? Eine *Situation*, die man handhaben musste? »Wir haben mit einigen Experten gesprochen und im Internet recherchiert, aber natürlich ist unser Problem ziemlich einzigartig.«

Jetzt klang es so, als wäre ich ein *Problem*.

»Wir würden Hope gern sagen, dass du eine entfernte Cousine bist. So können wir dich als Familienmitglied vorstellen und euch die Chance geben, euch näher kennenzulernen, ohne zusätzlichen Druck zu erzeugen.«

Und ohne eine Bedrohung für Chloe darzustellen, fügte ich im Stillen hinzu, denn sie war immerhin der Bösewicht in dieser Geschichte.

»Und wenn Hope und du genügend Zeit miteinander verbracht habt und sie dich mag und dir vertraut, dann werden wir ihr sagen, wer du wirklich bist.«

»Zuerst tischst du unserer Tochter eine unvorstellbare Lüge auf, und dann willst du sie noch mal belügen?«

Seine Wangen glühten. Vielleicht war es das offene Feuer, vielleicht aber auch meine aggressive Gegenwehr.

»Es wäre eine *Notlüge*«, widersprach er mir. »Und sie gäbe euch die Möglichkeit, eine unbelastete Beziehung aufzubauen.«

Natürlich wollte ich diese Halbwahrheit, die mir Zutritt zum Leben meiner Tochter verschaffen sollte, eigentlich nicht akzeptieren, aber ich war auch nicht dumm. Es war eine durchaus vernünftige Lösung. Aber es gab da ein Problem, das Ryan offenbar nicht bedacht hatte.

»Und was passiert, wenn sie mich nicht mag und mir nicht vertraut? Was, wenn sie niemals lernen wird, mich zu lieben?«

Er riss erstaunt die Augen auf. »Machst du Witze? Sie wird dich lieben. Jeder, der dich kennt, liebt dich.«

In diesem Augenblick war ich hoffnungslos verloren. Denn gleichgültig, was ich mir einredete, ich liebte Chloes Ehemann immer noch wie am ersten Tag.

Der rote Koffer war der einzige Farbklecks in dem eintönigen Hotelzimmer. Dad hatte ihn mir vors Bett gestellt, und ich überlegte, ob ich ihn öffnen oder mich lieber hinlegen sollte. Ich war erschöpft. Zum Teil wegen der ungewohnten Bewegung, zum anderen wegen des Gesprächs mit Ryan. Er war vor einiger Zeit gegangen, doch sein Vorschlag ließ mir keine Ruhe. Wenn ich darauf einging, würde ich Hope vielleicht schon morgen kennenlernen – falls ich dazu bereit war. Aber wer weiß, wie lange es dauern würde, wenn ich auf meinem Standpunkt beharrte und ihr als ihre Mutter gegenübertreten wollte?

Ich warf einen sehnsüchtigen Blick auf das Doppelbett, das mir im Vergleich zu dem schmalen Krankenhausbett ungeheuer breit vorkam, doch die Anziehungskraft des Koffers war stärker.

Ich lebte in einer Welt, in der nichts und niemand mehr so war wie früher, und ich verspürte eine gewisse Aufregung, als ich den Koffer öffnete, obwohl es eine ziemlich banale Angelegenheit war. Es ging doch bloß um einen Haufen alter, vertrauter Klamotten.

Doch das erste Teil, auf das mein Blick fiel, war weder alt noch vertraut – und es gehörte mir auch nicht, obwohl es zweifellos für mich bestimmt war. Außerdem war es ganz sicher nicht Ryan gewesen, der es für mich in den Koffer gelegt hatte.

Wenigstens kannte ich den Markennamen auf der Einkaufstüte, die auf meinen sorgfältig gefalteten Kleidungsstücken lag. Der Duft frisch gewaschener Wäsche stieg mir in die Nase. Jemand hatte alles gewaschen, gebügelt und gefaltet, doch der Ryan, an den ich mich erinnern konnte, wusste kaum, wie ein Bügeleisen aussah.

Ich griff nach der Tüte und leerte den Inhalt auf die Matratze. Zwei Packungen mit schlichten Slips kamen zum Vorschein und zwei BHs, einer in Weiß, der andere in Beige. Alles hatte die richtige Größe, was Ryan erneut als Verantwortlichen ausschloss. Ich hatte früher sämtliche Geschenke heimlich umgetauscht. Als Letztes fielen eine Packung Strümpfe und eine Strumpfhose aus der Tüte, inklusive Preisschild und Rechnung. Ich betrachtete den Stapel für eine Weile. Das war nicht das Werk eines Mannes.

Also hatte Chloe die Unterwäsche gekauft. Ich versuchte, nicht meinem ersten Instinkt zu folgen und die Sachen verärgert und frustriert vom Bett zu fegen. Diese Frau besaß schon so viel, was eigentlich mir gehörte, war es da wirklich nötig, dass sie mir auch noch die Freiheit nahm, meine Unterwäsche selbst zu kaufen?

Obwohl es im Grunde natürlich eine nette, aufmerksame Geste war. Sie musste so etwas nicht tun. Aber sie hatte es getan – genauso, wie sie die Frau meines Verlobten und die Mutter meines Kindes geworden war. Die Vernunft hatte keine Chance. Ich schleuderte die Einkäufe an die gegenüberliegende Wand, sank zu Boden und brach in Tränen aus.

Ein paar Stunden Schlaf machten wieder einen halbwegs normalen Menschen aus mir, und ein langes Bad, ohne dass eine Schlange anderer Patienten vor der Tür wartete, tat ein Übriges. Als mein Vater und ich schließlich zu einem frühen Abendessen aufbrachen (mein Magen war noch auf den Krankenhauszeitplan eingestellt), fühlte ich mich beinahe wieder normal.

Wir brachten zwei Gänge hinter uns, ohne ein Thema anzuschneiden, das uns womöglich den Abend verdorben hätte.

»Das war köstlich«, erklärte ich und schob den leeren Teller zurück. Mein Vater hob seine grauen und ziemlich buschigen Augenbrauen. Eine Karriere als Restaurantkritikerin kam wohl definitiv nicht mehr infrage.

»Du bist zu sehr an das Krankenhausessen gewöhnt«, stellte er fest und drückte sanft meine Hand.

»Ja wahrscheinlich«, erwiderte ich. »Es wird sicher eine Weile dauern, bis ich mich wieder an ganz normale Dinge gewöhnt habe. Etwa daran, in einem Bett ohne Metallrahmen zu schlafen. Oder dass ich mir jederzeit eine Tasse Tee machen kann, wenn ich eine möchte. Oder dass ich bald wieder eine eigene Eingangstür haben werde.«

Sein Lächeln verblasste. »Ich mache mir Sorgen, dass du so bald schon allein wohnen willst.«

»Dad, ich wohne seit der Uni allein«, erwiderte ich.

»Klar, Maddie. Aber ich mache mir trotzdem Sorgen. So sind Eltern nun mal. Eines Tages, wenn du ein eigenes …« Er brach ab, und seine Wangen begannen zu glühen. »Es tut mir so leid, Maddie! Ich wollte nicht … Ich weiß natürlich, dass du …«

Dieses Mal war ich es, die nach seiner Hand griff. »Ist schon gut, Dad. Ich weiß, was du gemeint hast. Hope ist zwar meine Tochter, aber ich habe keine Ahnung, wie es ist, Mutter zu sein. Auch wenn ich es nicht gern zugebe, hat Ryan vermutlich recht. Hope und ich müssen uns erst mal näherkommen, bevor sie erfährt, wer ich wirklich bin.«

Mein Vater sagte nichts, sondern rührte nur in seinem Kaffee, obwohl er das schon vor mehreren Minuten getan hatte.

»Was ist denn?«, hakte ich nach und wartete vergeblich darauf, dass er den Kopf hob und mich ansah. »Bist du nicht einverstanden damit? Glaubst du, dass Ryan unrecht hat?« Ich klammerte mich an den letzten Strohhalm.

»Nicht gerade *unrecht*. Aber ich glaube, dass er die Kleine unterschätzt. Sie ist außergewöhnlich schlau, und das sage ich nicht nur, weil sie meine Enkeltochter ist.«

Ich lächelte. War mein Vater sich eigentlich bewusst, dass er jedes Mal zu strahlen begann, wenn er von meiner Tochter sprach?

»Du glaubst, sie könnte ahnen, wer ich wirklich bin? Nach allem, was Ryan ihr erzählt hat?«

Mein Vater zuckte mit den Schultern. »Ihr wird zumindest auffallen, dass sie dir sehr viel ähnlicher sieht als ihren Eltern.«

Ich fixierte die Stoffserviette neben dem Teller, und sie verschwamm langsam vor meinen Augen. »Wie nennt Hope Chloe, Dad?«

Mein Vater zierte sich deutlich sichtbar, mir die Wahrheit zu sagen. Kein Vater bricht seinem Kind gern wissentlich das Herz.

»Sie glaubt, was Ryan ihr gesagt hat, Liebling. Sie glaubt, dass ihre leibliche Mutter einen schweren Unfall hatte und gestorben ist.«

Ich schüttelte den Kopf, denn damit war meine Frage nicht beantwortet. Seine blassblauen Augen wirkten gequält, als er es schließlich tat. »Sie sagt Mummy zu ihr. Es tut mir leid, Liebling. Hope nennt Chloe Mummy.«

Für jemanden, der in seinem früheren Leben ständig im Internet und den sozialen Medien unterwegs gewesen war, hatte ich mir mit dem Wiedereinstieg in diese Welt ungewöhnlich lange Zeit gelassen. Doch als ich mit überkreuzten Beinen auf dem Hotelbett saß und die viel zu kleinen Bildchen auf meinem Handy betrachtete, vermisste ich plötzlich meinen Laptop und mein Tablet.

»Du solltest nichts überstürzen«, sagte mein Vater, der auf dem einzigen Stuhl in meinem Hotelzimmer saß. »Du musst nicht gleich die erstbeste Wohnung nehmen. Nächste Woche gibt es sicher wieder neue Angebote.«

Ich musste unwillkürlich lächeln, denn es war ein ziemlich schlecht getarnter Versuch, mich davon abzubringen, mir eine eigene Unterkunft zu suchen.

»Aber diese Wohnung hier wäre ideal. Sie liegt im Erdgeschoss, hat eine Veranda und ist außerdem ziemlich preisgünstig.« Die Zweizimmerwohnung war mir sofort ins Auge gesprungen, und die Beschreibung klang vielversprechend. Ich scrollte durch die Bilder. Die Zimmer waren geräumig, und ein seltsames Gefühl beschlich mich. Würde Hope bei mir schlafen, wenn sie mich besuchen kam? Würden Ryan und Chloe so etwas überhaupt erlauben? Ich schüttelte den Kopf und musste daran denken, was Heidi gesagt hatte, als sie mich zum ersten Mal aus dem Rollstuhl hievte. »Ein Schritt nach dem anderen.«

Ich streckte meinem Vater das Handy entgegen, und er las die Beschreibung so sorgfältig, als wolle er sie auswendig lernen. Danach scrollte er ganze drei Mal durch die Fotos, vermutlich, um nach dem sprichwörtlichen Haar in der Suppe zu suchen.

»Ja, sie sieht wirklich schön aus«, gab er am Ende widerwillig zu.

»Ich werde mal anrufen. Vielleicht kann ich sie mir heute noch ansehen.«

»Heute?«, fragte er überrascht. Er verstand offensichtlich immer noch nicht, dass ich die Zügel wieder in die Hand nehmen und die Kontrolle über mein Leben zurückerlangen musste. Und deshalb war das, was ich als Nächstes sagen musste, umso schwieriger für mich.

»Dad, würde es dir etwas ausmachen, wenn ich mir die Wohnung allein ansehe?«

Er hüstelte unnatürlich lange, und ich ignorierte es höflich. »Nein, natürlich nicht«, erwiderte er schließlich ziemlich schroff. »Ich fahre dich hin und warte im Auto.«

Ich senkte den Blick und sah ihn durch meine Wimpern hindurch an, und er lachte, denn anscheinend kam ihm sein Vorschlag mittlerweile auch seltsam vor. »Okay, okay, ich verstehe! Ich soll mich nicht einmischen.«

Ich stand auf, trat zu ihm, schlang meine Arme um seinen Körper und drückte ihm einen Kuss auf die stoppelige Wange. »Du mischst dich nicht ein. Aber ich muss das allein schaffen. Es wäre ein guter Anfang. Ich bestelle einfach ein Taxi.«

»Das ist nicht notwendig. Du kannst Uber nehmen. Ich habe die App auf meinem Handy.«

Ich war schon dabei, die Nummer des Maklers zu wählen, doch ich hielt inne und sah meinen Vater verwirrt an. »Ich verstehe nicht, was du da gerade gesagt hast.«

Er tippte sich nachdenklich an die Nase, und es war offensichtlich, wie sehr er diesen unerwarteten Rollentausch genoss. »Das erkläre ich dir später«, sagte er mit einem amüsierten Zwinkern.

Ich erkannte ihn sofort, denn für mich war es nur ein paar Monate her, seit wir uns zum letzten Mal gesehen hatten. Er brauchte hingegen ein wenig länger, um mich einzuordnen.

Die Fahrt zu dem großen viktorianischen Wohnhaus dauerte

zwanzig Minuten, und meine Nervosität wuchs. Ich stieg aus, dankte dem Fahrer und blickte zitternd an dem imposanten Gebäude empor.

Hatte mein Vater womöglich recht gehabt? War es wirklich ratsam, sich als Frau mit dem zukünftigen Vermieter ganz allein in einer leer stehenden Wohnung zu treffen?

Ich wurde immer langsamer, während ich den mit schwarzen und weißen Steinen gepflasterten Weg hinaufging. Doch dann erinnerte ich mich wieder an jenen schicksalsträchtigen Tag, als meine Paranoia aus einem unschuldigen Mann einen bedrohlichen Schurken gemacht hatte. Und wohin das Ganze geführt hatte. Nein, hier gab es absolut nichts zu befürchten.

Ich drückte die Klingel der Wohnung im Erdgeschoss und stand wenige Augenblicke später in einem gefliesten Flur vor einer schwarz gestrichenen Wohnungstür. Im Inneren der Wohnung erklangen Schritte, und ich trat nervös von einem Fuß auf den anderen. Die Tür schwang auf, und ein Lächeln breitete sich auf meinem Gesicht aus. Ich hatte wirklich nichts zu befürchten, denn ich kannte diesen Mann – und er kannte mich.

»Mitch!«, rief ich und versuchte genauso verzweifelt wie erfolglos, mich an seinen Nachnamen zu erinnern. Ich kannte ihn nur unter dem Namen »Mitch«, was immerhin schon mehr war, als die meisten meiner Kollegen behaupten konnten, die ihn immer nur als den »IT-Yeti« bezeichneten. »Es ist wirklich schön, dich wiederzusehen. Ich hatte ja keine Ahnung, dass das hier deine Wohnung ist!«

»Madeline?«, fragte er vorsichtig. »Madeline Chambers? Maddie? Ich dachte, du wärst … Ich wusste nicht, dass du …«

Es war nicht fair, ihn zappeln zu lassen, also unterbrach ich ihn. »Du hast von meinem Unfall gehört?«

Er hob ungläubig seine dicken, buschigen Augenbrauen. »*Alle* hatten davon gehört! Du warst eine kleine Berühmtheit.« Plötzlich wurde ihm klar, was er gerade gesagt hatte, und eine zarte Röte breitete sich auf seinem Gesicht aus, die allerdings unter dem Bart kaum zu sehen war. »Obwohl niemand gern aus einem solchen Grund berühmt wird, oder?«

Wir standen uns einen Moment lang stumm gegenüber. Das hier sollte eine geschäftsmäßige Wohnungsbesichtigung werden, doch da wir uns früher gekannt hatten, wussten wir beide nicht, wie wir uns verhalten sollten.

»Komm doch rein!«, sagte Mitch schließlich und öffnete die Tür ein Stück weiter. Trotzdem blieb kaum Platz, um mich an ihm vorbei in den schmalen Flur zu drängen. Ich hatte vergessen, wie riesig er war. Er war nicht nur groß, sondern auch kompakt, und er hatte mich immer an einen Footballspieler erinnert, der nach dem Spiel vergessen hatte, die Schulterpolster zu entfernen.

Ich folgte Mitch den Flur entlang in das gemütliche Wohnzimmer und merkte erst jetzt, dass er abgenommen hatte, seit wir uns das letzte Mal gesehen hatten.

»Nimm Platz«, bot Mitch an und deutete auf ein verblasstes Chintzsofa. »Darf ich dir etwas anbieten? Tee? Kaffee? Oder etwas Stärkeres? Ich glaube, irgendwo steht noch eine Flasche Sherry herum.«

»Nein danke.«

»Du siehst gut aus. Na ja, ein wenig blass vielleicht. Aber trotzdem viel besser als beim letzten Mal, als ich dich gesehen habe.«

Ich versuchte, nicht zusammenzuzucken. Er war brutal ehrlich und feuerte offenbar gern aus der Hüfte. Ich schüttelte kaum merklich den Kopf und versuchte, das Bild eines bärtigen Einsiedlers in den Bergen wieder loszuwerden und mich stattdessen zu erinnern, wann wir uns das letzte Mal begegnet waren. Die Firma, für die wir beide arbeiteten, hatte das gesamte Computersystem ausgetauscht, und er hatte oft in der Presseabteilung vorbeigeschaut.

»Es war echt hart, dich so zu sehen. Und für deinen Verlobten und deine Familie muss es noch schwerer gewesen sein.«

Ich hob den Kopf und sah ihm in die Augen. »Du warst bei mir im Krankenhaus? Das wusste ich nicht.« Es war nicht gerade der schlauste Kommentar, wenn man bedachte, dass ich sechs Jahre lang *überhaupt nichts* mitbekommen hatte. »Aber warum …?« Ich sah ihn verwirrt an. Wir hatten uns immer gut verstanden und uns nett unterhalten, wenn er meinen Computer wieder einmal in Ordnung bringen musste. Einige Male hatten wir sogar einen Kaffee zusammen getrunken, wenn wir uns zufällig in der Kantine begegnet waren. Aber ich hätte uns nicht als Freunde bezeichnet. Wir bewegten uns in vollkommen unterschiedlichen Kreisen. Er und seine Frau lebten in einer Kleinstadt etwas außerhalb von London.

Mitch wurde erneut rot, und ich hatte ein schlechtes Gewissen, weil er sich wegen mir in nur wenigen Minuten gleich zwei Mal in Verlegenheit gebracht hatte. Hoffentlich verwendete er es nicht gegen mich, wenn ich seine Wohnung mieten wollte. Was ich bis jetzt gesehen hatte, war sie genau das, worauf ich gehofft hatte.

»Ich war nicht allein bei dir«, gab er zu. »Wir waren eine ganze Gruppe. Wir hofften, dass bei vielen vertrauten Stimmen die Möglichkeit größer wäre, dass eine zu dir durchdringt.«

Seine dunkelbraunen Augen musterten mich besorgt, und ich wandte den Blick ab. »Das war sehr nett von euch. Danke. Tut mir leid, dass ich nicht aufgewacht bin.«

»Wahrscheinlich warst du einfach noch nicht bereit dazu«, erwiderte Mitch teilnahmsvoll. Vermutlich hatte er sowohl von Hope als auch von Ryan und seiner Frau gehört. Meine fünfzehn Minuten Ruhm hatten mein Leben zu einem offenen Buch für alle gemacht, die mich früher gekannt hatten. Ich selbst war die Einzige, die noch nicht alle Geheimnisse entschlüsselt hatte.

»Also … die Wohnung …«, sagte ich so enthusiastisch, dass es etwas unnatürlich klang.

Mitch war offensichtlich froh, dass wir uns einem sicheren Thema zuwandten. »Genau! Was möchtest du wissen?«

»Ähm … Kann ich sie mir mal ansehen?«

Er wurde zum dritten Mal rot. Der arme Kerl reagierte allergisch auf alles, was ich sagte. Und er war sicher kein erfahrener Vermieter.

»Die Wohnung gehörte eigentlich meiner Großmutter«, erklärte er, bevor er seine riesige Pranke auf meine Schulter legte und mich in die Küche führte.

Der Raum war zweckmäßig groß, und es gab mehr als genug Schränke und Regale für jemanden, der keinen einzigen Topf mehr besaß. Es war sechs Jahre zu spät, um zu bereuen, dass ich meinen gesamten Hausstand einer Wohltätigkeitsorganisation gespendet hatte, und ich bezweifelte, dass ich in Zukunft Ryans Töpfe und Pfannen mitbenutzen durfte, wie wir es eigentlich geplant hatten.

»Sie ist ziemlich altmodisch, ich weiß«, entschuldigte sich Mitch. »Ich habe sie vor zehn Jahren selbst eingebaut, aber alles kommt so schnell aus der Mode.« Seine Hand glitt über das Holz, und ich sah die Zuneigung in seinen Augen, die sicher der ehemaligen Besitzerin der Wohnung galt.

»Du hast vorhin gesagt, dass deine Großmutter hier gelebt hat?« Meine Frage hing eine Weile zwischen uns in der Luft, bevor er antwortete.

Es war ihm deutlich anzusehen, wie traurig er war. »Ja genau.

Sie ist vor sechs Monaten gestorben.« Er sah sich in der Küche um, als erwartete er, sie noch irgendwo zu sehen. »Sie hat mir die Wohnung hinterlassen. Vermutlich wollte sie, dass ich sie verkaufe und mit dem Geld die Hypothek abbezahle, aber …« Seine Augen begannen zu glänzen, und ich interessierte mich plötzlich brennend für die Holzmaserung der Einbauschränke, bis er weitersprechen konnte. »Ich will sie noch nicht verkaufen und kann mir nicht vorstellen, dass Fremde hier wohnen. Aber ich will auch nicht selbst einziehen, deshalb erschien es mir sinnvoll, sie … an den Richtigen zu vermieten.«

»Das ist eine gute Lösung«, erklärte ich und überraschte mich selbst damit, dass ich die Hand auf seinen Unterarm legte. Mitch räusperte sich, und ich zog sie zurück. Hoffentlich hatte ich nicht die Grenze zwischen Mieterin und Vermieter überschritten.

»Ich sollte dir vielleicht noch etwas sagen, bevor du dich entschließt hierherzuziehen.«

Ich wartete und fragte mich, warum er sich plötzlich so unwohl zu fühlen schien. »Meine Großmutter ist hier in der Wohnung gestorben. Nicht im Schlafzimmer«, fügte er eilig hinzu, »aber im Wohnzimmer.«

Ich dachte an das gemütliche Wohnzimmer und wartete gespannt darauf, ob diese Information etwas an meiner Begeisterung änderte. Aber nichts geschah.

»Einige der Leute, denen ich die Wohnung gezeigt habe, waren ein wenig … verstört, als ich es ihnen sagte. Sie wollten nicht in eine Wohnung ziehen, in der erst vor Kurzem jemand gestorben ist. Eine junge Frau meinte sogar mit vollkommen ernstem Gesicht, dass es hier vermutlich spuken würde.« Mitch lachte verlegen und wartete darauf, dass ich mich anschloss. Ich lächelte schwach und hoffte, dass es reichte.

»Wie auch immer, ich wollte es dir nur erzählen, bevor wir weitergehen. Für den Fall, dass du Angst vor Geistern, Vampiren oder Zombies hast.« Er sah aus wie ein Mann, der nicht glauben konnte, dass er dieses Gespräch wirklich führte.

Ich überlegte kurz, doch die Sache machte mir nicht das Geringste aus. »Mitch, ich war dem Tod lange Zeit so nahe, wie man es nur sein kann, und jetzt bin ich wieder wach. Falls es wirklich Zombies gibt, bin ich einer von ihnen.«

Er seufzte erleichtert und wollte mich bereits weiter herumführen, doch ich hatte noch eine Frage. »Wenn sich die bisherigen Interessenten alle von dieser Tatsache haben abschrecken lassen, warum hast du dann überhaupt noch davon erzählt?«

Mitch wirkte ehrlich erstaunt. »Weil sie mich danach gefragt haben und weil …« Er zuckte mit den Schultern. »… weil ich niemanden hinters Licht führen will. Ich lüge nicht.«

Mitchs Lebenseinstellung war so ziemlich das genaue Gegenteil von Ryans Art, gewisse Dinge zu regeln, und vielleicht war das der Grund, warum meine Entscheidung in diesem Moment feststand. »Okay, wenn ich darf, nehme ich sie.«

Mitch sah mich verwirrt an. »Was nimmst du?«

»Die Wohnung. Ich meine, falls du an Zombies vermietest.«

»Aber du hast doch noch gar nicht alles gesehen …«

Ich grinste. Ich hatte einfach das Gefühl, dass diese Entscheidung richtig war. »Das ist nicht notwendig. Ich meine, ich sehe mir natürlich gern alles an. Aber mein Entschluss steht fest.«

Er lachte. Ich hatte ganz vergessen, wie tief und voll sein Lachen klang, das früher jedes Mal durch die Gänge hallte, wenn jemand einen Witz gemacht hatte.

»Okay«, sagte er, und seine Augen funkelten fröhlich. »Aber ich zeige dir trotzdem noch den Rest, damit nachher niemand sagen kann, ich hätte die Situation ausgenutzt.«

Wir machten uns auf den Weg, und die Wohnung gefiel mir immer besser. Okay, das Badezimmer war nicht gerade modern, und ich hätte lieber eine Dusche anstatt der Badewanne gehabt, aber trotzdem nahm mich der Charme der Räume sofort gefangen.

Im großen Schlafzimmer standen ein riesiger Kleiderschrank – in dem meine bescheidene Anzahl an Klamotten, die im Moment in einem Koffer lagerten, sicher Platz finden würde – und ein nagelneues Doppelbett, dessen Matratze noch in der Plastikhülle steckte. Ich seufzte erleichtert. Ich hatte sechs Jahre lang in Betten geschlafen, die von weiß Gott wie vielen Menschen vor mir benutzt worden waren. Es war sicher schön, einmal in einem neuen Bett zu schlafen, das mir gehörte.

»Die Wohnung ist perfekt«, stellte ich fest und sah mich lächelnd um. »Wo soll ich unterschreiben?«

Mitch sah mich ratlos an. »Keine Ahnung. Ich schätze, der Makler erledigt den Papierkram. Ich habe bloß darauf bestanden, die Interessenten selbst herumzuführen, damit auch der oder die Richtige die Wohnung bekommt.« Er sah auf mich herab, und auch wenn ich nicht wirklich klein war, fühlte ich mich wie ein Zwerg. »Und das ist ganz sicher der Fall.« Dieses Mal war ich diejenige, die rot wurde. Das war ich ihm vermutlich schuldig.

Wir gingen hintereinander den Flur entlang, doch plötzlich blieb er so abrupt stehen, dass ich in ihn hineinlief. Es fühlte sich an, als wäre ich gegen eine Mauer gerannt. »Mir ist gerade eingefallen, dass ich dir das zweite Schlafzimmer noch nicht gezeigt habe!«

Er öffnete die Tür zu seiner Rechten und führte mich in ein kleines, sonniges Zimmer. Anders als auf den Fotos zu sehen, war die Tapete ziemlich ausgebleicht, doch ich hatte bereits die in einem satten Gelb gestrichenen Wände und das schmale

Einzelbett mit der bunten Überdecke und den Zierkissen vor Augen, und mich packte dieselbe Aufregung, die ich schon gespürt hatte, als ich das Zimmer auf der Website sah. Das hier war definitiv Hopes Zimmer.

Der Gedanke an meine Tochter förderte eine Erinnerung zutage. »Hast du mir bei unserem letzten Zusammentreffen nicht erzählt, dass du und deine Frau gerade Eltern geworden seid? Ihr habt einen kleinen Jungen, oder?«

Mitch lächelte, und um seine Augen tanzten zarte Fältchen. Er schien von innen zu leuchten, genau wie Ryan, wenn er von Hope sprach. Das hatten Väter vermutlich so an sich.

»Du hast ein gutes Gedächtnis.«

»Eigentlich nicht, aber für mich ist es ja erst ein paar Monate her …«

Mitch schüttelte fasziniert den Kopf, als hätte ich gerade einen tollen Zaubertrick vorgeführt. »Okay, aber das Baby ist jetzt kein Baby mehr. Sam ist mittlerweile sechs Jahre alt.«

»Natürlich, sechs Jahre«, wiederholte ich verwundert. Ich sah vor mir, wie Mitch sein Telefon aus der Tasche geholt und mir ein Foto seines neugeborenen Sohnes in den Armen seiner Mutter gezeigt hatte.

Vielleicht dachte Mitch auch gerade daran, denn plötzlich wurde sein Gesicht ernst. »Colleen und ich sind nicht mehr zusammen. Wir haben uns vor vier Jahren scheiden lassen, und nun sehe ich Sam nur noch jedes zweite Wochenende.«

Ich wollte etwas Angemessenes erwidern, doch mir fiel nichts ein. Stattdessen legte ich zum zweiten Mal eine Hand auf seinen Arm – und machte mir absolut keine Gedanken darüber, ob es angemessen war oder nicht.

Kapitel 6

Ich zog schon am nächsten Tag ein, denn Mitch hatte mir bereits auf dem Weg zur Wohnungstür den Schlüssel in die Hand gedrückt.

»Sollten wir nicht warten, bis der Papierkram erledigt ist?«, fragte ich. »Brauchst du keine Referenzen oder so?«

»Ich weiß doch, wo du die letzten sechs Jahre gewohnt hast«, sagte er mit einem netten Grinsen. »Und wo du zuletzt gearbeitet hast. Das reicht«, fügte er hinzu und drückte mir den Schlüssel in die Hand. Er war noch warm, und meine Finger schlossen sich darum, als hätte ich Angst, dass Mitch seine Meinung im letzten Moment änderte.

Aber das tat er nicht, und ein paar Tage später war der Vertrag unterzeichnet.

Eine Woche später saß ich in meinem neuen, knallroten Pullover, der zwar sehr hübsch, aber auch schrecklich kratzig war, in meiner Küche und stürzte eine Tasse Kaffee nach der anderen hinunter. Bald würde ich zum ersten Mal meiner Tochter gegenüberstehen.

Ryan war im ersten Moment ziemlich verdutzt gewesen, als ich ihn anrief und ihm sagte, dass ich mit seinem Vorschlag einverstanden war. Er sollte mich Hope als entfernte Cousine vorstellen. Er schwieg so lange, dass ich am Ende fragte, ob er noch am Apparat war.

»Äh … ja. Okay! Das ist … ähm … großartig.«

Irgendetwas sagte mir, dass er es ganz und gar nicht *großartig* fand. Vermutlich hatte er nicht damit gerechnet, dass ich seinen Vorschlag akzeptieren würde. »Ich … ich muss zuerst mit Chloe sprechen, und dann melde ich mich wieder, okay?«

Wut stieg in mir hoch. Hätten die beiden das nicht schon längst erledigen können?

»Ich werde mein Wort halten, Maddie«, versprach Ryan, als hätte er meine Bedenken gespürt. »Ich *will*, dass du Hope kennenlernst. Du sollst sehen, was für ein unglaubliches und besonderes Mädchen sie ist.«

Aber nur als entfernte Verwandte!, rief eine Stimme in meinem Kopf, und ich presste die Lippen aufeinander, damit mir nichts Unbedachtes herausrutschte.

Ryan rief tatsächlich am Abend schon an. Mein Herz machte einen Sprung, als ich seinen Namen auf dem Handydisplay sah. Würde das jemals aufhören?

»Passt es dir am Samstag?«, fragte er. »Wir dachten, es wäre besser, wenn sie an diesem Tag nicht zur Schule ginge.«

Nun, es kam auf fünf weitere Tage auch nicht mehr an. »Okay, und wo treffen wir uns?«, fragte ich und geriet ein wenig in Panik, weil ich absolut keine Ahnung hatte, wo Fünfjährige gern ihre Freizeit verbrachten.

»Hier natürlich«, erwiderte Ryan, als habe der Ort unseres Treffens nie zur Debatte gestanden.

»Bei dir zu Hause?« Meine Stimme war nur noch ein Krächzen. Ich wusste, dass Ryan kurz nach Hopes Geburt aus seiner Wohnung ausgezogen war. Wir waren immer der Meinung gewesen, dass es kein geeigneter Ort für ein Kind war, aber es fühlte sich seltsam an, dass er die Entscheidungen, die wir gemeinsam getroffen hatten, letztlich allein in die Tat umgesetzt hatte … beziehungsweise mit einer anderen Frau.

Die nächste Frage ließ sich also kaum vermeiden. »Wird …

wird Chloe auch da sein?« Es fiel mir immer noch schwer, ihren Namen auszusprechen, aber ich musste meinen Widerwillen überwinden. Und zwar tunlichst schnell.

»Natürlich. Hope würde es bestimmt seltsam finden, wenn sie nicht da wäre. Und das Treffen sollte unbedingt so natürlich und ungezwungen wie möglich ablaufen.«

Die wiederauferstandene Mutter trifft nach sechs Jahren zum ersten Mal ihre fünfjährige Tochter, und Ryan wollte, dass es ungezwungen ablief? Das konnte doch nicht sein Ernst sein!

Wir einigten uns auf eine Uhrzeit, und Ryan nannte mir die Adresse, die ich sorgfältig in meinem Notizbuch notierte. Erst später merkte ich, dass ich den Stift so fest aufgedrückt hatte, dass sich die Schrift durch die Hälfte der Seiten gebohrt hatte.

Mein Vater wollte natürlich mitkommen, doch ich wies ihn sanft, aber bestimmt zurück. Ich war nicht annähernd so geübt darin, meiner Tochter etwas vorzuspielen, wie die anderen Erwachsenen in ihrer Familie, und ich wollte nicht schon beim ersten Treffen alles ruinieren. »Womöglich nenne ich dich Dad«, erklärte ich lächelnd. »Und wenn Hope wirklich so schlau ist, wie du behauptest, weiß sie dann sofort, wer ich bin.«

Da er dem nichts entgegensetzen konnte, gab er widerwillig nach. »Ich dachte bloß, es wäre einfacher für dich, wenn auch jemand in *deinem* Team spielt.«

Ich schluckte den unangenehmen Kloß im Hals hinunter, denn seine Worte bestätigten, was ich bereits befürchtet hatte. Es gab zwei gegnerische Teams, und es würde Gewinner und Verlierer geben – und vermutlich auch Verletzte. Wobei niemand wusste, wen es am Ende traf.

Ryan hatte mir angeboten, mich abzuholen, aber ich fuhr lieber mit dem Taxi. So sah mich wenigstens nur der Taxifahrer und nicht Ryan komisch an, als ich ihn zum dritten Mal bat, noch einmal um den Block zu fahren.

Schließlich sagte ich mit zitternder Stimme: »Okay, dieses Mal können Sie anhalten. Ich steige aus.«

Da ich nun einige Male daran vorbeigefahren war, hatte ich genug Gelegenheit gehabt, mir Ryans neues Zuhause anzusehen. Es war ein großes Einfamilienhaus mit einem gepflegten Vorgarten, in dem eine eindrucksvolle Weide stand. Weiden sind meine Lieblingsbäume, und ich fragte mich, ob es wohl Zufall war, dass Ryan sich für ein Haus mit einer Weide im Vorgarten entschieden hatte.

Ich ging den Weg zur Tür entlang, und meine schwarzen Stiefel schienen in den Kieseln zu versinken, als wären sie Treibsand. Mein Herz klopfte so laut unter dem verdammten kratzigen Pullover, dass ich das Knirschen der Steine kaum hörte. Da war nur das Rauschen in meinen Ohren, als ich schließlich auf die gepflasterte Veranda vor der Eingangstür trat.

Die Sonne war verschwunden, und dunkle Wolken waren aufgezogen. Alles wirkte kalt und ungemütlich, nur die Lichter im Haus verstrahlten einen warmen, einladenden Schimmer. Sie schienen mich zu sich zu rufen, aber ich hatte plötzlich das Gefühl, einen riesigen Fehler zu machen. Ich gehörte nicht hierher. Es war zwar meine Chance, Teil dieser Welt zu werden, doch ich konnte sie nicht ergreifen. Ich musste hier weg.

Doch meine Füße weigerten sich, und meine Hand bewegte sich auf die Klingel zu. Ich starrte auf die Eingangstür, deren obere Hälfte aus Milchglas bestand. Es war eigentlich noch zu früh, um erneut zu klingeln, trotzdem hob ich erneut die Hand, als ich einen Schatten im Flur hinter dem Glas entdeckte.

Jemand kam auf die Tür zu, doch die Gestalt war zu klein für Ryan und zu groß für Hope. Ich hörte das Rasseln der Sicherheitskette und den Schlüssel, der sich im Schloss drehte.

Es war Chloe.

Teil zwei

Kapitel 7

Chloe

Meine Beine zitterten, als ich auf die Haustür zuging. Nein, streichen Sie das. Mein ganzer *Körper* zitterte. Ich hatte von Anfang an gewusst, dass es so sein würde. Egal, wann und wo es passierte.

»Ich gehe schon!«, hatte ich gerufen und war aufgesprungen, bevor Ryan die Möglichkeit hatte, auf die Türklingel zu reagieren, die unser Gast ein wenig länger als notwendig gedrückt hielt.

Ryan saß auf dem Boden und sah zu mir hoch. Er baute gerade mit Hope an einem weiteren riesigen Legohaus. Es war Hopes Lieblingsbeschäftigung, sie hatte schon unzählige Häuser für ihre Barbies und Stofftiere gebaut, abgerissen und wieder neu aufgestellt. »Das Mädchen wird mal Architektin«, sagte ihr Großvater immer, und seine Brust schwoll jedes Mal vor Stolz an, wenn er von seiner Enkeltochter sprach.

Ich mochte Bill von Anfang an. Und es war nicht nur wegen der Geduld und der Liebe, die er Hope entgegenbrachte. Bill war in jeder Hinsicht ein großzügiger Mann – außer finanziell vielleicht, aber das war okay, denn Ryan hatte einen guten Job, und wir brauchten diesbezüglich keine Unterstützung.

Bill besaß einfach ein großzügiges Herz. Es war groß genug, dass darin nicht nur seine Frau, seine Tochter und sein Enkelkind Platz fanden, sondern auch Ryan. Und ich glaube nicht, dass es viele Menschen auf dieser Welt gibt, die in seinem Fall die Tür auch noch für mich geöffnet hätten. Doch Bill hatte es getan und mir kein einziges Mal das Gefühl gegeben, nicht dazuzugehören.

Aber vielleicht würde sich das in Zukunft ändern? Vielleicht würde alles ins Ungleichgewicht geraten, nachdem genau das passiert war, wofür sie alle so lange gebetet hatten?

Jedes Mal, wenn Bill mit Hope und ihren Puppen mit unendlicher Geduld literweise unsichtbaren Tee aus kleinen Plastiktassen trank oder wenn er sie liebevoll betrachtete, während sie ihm das Titellied ihres Lieblingsfilms vorsang – die Töne sind immer etwas schief, aber der Text stimmt aufs Wort –, war es wie ein Blick in die Vergangenheit. Maddie hatte Glück, einen so tollen Vater zu haben, und ich beneidete sie darum. Mein Dad starb, als ich noch sehr klein war, und meine Erinnerungen an ihn sind eine Mischung aus verblichenen Fotos und den Erzählungen meiner Mutter. Ich kann nicht mehr unterscheiden, woran ich mich wirklich erinnere und was ich mir nur einbilde.

»Bist du dir sicher?«, fragte Ryan, als es an der Tür klingelte, und sah mich besorgt und liebevoll zugleich an. Ich nickte und hoffte, dass er nicht merkte, wie nervös ich war.

Es schien, als wäre der Flur unseres gemütlichen kleinen Häuschens plötzlich zehn Mal so lang. Brauchte ich sonst auch eine halbe Ewigkeit bis zur Eingangstür? Ich warf einen letzten Blick in den Spiegel und wünschte mir sofort, ich hätte es nicht getan. Meine Haare waren zerzaust, und das hübsche graue Oberteil und die schwarze Hose sahen aus, als wäre ich zu einem Elternabend unterwegs. Ich schüttelte den Kopf, um meine schulterlangen blonden Haare ein wenig in Form zu bringen, doch ich hatte keine Zeit mehr, um etwas gegen die geröteten Wangen und die trockenen Lippen zu unternehmen, denn plötzlich stand ich vor der Tür. Ich sah ihre verzerrte Silhouette hinter dem Milchglas. Ein Geist aus der Vergangenheit, der versuchte, in der Gegenwart Fuß zu fassen.

Meine Finger zitterten, als ich nach der Türklinke griff. Hinter mir erklang das Rumpeln von Legosteinen und kurz darauf ein herzhaftes Kinderlachen und ein aufgebrachtes »Daddy!«, und ich wollte umdrehen und zurücklaufen. Das dort war mein Leben. *Die beiden* waren mein Leben. Doch wenn ich erst die Haustür geöffnet hatte, würde nichts mehr so sein, wie es war. Die Veränderungen rasten unaufhaltsam auf uns zu. Ich konnte nur hoffen, dass das Fundament, auf dem mein Leben errichtet war, stabil genug war, um den Angriff zu überstehen.

Ich öffnete die Tür.

Sie war größer, als ich erwartet hatte. Ich hatte sie zwar schon unzählige Male gesehen, aber immer nur im Liegen. Sie konnte Ryan ohne Weiteres in die Augen sehen, wenn sie sich gegenüberstanden, während ich ihm gerade mal bis zum Kinn reichte. Er musste sich hinunterbeugen, wenn er mich küsste, doch bei ihr war das nicht notwendig gewesen. Ich verdrängte den Gedanken rasch, denn man sollte nicht an solche Dinge denken, wenn man der Exverlobten seines Mannes gegenübersteht.

Ich streckte die Hand aus. »Hallo, ich bin Chloe.« Beinahe hätte ich »Ryans Frau« hinzugefügt, aber ich biss mir auf die Lippe. Sie wusste es auch so – das war deutlich an ihrem lodernden Blick zu erkennen. Ihre Augen überraschten mich ebenfalls. Ich hatte sie noch nie offen gesehen, und trotzdem war mir ihre Farbe schmerzlich vertraut. Meine Tochter hatte dieselben Augen. Nein, *ihre* Tochter, korrigierte ich mich schnell.

Sie hob zögerlich die Hand, und ihre langen, dünnen Finger zitterten ein wenig, bevor sie meine umschlossen. Ich erkannte erleichtert, dass sie genauso nervös war wie ich.

»Komm rein«, bat ich sie und hoffte, dass meine Stimme in ihren Ohren natürlicher klang als in meinen. Wir hatten vorab vereinbart, dass wir einander duzen würden, da sie ja immerhin eine entfernte Verwandte war. »Hast du gleich hergefunden?«, fragte ich in dem Bedürfnis, etwaigem Schweigen durch sinnloses Gebrabbel vorzubeugen. »Viele Leute verfahren sich. Bist du mit dem Auto gekommen?«

Maddie schüttelte den Kopf, und ihre langen schwarzen Haare schwangen hin und her. Ich hatte diese Haare gebürstet, sie aus ihrer Stirn gestrichen und sie sogar zu einem Zopf geflochten. Doch davon hatte sie keine Ahnung, und sie wäre sicher entsetzt gewesen, wenn sie es erfahren hätte. Es war also ein weiteres Geheimnis, das ich lieber für mich behielt.

»Ich darf noch nicht Auto fahren. Ich bin mit dem Taxi gekommen.« Ich hatte mich jahrelang gefragt, wie ihre Stimme wohl klang, und jetzt, da ich sie zum ersten Mal hörte, musste ich zugeben, dass sie zu ihr passte. Sie klang heiser und kehlig, wodurch meine eigene Stimme viel zu hoch und näselnd wirkte.

»Ach ja, natürlich«, erwiderte ich. »Darf ich dir den Mantel abnehmen?« Ich streckte meine Hand danach aus und war froh, dass ich mich wieder auf vertrautem Terrain befand. Wenn jemand zu Besuch kam, begrüßte man ihn höflich, erkundigte sich nach der Anfahrt und nahm ihm die Jacke oder den Mantel ab … Und dann ließ man ihn ins Haus und sah zu, wie er das Glück zerstörte, von dem man dachte, es würde für immer bleiben. Es war schwer zu begreifen, dass ich möglicherweise nur der vorübergehende Vormund des Mädchens gewesen war, das ich als meine Tochter betrachtete.

Maddie war nach der Zeit im Koma so dürr wie ein Model, obwohl sie einen dicken, knallroten Pullover trug, der gut zu ihrer blassen Haut und den dunklen Haaren passte. Offensichtlich hatte sie noch einen weiten Weg vor sich, bevor sie wieder ganz gesund war, aber sie sah trotzdem sehr viel besser aus als beim letzten Mal.

Wir standen einander gegenüber und stellten Vergleiche an. Das war vermutlich eine vollkommen normale Reaktion in einer vollkommen unnormalen Situation. Meine Kurven und ihre schlanke Gestalt; ihre langen, dunklen Haare und meine sehr viel kürzeren, blonden Locken; ihre saphirblauen und meine rauchgrauen Augen …

»Ryan und Hope sind im Wohnzimmer«, erklärte ich schließlich.

Maddie nickte, blieb jedoch wie angewurzelt stehen.

»Weiß sie, dass …« Sie verstummte und war sich offenbar nicht sicher, wie sie den Satz beenden sollte.

Ich senkte die Stimme. »Wir haben ihr gesagt, dass eine entfernte Verwandte zu Besuch kommt. Wir wollen es so zwanglos wie möglich halten …« Ich sah, wie sie zusammenzuckte, als ich sie als »entfernte Verwandte« bezeichnete. Ryan hätte es vermutlich anders formuliert.

»Okay.«

Ich machte mich auf den Weg ins Wohnzimmer und ging davon aus, dass sie mir folgen würde, doch zwei Schritte vor der Tür merkte ich, dass sie stehen geblieben war. Ich wandte mich um, und das plötzliche Mitleid, das mich beim Anblick ihres verängstigten Gesichts überkam, traf mich unvorbereitet. Einen Moment lang vergaß ich, dass diese Frau mit einem einzigen Satz mein ganzes Leben zerstören konnte.

»Ich glaube, ich kann das nicht«, flüsterte Maddie, und ihr Blick huschte zur Eingangstür.

Ich drehte um und stand kurz darauf erneut vor ihr. »Doch, du kannst!«, versicherte ich ihr und fragte mich, wie oft ich wohl nachts wach liegen und diese Worte bereuen würde.

Sehr oft, wie sich bald herausstellen sollte.

Ryan erhob sich in einer einzigen fließenden Bewegung, als ich die Frau, die er einmal heiraten wollte, in unser Wohnzimmer führte. Ich beobachtete Maddie, deren Blick kurz zu ihm huschte und sich dann auf das kleine, dunkelhaarige Mädchen richtete, das auf dem Teppich vor dem Kamin kniete. Ich war erleichtert … Doch es währte nur kurz.

»Maddie! Willkommen!«, rief Ryan und kam auf uns zu. War es seltsam für ihn, uns nebeneinander zu sehen? Die Frau, mit der er verheiratet war, und die Frau, die er damals heiraten wollte?

Ryan zögerte kurz, dann legte er die Hände auf ihre Schultern und hauchte ihr einen Kuss auf die makellose weiße Wange. Sie zuckte zusammen, als habe sie sich verbrannt, und ich tat es ihr nach – wenn auch aus einem vollkommen anderen Grund.

Hope sah neugierig hoch und hielt dabei immer noch einen Legostein in ihrer Hand. Ihr Blick wanderte zu Maddie, und mein Herz setzte aus, denn in diesem Moment geschah etwas zwischen den beiden. Ich hörte, wie Maddie nach Luft schnappte. Niemand bewegte sich, und niemand wagte zu atmen. Und dann war der Moment auch schon vorbei, und Hope war wieder ein vollkommen normales kleines Mädchen, das einer Fremden gegenüberstand. Sie stand auf, kam zu mir gerannt und vergrub ihren Kopf an meiner Hüfte. Ich warf Ryan einen Blick zu. Das sah ihr überhaupt nicht ähnlich. Hope war ein kontaktfreudiges und vorwitziges Kind. So hatte sie sich seit ihrem ersten Kindergartentag nicht mehr verhalten.

»Hey, was ist denn los?«, fragte Ryan sanft und legte eine Hand auf die Schulter seiner Tochter. Doch Hope vergrub ihren Kopf nur noch tiefer in meinem Shirt.

»Gib ihr eine Minute«, hauchte ich. *Gib uns allen eine Minute – oder besser ein paar* Jahre, *um uns an diese bizarre Situation zu gewöhnen.*

»Maddie, setz dich doch«, drängte Ryan und musterte sie besorgt. Wie war es möglich, dass jemand, der so blass war, trotzdem noch mehr Farbe verlieren konnte? Sie ließ sich dankbar auf das Sofa sinken, und plötzlich sah ich vor mir, wie Ryan und ich uns auf diesem Sofa geliebt hatten. Maddie rutschte betreten hin und her, als würde sie es ebenfalls spüren.

»Du siehst gut aus. Hast du dich schon in deiner neuen Wohnung eingelebt?«, fragte Ryan und versuchte immer noch tapfer, so zu tun, als wäre das hier nicht die seltsamste und unangenehmste Situation, die wir alle je erlebt hatten.

Ein Lächeln huschte über Maddies Gesicht. »Ja. Es ist herrlich.« Ihr Blick war auf Hopes Hinterkopf gerichtet, es lag eine unglaubliche Sehnsucht darin. Und egal, wie viel Angst ich davor hatte, wie die Sache hier ausging, ich war nun mal nicht aus Stein.

Ich streichelte den kleinen Kopf, der sich an mich drückte. »Hope, Liebling. Komm, sag Maddie Hallo. Du kannst ihr doch mal dein neuestes Legohaus zeigen.«

Doch Hope schüttelte den Kopf.

Hoffentlich gab Maddie nicht mir die Schuld an dieser ungewöhnlichen Reaktion.

»Komm schon, Pumpkin. Das ist doch albern.«

»Pumpkin? Kleiner Kürbis?«, fragte Maddie. »So hat mich mein Dad früher auch immer genannt.«

Mir wurde kalt. Hatte ich schon im ersten Moment alles vermasselt? Ryan sprang eilig ein: »Bill nennt Hope immer

Pumpkin, und irgendwie haben wir es uns mittlerweile alle angewöhnt.« Er sah mich besorgt an. Es war zu früh, um Hope die Wahrheit zu sagen, und es sollte nicht auf diese Art passieren.

Erstaunlicherweise war es Maddie, die das Schiff wieder in den sicheren Hafen lenkte. »Na ja, es ist ja auch ein gebräuchlicher Spitzname in unserer Familie. Und Bill ist zwar nur ein entfernter Verwandter, aber trotzdem …«

Ich warf der Frau, der ich eigentlich in jeder Hinsicht misstrauen sollte, einen dankbaren Blick zu, und sie nickte kurz.

Ich spürte, wie Hope ihren Kopf langsam von mir löste und sich schüchtern an ihre leibliche Mutter wandte. »Hat dir der Name gefallen?«

Maddie zog die Nase kraus. In diesem Moment war die Ähnlichkeit so groß, dass *ich* beinahe nach Luft geschnappt hätte. »Nö. Eigentlich nicht. Wer will schon ein orangefarbenes Gemüse sein?«

Hope kicherte und ließ meinen Oberschenkel los – und da wusste ich, dass ich sie verlieren würde.

»Wir wollten gerade Tee trinken. Möchtest du vielleicht auch eine Tasse, Maddie?«

Maddie wandte zögernd den Blick von ihrer Tochter ab. Sie stand bereits unter Hopes einzigartigem, zauberhaftem Bann. Genau wie ich es seit dem ersten Moment tat, als Ryan mir sein Baby in die Arme gelegt hatte.

»Ja bitte. Das wäre nett«, erwiderte sie gedankenverloren, und ich hätte vermutlich auch dieselbe Antwort bekommen, wenn ich ihr eine Tasse Strychnin angeboten hätte. Was mir im Übrigen kein Staatsanwalt der Welt zur Last gelegt hätte.

Ich lächelte so breit, dass meine Wangen spannten, und machte mich auf den Weg in die Küche. Das Lächeln verschwand, sobald ich das Zimmer verlassen hatte. *Warum um alles in der Welt hast du die drei allein gelassen?*, fragte eine wütende Stimme in meinem Kopf. *Warum machst du es ihnen so leicht?*

Ich drehte den Wasserhahn so abrupt auf, dass Wasser auf mein graues Oberteil spritzte, doch selbst das Rauschen konnte die dunkle Stimme in meinem Kopf nicht übertönen. *Kämpfe um sie … Kämpfe um ihn! Natürlich hat Maddie gewisse Rechte, aber die hast du auch! Überlass ihr nicht kampflos dein Leben!*

Ich trommelte ungeduldig mit den Fingern auf die Arbeitsplatte, während ich darauf wartete, dass das Wasser zu kochen begann. Dauerte das immer so lange? Ich gab die Teebeutel in die Kanne, die wir selten verwendeten, und füllte das Milchkännchen und das Zuckerschälchen. Dann holte ich das elegante Teeservice hervor, das ich von meiner Mutter geerbt hatte, zog die Biskuittorte aus dem Supermarkt aus der Verpackung und ärgerte mich, dass ich nicht selbst gebacken hatte. Man brauchte kein abgeschlossenes Psychologiestudium, um zu wissen, was hier los war: Ich markierte mein Revier.

Ich warf einen Blick auf mein Spiegelbild in dem gebürsteten Aluminium des Wasserkessels. Es war verschwommen, als würde ich langsam verblassen. Tränen stiegen mir in die Augen und fielen auf die Arbeitsplatte.

2012

Als ich Ryan zum ersten Mal sah, weinte er gerade um eine andere, und das können vermutlich nicht viele Frauen über die erste Begegnung mit ihrem zukünftigen Ehemann sagen. Natürlich trafen wir uns im Krankenhaus, denn er verbrachte seit Maddies Unfall beinahe jede freie Minute dort und schlief manchmal sogar bei ihr im Zimmer.

Ich wusste alles über sie, was damals nicht gerade ungewöhnlich war. Obwohl die Zeitungen und Radiostationen mittlerweile nicht mehr von der tragischen Braut berichteten, die wenige Tage vor der Hochzeit von einem Van niedergefahren worden war, war sie im Krankenhaus immer noch eine Berühmtheit. Die Krankenschwestern liebten Tratsch, und als bekannt wurde, dass die arme Komapatientin das Kind ihres verzweifelten Verlobten unter dem Herzen trug, begann alles wieder von vorn. Alle waren tief bewegt von ihrem tragischen Schicksal. Ich natürlich auch.

»Die Chancen, dass sie das Baby bis zum Ende austrägt, stehen eins zu einer Million«, hörte ich eine Schwester zu einer anderen sagen, als ich eines Abends mit dem Aufzug in die Gerontologie fuhr, und ich lauschte fasziniert.

»Es ist ein Wunder, dass sie das Baby nicht schon bei dem Unfall verloren hat«, flüsterte die zweite Frau.

»Genau so nennen sie sie ja auch: Miracle Girl.«

Die beiden stiegen ein Stockwerk vor mir aus, doch ihre Worte ließen mich nicht los. Ich fühlte mich Madeline Chambers seltsam nahe, als hätte ich damals bereits geahnt, dass unsere Leben irgendwann untrennbar miteinander verbunden sein würden.

Ich las Gladys Butler zwei Stunden lang aus dem Agatha-Christie-Buch vor, das ich aus der Bibliothek mitgebracht hatte, doch langsam wurde ich heiser, und Gladys nickte immer wieder ein. Ich tätschelte ihre faltige, mit Altersflecken überzogene Hand, stand auf und streckte mich unauffällig. Ein verspannter Rücken war ein Berufsrisiko, das meine Besuche im Krankenhaus mit sich brachten, auch wenn ich nur als Freiwillige hier arbeitete.

»Danke, Carole. Das war schön. Wann lesen wir es zu Ende?«

Die alte Frau sah mich begierig an, und ich musste lächeln.

Ich korrigierte sie schon lange nicht mehr, wenn sie mal wieder meinen Namen verwechselte. »Am Mittwoch. Das ist übermorgen. Dann können wir die nächsten Kapitel lesen, wenn Sie möchten.«

Gladys nickte erfreut und schenkte mir ein breites, zahnloses Lächeln, an das ich mich inzwischen gewöhnt hatte. Nur ihr künstliches Gebiss, das neben ihrem Bett in einem Glas schwamm, war immer noch ein wenig viel für mich.

»Ich habe keine Ahnung, wer der Täter ist«, erklärte Gladys und deutete mit dem Kopf auf das Buch, das ich gerade in meiner großen Umhängetasche verstaute.

»Ja, wir werden sehen«, erwiderte ich und verschwieg, dass ich ihr das Buch schon zum zweiten Mal vorlas und daher genau wusste, wer die Gäste des Luxushotels in Südfrankreich auf dem Gewissen hatte.

Irgendwie beneidete ich Gladys um ihre Vergesslichkeit. Ich las ihr eine Geschichte vor, und sie freute sich von ganzem Herzen, wenn sie sie zwei Wochen später erneut hörte. Und wenn sie die Nachricht erhielt, dass ihre Familie die zweistündige Fahrt zum Krankenhaus wieder einmal nicht auf sich nehmen konnte, freute sie sich trotzdem auf die Besuchszeit und wartete geduldig auf sie. Es waren Patienten und Patientinnen wie Gladys, die die Freiwilligenarbeit im Krankenhaus so lohnenswert machten.

Auf dem Weg den Flur entlang winkte ich einer Gruppe Schwestern zu, die in ihrem Zimmerchen saßen. Eine von ihnen warf einen Blick auf die Uhr und sah mich dann überrascht an. »Gehst du schon, Chloe?«

Die Besuchszeit war erst in einer Stunde zu Ende, und normalerweise blieb ich, bis die Glocke läutete.

»Gladys ist immer wieder eingeschlafen, also hole ich mir schnell mal einen Kaffee und gehe dann noch zu einem zweiten

Patienten, lese ihm die Zeitung vor oder unterhalte mich ein wenig mit ihm.« Die drei Schwestern lächelten dankbar, und ich war wieder einmal sehr zufrieden mit meiner Entscheidung, drei Abende in der Woche im Krankenhaus zu verbringen.

Als ich zwei Jahre zuvor mit dem Freiwilligendienst angefangen hatte, war ich mir nicht sicher gewesen, ob es nicht zu schwierig werden würde. Würde ich jedes Mal an Mum und die letzten, schrecklichen Monate mit ihr denken, wenn ich das Krankenhaus betrat? Doch überraschenderweise war es ganz anders gekommen. Patientinnen und Patienten vorzulesen fühlte sich wie eine natürliche und symbiotische Ergänzung zu meinem eigentlichen Job an.

»Du arbeitest den ganzen Tag in einer Bibliothek. Hängen dir die Bücher am Ende des Tages nicht zum Hals raus?«, hatte mich meine Kollegin Sally einmal gefragt, als wir gemeinsam das Regal mit den Biografien neu ordneten. Ich sah sie erstaunt an. Es war, als hätte sie mich gefragt, ob mir das Atmen zum Hals raushängen würde. Ich *lebte* für meine Bücher. Schon von Kindheit an. Ich erinnerte mich daran, dass mein Dad mir mit seiner tiefen Baritonstimme jeden Abend eine Gute-Nacht-Geschichte vorgelesen hatte. Wir waren mitten in einem Buch gewesen, als er starb, und sosehr sich Mum auch bemühte, die Lücke zu füllen, die er hinterlassen hatte, brachte sie es nicht über sich, das Buch zu Ende zu lesen.

Die Bibliothek, in der ich arbeitete, hatte eine Ausgabe davon, und jedes Mal, wenn ich nach einem Buch für die Vorlesestunde am Freitagnachmittag suchte, hielt ich vor dem farbigen Buchrücken inne – und wählte dann doch eine andere Geschichte. Vielleicht würde ich eines Tages den Mut aufbringen, es meinen gespannten fünfjährigen Zuhörern vorzulesen, aber noch war ich nicht so weit.

Die Liebe zu Büchern hatte ich von meiner Mutter – genau

wie meine blonden Haare und die grauen Augen –, und es hatte Zeiten gegeben, da waren Bücher das Einzige, was uns verband. Auch als es immer schwieriger mit ihr wurde und sie sich immer mehr zurückzog, waren die Bücher etwas, bei dem wir einander wiederfinden konnten. Wir redeten über die Figuren in den Romanen, als wären es gute Bekannte, während ihr Freundeskreis in Wirklichkeit immer kleiner wurde und es nur noch sehr wenige Familienmitglieder und Freunde gab, die es schafften, ihre Mauern zu durchbrechen.

Nach Mums Tod war mir vieles klar geworden, und einige dieser Erkenntnisse waren nicht gerade angenehm. Wir waren einander so ähnlich, dass es mir Angst machte, und ich wusste, dass ich etwas unternehmen musste. Ich war siebenundzwanzig und hatte kein nennenswertes Sozialleben und auch keinen festen Freund (Graham aus dem Buchklub zählte nicht, obwohl er unsere Beziehung sicher gern vertieft hätte). Ich musste raus aus dem Haus mit den vier Schlafzimmern, in dem ich mein Leben lang gewohnt hatte, und ich brauchte mehr als den Job in der Bücherei. Jedes Mal, wenn ich das leere Haus betrat, überkam mich eine tiefe Einsamkeit, und ich begegnete ihr schließlich auf die einzige Weise, die ich kannte: mit Büchern.

Als ich am Schwarzen Brett in der Bibliothek las, dass Vorleser im Krankenhaus gesucht wurden, rief ich an und meldete mich freiwillig. Natürlich wagte ich mich damit sehr weit aus meiner Komfortzone heraus, aber für mich war es wie eine Tür, die sich plötzlich geöffnet hatte, und ich schlüpfte hindurch, ohne zu wissen, dass ich dadurch Teil einer Geschichte werden würde, die unglaublicher war als jedes Buch, das ich bis dahin gelesen hatte.

Der Getränkeautomat war außer Betrieb, und ich seufzte frustriert. Schon wieder. Ich sah auf die Uhr und runzelte die

Stirn. Das Café im Erdgeschoss hatte vor einer Stunde geschlossen.

»Es gibt noch einen Automaten im zweiten und einen im sechsten Stock«, erklärte ein vorbeikommender Krankenpfleger hilfsbereit.

»Danke, dann versuche ich es dort.«

Ich wartete nicht auf den Aufzug, sondern nahm die Treppe, was während der Besuchszeiten auf jeden Fall die bessere Entscheidung war. Ich drückte die beiden schweren Schwingtüren auf und trat in das kühle Treppenhaus. Auf den Stationen war es immer viel zu warm, doch hier war es angenehm. Beschwingt lief ich hoch ins sechste Stockwerk, passte mich, als ich oben war, jedoch unbewusst der gedämpften Stimmung an, die dort herrschte. Ich war nicht mehr hier gewesen, seit meine Mutter auf dieser Intensivstation gelegen hatte, und mich überkam eine Gänsehaut, als ich jetzt denselben Weg ging, den ich früher jeden Tag zurückgelegt hatte. Ich hielt den Kopf gesenkt und eilte auf den Automaten vor dem Besucherzimmer zu. Ich war Stille gewohnt – immerhin arbeitete ich in einer Bibliothek –, doch die Ruhe in diesem Stockwerk hatte etwas Irritierendes an sich.

Und das machte das Geräusch, das ich plötzlich hörte, umso ungewöhnlicher. Ein schluchzender Mann stand vor dem Getränkeautomaten, seine breiten Schultern bebten. Er lehnte sich mit beiden Armen gegen den Automaten, doch es war schwer zu sagen, ob er sich daran abstützte oder ob er ihn vor Schmerz aufbrechen wollte.

Er hörte mich nicht kommen, doch als mein Schatten auf ihn fiel, wirbelte er herum und wischte sich eilig die Tränen aus den Augen.

Ich trat instinktiv einen Schritt zurück. Der Kummer in seinem Gesicht war überwältigend.

»Ich … Es tut mir leid«, stammelte ich, obwohl ich nicht genau wusste, wofür ich mich eigentlich entschuldigte. Weil ich gesehen hatte, wie verzweifelt er war? Oder weil ich nicht wusste, wie ich darauf reagieren sollte? »Ich wollte Sie nicht stören«, murmelte ich und wandte mich ab. Er wollte sicher nicht, dass ihn eine Fremde in diesem Zustand sah.

Ich war erst ein paar Schritte weit gekommen, als ich erneut ein Schluchzen hörte. Es klang so einsam und verzweifelt, dass ich mich unwillkürlich voller Mitleid doch noch einmal umdrehte. Er merkte es nicht einmal, denn er presste sich wütend die Fäuste in die Augenhöhlen, als wollte er die Tränen gewaltsam zurückdrängen.

»Entschuldigen Sie«, sagte ich mit piepsiger Stimme. »Geht es Ihnen gut?« Ich hörte selbst, wie blöd das klang. Natürlich ging es ihm *nicht* gut! Er war ein Mann Mitte dreißig, der vor dem Eingang der Intensivstation stand und ungeniert weinte. Man musste kein Hellseher sein, um zu wissen, was los war. Ich fragte mich, ob er um einen Elternteil trauerte – genau wie ich vor ein paar Jahren.

Er hob den Kopf und nahm die Hände vom Gesicht. Seine Augen waren unglaublich blau. Er sah schrecklich aus, war aber trotzdem sehr attraktiv.

»Ob es mir gut geht?«, fragte er. Er schüttelte den Kopf, und seine zerzausten dunkelblonden Haare fielen ihm in die Augen. Er wischte sie sich aus der Stirn und schien mich erst jetzt richtig wahrzunehmen. »Nein, absolut nicht.«

Er schwieg, und ich wusste nicht, was ich sagen sollte.

»Soll ich jemanden holen?«, fuhr ich schließlich fort. »Sind Sie mit jemandem hier?«

Er verzog das Gesicht, und sein Blick huschte zur Tür der Intensivstation. Und plötzlich wusste ich, wer dieser Mann war. Ich hatte ihn vor einigen Wochen in der Zeitung gesehen, kurz nach dem Unfall. Doch der Mann auf dem Foto, der lächelnd neben der hübschen dunkelhaarigen Frau posiert hatte, hatte nichts mit der bedauernswerten Gestalt gemeinsam, der ich nun gegenüberstand.

Ich streckte instinktiv die Hand aus und legte sie auf seinen Unterarm. Seine Haut war gebräunt und warm, aber die Haare fühlten sich ungewohnt an. Es war schon eine Zeit her, seit ich das letzte Mal einen Mann berührt hatte.

»Ich wollte mir gerade einen Kaffee holen«, sagte ich und bemühte mich, teilnahmsvoll und nicht zu aufdringlich zu klingen. »Möchten Sie vielleicht auch einen?«

Er überlegte lange, als müssten meine Worte sich erst den Weg durch einen dicken Nebel bannen, dann nickte er knapp. Ich trat auf den Automaten zu und steckte die Münzen hinein. Da ich nicht auch noch fragen wollte, wie er seinen Kaffee trank, entschied ich mich für heiß, schwarz und süß.

Als ich mich mit den beiden Bechern zu ihm umdrehte, hatte er glücklicherweise zu weinen aufgehört. Ich erlebte gerade die Wahrheit hinter Maddies Geschichte, die in keiner Zeitung stand und über die weder in den Krankenhausfluren noch im Aufzug diskutiert wurde. Vor mir stand ein Mann, der die Frau verloren hatte, die er liebte – und vermutlich auch das gemeinsame, ungeborene Kind.

»Sollen wir uns einen Moment hinsetzen?«, fragte ich und deutete mit dem Kopf auf die Tür des leeren Wartezimmers.

Er folgte mir schweigend. Ich hielt ihm den Kaffeebecher hin, und er nahm einen Schluck. Der Kaffee war brennend heiß, aber er merkte es nicht. Ich ließ mich auf einen Stuhl sinken, und er nahm gegenüber Platz.

»Tut mir leid wegen der kleinen Vorstellung«, bemerkte er, bevor ich etwas sagen konnte. »Ich gebe mir eigentlich immer Mühe, nicht in der Öffentlichkeit zu weinen.«

»Es gibt keinen Grund, sich zu entschuldigen. Ich verstehe das. Ich war auch einmal in dieser Situation.«

Er hob den Blick, und ich erkannte, wie dumm und unbedacht mein Kommentar gewesen war. Natürlich war ich *nicht* in derselben Situation gewesen wie er. Ich hatte die Person, die ich am meisten liebte, nicht durch einen tragischen Unfall verloren. Ich wusste nicht, wie es sich anfühlte, wenn einem die Zukunft plötzlich entrissen wird.

»Meine Mutter … Sie lag ziemlich lange im Krankenhaus, bevor sie starb.«

»Das tut mir leid«, sagte er freundlich.

»Es geht um Ihre Verlobte, oder?«, fragte ich zögernd. Das kaum merkliche Zucken in seinem Gesicht sagte mir, dass ich recht hatte.

»Ich schätze, jeder hier kennt Maddie«, stellte er leise fest, und etwas an der Art, wie er ihren Namen sagte, berührte mich tief im Herzen. Einen Moment lang fragte ich mich, wie es wohl war, so geliebt zu werden. Ich hatte so etwas noch nie erlebt.

»Gibt es … gibt es denn irgendwelche Fortschritte?«

Er schüttelte den Kopf und starrte in seinen beinahe leeren Kaffeebecher. »Nein, nichts«, antwortete er traurig, und plötzlich glaubte ich den Grund für seine Verzweiflung zu kennen. Ich hatte zwar keine medizinische Ausbildung, aber ich arbeitete bereits lange genug im Krankenhaus, um zu wissen, dass es immer schwieriger wurde, je länger ein Patient im Koma lag.

»Sind Sie Ärztin?«, fragte er.

Ich lachte überrascht auf, unterdrückte es jedoch sofort. Es kam mir angesichts dieser Situation unpassend vor. »Nein. Obwohl ich eine Menge Zeit hier im Krankenhaus verbringe.«

Er musterte mich höflich interessiert.

»Ich arbeite als Freiwillige«, erklärte ich schnell, bevor er sich näher heranlehnen musste, um die Aufschrift auf dem kleinen grünen Anstecker zu lesen. »Ich lese den Patienten und Patientinnen auf der geriatrischen Station etwas vor.« Dann streckte ich ihm die Hand entgegen. »Ich bin Chloe. Chloe Barnes.«

Seine Lippen verzogen sich zu einem kleinen Lächeln, und ich sah plötzlich Spuren des Mannes, der er gewesen war, bevor ihn die Trauer zerfressen hatte. Es war niederschmetternd.

»Ryan Turner«, sagte er, und wir schüttelten uns über den Tisch hinweg die Hände. »Aber das wissen Sie vermutlich schon«, ergänzte er sarkastisch.

Ich nickte mitfühlend. »Ich kann mir nicht einmal ansatzweise vorstellen, wie schlimm die Situation für Sie und die Familie Ihrer Verlobten sein muss.«

»Das Schlimmste ist, dass wir überhaupt nichts tun können, damit sie endlich aufwacht«, erklärte er bitter. Er stand auf und warf den Kaffeebecher frustriert in den Mülleimer. »Man würde alles aufgeben und alles tun, um einem geliebten Menschen zu helfen. Aber einfach hilflos danebensitzen und warten zu müssen, ohne zu wissen, wie lange es dauern wird, bis … Das bringt einen um den Verstand.«

»Sie dürfen die Hoffnung nicht aufgeben«, sagte ich bestimmt und fragte mich, ob ich gerade eine Grenze überschritt. Immerhin kannte ich ihn ja nicht. »Es sieht doch so aus, als ob …« Ich überlegte einen Augenblick, dann fiel mir der Name wieder ein. »Es sieht so aus, als ob Maddie eine Menge hätte, wofür es sich zu leben lohnt. Sie wird sicher bald aufwachen.«

»Danke.« Dieses Mal war sein Lächeln nicht schmerzverzerrt. »Ich glaube, genau das habe ich heute Abend gebraucht.«

»Und es war ernst gemeint. Ich weiß, dass es seltsam klingt, weil wir uns ja gerade erst kennengelernt haben, aber ich habe das Gefühl, dass alles gut werden wird. Alle hier im Krankenhaus hoffen und beten für Maddie und ihre Angehörigen, dass sie den Weg zurück finden wird. Alle wollen, dass Ihre Geschichte ein Happy End hat.«

2018

Sechs Jahre später stand ich in meiner makellosen, cremefarbenen Küche, und meine Hände zitterten so stark, dass das kochende Wasser auf die Arbeitsplatte spritzte, als ich es in Mums Teekanne goss. Man sollte vorsichtig sein mit dem, was man sich wünscht – aber mittlerweile war es leider etwas zu spät für diese Erkenntnis. Die Worte aus der Vergangenheit waren wieder da – genau wie die Frau, über die wir damals gesprochen hatten.

Ich fuhr zusammen wie ein Dieb, den man auf frischer Tat ertappt hatte, als plötzlich die Küchentür aufschwang. Es gelang mir nicht gleich, den gequälten Ausdruck von meinem Gesicht zu wischen, und Ryan sah mich besorgt an.

»Ist alles okay?«

Ja, hier in der Küche war alles okay. Nur drüben im Wohnzimmer war plötzlich alles in Gefahr, was wir in unserem Leben als selbstverständlich erachtet hatten.

»Klar, warum?«, fragte ich und bemühte mich um ein Lächeln. Es schien mir zu gelingen, denn Ryan entspannte sich sichtlich. Er trat einen Schritt vor und schlang von hinten die Arme um mich. Ich lehnte mich an ihn. Er war wie eine solide, beständige Wand. Manchmal lehnte ich mich bei ihm an, manchmal er sich bei mir. Das ist es, was eine Ehe wirklich ausmacht. Aber was passiert, wenn etwas (oder jemand) an diesem Fundament rüttelt? Wände können einstürzen – und wenn es tatsächlich so weit kam, blieb dann wenigstens einer von uns übrig, der genug Kraft für beide hatte?

»Du brauchst ziemlich lange …«

»Ja, der Tee muss ein paar Minuten ziehen«, erwiderte ich und schlüpfte aus seiner Umarmung. Ich sah, wie er kaum merklich die Augenbrauen hob, als er die gute Teekanne, das Teeservice und das hübsch dekorierte Tablett sah.

»Sieht aus, als wäre die Queen zu Besuch«, scherzte er und versuchte offensichtlich, meine Panik zu zerstreuen.

»Aber nicht doch«, erwiderte ich mit einem lässigen Schulterzucken, doch mein Blick wanderte zur Küchentür, und ich überlegte, was wohl im Zimmer am Ende des Flurs gerade vor sich ging.

»Sollte nicht jemand bei ihnen sein? Ist es sicher, Hope schon so bald mit ihr allein zu lassen?«

Ryan sah mich schockiert an. »Sicher?«, wiederholte er, als würde er seinen Ohren nicht trauen. »Was meinst du mit *sicher?* Du willst damit doch nicht sagen, dass Maddie eine Gefahr für Hope darstellt, oder? Dass sie ihr etwas antun könnte?«

Er klang so abwehrend, dass sich alles in mir zusammenzog. Jetzt war es also so weit. So früh schon. Ich hatte gedacht, es würde länger dauern, bis Ryan für eine Seite Partei ergriff. Wie dumm von mir.

»Nein, natürlich nicht! Na ja, zumindest nicht *körperlich*«, stammelte ich, »Aber sie könnte etwas sagen, das Hope vielleicht verwirrt oder verängstigt. Sie schien ein wenig … unvorbereitet, als sie hier ankam.«

Ryan stieß ein trockenes Lachen aus. »Aber das kannst du ihr wohl kaum zum Vorwurf machen, oder? Ich schätze, das trifft auf uns alle zu. Wie zum Teufel soll man sich auf eine solche Situation vorbereiten?«

Ja, wie?

Ryan blieb in der Küche, während ich den Tee eingoss. Er lehnte an der Arbeitsplatte und schob sich ein Plätzchen nach dem anderen in den Mund. Ich hoffte, dass er da war, um mir Gesellschaft zu leisten, und nicht, um zu verhindern, dass etwas in Maddies Tasse fiel, was dort nicht hingehörte. Obwohl ich ihm kaum vorwerfen konnte, dass er mir misstraute. Ich verhielt mich tatsächlich ein wenig seltsam, seit mitten in der Nacht das Telefon geklingelt hatte und wir erfahren hatten, dass das Wunder, an das niemand mehr geglaubt hatte, tatsächlich wahr geworden war.

Dann öffnete er die Küchentür, und ich duckte mich unter seinem Arm hindurch. Er legte für einen Augenblick seine Hand auf meine Wange, und ich schmiegte mich an seine Handfläche und genoss die Wärme und den vertrauten Geruch.

»Ich habe das Gefühl, dass alles gut werden wird, Chloe. Vertrau mir.«

Ja, dieses Gefühl kannte ich nur zu gut.

Ich lächelte, ohne etwas darauf zu erwidern, und betrat das Wohnzimmer. Mein Blick huschte sofort zu Hope. Es geschah instinktiv. Im Supermarkt, am Strand, auf dem Spielplatz im Park – ich behielt sie ständig im Auge. Das war schon immer so gewesen.

Hope saß auf dem Teppich vor dem Kamin und beugte sich gerade über ihr buntes Legohaus. Doch sie war nicht allein dort. Die beiden Köpfe berührten einander beinahe, und ich schluckte bittere Galle, sodass ich kaum Luft bekam.

Als wir das Zimmer betraten, zog sich Maddie eilig auf das Sofa zurück, und ich servierte den Tee und benahm mich wie eine mustergültige Gastgeberin. Ich schaffte es sogar, ehrlich zu lächeln, als Ryan mir zuzwinkerte. Ich würde es schaffen – es gefiel mir zwar nicht, aber ich würde es schaffen.

Wäre Hope ein paar Jahre älter gewesen, hätte sie vielleicht die Spannung bemerkt, die nicht weniger wurde, egal, worüber wir sprachen. Doch eine Fünfjährige interessierte sich für gewöhnlich nicht für die Gespräche der Erwachsenen. Maddie ließ ihre Tochter keine Sekunde lang aus den Augen, während mein Mund vor Angst wie ausgedörrt war. Als Hope schließlich aufsprang und sich neben Maddie setzte, packte mich eine überwältigende Eifersucht.

»Du hast so tolle Haare«, sagte mein kleines Mädchen und streckte die Hand danach aus.

»Hope«, ermahnte ich sie. »Du musst vorher fragen!« Hope öffnete überrascht ihren kleinen herzförmigen Mund. Vielleicht hatte meine Stimme ein wenig schärfer geklungen als notwendig, wodurch Maddies Antwort umso süßlicher wirkte.

»Ist schon okay.«

Hope rutschte näher an ihre leibliche Mutter heran, und etwas in mir zerriss. So würde es ab jetzt immer sein – ich verlor jedes Mal ein weiteres kleines Stück von ihr, während Maddie langsam bekam, was ihr rechtmäßig zustand. Und am Ende würde mir nur ein Hauch von Erinnerungen bleiben.

»Deine Haare sehen aus wie meine«, stellte Hope unumwunden fest.

Maddies Blick huschte zu Ryan, und plötzlich fühlte ich mich wie ein Eindringling in meinem eigenen Haus.

»Also, ich finde, deine sind viel schöner«, erwiderte sie und wollte bereits weitersprechen, doch plötzlich verschlug es ihr die Sprache, denn Hope nahm eine Strähne und wickelte sie sich um den Zeigefinger. Genau wie Ryan früher. Erinnerte sich Hope unbewusst daran, dass ihr Vater dasselbe getan hatte, wenn er mit ihr im Krankenhaus war? Ich erschauderte trotz des Feuers im Kamin und sah zu Ryan hinüber. Ich kannte sein Gesicht und jede einzelne Regung, doch dieser Ausdruck war mir völlig unbekannt.

»Liest du mir eine Geschichte vor?«, fragte Hope und durchbrach damit den Bann, der uns alle gefangen hielt. Ich lächelte dankbar. Bücher waren mein Vermächtnis an Hope. Ihr Gesicht, ihre Haare und ihre Augen kamen von Maddie, aber die Bücher kamen von mir.

»Kann Maddie mir eine Geschichte vorlesen, Mummy?«, fragte meine Fünfjährige und versetzte mir unbewusst einen herben Schlag.

»Ja natürlich. Wenn sie möchte«, presste ich hervor.

»Sehr gern«, erwiderte Maddie und machte sich nicht einmal die Mühe, ihre Freude zu verbergen, während ihre Tochter aus dem Zimmer lief, um ein Buch zu holen. »Es macht dir doch nichts aus?«, fragte sie, sobald Hopes Schritte die Treppe hinauf verklungen waren.

»Nein, natürlich nicht«, log ich so überzeugend wie möglich.

In Hopes Zimmer stand ein riesiges, altes Bücherregal, das ich auf dem Flohmarkt gefunden hatte. Ich hatte den alten Lack sorgfältig entfernt, das Holz leuchtend rosa lackiert und mit silbernen Sternen verziert. Jeder der fünf Regalböden war vollgepackt mit Büchern. Manche waren alte Lieblingsbücher, die wir schon Hunderte Male zusammen gelesen hatten, andere waren nagelneu, und die Geschichten und Abenteuer darin warteten noch darauf, entdeckt zu werden.

Hope war so schnell wieder zurück, dass sie sich sicher das erstbeste Buch geschnappt hatte. Sie sprang auf das Sofa, als wäre es ein Trampolin, und ich wartete darauf, dass Ryan sie zurechtwies, doch sein Gesicht war wie erstarrt. Er sah zu, wie seine Tochter näher an die Frau heranrückte, die er einmal hatte heiraten wollen, und als Maddie den Arm hob, kuschelte sich Hope an sie, wie ein fehlendes Puzzleteil, das endlich an seinen Platz gefunden hatte.

Doch erst als Hope Maddie das Buch in die Hand drückte, verstand ich Ryans Gesichtsausdruck.

Ich erkannte das Bild sofort. Eine junge Frau mit alabasterweißer Haut und langen schwarzen Haaren lag schlafend in einem Sarg aus Glas. War es wirklich bloß Zufall, dass Hope sich ausgerechnet *Schneewittchen* ausgesucht hatte? Vermutlich nicht.

Kapitel 8

2012

Ich kehrte an diesem Abend nicht mehr auf die geriatrische Station zurück, und ich merkte auch nicht, wie die Zeit verging, bis die Besuchszeit zu Ende war.

Ich sprang schuldbewusst auf. »Es tut mir so leid! Ich habe Sie aufgehalten, und jetzt ist die Besuchszeit vorbei.«

Doch Ryan lächelte beruhigend und erhob sich ebenfalls. Wir hatten uns so lange gegenübergesessen, dass ich ganz vergessen hatte, wie groß er war.

»Keine Sorge, es gibt keine festen Regeln, was Maddies Besuchszeiten angeht.« Er zuckte mit den Schultern und grinste verhalten, und plötzlich sah ich den Jungen vor mir, der er einmal gewesen war. »Ich sitze oft die ganze Nacht an ihrem Bett. Ich ertrage den Gedanken nicht, dass sie vielleicht die Augen aufschlägt und ich nicht bei ihr bin.«

Sein Geständnis trieb mir beinahe die Tränen in die Augen. Eine solche Liebe und Hingabe kannte ich nur aus Büchern und Filmen, doch im echten Leben war mir beides noch nie begegnet. Trotz des tragischen Unfalles war Maddie Chambers eine sehr glückliche Frau. Hoffentlich wusste sie, wie sehr dieser Mann sie liebte, denn es wurde mit jedem Wort, jedem Satz und jeder Regung sichtbar.

»Es hat mich gefreut, Sie kennenzulernen, Chloe Barnes«, sagte Ryan und hielt mir die Hand hin. Unsere Finger umschlossen sich, und einen Augenblick lang stand dieser große, attraktive Mann mit den traurigen Augen einfach da und hielt meine Hand. Mein Herzschlag geriet ins Stolpern, doch ihm war nichts anzumerken.

»Hoffentlich gibt es bald gute Nachrichten«, sagte ich und hätte ihm gern gezeigt, wie ernst ich es meinte.

Aber vielleicht wusste er das ohnehin, denn sein Blick wurde weich, und die Fältchen um seine Augen tanzten, als er erwiderte: »Danke, Chloe. Danke, dass Sie das sagen und dass Sie mir zugehört haben. Es hat mir sehr geholfen. Mehr, als Ihnen vermutlich klar ist.«

Seine freundlichen Worte folgten mir die Treppe hinunter bis ins Foyer und weiter bis zur Bushaltestelle, und ich stellte kein einziges Mal infrage, warum ein Fremder, den ich vermutlich nie wiedersehen würde, einen solchen Eindruck auf mich gemacht hatte. Es war, als hätte mein Körper bereits etwas gewusst, was mein Kopf und mein Herz noch lange Zeit nicht begreifen würden.

Zum ersten Mal kam mir das leere Haus nicht still und einsam vor. Selbst die Traurigkeit, die mich beim Anblick der leeren Kleiderhaken im Flur immer überfiel, stellte sich nicht ein. Ich hatte nichts verändert, seit Mum gestorben war, und ein Psychologe hätte wohl angenommen, dass ich den Tod meiner Mutter immer noch nicht akzeptieren konnte. Allerdings hatte ich sie schon im Laufe der letzten Jahre nach und nach verloren, denn sie hatte sich aufgrund ihrer Krankheit immer weiter in ihre eigene Welt zurückgezogen, und ich hatte nie die richtigen Worte gefunden, um ihre Mauern zu durchbrechen.

»Ich sollte mir eine Katze zulegen«, sagte ich laut und machte auf dem Weg in die Küche sämtliche Lichter an. Meine Stromrechnung war schwindelerregend hoch, aber ich hasste dunkle Räume. »Oder einen Kanarienvogel. Der würde wenigstens antworten, wenn ich mit ihm rede«, fügte ich hinzu und wusste nur zu gut, dass ich weder das eine noch das andere tun würde. Aber vielleicht sollte ich mich nach einer Untermieterin umsehen? Es gab immerhin drei leere Zimmer, und ich hätte mir etwas Geld dazuverdient. *Außerdem hättest du Gesellschaft*, flüstere die Stimme in meinem Kopf, die ich meistens ignorierte.

Ich war nicht einsam. Ich hatte meinen Job in der Bibliothek, meine Freunde aus dem Buchklub und natürlich das Krankenhaus. Mein Leben war in Ordnung. »Allein zu sein bedeutet nicht, dass man einsam ist«, erklärte ich der leeren Küche und bemerkte nicht die Ironie bei all dem.

Mein Magen knurrte und verlangte nach mehr als der üblichen Schüssel Müsli zum Abendessen, weshalb ich Brot und Käse herausholte und mir Sandwiches machte. Ich legte sie in den Toaster, holte die Kiste mit dem Altpapier aus der Speisekammer und kniete mich auf den kalten Fliesenboden, um die alten Zeitungen durchzusehen.

Es fühlte sich irgendwie seltsam an, Ryan zum zweiten Mal an diesem Abend in die Augen zu sehen. Natürlich war auf dem Schwarz-Weiß-Foto nicht zu erkennen, wie blau seine Augen in Wirklichkeit waren und wie sie vor Liebe strahlten, wenn er von Maddie erzählte. Ich lehnte die Zeitung an die Ketchupflasche und griff nach dem ersten Käsesandwich. Dann betrachtete ich das Bild genauer, wobei ich dieses Mal meine Aufmerksamkeit auf die Frau richtete. Ich erinnerte mich zwar, dass Ryans Verlobte attraktiv war, aber in Wirklichkeit war sie mehr als das. Sie war wunderschön. Die beiden strahlten glücklich in die Kamera und hatten keine Ahnung, dass ihre Freude nur von kurzer Dauer sein würde.

Ich las den Artikel zwei Mal, bis ich ihn mehr oder weniger auswendig konnte. Es gab eine Zeugin, die meinte, Maddie sei »wie eine Lumpenpuppe durch die Luft geflogen«, und einen

Beobachter, der sich offensichtlich die Schuld an dem Unfall gab und zu dem Reporter sagte, er hätte Maddie »viel früher warnen« sollen. Doch am meisten bedrückte mich die Beschreibung des Verlobten, der neben der Verletzten auf dem Asphalt kniete und sie nicht losließ, bis der Krankenwagen kam.

Ich wandte den Blick von der Zeitung ab und sah auf meinen Teller hinunter. Der Toast war kalt, der geschmolzene Käse unappetitlich geronnen, und überall glänzten Tränen, obwohl mir nicht bewusst gewesen war, dass ich weinte.

Am folgenden Morgen hatte ich ein wenig Abstand gewonnen, und alles rückte wieder in die richtige Perspektive. Es war natürlich eine traurige Geschichte, aber ich arbeitete immerhin als Freiwillige im Krankenhaus und hörte so etwas sehr oft. Manche Geschichten gingen gut aus und manche nicht ... So war das Leben nun mal. Man durfte nicht jede Tragödie an sich heranlassen. In meinem richtigen Job fand ich das Happy End zwischen zwei Buchdeckeln, bei meinem Job im Krankenhaus war es weitaus seltener. Obwohl die Bibliothek auch nicht mehr der ruhige Hafen war, den sie früher für mich dargestellt hatte, denn es gab seit Monaten Gerüchte über eine mögliche Schließung.

In den darauffolgenden Wochen sah ich Ryan ab und zu aus der Ferne, doch wir sprachen nie miteinander. Er stand im Aufzug, dessen Türen sich gerade schlossen. Oder er kam aus der Cafeteria, wenn ich sie gerade auf der anderen Seite betrat. Nach unserem Gespräch im Wartezimmer der Intensivstation fragte ich mich natürlich, ob es womöglich Neuigkeiten gab. Aber es wäre mir unpassend vorgekommen, seine Nähe absichtlich zu suchen, und deshalb tat ich es auch nicht. Was mich allerdings nicht davon abhielt, die Ohren zu spitzen, sobald ich das Wort

»Wunder« hörte. Doch langsam schwand das Interesse an Maddies Geschichte. In einem Krankenhaus gibt es immer eine neue Tragödie, die der vorigen den Rang abläuft.

Der Aufzug brauchte an diesem Tag besonders lange, und obwohl meine Büchertasche ziemlich schwer war, überlegte ich gerade, die Treppe zu nehmen, als jemand hinter mir meinen Namen rief. Ich wusste, wer es war, bevor ich mich umdrehte, und es war seltsam, dass sich seine Stimme unbewusst in mein Gedächtnis eingebrannt hatte.

»Hallo, Ryan«, begrüßte ich ihn. Hoffentlich sah er mir mein Entsetzen darüber, was die letzten Wochen mit ihm angestellt hatten, nicht an. »Wie geht es Ihnen?«

»Gut, danke«, log er. Er sah unglaublich müde aus, und seine Wangen wirkten eingefallen. Ich hätte ihn am liebsten gefragt, ob er überhaupt genug aß, aber ich kannte ihn kaum, und es ging mich im Grunde nichts an. Hoffentlich stellten ihm wenigstens seine Familie und seine Freunde diese Frage, dachte ich.

Mittlerweile war der Aufzug gekommen, doch ich rührte mich nicht vom Fleck. »Wie geht es Madeline?«, fragte ich, obwohl ich die Antwort kannte. Es gab genug Schwestern, die mir bereitwillig Rede und Antwort standen, wenn ich mich nach der Komapatientin im sechsten Stock erkundigte.

Ich sah Ryan teilnahmsvoll an, während er mir erzählte, was ich bereits wusste: Maddies Zustand war unverändert, und die Besorgnis der Ärzte stieg zusehends.

»Sie hatte letzte Woche Geburtstag«, erzählte Ryan, und seine Stimme war so leise, dass ich mich näher beugen musste, um ihn zu verstehen. »Ich habe ihr eine Torte und eine Flasche Champagner gebracht.« Er wandte den Blick ab. »Ziemlich albern, oder?« Sein verlegenes Lachen blieb ihm im Hals stecken.

Meine Augen brannten, und ich blinzelte hektisch. »Nein«, sagte ich dann. »Überhaupt nicht. Was, wenn sie ausgerechnet an diesem Tag aufgewacht wäre und Sie hätten nichts dabeigehabt? Sie hätte Sie sicher zur Schnecke gemacht.«

Er lachte, und ich war überrascht, wie schön es sich anfühlte, dass ich ihn aus seiner düsteren Stimmung gerissen hatte. Ich hätte gern gewusst, wann er das letzte Mal so gelacht hatte – doch auch diese Frage stand mir nicht zu.

Ryan betrachtete mich einen Augenblick lang, und die Dankbarkeit in seinem Blick erinnerte mich an unser erstes Treffen. »Sie sind sicher eine wunderbare freiwillige Helferin, Chloe Barnes, und eine gute Zuhörerin. Das Krankenhaus kann sich glücklich schätzen!« Sein Kompliment ließ mich einen Meter wachsen. »Obwohl Sie offensichtlich eine schreckliche Naschkatze sind«, fügte er grinsend hinzu und deutete auf die Familienpackung Fruchtgummis in meiner Hand.

Meine Wangen brannten. »Ach, die? Die sind für eine Freundin.«

»Ja klar«, erwiderte er ernst nickend, und ich erhaschte einen ersten Blick auf seinen ausgeprägten Sinn für Humor.

»Nein, ehrlich!«, versicherte ich ihm lachend. »Sie sind für Gladys. Das ist eine der alten Damen, denen ich vorlese. Sie liebt Fruchtgummis und Mördergeschichten. Und von mir bekommt sie beides.«

Auf Ryans Gesicht machte sich ein Ausdruck breit, der mich lange nicht losließ. »Wie schon gesagt: Das Krankenhaus und seine Patienten können sich glücklich schätzen.« Er warf einen Blick auf die Uhr, und ich spürte richtiggehend, wie seine Verlobte ihn zu sich in den sechsten Stock rief.

»Ich muss jetzt gehen«, sagte er hastig, als habe er gerade erkannt, wie viele Minuten er in meiner Gegenwart verschwendet hatte, anstatt sie mit Maddie zu verbringen.

»Ja, gehen Sie!«, erwiderte ich nickend und deutete auf die Schwingtür, die ins Treppenhaus führte. Er stürzte mit solcher Eile hindurch, dass sie noch lange nachschwang, nachdem seine Schritte die Treppe hinauf verklungen waren.

»Was machst du mit den zwei zusätzlichen freien Nachmittagen?«, fragte mich Sally und gab mir eines der in Zellophan verpackten Sandwiches aus der Einkaufstüte. Wir wollten in dem Park um die Ecke zu Mittag zu essen und uns nach dem Meeting in der Bibliothek am Vormittag selbst bemitleiden. Es war zwar niemandem gekündigt worden, aber wir mussten unsere Arbeitszeit reduzieren.

Abgesehen von einigen Müttern mit Kinderwagen und ein paar Enten fütternden Rentnern hatten wir den Park für uns. Die Schule hatte vor ein paar Wochen wieder begonnen, und auch wenn es für September ungewöhnlich warm war, klopfte der Herbst bereits an die Tür, und die ersten Blätter fielen von den Bäumen.

»Nun«, begann ich und warf die Rinde meines Hühnersandwiches einer Ente zu, die auf uns zugewatschelt kam, nachdem sie die Papiertüten entdeckt hatte, »keine Ahnung. Vielleicht stocke ich die Stunden im Krankenhaus auf.«

Sally nahm einen großen Schluck Limo. »Vielleicht solltest du dich einem Verein anschließen. Neue Leute kennenlernen.«

Ich lächelte und warf der Ente eine weitere Krume zu. »*Männer*, meinst du, oder?«, neckte ich sie.

Sie zuckte mit den Schultern, als sei ihr dieser Gedanke gar nicht gekommen, dann grinste sie spitzbübisch. »Ich verstehe gar nicht, warum du dir noch keinen heißen Arzt oder einen der Patienten geangelt hast.«

»Die meisten Patienten, mit denen ich zu tun habe, sind über achtzig«, erklärte ich und warf das Zellophan in den Mülleimer.

»Und die Ärzte kommen entweder frisch von der Uni und brauchen sich noch nicht zu rasieren, oder sie sind glücklich verheiratet. Es ist nicht wie bei *Grey's Anatomy*.«

»Du bemühst dich zu wenig«, erwiderte Sally und erhob sich widerwillig. »Es gibt den Richtigen irgendwo – vielleicht sogar direkt vor deiner Nase.«

Ich hakte mich lachend bei ihr unter. »Hast du heute zufällig das Regal mit den Liebesromanen geordnet?«, neckte ich sie, um sie von dem mir unangenehmen Thema abzubringen.

»Stimmt etwas nicht? Ich dachte, der Vorschlag würde dich freuen. Du fragst doch ständig nach ihr. Und er braucht jetzt offenbar Unterstützung.«

Das muss unbedingt aufhören!, dachte ich und sah die freundliche Stationsschwester hinter dem Schreibtisch an. Es war nicht so, dass ich die zusätzlichen Stunden nicht im sechsten Stock verbringen wollte. Es bereitete mir eher Sorgen, wie sehr ich es mir wünschte. Bestand die Gefahr, dass mein Interesse an der Liebesgeschichte eines Paares, das ich nicht einmal kannte, zu einer Obsession wurde? Warum war ich so fasziniert von dieser Frau, die ich noch nie getroffen hatte? Und warum dachte ich unaufhörlich an die Tragödie, die über diese beiden Fremden hereingebrochen war?

»Hör mal, warum gehst du nicht mal hoch und redest mit dem Verlobten der Patientin? Er ist angeblich sehr nett, und er weiß vermutlich besser, wie du helfen kannst.« Es war ein durchaus vernünftiger Vorschlag, und es gab keinen Grund, dass mein Herz plötzlich wie wild zu schlagen begann und meine Hände schweißnass wurden.

»Wenn du dich nach dem Gespräch unwohl dabei fühlst, den beiden zur Hand zu gehen, finden wir sicher eine höfliche Ausrede. Aber ehrlich gesagt brauchen sie dich dort oben am

Nachmittag dringender als wir.« Da hatte sie wohl recht. Am Nachmittag kamen wesentlich mehr Besucher als am Abend, wodurch ich zumindest auf der geriatrischen Station überflüssig war.

»Okay. Ich gehe mal hoch.«

»Sehr schön«, erwiderte die Schwester zufrieden und beugte sich wieder über die Patientenakten.

Ich machte mich zu Fuß auf den Weg in den sechsten Stock, um ein wenig Zeit zu gewinnen und meine Gedanken zu ordnen. Einerseits wollte ich unbedingt ein Teil von Maddies Welt werden, andererseits sagte mir meine Vernunft, dass ich mich lieber von ihr fernhalten sollte.

Ich wusste natürlich, wo ihr Zimmer lag, doch ich stand trotzdem einige Minuten zögernd auf dem Flur, bis ich plötzlich eine Hand auf meiner Schulter spürte. Ich wandte mich um und war einen kurzen Moment lang enttäuscht, dass es bloß eine Krankenschwester war, die früher auf der geriatrischen Station gearbeitet hatte. Sie hieß Abby.

»Hi, Chloe. Wie geht es dir?«

»Danke, gut«, murmelte ich.

Abby lächelte freundlich. »Bist du die freiwillige Helferin, die sich um Maddie Chambers kümmern soll?«

Mir wurde wieder einmal klar, dass hier im Krankenhaus wirklich jeder über jeden Bescheid wusste.

»Ja genau.« Ich warf einen Blick auf die geschlossene Zimmertür. »Aber ich möchte ihren Verlobten nicht stören, wenn er bei ihr ist.«

Abby schüttelte den Kopf und lachte leise. »Das ist schon okay. Er wohnt praktisch hier.«

Und warum brauchen sie mich dann?, dachte ich, behielt die Frage aber lieber für mich. Vermutlich konnte sie ohnehin nur Ryan beantworten.

»Ich setze mich ins Wartezimmer«, erklärte ich. »Könntest du ihm vielleicht sagen, dass ich hier bin, wenn du zwischendurch mal reingehst?«

Die Krankenschwester sah mich überrascht an, doch dann zuckte sie lächelnd mit den Schultern. »Ja klar. Kein Problem.«

Ich setzte mich auf denselben Stuhl wie beim letzten Mal, doch schon nach ein paar Sekunden sprang ich auf und entschied mich für einen anderen. Unser heutiges Treffen sollte sich von unserer letzten Begegnung deutlich unterscheiden, und Ryan sollte auf keinen Fall merken, dass ich Bedenken hatte, mich weiter in die Geschichte hineinziehen zu lassen.

Ich beschloss, ihm zehn Minuten zu geben. Wenn er bis dahin nicht gekommen war, würde ich wieder gehen und ein anderes Mal mit ihm reden. *Oder gar nicht,* flüsterte die leise Stimme in meinem Hinterkopf.

Vier Minuten später war er da.

»Chloe! Wie geht es Ihnen? Sie sehen gut aus«, sagte Ryan lächelnd, als er durch die Tür trat. »Ich hatte gehofft, dass man Sie schicken würde. Aber ich wollte nicht ausdrücklich nach Ihnen fragen, denn das wäre wohl etwas seltsam gewesen.«

Ich sah in die freundlichen, aber müden Augen des Mannes, an den ich ständig denken musste. Und *er* sprach von seltsam?

»Ich freue mich, wenn ich helfen kann. Wie geht es Madeline?«

»Ihre Freunde nennen sie Maddie«, erwiderte Ryan, als würde ich in Zukunft auch dazugehören. »Körperlich gesehen hat sie sich erstaunlich gut von den Verletzungen erholt.«

Einen schrecklichen Moment lang sah ich vor mir, wie Maddie »wie eine Lumpenpuppe« durch die Luft flog. Ich schluckte. »Und … das Baby?«, fragte ich zögernd.

Ryans Lächeln wurde weicher. »Unser kleines Wunder?«,

fragte er, und selbst die Worte schienen von innen heraus zu leuchten. »Es geht ihr sehr gut.«

»Sie wissen schon, dass es ein Mädchen wird?«

Er nickte, und man sah den Stolz eines Vaters in seinen Augen. »Sie ist eine Kämpferin. Genau wie ihre Mum. Die Ärzte können es kaum glauben, aber es ist eine Bilderbuchschwangerschaft.«

Ich wollte ihn fragen, wie die Geburt vonstattengehen würde, aber gleichzeitig nicht aus reiner Neugierde eine Grenze übertreten und mich zu sehr in sein Privatleben einmischen. Stattdessen straffte ich den Rücken und versuchte, so geschäftsmäßig wie möglich zu klingen.

»Und wie genau kann ich Ihnen helfen? Was erwarten Sie von mir?«

Ryan ließ sich auf den Stuhl neben mir sinken, und unsere Arme berührten sich beinahe.

»Bis jetzt habe ich praktisch jede freie Minute bei Maddie verbracht. Aber ich habe nur begrenzten Urlaub, und auch der gute Wille meiner Firma ist irgendwann zu Ende.« Ryan seufzte besorgt. »Wenn ich meinen Job behalten will – und ich *brauche* den Job –, muss ich wieder arbeiten, zumindest Teilzeit.«

Ich unterbrach ihn nicht, sondern nickte nur verständnisvoll.

»Maddies Eltern wohnen ziemlich weit weg, und ihre Mum ist …« Er brach ab. »Sie kann nicht mitkommen, und deshalb kann ihr Dad auch nur zwei Tage in der Woche bei Maddie sein.«

Ryan lehnte sich zurück und massierte sich gedankenverloren den verspannten Nacken. Er hatte wohl zu viele Nächte auf dem unbequemen Besucherstuhl verbracht.

»Ich bin mir nicht sicher, wie viel sie über die Besonderheiten von Komapatienten wissen«, sagte er schließlich.

Mehr, als ich zugeben will.

»Ein wenig«, erwiderte ich.

»Sensorische Stimulation ist eines der wenigen Dinge, mit denen wir Maddie helfen können. Das heißt, wir sollten so oft wie möglich mit ihr reden, ihre Hand berühren, ihr Musik vorspielen und uns einfach mit ihr beschäftigen. Dadurch steigt die Chance, dass sie bald aufwacht.« Er sah mich traurig an und seufzte. »Das sagen zumindest die Ärzte.«

»Und Sie wollen, dass ich bei Maddie bin, während Sie arbeiten?«

Er nickte und biss sich auf die Unterlippe. Ich wandte den Blick ab. »Okay, sehr gern. Im Grunde ist es dasselbe wie auf der geriatrischen Station.«

Seine Erleichterung war spürbar. »Das sind wirklich gute Nachrichten! Ich hatte gehofft, dass Sie Ja sagen.«

Ich zuckte bemüht unbekümmert mit den Schultern. »Deshalb bin ich ja da. Ich bin froh, wenn ich helfen kann.«

»Ich weiß, und ich weiß auch, dass es keine Rolle spielt, wer neben ihr sitzt, aber ich will trotzdem, dass es jemand ist, den Maddie mögen würde.« Er lachte verlegen. »Das ist vermutlich der Schlafmangel. Ich will hier nicht wie ein Vollidiot rüberkommen, aber ich habe einfach das Gefühl, dass Maddie und Sie gut miteinander auskommen würden.« Er sah mir in die Augen. »Wir haben denselben Geschmack, was Menschen anbelangt.«

Es war ein Kompliment, doch es gelang mir mit einigem Kraftaufwand, es nicht an mich heranzulassen.

»Und wann soll ich anfangen?«

Er erhob sich, und ich tat es ihm nach. Es war wie am Ende eines Bewerbungsgesprächs, wenn der Vorgesetzte sich mit den Worten »Wir melden uns bei Ihnen« verabschiedet.

»Jetzt gleich?«

»Jetzt?« Ich klang wie ein Papagei auf Helium.

»Wenn Sie Zeit haben? Ich würde euch einander gern vorstellen – oder passt das nicht?«

»Doch, doch«, antwortete ich eilig.

»Ihr Zimmer ist gleich dort drüben«, sagte Ryan und hielt mir die Tür auf.

Ich lächelte und hätte beinahe mit »Ja, ich weiß« geantwortet. *Sie ist bloß irgendeine Patientin,* sagte ich mir immer wieder, während ich Ryan durch den gleißend hellen Flur folgte. Ich war während meiner Zeit als Freiwillige bei unzähligen Patienten gewesen, und Maddie war bloß eine von vielen – außer, dass sie natürlich ganz anders war.

»Okay?«, fragte Ryan, als er die Hand auf die Türklinge legte, und sah mit einem aufmunternden Lächeln auf mich herunter.

»Okay!«, bestätigte ich.

Er öffnete die Tür, und ich setzte einen Fuß über die Schwelle.

Und das war der Moment, von dem an mein Leben eine vollkommen neue Richtung einschlug.

»Hallo, Liebling. Ich bin's, Ryan. Ich habe jemanden mitgebracht.«

Kapitel 9

2018

»Ich glaube, es ist ganz gut gelaufen, oder?«

Ich goss noch etwas von dem Erdbeerschaumbad in die Badewanne und hörte, wie Hope im Nebenzimmer fröhlich vor sich hin trällerte. Die erste Begegnung mit ihrer leiblichen Mutter hatte sie nicht weiter beunruhigt – und das war alles, was im Moment zählte, wie ich mir selbst immer wieder versicherte.

»Es tut mir leid wegen Samstag. Ich hätte es zuerst mit dir besprechen sollen.«

Ja, das hättest du, dachte ich, während das Wasser weiter in die Badewanne floss, und warf Ryan über die Schulter hinweg einen Blick zu. »Ist schon okay. Ich verstehe ja, dass du sie gefragt hast. Ich hätte es vermutlich selbst vorgeschlagen, wenn ich daran gedacht hätte.«

Wirklich?, fragte die leise Stimme in meinem Kopf. Ich steckte mir eine Haarsträhne hinters Ohr und stemmte mich hoch.

»Aber ich muss zuerst den anderen Müttern Bescheid geben. Nicht, dass eine von ihnen etwas Unbedachtes sagt.«

Ich sah Ryans überraschtes Gesicht in dem beschlagenen Badezimmerspiegel. »Die Ähnlichkeit der beiden ist offensichtlich«, erklärte ich. »Und wir wollen doch nicht, dass sich eine der Mütter verplappert.«

Ryan zog mich sanft in seine Arme. »Meine Hände sind ganz nass«, protestierte ich lächelnd. Ich spürte seinen Herzschlag, und der vertraute Rhythmus beruhigte mich.

»Du wirst sie nicht verlieren«, flüsterte er und legte sein Kinn auf meine blonden Haare. »Das lasse ich nicht zu«, versprach er. Meine nassen Hände glitten auf seinen Rücken und hinterließen feuchte Spuren auf seinem T-Shirt.

»Ja, ich weiß«, erwiderte ich ruhig, doch als ich mein Gesicht in dem Badezimmerspiegel sah, wirkte es alles andere als ruhig. Es war angstverzerrt.

Maddie war beinahe zwei Stunden geblieben, und wir hatten die Zeit ohne Probleme hinter uns gebracht. Der einzige peinliche Moment war, als Maddie schließlich zu Ende gelesen hatte.

Sie hatte das Buch mit einem traurigen Blick geschlossen und auf die Uhr gesehen, und ich hatte versucht, nicht erleichtert aufzuatmen, dass die Qual nun bald vorüber war.

»Es war ein sehr schöner Nachmittag. Danke für die Einladung, Ryan – und Chloe natürlich«, fügte Maddie eilig hinzu. Mein höfliches Lächeln geriet kein bisschen ins Wanken, und darauf war ich sehr stolz.

»Schön, dass du kommen konntest«, erwiderte Ryan, erhob sich und legte einen Arm um meine Schulter. *Tu das nicht,* ermahnte ich ihn in Gedanken und versteifte mich. Er schien zu kapieren, denn er ließ den Arm von meiner Schulter gleiten, doch es war zu spät. Maddie hatte es gesehen, und ein verletzter Ausdruck machte sich auf ihrem Gesicht breit.

Er verschwand erst, als ihre Tochter vom Sofa sprang und eine Hand in ihre legte. Maddie sah zu Hope hinunter, und die ehrliche Freude brach mir wieder einmal das Herz.

»Kommst du uns bald wieder besuchen? Ich habe noch so viele andere Bücher in meinem Zimmer.«

Ich konnte Hope ihren Eifer nicht verübeln. Maddie war

eine neue, aufregende Bekanntschaft, mit der sie gern mehr Zeit verbringen wollte, und ich war bloß …

»Mummy?« Mein Kopf fuhr hoch – und Maddies auch. Ryan senkte betreten den Blick.

»Ja, Pumpkin?«

»Darf Maddie bald wiederkommen?«

»Klar.« Ich sah der erwachsenen Ausgabe meiner Tochter in die dankbaren blauen Augen. Ich hielt mich zwar bloß an unsere Vereinbarung, aber vielleicht hatte sie Zweifel gehabt, dass wir Wort halten würden.

»Warum kommst du nicht am Samstag vorbei?«, schlug Ryan vor. Mein Blick huschte zu ihm, und in diesem Moment wurde ihm vermutlich klar, dass er die Einladung vorher mit mir hätte besprechen sollen.

»Was ist denn am Samstag?«, fragte Maddie und sah von Ryan zu mir, und plötzlich hatte ich furchtbares Mitleid mit ihr. Es war falsch, dass sie keine Ahnung hatte. Das alles hier war so furchtbar falsch.

Es wäre Ryans Aufgabe gewesen, ihr zu antworten, doch er kam nicht dazu.

»Mein Geburtstag!«, rief Hope kichernd und tanzte vergnügt durchs Zimmer. »Am Samstag ist mein Geburtstag!«

Ich sah Maddies Blick immer noch vor mir, als ich schließlich die Hand meines kleinen Mädchens nahm und ihr in die Badewanne voller weißer Schaumblasen half.

Entsetzen hatte sich auf ihrem bleichem Gesicht breitgemacht, und Tränen waren in ihre Augen getreten. Sie hatte es nicht gewusst. Und woher auch? Vermutlich hatte sie einfach noch nicht nachgerechnet. Immerhin hatte sie in letzter Zeit viel um die Ohren.

Trotzdem bemerkte ich das schlechte Gewissen in ihren

Augen. Sie war eine Mutter, die den Geburtstag ihres Kindes vergessen hatte.

»Ich … Das wusste ich nicht.« Ihr Blick huschte zu Ryan, und mein Mitleid begann zu bröckeln, als ich sah, wie sie Tausende gemeinsame Erinnerungen noch einmal durchlebten.

»Ist schon okay. Du hast ja noch genug Zeit, um mir ein Geschenk zu kaufen«, stellte Hope fest und entschärfte die explosive Situation mit ihrem kindlichen Charme.

»Hope!«, rief ich entsetzt, obwohl ich eigentlich froh war, dass sie uns gerettet hatte. »So etwas sagt man doch nicht zu jemandem, den man gar nicht …«

Maddie wandte sich zu mir um und beendete den Satz, den ich gar nicht erst hätte beginnen sollen. »… so gut kennt?«

Hope sah zu uns drei Erwachsenen hoch, und ihr kam offenbar zum ersten Mal der Verdacht, dass hinter dem scheinbar ruhigen Nachmittag doch mehr steckte.

»Aber Maddie ist ja keine Fremde, oder, Mummy? Ich würde so etwas nie zu einem *richtigen* Fremden sagen. Aber Maddie ist eine Verwandte, und deshalb gehört sie zur Familie. Das hast du heute Morgen selbst gesagt.«

Und natürlich hatte sie recht. »Ja, das habe ich, mein Schatz.«

Einige Stunden später lag das Haus im Dunkeln, und alles war ruhig. Hope schlief im Zimmer nebenan, und Ryan schlang von hinten die Arme um mich und zog mich näher. Ich schmiegte mich an ihn. »Du hast das heute sehr gut gemacht, Mrs Turner. Ich bin stolz auf dich.«

»Was hattest du denn erwartet?«, flüsterte ich ins Kissen und spürte, wie mir eine Träne über die Wange lief.

»Genau das.« Sein Glaube an mich vertrieb meine Traurigkeit ein wenig.

»Sie war meine Freundin«, flüsterte ich leise in das dunkle Zimmer. »Sie kann sich zwar nicht daran erinnern, und sie will es ganz sicher nicht hören – vor allem nicht jetzt –, aber sie war lange Zeit wie eine Freundin für mich. Meine schlafende Freundin.«

»Ich schätze, es war von Anfang an klar, dass damit Schluss sein wird, wenn sie einmal aufwacht«, bemerkte Ryan traurig.

Kapierte er es denn immer noch nicht?

Ich wandte mich zu ihm um und drückte einen Kuss auf seine nackte Schulter. »Nein – es war schon lange vorher vorbei.«

Ryan küsste mich, und keiner sagte mehr ein Wort. Manche Dinge muss man nicht laut aussprechen.

Meine Freundschaft mit Maddie Chambers geriet ins Wanken, als ich mich in den Mann verliebte, den sie einmal hatte heiraten wollen. Und letzten Endes zerbrach sie daran.

2012

»Unterhaltet euch doch ein wenig, während ich uns einen Becher Kaffee hole.«

Ich musterte Ryan und anschließend die Gestalt, die regungslos auf dem Bett lag, bevor ich den Blick erneut hob. Die »Unterhaltung« würde wohl eher einseitig verlaufen.

Trotzdem war ich beeindruckt und unglaublich gerührt, wie natürlich und liebevoll Ryan mit Maddie umging.

Als wir vorhin ins Zimmer gekommen waren, war er an ihr Bett getreten und hatte ihr einen sanften Kuss auf die Lippen gedrückt.

»Hallo, Liebling«, hatte er so leise gesagt, als seien diese

Worte nur für sie bestimmt. Er griff nach ihrer regungslosen Hand, und sein Daumen glitt zärtlich über ihre Handfläche, während er ihr erklärte, dass ich sie ab jetzt regelmäßig besuchen würde. Meine Hand kribbelte, es war, als spürte ich seine Berührung, doch Maddies Hand bewegte sich nicht.

Er unterhielt sich so zwanglos mit ihr, als würde sie jeden Moment die blassen Lider öffnen und die leicht geöffneten Lippen zu einem Lächeln verziehen.

Ryan erzählte Maddie eine lustige Geschichte über einen gemeinsamen Freund, doch als er zum Ende kam, lachten nur zwei Menschen im Zimmer: Ryan und ich. Einen Moment lang sah ich den Schmerz in seinem Gesicht, weil Maddie wieder einmal nicht reagiert hatte, doch er war so schnell verschwunden, dass ich mich später fragte, ob ich es mir womöglich nur eingebildet hatte.

Ich lehnte mich an die Wand, um nicht im Weg zu sein, und die Szenerie kam mir wie ein unglaublich trauriger Kinofilm über einen Mann vor, dessen Herz jeden Tag aufs Neue bricht und der alles dafür tut, um die Frau zurückzubringen, die er liebt. Ryans Gefühle für Maddie raubten mir beinahe den Atem.

Seltsamerweise schien er zu spüren, dass ich mich unwohl fühlte, und er machte den Vorschlag, Maddie und mich eine Weile allein zu lassen.

Nachdem er fort war, blieb ich noch für einen Augenblick an der Wand stehen. So nervös und verlegen war ich noch nie in Gegenwart eines Patienten gewesen.

Ich ließ den Blick durchs Zimmer schweifen, und er fiel auf die Karten mit den Genesungswünschen auf dem Fensterbrett und auf die Heliumballons, die an einem Schrankgriff befestigt waren. Maddie hatte offenbar eine Menge Freunde. Doch als ich genauer hinsah, erkannte ich, dass die Schrift auf den Karten verblasst war. Und auch die Ballons strebten nicht mehr überzeugend Richtung Decke.

Ich seufzte traurig. Das war durchaus normal, wenn jemand so lange im Krankenhaus lag wie Maddie. Die Menschen hörten nicht auf, an einen zu denken, aber sie kehrten mit der Zeit in ihr eigenes Leben zurück, das natürlich weiterging. *Und genau deshalb brauchen sie dich hier,* erklärte die leise Stimme, und es war der Schubs, den ich brauchte, um mich von der Wand zu lösen und ans Bett zu treten.

Einen Moment lang sagte ich nichts, sondern starrte nur auf die Frau hinunter, die eine Saite tief in mir zum Klingen gebracht hatte. Ich räusperte mich.

»Ähm … Stört es dich, wenn ich mich setze?«, fragte ich und zog einen Stuhl heran. Ich wartete einen Augenblick lang, als würde sie mir vielleicht antworten, dann ließ ich mich verlegen darauf nieder.

»Du bist viel jünger als die Patienten, mit denen ich normalerweise zu tun habe«, erzählte ich Maddie, und mein Blick wanderte zu der unübersehbaren Wölbung unter der Bettdecke. »Sonst frage ich die Leute immer nach ihren Enkelkindern und Familien und höre mir an, was sie in meinem Alter alles so getrieben haben.« Ich lachte auf. »Aber das können wir vergessen, oder? Ich bin übrigens siebenundzwanzig. Wir sind also in etwa gleich alt.« Seufzend schloss ich die Augen. Ich plapperte dummes Zeug, und falls Maddie mich hören konnte, verdrehte sie vermutlich gerade in Gedanken die Augen. Sie fragte sich sicher, ob Ryan niemand Interessanteren gefunden hatte, der sich an ihr Bett setzen wollte – und ehrlich gesagt hätte ich es ihr nicht verübelt.

Ich folgte einem Instinkt, der sich unmöglich ignorieren ließ, und beugte mich über die junge Frau in dem Krankenbett. Aus der Nähe betrachtet, war ihre weiße Haut so makellos wie bei einer Statue, und ihre schwarzen Haare glänzten wie aus der Shampoowerbung. Das neue Leben, das in ihr wuchs, machte sie vermutlich nur noch schöner. Sie hatte so viel – und trotzdem konnte sie es nicht genießen.

Auf dem Nachttisch stand eine große Vase mit einem Strauß dunkelroter Rosen und einer kleinen weißen Karte, auf der ein einziges Wort stand. *Ryan.* Wusste Maddie, dass ihr Verlobter ihr Blumen brachte, obwohl sie sie nicht sehen konnte? Ich griff nach der schweren Vase, hob sie hoch und hielt ihr die Rosen direkt unter die Nase. »Die hier sind von Ryan«, flüsterte ich. Unsere Gesichter waren einander so nahe, dass meine Haare auf das Kissen fielen und sich mit ihren vermischten. Meine Hände und Arme taten bald weh, aber ich hielt Maddie die Blumen so lange wie möglich vors Gesicht. Vielleicht hatte ich einen Weg gefunden, den noch keiner ausprobiert hatte?

Irgendwann stellte ich die Vase wieder ab und sah traurig auf die Frau hinunter.

»Das nächste Mal bringe ich uns ein paar Bücher aus der Bibliothek mit. Was liest du denn gern, Maddie?« Ich streckte lächelnd die Hand aus und berührte ihre Schulter. Ihre Schlüsselbeine stachen durch die Haut. »Keine Sorge, ich werde schon etwas finden, das dir gefällt«, versicherte ich, und ich sah immer noch lächelnd auf sie hinab, als Ryan mit zwei dampfenden Kaffeebechern zurückkam. Es wirkte beinahe seltsam, dass er nicht *drei* Becher mitgebracht hatte.

Es gibt viele Regeln, an die man sich halten muss, wenn man Freiwilligenarbeit im Krankenhaus leistet. Manche verrät einem der gesunde Menschenverstand, aber es gibt einen Punkt, auf den sie dich immer wieder aufmerksam machen: Entwickle nie eine emotionale Bindung zu einer Patientin oder einem

Patienten. Denn wenn doch, wird es dir das Herz brechen. Ich hatte es zwei Jahre lang geschafft, mich an diese Regel zu halten, aber in diesem Herbst brach ich sie gleich zweimal.

Ich verbrachte zwar den Großteil meiner Freizeit mit seiner Verlobten, doch Ryan selbst bekam ich im Laufe des nächsten Monats kaum zu Gesicht. Ich wusste von den Krankenschwestern auf der Station, dass er mittlerweile wieder zu arbeiten begonnen hatte und jeden Morgen etwa eine Stunde lang in Anzug und Krawatte an Maddies Bett saß, bevor er am Abend in derselben Aufmachung wiederkam – vermutlich direkt aus dem Büro. Die normalen Besuchszeiten hatte man schon lange für den hingebungsvollen Verlobten der Komapatientin außer Kraft gesetzt.

Die Schwestern erzählten, dass Ryan sich manchmal erst weit nach Mitternacht von Maddie verabschiedete. Ich fragte mich, wie lange er noch durchhalten würde – und den Schwestern ging es ähnlich.

»Er klappt bestimmt irgendwann zusammen«, stellte Ellen fest, eine lebhafte junge Krankenschwester mit zahllosen Sommersprossen, die erst vor Kurzem auf die Station gekommen war. »Und dann liegen sie beide im Krankenhaus!« Es war ein beunruhigender Gedanke.

Der Regen prasselte auf mich herab, als ich mit gesenktem Kopf aus dem Krankenhaus stürzte. Es hatte bloß genieselt, als ich vor zwanzig Minuten aus dem Bus gestiegen war, doch in dieser kurzen Zeit hatte sich einiges geändert.

Auf dem schmalen Fußweg zum Eingang standen Pfützen, in denen sich das orangefarbene Licht der Straßenlaternen spiegelte. Auf dem Parkplatz drängten sich die Autos der abendlichen Besucher. Und eine Patientin, die mir viel zu sehr ans Herz gewachsen war, lebte nicht mehr.

Ich stieß ein verzweifeltes Schluchzen aus. Sie hätte nicht auf diese Art sterben dürfen. Nicht einsam und allein.

Meine Umhängetasche glitt mir von der Schulter, und das Buch, das wir gerade lasen, fiel auf den nassen Asphalt. Das Bild war so passend, dass es mir das Herz zerriss. Ich stand regungslos da und starrte darauf hinunter, während sich der Regen mit meinen Tränen vermischte. Da fiel mein Blick auf die Hand eines Mannes, die nach dem Buch griff und das Wasser abschüttelte. Die Seiten waren nass, doch das schaurige Titelbild mit einem blutverschmierten Messer war dank der Plastikhülle unversehrt.

»Chloe!« Ich hielt den Blick gesenkt, obwohl ich wusste, wer es war. »Chloe, was ist denn los?«

Mich fröstelte es, obwohl es nicht wirklich kalt war. »Du bist vorhin einfach an mir vorbeigerannt. Ich habe nach dir gerufen, aber du hast mich nicht gehört.«

Das hatte ich tatsächlich nicht, aber vermutlich wäre ich auch im anderen Fall nicht stehen geblieben. Ich wollte so schnell wie möglich fort von diesem Krankenhaus, von diesem Ort, an dem der Tod lauerte.

Die Erinnerung daran, wie ich ins Zimmer getreten war und das abgezogene Bett und den leeren Nachttisch gesehen hatte, war noch frisch. Ich wusste genau, was das bedeutete. Die Familienpackung Fruchtgummis glitt mir aus der Hand. Aus dem Augenwinkel sah ich, dass eine Schwester auf mich zukam. Ich klammerte mich an den Metallrahmen des Krankenhausbettes und sah mich suchend nach dem Glas mit dem Gebiss der Frau um. Es war ebenfalls fort.

»Gladys?«, fragte ich überflüssigerweise.

»Es tut mir leid, Chloe«, sagte die Krankenschwester und drückte meine Schulter. »Heute Nachmittag war es so weit«, fügte sie hinzu und nahm damit meine nächste Frage vorweg.

»War jemand …« Meine Stimme brach. »War jemand bei ihr?«

Sie drückte noch einmal meine Schulter, dann ließ sie die Hand sinken. »Nein, sie ist in aller Stille gegangen.« Ihre Stimme klang ernst, aber nicht traurig. Im Gegensatz zu mir war sie daran gewöhnt. Sie bückte sich und hob die Packung mit Gladys Lieblingsnascherei auf. »Soll ich die hier entsorgen?«

Ich nickte und konnte den Blick immer noch nicht von dem Bett abwenden. »Am besten gehst du nach Hause und erholst dich von der Nachricht«, schlug die Schwester freundlich vor.

Ich fühlte mich ganz okay, als ich schließlich die Treppe hinunterging. So etwas war schon oft passiert, und es würde wieder passieren. Doch plötzlich wurden meine Schritte immer schneller, und ich hastete nach unten, als wollte ich vor meinen Gefühlen davonlaufen. Als ich im Erdgeschoss ankam, stürzte ich hinaus in die feuchtkalte Oktobernacht.

»Du bist ja schon ganz durchnässt«, sagte Ryan und legte eine Hand auf meinen Arm. »Gehen wir doch rein und setzen uns in die Cafeteria. Dann kannst du mir erzählen, was passiert ist.« Ich schüttelte so heftig den Kopf, dass das Wasser aus meinen Haaren in alle Richtungen spritze. Ich traute meiner Stimme immer noch nicht.

»Okay«, murmelte Ryan und zeigte sich unglaublich verständnisvoll, wenn man bedachte, dass auch er langsam patschnass wurde. »Aber du solltest wirklich ins Trockene kommen! Wenn du nicht ins Krankenhaus willst, dann setzen wir uns für einen Augenblick in mein Auto.«

Ich sah in Ryans besorgtes Gesicht. Regentropfen hingen wie kleine Diamanten an seinen Wimpern. Er deutete mit dem Kopf auf den Parkplatz. »Es steht gleich dort drüben.«

Ich nickte knapp, und Ryan führte mich zu einem schicken schwarzen Wagen. Er öffnete die Tür und schob mich auf den Beifahrersitz, wo ich den cremefarbenen Sitzbezug volltropfte.

»Ist nicht schlimm«, versicherte er mir, als er sich auf dem Fahrersitz niederließ. Das dunkle Auto war wie eine Höhle, die uns Zuflucht bot, und das Ganze hätte beinahe etwas Friedliches an sich gehabt, hätten meine Zähne nicht so laut geklappert.

»Du frierst«, stellte Ryan fest und startete den Motor, sodass warme Luft in den Innenraum strömte.

»Alles o-okay«, widersprach ich.

Er hob die Augenbrauen, und in diesem Moment verließ mich die Kraft. Ich sank tiefer in den Sitz. Ryan griff nach hinten und drückte mir kurz darauf einen Pullover in die Hand. Er war herrlich weich. »Hier. Damit kannst du dir die Haare und das Gesicht abtrocknen.«

Ich rubbelte alles trocken, so gut es ging.

»Was ist passiert?«, fragte Ryan leise.

Ich hätte ihn am liebsten angelogen. Seine Verlobte lag im Koma, musste er da wirklich wissen, dass jemand gestorben war? »Eine der alten Damen, um die ich mich kümmere, ist heute Nachmittag gestorben.« Ich brach ab und starrte durch die Windschutzscheibe nach draußen. Die Scheibenwischer waren nicht an, und es regnete so stark, dass das Krankenhaus und der Parkplatz kaum zu erkennen waren. »Ich weiß, dass es mich nicht so aus der Bahn werfen sollte. Sie lag auf der geriatrischen Abteilung, da sterben die Patienten irgendwann. Aber Gladys …« Meine Stimme versagte. Ich konnte Ryan – und auch mir selbst – nicht erklären, warum mich ihr Tod derart berührte.

»War das die Dame mit den Fruchtgummis? Die so gern Krimis las?«

Ich musste lachen, obwohl ich noch immer einen Kloß im Hals hatte. »Ja genau. Daran erinnerst du dich?«

Ryan zuckte mit den Schultern.

»Ihre Familie war nicht bei ihr. Sie kamen nicht oft her. Und weißt du, was das Schlimmste ist?« Ich begann erneut zu weinen und senkte den Blick in meinen Schoß, wo sein teurer Pullover wie ein nasser Lappen lag. »Das Schlimmste ist, dass sie so aufgeregt war, weil ich ein Buch gefunden hatte, das wir noch nicht gelesen hatten. Es gefiel ihr total gut, und jetzt … jetzt wird sie nie erfahren, wie es ausgeht und wer der Mörder ist.« Wir betrachteten beide das durchnässte Buch auf Ryans Armaturenbrett. »Ich weiß, es ist albern, wegen einer solchen Kleinigkeit so deprimiert zu sein.«

Ryan schüttelte den Kopf und sah mich mit einem Ausdruck in den Augen an, der mich mehr wärmte als die warme Luft. »Nein, überhaupt nicht. Es beweist eher, wie richtig es war, dich zu bitten, Zeit mit Maddie zu verbringen.«

Er griff nach seinem Sicherheitsgurt und legte ihn an. »Schnall dich an«, bat er.

»Was? Warum? Wo fahren wir hin?«

»Ich bringe dich nach Hause«, erwiderte Ryan.

»Nein, das musst du nicht. Ich kann auch mit dem Bus fahren.«

»Auf keinen Fall. Maddie versteht es sicher und wird nicht böse sein, wenn ich heute später komme«, fügte er lächelnd hinzu.

Und das Seltsame war, dass ich das auch glaubte. Ich besuchte Maddie mittlerweile seit vier Wochen. Ich redete mit ihr und las ihr vor, und ich war mir sicher: Sie hätte es verstanden.

»*Das* ist dein Haus?«, fragte er überrascht. Ich warf einen Blick auf das große Gebäude, das immer wieder in Sicht kam, wenn die Scheibenwischer ihre Arbeit getan hatten. Es war wirklich ein bisschen riesig für mich allein. »Ja, ich wohne schon mein Leben lang hier«, erwiderte ich und wollte die Tür öffnen.

»Ganz allein?«

»Ich habe schon mal überlegt, einen Untermieter zu suchen …«, begann ich, doch dann wurde mir klar, dass er das vermutlich gar nicht gemeint hatte, und meine Wangen begannen zu glühen. »Ich habe keinen Freund. Ich meine, ich wohne mit niemandem zusammen«, fuhr ich unbeholfen fort und verriet ihm damit Dinge, nach denen er mich gar nicht gefragt hatte.

»Ja, ich weiß.« Dieses Mal war er derjenige, der rot wurde. »Ich habe dir nicht nachspioniert«, versicherte er mir eilig. »Aber eine der Schwestern hat es einmal erwähnt.« Ich überlegte gerade, worüber sie wohl gesprochen hatten, als Ryan erklärend fortfuhr: »Ich glaube, es ging darum, ob dein Privatleben darunter leidet, dass du so viel Zeit im Krankenhaus verbringst.« Er sah verlegen zur Seite. Offensichtlich bereute er es bereits, dieses Thema angeschnitten zu haben. Und mir erging es ähnlich.

»Nein, da ist niemand. Zumindest niemand von Bedeutung. Schon eine ganze Weile nicht«, erklärte ich leichthin und öffnete die Tür.

Er wollte mich zum Haus begleiten, doch ich lehnte ab. Es gab keinen Grund, warum wir *beide* noch einmal nass werden sollten.

»Danke fürs Bringen«, sagte ich durch das geöffnete Fenster. »Und fürs Zuhören.«

»Das ist das Mindeste – nach allem, was du für uns tust.«

Für uns. Obwohl es vier Monate her war, seit er zum letzten Mal ihre Stimme gehört und ihre Berührungen gespürt hatte, sah sich Ryan immer noch als Teil eines Paares, während ich keine Ahnung hatte, wie sich das anfühlte.

Ich öffnete die Haustür und sah zu, wie seine Rücklichter im Regen verschwanden. Ich war vorhin nicht ganz ehrlich gewesen. In Wahrheit hatte es überhaupt noch nie einen Mann von Bedeutung gegeben. Keinen einzigen.

Es war nicht das erste Mal, dass ich zu der Beerdigung eines Patienten ging. Gladys war eine so schillernde Persönlichkeit gewesen, deshalb wunderte es mich nicht, dass zahlreiche Krankenhausbedienstete gekommen waren, um sich von ihr zu verabschieden.

Ich kannte einige Familienmitglieder von den Fotos, die Gladys mir oft gezeigt hatte. »Sehen Sie mal, das sind meine Enkelkinder«, hatte sie gesagt, und ihre Finger waren über die Gesichter auf den Fotos geglitten. An ihrem Bett hatte ich nie jemanden gesehen – aber vielleicht war ich auch unfair, und sie waren zu Besuch gekommen, als ich gerade nicht da war.

Heute waren sie jedenfalls anwesend. In Schwarz gekleidet und mit ernsten Gesichtern. Der Pfarrer erzählte von einer Gladys, die sich vollkommen von der Gladys unterschied, die ich kennengelernt hatte und deren bissiger Sinn für Humor und Vorliebe für blutrünstige Krimis unerwähnt blieben. Trotzdem war die Zeremonie sehr berührend, und die beiden Krankenschwestern, mit denen ich gekommen war, tupften sich beinahe ebenso häufig die Augen trocken wie ich.

»Wir müssen leider sofort zurück«, sagte Diana entschuldigend, als das letzte Lied gerade verklang. »Bleibst du noch?«

Ich nickte, und nachdem wir uns zum Abschied umarmt hatten, reihte ich mich in der Schlange der Besucher ein, die den Angehörigen ihr Beileid aussprechen wollten.

»Danke, dass Sie gekommen sind«, sagte eine Frau mittleren

Alters, die ich als Gladys Tochter wiedererkannte. Die Augen hinter den Brillengläsern waren rot, und ihre Nase glänzte. »Woher kannten Sie Mum?«

»Ich arbeite als Freiwillige im Krankenhaus«, erklärte ich.

»Oh, dann sind Sie sicher Chloe!«, rief sie. »Mum hat oft von Ihnen erzählt. Sie hat Ihre Besuche sehr genossen.«

»Es war mir eine Freude. Sie war eine ganz besondere alte Dame.«

Gladys' Tochter sah mich verwirrt an, und ich fand es traurig, dass sie womöglich einiges verpasst hatte, weil sie ihre Mum nicht öfter besucht hatte.

»Auf jeden Fall danke für alles, was Sie getan haben. Und dass Sie heute gekommen sind. Es bedeutet uns eine Menge.« Ich wollte gerade gehen, als mich ihre letzten Worte noch einmal innehalten ließen. »Oh, und richten Sie Ihrem Freund doch bitte unseren Dank für die wunderschönen Blumen aus! Das war sehr aufmerksam.«

»Meinem Freund?«, fragte ich. Sie verwechselte mich sicher mit jemandem.

»Brian? Oder so ähnlich? Es war jedenfalls sehr nett von ihm. Sie können sich die Blumen gern ansehen. Wir haben die Kränze und Gestecke im Innenhof aufgestellt.«

Brian. Ich kannte keinen Brian, und es war sicher bloß Zufall, dass der Name so ähnlich klang wie Ryan.

Ich fand das Gesteck in der letzten Reihe. Es bestand aus leuchtend gelben Blüten, die trotzig aus den blutroten Rosen und den weißen Lilien herausstachen. Ich ging in die Knie, was in dem schwarzen Kleid und den hohen Schuhen gar nicht so einfach war. Zwischen den gelben Blumen steckte eine Karte mit schwarzer Umrandung. Ich zog sie mit zitternden Fingern heraus. *Für Gladys. Ich wünsche Ihnen eine gute Reise in Ihr neues Abenteuer. Herzliche Grüße, Ryan (Chloes Freund)*

Ich legte eine Hand vor den Mund, um das leise Schluchzen zu unterdrücken, doch es war sinnlos. Ich begann zu weinen und grinste gleichzeitig, als ich die letzte Zeile las: *Und falls es Sie interessiert … Es war der Schwager.*

Kapitel 10

2012

Ich blätterte das Buch durch, wobei ich die Hochglanzbilder ignorierte und mich hauptsächlich auf den Text konzentrierte. Dann nickte ich zustimmend und legte es auf den immer größer werdenden Stapel neben mir. Mittlerweile fehlten bereits einige Bücher im Regal, und als plötzlich Sallys Kopf in der Lücke auftauchte, fuhr ich vor Schreck zusammen.

»Es tut mir ehrlich leid, dass ich dir das jetzt sagen muss«, flüsterte sie übertrieben leise und beugte sich durch die Bücher in meine Richtung. »Aber heute ist dein freier Tag!«

Ich grinste, während Sally um das Regal herumkam und neben mich trat. »Ich wollte nur schnell ein paar Bücher fürs Krankenhaus holen«, erklärte ich. Sally warf einen Blick auf das oberste Buch, auf dem ein dicker Bauch zu sehen war, den zwei Hände liebevoll umfingen. Sie hob vielsagend die Augenbrauen.

»Gibt es etwas, das du mir sagen möchtest?« Sie überflog die anderen Titel.

»Die sind für Maddie«, erwiderte ich. Einen Augenblick lang wirkte Sally beinahe genauso besorgt, als sei ich selbst schwanger. »Warst du nicht erst gestern bei ihr?«

Ich stieg von einem Fuß auf den anderen und fühlte mich wie eine ungezogene Göre, die ins Büro des Direktors zitiert worden war. »Ja und?«, fragte ich, obwohl ich wusste, dass ich diese Diskussion niemals gewinnen würde.

»Ich habe Angst, dass du dich ein bisschen zu tief in die

Sache reinziehen lässt, das ist alles«, erwiderte sie und legte eine Hand auf meinen Arm. »Du verbringst den Großteil deiner Freizeit bei ihr.« Ich zuckte unbekümmert mit den Schultern, doch sie hatte ins Schwarze getroffen. »Ignorier meine Worte einfach. Es geht mich im Grunde ja nichts an«, erklärte Sally mit einem Lächeln, das nicht bis zu ihren Augen reichte. »Ich bin bloß eifersüchtig, weil du eine neue beste Freundin hast.«

Ich sprang eilig auf den Zug auf und versuchte ebenfalls, die Situation mit Humor zu nehmen. »Sie ist auf jeden Fall nicht so neugierig wie du«, bemerkte ich lachend und ging zum Schalter, um die Bücher zu scannen. »Und sie kann Geheimnisse für sich behalten«, fügte ich hinzu, was meiner ziemlich indiskreten Freundin ein schiefes Grinsen entlockte.

Es war früher Nachmittag, und es waren kaum Leute da. Die Besucher, die vormittags die Regale durchstöberten oder die Zeitung lasen, waren bereits gegangen, und die Schulkinder und ihre Eltern würden erst später kommen.

»Was sagt eigentlich ihr Mann dazu, dass du ihr solche Bücher vorliest?«

»Ihr *Verlobter*«, antwortete ich eilig und verfluchte mich im nächsten Augenblick dafür, denn Sally wusste sehr wohl, dass Ryan und Maddie nicht verheiratet waren. »Ehrlich gesagt weiß ich nicht, was er davon hält. Ich habe es nicht mit ihm abgesprochen. Wir sehen uns nur selten. Deshalb bin ich ja da. Ich bin bei ihr, wenn er keine Zeit hat.«

Sally nickte, doch ihre hochgezogenen Augenbrauen sprachen Bände. Dann sagte sie: »Sei bitte vorsichtig, okay? Der Tod der alten Dame hat dich total mitgenommen. Ich habe Angst, dass du dich zu sehr auf jemanden einlässt, der vielleicht nie mehr …«

»Ich komme schon klar«, unterbrach ich sie hastig, denn ich

wollte das Ende des Satzes nicht hören. Ich wollte nicht einmal darüber *nachdenken.* Es machte mir große Angst, dass es Maddie oder ihr Baby vielleicht nicht schaffen würden, und das war genau das, wovor die freiwilligen Helfer immer gewarnt wurden. Aber dafür war es jetzt ohnehin zu spät. Ich steckte mit drin. Auch wenn ich es nicht zugeben wollte.

»Wenn *ich* schwanger wäre, würde ich jedes Buch zu dem Thema verschlingen und hätte Tausende Fragen. Du nicht auch?«, konterte ich.

»Wenn *ich* schwanger wäre«, erwiderte Sally, der das Gespräch offenbar zu ernst geworden war, »würde ich mich fragen, was mit dem verdammten Kondom los war.«

Es hatte mit Maddies Kindle angefangen.

»Was liest sie denn so?«, fragte ich Ryan vor meinem ersten Besuch.

Sein Blick wanderte von mir zu seiner Verlobten, als könnte sie zwischendurch mal kurz die Augen öffnen, um ihm auszuhelfen. »Keine Ahnung, ehrlich gesagt. Das ist echt schlimm, oder?«

Wenn es das Einzige war, worüber er nicht Bescheid wusste, war es nicht weiter tragisch. »Keine Sorge«, beruhigte ich ihn. »Ich werde etwas finden, was ihr gefällt.« *Und wenn nicht, wird sie sich sicher nicht beschweren,* flüsterte die Stimme in meinem Kopf. »Aber ihr E-Reader wäre sicher hilfreich.«

Ein paar Tage später besuchte ich Maddie zum ersten Mal allein, und als ich ins Zimmer kam, wartete ihr Kindle bereits auf dem Nachttisch auf mich. Ich begrüßte Maddie verlegen und trat ans Bett. Es würde noch einige Zeit dauern, bis ich mich an unsere einseitigen Gespräche gewöhnt hatte. »Ich lerne es bestimmt bald, versprochen«, versicherte ich ihr. *Ja, aber beeil dich,* lautete die Antwort, die ich mir für sie ausdachte, und meine Mundwinkel zuckten. In meiner Vorstellung hatte auch Maddie Sinn für Humor.

Ich nahm den Kindle, machte ihn an und fühlte mich wie vor dem Tor in eine andere Welt. Ich griff nach einem Stuhl, zog ihn heran und fragte Maddie, ob es okay sei, dass ich mich setzte. Da sie nichts dagegen hatte, ließ ich mich nieder und scrollte durch die Bücherliste. Die Buchauswahl eines Menschen ist genauso persönlich und einzigartig wie sein Fingerabdruck. Mein Lächeln wurde immer breiter, denn es waren überraschend viele Titel dabei, die ich ebenfalls gelesen hatte. Wir führten zwar komplett verschiedene Leben, aber zumindest das hatten wir gemeinsam. Es war eine Basis, auf der ich aufbauen konnte.

»Hey, das Buch habe ich auch nicht zu Ende gelesen«, gestand ich und berührte sanft ihre Hand, um ihre Aufmerksamkeit auf mich zu lenken. Ich suchte in ihrem wie gemeißelten Gesicht nach Anzeichen, dass sie mich hörte. Wie schafften es Ryan und ihre Familie, immer noch an ihre Genesung zu glauben, obwohl es kaum Hinweise gab, dass sich Maddie Chambers tatsächlich noch irgendwo in dieser hübschen Hülle verbarg?

Keine Ahnung, aber wenn sie es können, kannst du es auch!, ermahnte ich mich. Ich hatte mittlerweile genug gesehen und wusste, welche Bücher ich beim nächsten Mal mitbringen würde, doch als ich den E-Reader ausschalten wollte, fiel mein Blick auf Maddies letzten Einkauf. Ein Buch mit Babynamen. Sie hatte noch nicht damit begonnen, und ich wusste natürlich, warum. Ich starrte traurig auf den Kindle hinunter.

Die Entscheidung fiel mir leicht. Maddie konnte mich womöglich gar nicht hören – aber vielleicht ja doch.

Ich öffnete das Buch und machte es mir bequem. »Okay, Maddie. Wir beginnen bei A und arbeiten uns dann durch das ganze Alphabet.« Sie schwieg, was ich als Zustimmung deutete.

Ich hielt die Patienten, die ich besuchte, oft an den Händen, und es fühlte sich seltsam an, dass die Haut einmal nicht trocken und faltig war. Maddies Nägel waren gepflegter als meine und ihre Haut weicher und sehr viel heller. »Wenn dir ein Name besonders gefällt, kannst du ja meine Hand drücken«, sagte ich und begann zu lesen.

In der zweiten Oktoberwoche waren wir beim Buchstaben L angelangt, und Maddie hatte Medizingeschichte geschrieben, ohne auch nur das Geringste zu ahnen. Sie lag seit fünfzehn Wochen im Koma und war in der einunddreißigsten Schwangerschaftswoche – absolut unglaublich.

»Laura, Laurel, Laverne …« Ich zog die Nase kraus. »Nenn sie ja nicht Laverne!« Ich sah auf ihre Hand hinunter. Sie bewegte sich nicht.

»Leanne, Lesley, Letitia …«

»Das klingt nach einem der langweiligsten Bücher, die je geschrieben wurden!«

Der Kindle fiel mir aus der Hand und landete mit einem Krachen auf dem Boden. Ich hatte nicht gehört, dass jemand die Tür geöffnet hatte und ins Zimmer getreten war. Ich warf einen Blick auf die Uhr. Kurz vor vier.

»Was machst du denn hier?«, fragte ich, obwohl Ryan natürlich jedes Recht hatte, seine Verlobte zu besuchen. Trotzdem hatte mich sein unerwartetes Auftauchen aus dem Konzept gebracht. Glücklicherweise nahm er mir meine ruppige Begrüßung nicht übel. Er schenkte Maddie ein warmherziges Lächeln und mir vielleicht auch – das war schwer zu sagen. Dann trat er ans Bett und strich sanft über ihre elfenbeinfarbene Wange. »Hallo, Liebling.«

Ich bückte mich, um den E-Reader aufzuheben, weshalb ich nur hörte, wie er ihr einen Kuss auf die Lippen drückte. Ich stand auf und machte mich auf die Suche nach meiner Tasche und meinem Mantel.

»Du musst doch nicht gleich abhauen«, erklärte Ryan fröhlich, schlüpfte aus seinem Jackett und lockerte seine Krawatte. »Ich hatte ein Meeting ganz in der Nähe, und es war schon zu Ende. Also dachte ich, ich überrasche meine beiden Mädels und komme heute mal früher.«

Ich schluckte. Es war ein Schock, dass Ryan mich als eines seiner »Mädels« bezeichnete, und ich überlegte gerade, was ich davon halten sollte, als ich sah, wie seine Hand über Maddies Decke glitt und schließlich auf ihrem Bauch liegen blieb.

»Hallo, kleines Mädchen. Wie geht es dir heute?«

Das Baby. Er hatte das Baby gemeint! Ich wäre am liebsten im Erdboden versunken. Gott sei Dank hatte ich nichts gesagt! Meine Wangen begannen zu glühen, wenn ich nur daran dachte.

Ryan streichelte sanft Maddies Bauch, und plötzlich trat das Baby nach seiner Hand, und die Decke wölbte sich nach oben. Ryan strahlte.

»Hast du das gesehen?«

Ich nickte und hatte plötzlich einen riesigen Kloß im Hals.

Das Baby trat noch einmal, sodass Ryans Hand sogar zur Seite rutschte. Er schüttelte verwundert den Kopf und blickte lächelnd in Maddies regungsloses Gesicht. »Hast du das gespürt?«, fragte er sie. »Das musst du doch spüren!« Die Enttäuschung, die seine Freude einen Moment lang trübte, war beinahe körperlich spürbar.

Ich trat unbewusst näher heran, und Ryan schien plötzlich das Bedürfnis zu haben, diesen Augenblick mit jemandem – mit *irgendjemandem* – zu teilen. »Fühl mal«, drängte er mich und streckte die Hand nach mir aus. Ich schüttelte energisch den Kopf.

»Nein, lass mal«, erwiderte ich dümmlich.

Die Enttäuschung in seinen Augen wuchs, und dieses Mal war ich schuld daran.

Also machte ich einen Schritt auf ihn zu. Er nahm meine Hand und legte sie sanft auf Maddies Bauch. Im Zimmer war es plötzlich unheimlich still. Nichts geschah, und ich wollte die Hand wieder fortziehen, doch Ryan hielt sie fest.

»Warte noch einen Moment«, drängte er mich. »Manchmal hilft es, wenn sie meine Stimme hört.« Er dirigierte meine Hand vorsichtig vor und zurück. Seine Bewegungen waren liebevoll, aber sie galten nicht mir, obwohl mein albernes Herz es offenbar glaubte, denn es raste wie verrückt.

»Hey, meine Kleine. Daddy ist da«, murmelte Ryan leise. Er stand so nahe, dass ich seinen Atem in meinen Haaren spürte. Und plötzlich geschah es. Die Kleine trat nicht nur einmal, sondern gleich zweimal, und zwar genau gegen meine Handfläche.

Meine Lippen formten ein überraschtes oh.

War das der Moment, in dem ich mich Hals über Kopf in Maddies Baby verliebte? Vielleicht. Ich hatte auf jeden Fall noch nie zuvor eine so tiefe, aber auch zerstörerische Liebe verspürt. Und dann brach ich in Tränen aus.

In den folgenden drei Wochen zuckte ich jedes Mal zusammen, wenn jemand Maddies Zimmer betrat, während ich bei ihr war. Es war allerdings immer nur eine Krankenschwester oder ein Arzt, und ich atmete jedes Mal erleichtert auf, obwohl ich insgeheim auch ein wenig enttäuscht war.

Die Erinnerung an den Moment, als das Baby sich unter meiner Hand bewegt hatte, geisterte immer wieder durch meinen Kopf – aber das, was danach geschehen war, mindestens ebenso häufig.

Ryan hatte ohne nachzudenken den Arm um mich gelegt und mich an sich gezogen. Doch ich hätte nicht nachgeben dürfen. Es stand mir nicht zu, mich von ihm halten und trösten zu lassen. Das war Maddies Recht, auch wenn sie es im Moment nicht in Anspruch nehmen konnte. Ryan jedoch fand offenbar nichts dabei, jemanden zu trösten, der von seinen Gefühlen übermannt worden war. Vielleicht waren manche Männer so – aber bis jetzt hatte ich keinen kennengelernt.

Das erklärte jedoch nicht, warum ich mich nicht von ihm löste und mich für meine alberne Reaktion entschuldigte, sondern stattdessen meinen Kopf an seiner Brust vergrub und weiterweinte. Er versteifte sich einen Moment lang, doch dann entspannte er sich wieder und tätschelte mir beruhigend den Rücken. In diesem Moment wurde mir klar, dass ich gerade einige Grenzen überschritten hatte.

»Das sind die Hormone.« Seine Worte klangen etwas gepresst. »Eine Schwangerschaft kann ganz schön verwirrend sein.«

Es war die einzig richtige Reaktion, und als ich endlich einen Schritt zurücktrat und nach dem Taschentuch griff, das er mir hinhielt, musste ich tatsächlich grinsen. »Ich dachte immer, das gilt nur für die Schwangere selbst.«

Ich putzte mir die Nase und tupfte die Augen trocken. Den schwarzen Schmieren auf dem Taschentuch nach zu urteilen, war von meiner Mascara kaum noch etwas übrig. Meine Wangen waren fleckig und gerötet und die Augen verquollen – um das zu wissen, musste ich nicht einmal einen Blick in den kleinen Spiegel an der Wand werfen.

»Ryan, es tut mir leid! Keine Ahnung, was gerade mit mir los war. Das war total unprofessionell.«

Ich senkte den Blick, weshalb ich das Mitgefühl in seinen Augen nicht sah. Aber ich hörte es in seiner Stimme: »Und deshalb bist du genau die Richtige für Maddie.« Ich hob langsam den Kopf. »Du bist die Richtige, gerade *weil* du unprofessionell bist.«

Es war ein vernichtendes Urteil für jemanden, der seit zwei Jahren als Freiwilliger im Krankenhaus arbeitete. »Das hilft mir jetzt auch nicht weiter«, sagte ich seufzend, und Ryan grinste.

»Es gibt Legionen von Ärzten, Krankenschwestern, Physiotherapeuten und was weiß ich noch alles, die Maddies medizinische Bedürfnisse stillen. Sie machen ihre Sache großartig, aber trotzdem fehlt etwas.«

Ich richtete mich auf.

»Sie braucht jemanden«, fuhr er fort, »der ihre Haare bürstet, wenn die Schwestern keine Zeit dafür haben; jemanden, der ihre Nägel feilt; jemanden, der einen ziemlich fragwürdigen Musikgeschmack hat, ihr aber trotzdem alle seine Lieblingslieder vorspielt; jemanden, der ihr aus Schwangerschaftsratgebern vorliest, obwohl niemand sonst auf diese Idee gekommen wäre.«

Meine Wangen begannen zu glühen. Ich hatte keine Ahnung, woher er das alles wusste. Offenbar hatten es ihm die Schwestern erzählt.

»Aber am wichtigsten ist, dass Maddie jemanden braucht, der in Tränen ausbricht, wenn er unser Baby zum ersten Mal spürt.«

Ich biss mir auf die Lippe. Er wollte sicher nur nett sein.

»Maddie braucht jemanden wie dich, Chloe Barnes. Gott sei Dank bist du da.«

Ich dachte oft darüber nach, wie wohl meine nächste Begegnung mit Ryan aussehen würde, und doch war ich vollkommen unvorbereitet, als er plötzlich in der Bibliothek auftauchte.

Es war Freitagnachmittag, und ich liebte diese Zeit. Meine Kollegen und ich halfen einander aus, wo immer Not am Mann war, aber die Vorlesestunde gehörte mir allein.

Ich dekorierte die gemütliche Ecke in der Kinderabteilung mit Bildern aus den Lieblingsbüchern meiner kleinen Besucher; ich stellte die leuchtend roten Plastikstühle zu einem Halbkreis auf, obwohl ich wusste, dass die Kinder ohnehin nicht lange sitzen bleiben würden; ich suchte die Geschichten aus, wobei ich mich manchmal für neue Titel und manchmal für Klassiker entschied, die ich als Kind geliebt hatte.

Der Regen prasselte gegen die Fensterscheiben, und die Parks und Spielplätze waren heute Nachmittag garantiert verwaist. Ich ging noch einmal zurück in die Leseecke und stellte eine zusätzliche Reihe Stühle auf. Um kurz nach drei kamen die ersten Besucher, und schon bald füllte sich der Raum. Es bedeutete immer einiges an Überredungskunst, damit die unter Fünfjährigen auf ihren Plätzen sitzen blieben, bis die Vorlesestunde offiziell begann, und es war auch nicht immer von Erfolg gekrönt, aber sobald ich mich auf meinen Stuhl setzte und das Buch aufschlug, gehörte ihre Aufmerksamkeit ganz mir – zumindest für die nächste halbe Stunde.

Die meisten Eltern stellten sich hinter ihre Kinder, was wohl erklärte, warum ich Ryan nicht sofort entdeckte. Ich war in etwa bei der Hälfte der Geschichte über ein verschwundenes Spielzeug angekommen – ein packender Thriller, wenn man unter fünf war – und hielt gerade das Buch hoch, um den Kindern die Zeichnung zu zeigen, als ich ihn sah. Er lehnte an einem der Regale etwas abseits.

Unsere Blicke trafen sich, und er lächelte, als sei es vollkommen normal, dass er hier war. Ich drehte das Buch wieder zu mir herum, hatte jedoch einen Moment lang den Faden verloren.

»Wer hat den Bären geklaut?«

»Kommt er wieder heim?«

»Warum hörst du auf zu lesen?«

Ich suchte hastig nach der Stelle, an der ich stehen geblieben war. Irgendwie schaffte ich es bis zum Ende des Buches, obwohl ich über Wörter stolperte, die eine Achtjährige ohne Probleme gelesen hätte, und mich mindestens zwei genervte Zuhörer darauf aufmerksam machten, dass »die Stimme der kleinen Giraffe total falsch klingt«.

»Das war ja ein ziemlich strenges Publikum«, sagte Ryan mitfühlend, nachdem er sich den Weg durch die kleinen Leute und ihre dankbaren Eltern gebahnt hatte. »Sind die immer so?«

Ich lächelte und fühlte mich bereits wesentlich wohler, da nun nicht mehr so viele Augen auf mich gerichtet waren. »Ja, sie können ganz schön kritisch sein.«

Er schüttelte den Kopf und betrachtete die Eltern, die ihren zappeligen Kindern in die Jacken und Stiefel halfen, mit fassungsloser Bewunderung. »Kaum zu glauben, dass wir bald auch ein Kind zu Hause haben werden.«

Ich sah zu den Kleinen hinüber. Mehrere Kinder rannten durch die Bibliothek und ließen ihrer Energie freien Lauf, nachdem sie sie nun dreißig Minuten lang im Zaum gehalten hatten. »Bis eure Kleine so weit ist, dauert es noch ein paar Jahre. Und bis dahin bist du Experte«, bemerkte ich leichthin, doch Ryans Gesicht wirkte alles andere als entspannt.

»Ich habe keine Ahnung, wie das alles funktioniert. Was weiß ich schon über Babys und Kleinkinder? Gar nichts!«

Offenbar schleppte er diese Bedenken schon lange mit sich herum. »Ich bin mir sicher, dass alle werdenden Eltern sich darüber Gedanken machen«, versuchte ich ihn zu beruhigen, obwohl seine Situation natürlich nicht mit anderen vergleichbar war.

»Ja, aber die meisten sind zu zweit. Und wenn Maddie nicht auf wundersame Weise noch rechtzeitig aufwacht, muss ich mich als alleinerziehender Vater durchschlagen. Zumindest am Anfang.«

Ich biss mir auf die Lippe und sagte nichts.

»Der Geburtstermin ist in sechs Wochen«, fuhr er besorgt fort, erzählte mir damit aber nichts Neues. Der Wirbel um Maddie stieg wieder, je näher der Termin rückte. Die Planungen für die Geburt liefen bereits auf Hochtouren, und es war sicher eine aufregende und Furcht einflößende Zeit für Ryan. Vor allem, falls er dieselben Gerüchte gehört hatte wie ich.

Ich bemühte mich, nichts von meinen Bedenken durchscheinen zu lassen, als ich mit einem beruhigenden Lächeln zu ihm hochsah. Doch die Schatten in seinem Blick, die dunklen Ringe unter den Augen und die schwarze Wolke, die ihn wie ein Umhang umgab, sprachen eine deutliche Sprache. Er wusste durchaus, dass Maddie die Geburt vielleicht nicht überleben würde.

Ich wechselte eilig das Thema. »Ich verstehe zwar, dass du unbedingt wissen wolltest, wie es der Bär wieder nach Hause geschafft hat, aber warum bist du *wirklich* hergekommen, Ryan?«

Er steckte die Hand in die Jackentasche und zog mein rotes Portemonnaie heraus.

Ich sah ihn verwirrt an, als könnte er zaubern. »Wo …?«

»Es lag gestern Abend neben Maddies Bett.«

Ich griff dankbar lächelnd danach. Mir war noch gar nicht aufgefallen, dass es nicht in meiner Handtasche war. »Danke! Aber du hättest nicht extra herkommen müssen. Obwohl du mir dadurch ein panisches Suchen erspart hast.«

»Keine Ursache«, erwiderte Ryan.

Er sah sich neugierig um, als sei er schon lange nicht mehr in einer Bibliothek gewesen. Es war seltsam, ihn hier in meiner Welt zu sehen. Dann schaute er auf die Uhr.

»Bist du auf dem Weg ins Krankenhaus?«

»Nein. Ich fahre erst in ein paar Stunden hin«, antwortete er bedauernd, und ich musste an den Kommentar einer Schwester denken, den ich vor Kurzem gehört hatte. *Wenn der Mann hier im Krankenhaus wohnen könnte, würde er sofort einziehen.*

»Maddies Eltern sind für ein paar Tage in der Stadt, und ich lasse ihnen ein bisschen Zeit mit ihr allein.«

»Ich habe ihren Dad ein paarmal getroffen«, sagte ich und dachte an den wortkargen Mann, der sich so aufrecht hielt, dass man zweimal hinsehen musste, um zu erkennen, wie gebrochen er innerlich war. »Aber ihre Mum noch nicht …«

»Es ist … es ist schwierig für Faye«, erwiderte Ryan ausweichend. Er mochte seine zukünftigen Schwiegereltern offenbar sehr gern. »Aber da das Baby bald kommt, wollte Bill, dass Faye Maddie vorher noch einmal sieht.« Ryan schluckte und wandte den Blick ab. »Und deshalb hatte ich Zeit, um dir dein Portemonnaie zu bringen«, fuhr er fort.

Sein Blick wanderte zum Informationsschalter, wo Sally und eine weitere Kollegin erfolglos so taten, als würden sie uns nicht beobachten. »Ich will dich nicht länger von der Arbeit abhalten«, sagte er und sah mich schuldbewusst an.

»Danke noch mal«, erwiderte ich und hielt die Geldbörse hoch.

Ich beobachtete, wie Ryan die Bibliothek verließ und in den strömenden Regen trat. Er schien ihn nicht einmal zu bemerken.

Das nächste Mal sah ich Ryan Turner in der Nacht, bevor sein Kind geboren werden sollte.

Ich blieb an diesem Tag länger als üblich auf der geriatrischen Station, und als ich endlich nach Hause gehen wollte, riefen mich ein paar Krankenschwestern zu sich. »Komm! Wir feiern Vivs letzte Schicht vor der Hochzeit.« Es gab Kuchen und alkoholfreien Prosecco, und Viv bekam Unterwäsche geschenkt, die total unbequem aussah. Viv hielt die Slips aus Spitze und Leder zur Belustigung ihrer Kolleginnen vor ihren Kittel, und zwischen dem Gelächter und den deftigen Witzen dachte ich daran, dass zwei Stockwerke über uns eine Frau lag, die einmal eine ähnliche Junggesellinnenparty gefeiert hatte. Bloß, dass die Hochzeit danach nie stattgefunden hatte.

Ich hatte Maddie am Vortag besucht, und es fühlte sich seltsam an, neben ihr zu sitzen und zu wissen, dass der riesige Bauch beim nächsten Mal verschwunden sein und sie einem Kind das Leben geschenkt haben würde. Wenn alles gut ging.

»Denkst du wieder mal an unser Wunder im sechsten Stock?«, fragte Diana scharfsinnig und trat mit einer Schachtel Pralinen neben mich.

Ich schüttelte den Kopf, was die Pralinen betraf, doch ihre Vermutung konnte ich nicht entkräften. »Es ist schwer, nicht daran zu denken. Ich kann nicht glauben, dass morgen um diese Zeit alles vorbei ist.« Ich schluckte. Meine Wortwahl ließ ziemlich zu wünschen übrig. »Es wirkt in meiner Vorstellung so riskant, das Baby auf natürliche Weise auf die Welt kommen zu lassen.«

»Weniger riskant als eine Operation«, erwiderte Diana.

Dieses Argument hatte ich in den letzten Wochen oft gehört, aber im Grunde wusste es niemand, da Maddies Zustand einzigartig war. Hatte Ryan ein Wörtchen mitzureden gehabt? Was, wenn nur eine von beiden gerettet werden konnte? Wer traf dann die Entscheidung? Ryan? Maddies Eltern? Die Ärzte? Ich schüttelte den Kopf, um die Gedanken zu verscheuchen, doch es war sinnlos.

Ich beschloss, Maddie nach der Party erneut einen Besuch abzustatten, denn ich hatte das unbändige Bedürfnis, ihr ein letztes Mal alles Gute zu wünschen.

Bevor ich zu ihr ging, schaute ich im Schwesternzimmer vorbei, wo Ellen gerade im schwachen Licht einer kleinen Lampe Krankenakten bearbeitete. Auf der Station war es so still, dass wir uns nur flüsternd miteinander unterhielten.

»Mein Gott, Chloe, was machst du denn noch hier?«

»Ich wollte nur noch mal nach Maddie sehen, bevor …«

Bevor was?, fragte die Stimme in meinem Kopf, die einfach nicht die Klappe halten wollte. »Bevor es losgeht.«

Ellen nickte verständnisvoll.

»Ist Ryan schon nach Hause gefahren? Ich will ihn nicht stören …«

»Ich glaube nicht, dass er gefahren ist, aber er ist vor fünfzehn Minuten mal kurz raus. Er wirkte ziemlich durcheinander und wollte vermutlich einen klaren Kopf kriegen.«

Ich warf einen Blick durchs Fenster. Es war kalt, die Äste der Bäume waren mit einer dünnen Eisschicht überzogen, und irgendwo dort draußen ging ein unsicherer, verängstigter Mann spazieren, der alles getan hätte, um die Frau zu retten, die er liebte.

»Gut. Ich schaue mal kurz zu ihr rein, okay?«

»Du kennst den Weg.«

Ja, den kannte ich tatsächlich. Und weil es so ruhig war und ich niemanden wecken wollte, klopfte ich ausnahmsweise nicht an, bevor ich in das dunkle Zimmer schlüpfte.

Im nächsten Moment schnappte ich nach Luft, denn Ryan ging nicht etwa draußen spazieren, sondern saß schluchzend an Maddies Bett und hatte seinen Kopf an ihrer Brust vergraben. Es war herzzerreißend.

Ich überlegte kurz, ob ich verschwinden konnte, bevor er

mich bemerkte, doch ein schmaler Lichtstreifen war vom Flur ins Zimmer gefallen, als ich die Tür geöffnet hatte, und Ryan hob den Kopf. Er war so in seinem Schmerz gefangen, dass er sich nicht einmal fragte, was ich um diese Uhrzeit noch hier verloren hatte.

»Was, wenn morgen alles vorbei ist, Chloe?«, flüsterte er heiser. »Was, wenn ich das letzte Mal bei ihr sein kann? Der letzte Kuss, die letzte Berührung, die letzte Möglichkeit, ihr zu sagen, dass ich sie liebe?«

Ich trat ans Bett, ohne mir darüber Gedanken zu machen. »So darfst du nicht denken. Du musst weiter daran glauben, dass alles gut wird.« Ich drückte ihm beruhigend die Schulter.

Ich blieb länger als geplant und versuchte, ihn zu beruhigen. Ich war mir nicht sicher, ob es half, aber ich hoffte es. Zumindest ein wenig.

Als ich schließlich auf die Uhr sah, war es bereits nach Mitternacht. »Wann fährst du nach Hause?«, fragte ich.

»Gar nicht«, erwiderte Ryan fest entschlossen. »Ich lass Maddie nicht allein, bis das Baby da ist.«

Und danach vermutlich auch nicht, dachte ich. Ich stand erschöpft auf und stützte mich am Bettrahmen ab.

»Es tut mir leid, Chloe. Ich habe dich zu lange aufgehalten«, entschuldigte sich Ryan.

Ich schüttelte den Kopf, der sich schwerer anfühlte als sonst.

»Nein, überhaupt nicht. Ich *wollte* ja hier sein. Ich hoffe, es hat dir ein bisschen geholfen.«

Ryan löste seinen Blick einen Moment lang von Maddie und sah mich an. »Du hast keine Ahnung, wie sehr, Chloe. Du vermittelst so viel Ruhe.«

Vermutlich lag es an der Müdigkeit, denn mir stiegen plötzlich Tränen in die Augen. Es bestand die Gefahr, dass ich seine tiefe Dankbarkeit mit etwas vollkommen anderem verwechselte. Deshalb wurde es wirklich Zeit, nach Hause zu gehen.

»Alles Gute für morgen.«

Ryan hob Maddies leblose Hand und verschränkte seine Finger mit ihren. »Danke. Das können wir gebrauchen.« Ich hatte noch nie ein so trauriges Lächeln gesehen, und es begleitete mich auf der Taxifahrt nach Hause und ließ mich auch nicht los, als ich schließlich in einen ruhelosen Schlaf fiel.

Am Nachmittag des darauffolgenden Tages gab es immer noch keine Neuigkeiten aus dem Krankenhaus. Ich hielt mich zurück, solange es ging, doch als ich schließlich in den Aufenthaltsraum der Bibliothek ging, um Tee zu kochen, griff ich zuerst nach meinem Telefon. Vier neue Nachrichten hatte ich bekommen, während ich so getan hatte, als würde ich Bücher katalogisieren, und dabei vermutlich alles falsch gemacht hatte. Es war mir klar, dass Sally schweigend hinter mir herarbeitete und sämtliche Fehler ausbügelte.

Sie schlüpfte zu mir in den Aufenthaltsraum, warf einen Blick auf die Becher, in denen sich weder ein Teebeutel noch heißes Wasser befand, und übernahm kurzerhand auch diese Aufgabe, während ich mit dem Telefon in der Hand auf der anderen Seite des Zimmers stand. Sie fragte, ob alles okay sei, aber ich hörte sie kaum. Ich wusste es nicht.

Mein Finger schwebte über den ungeöffneten Nachrichten und hielt schließlich über der Nachricht von Ryan inne. Ich brauchte zwei Versuche, bis ich sie öffnen konnte.

Maddie und ich haben eine Tochter.

Ich saugte die Worte in mich auf und hatte keine Ahnung, wie sehr sie mein Leben bald verändern würden.

Ryan hatte auch ein Foto angehängt, und ich scrollte nach unten. Ein Geräusch, das irgendwo zwischen einem Lachen und einem Schluchzen lag, entfuhr mir, und Sally trat hinter mich, um einen Blick auf das Display zu werfen.

Ryan hielt seine neugeborene Tochter in den Armen. Ihr Gesicht war unglaublich klein und zerknautscht, und es schien, als könne man ihr ansehen, wie sehr sie die Wärme und Geborgenheit im Mutterleib vermisste. Sie war in eine rosafarbene Decke gewickelt, und darunter lugten unglaublich dichte, schwarze Haare hervor. Doch es waren nicht die Haare, die mein Herz schneller schlagen ließen, sondern ihr Antlitz. Es war so winzig, und doch so perfekt und einfach wunderschön.

Hope war ihrer Mutter wie aus dem Gesicht geschnitten.

Sie nannten sie Hope. *Hoffnung.* Und im Nachhinein fragte ich mich, warum mir der Name in dem Namenbuch nicht aufgefallen war, denn er war der einzige, der wirklich zu ihr passte.

Es vergingen mehrere Tage, bis ich sie kennenlernen durfte, und zu diesem Zeitpunkt war ich praktisch die einzige Krankenhausmitarbeiterin, die das Baby noch nicht gesehen hatte. Es hatte sich ein stetiger Strom an Krankenschwestern und Ärzten gebildet, die plötzlich alle eine gute Ausrede besaßen, um im sechsten Stock vorbeizuschauen. Und bei all dem Andrang kam niemand auf die Idee, dass die Kleine vielleicht auf der Neugeborenenstation besser aufgehoben gewesen wäre. Maddie und Hope brachen wieder einmal sämtliche Regeln – und niemand kümmerte sich darum.

Ich klopfte zögerlicher als sonst an Maddies Tür, denn von drinnen waren Stimmen zu hören. Im nächsten Augenblick rief Ryan mich herein.

Er telefonierte, und außer ihm, Maddie und dem kleinen Mädchen, das in seinem Bettchen neben dem Krankenbett lag, war niemand im Zimmer. Ryan winkte mich näher und bedeutete mir, dass er bald fertig war.

»Ja, Mum, ich weiß. Mir hat es auch die Sprache verschlagen, als ich sie zum ersten Mal gesehen habe.« Er presste das Telefon fest gegen sein Ohr, aber die Stimme der Frau am anderen Ende war trotzdem deutlich zu hören. Unsere Blicke trafen sich, und Ryan grinste, bevor er sich wieder auf das Gespräch konzentrierte.

Ich trat an Maddies Bett, beugte mich zu ihr hinunter und flüsterte leise: »Hallo, Maddie. Ich bin's. Chloe.«

Ich hielt wie immer einen Augenblick lang inne, um ihr die Gelegenheit zu geben, mir zu antworten. Dann beugte ich mich noch näher heran und drückte ihr einen Kuss auf die Wange. »Gratuliere, Maddie. Du bist jetzt Mummy. Alle sind sehr stolz auf dich.«

Meine Haare fielen mir ins Gesicht, aber auch sie konnten die Freudentränen nicht verbergen, die über meine Wangen kullerten und auf Maddies tropften. Ich wischte sie mit dem Daumen fort, und als ich mich aufrichtete, sah mich Ryan überrascht an. Er hatte mittlerweile zu Ende telefoniert.

Ich trat nervös einen Schritt zurück und eilte dann auf die andere Seite, um das Neugeborene zu begrüßen. »Hallo, meine Kleine …«

Sie sah mich mit ihren blauen Augen an, und ihr winziger Mund verzog sich zu einem Lächeln. Ich hatte ihrer Mutter zahllose Babyratgeber vorgelesen und wusste natürlich, dass sie mein Gesicht nicht scharf sehen konnte. Und mir war klar, dass sie nicht bewusst lächelte. Aber ausnahmsweise war ich einmal nicht der Meinung, dass alles stimmte, was in Büchern stand. Ich hätte schwören können, dass sie mir direkt in die Augen sah, als würde sie meine Stimme wiedererkennen, und mich mit ihrem zahnlosen Lächeln in ihrer Welt begrüßte.

»Wie geht es den beiden?«, fragte ich leise und ehrfürchtig.

Ryan lächelte und beugte sich über Hope, um sie aus dem Bettchen zu heben. Er war noch nicht mit den Bewegungen vertraut und brauchte lange, um seine großen Hände in die richtige Position zu bringen. Ich merkte erst, dass ich den Atem angehalten hatte, als er erleichtert Luft holte.

»Die Hebammen sagen andauernd, dass ich sie garantiert nicht fallen lassen werde. Aber ich bin mir da nicht so sicher.«

»Du machst das gut«, erwiderte ich und sah zu, wie er seine Tochter sanft und vorsichtig in seine Armbeuge legte und an seinen warmen Körper drückte. Sie wirkte sehr zufrieden. »Es ist gut, dass Babys die vielen Ratgeber nicht kennen«, witzelte ich. »Sie wissen also gar nicht, wenn wir etwas falsch machen.«

Ryan lächelte, doch sein Blick ruhte auf dem Kind in seinen Armen. Er war wie gebannt und verliebte sich gerade vor meinen Augen noch ein bisschen mehr in seine Tochter. Hätte Maddie das bloß gesehen! Das war *ihr* Moment, nicht meiner. Ich warf einen schnellen Blick auf sie, doch sie sah genauso aus wie immer – außer, dass der riesige Bauch verschwunden war.

»Gott sei Dank ist bei der Geburt alles gut gegangen.«

Ryan nickte, löste den Blick von seiner Tochter und sah zu Maddie hinüber. »Alles lief wie erhofft, außer …« Er brach ab, doch ich wusste natürlich, was er sagen wollte. Es war nicht nur *sein* sehnlichster Wunsch gewesen. Alle im Krankenhaus hatten auf ein weiteres Wunder gehofft.

»Außer, dass Maddie nicht aufgewacht ist«, ergänzte ich traurig.

Er nickte, und wir schwiegen für eine Weile. Ryan wurde erneut von seiner Tochter gefangen genommen, während ich mich im Zimmer umsah. Es sah aus wie in einem Blumenladen, und ich bewunderte auch die Kuscheltiere und die pinkfarbenen Ballons.

»Die beiden hatten wohl eine Menge Besucher«, vermutete ich.

Ryan wirkte betrübt. »Nur die Familie und ein paar enge Freunde.« Er deutete mit dem Kopf auf die Blumen, Geschenke und Karten. »Das meiste kommt von Leuten, die wir gar nicht kennen. Es waren so viele Sachen, dass ich die Schwestern gebeten habe, sie auf den anderen Stationen zu verteilen.«

»Jeder interessiert sich für Hope«, erwiderte ich und betrachtete das kleine Bündel in dem weißen Strampelanzug, das langsam einschlief.

Ryan sah auf, und sein Blick wurde weich. »Abgesehen von dir.«

Einen Moment lang dachte ich, er würde mich kritisieren, und mein Herz schlug schneller. Was hatte ich falsch gemacht? »Als du eben ins Zimmer kamst, bist du nicht sofort zu dem Baby, wie die anderen. Du bist zu Maddie gegangen und hast ihr gratuliert. Du hast ihr sogar einen Kuss auf die Wange gedrückt.« Ich wurde rot und befürchtete, mich unangemessen verhalten zu haben.

Doch es lag nichts außer Bewunderung in Ryans Blick. »Du hast Maddie behandelt wie eine ganz normale Mutter. Und das bedeutet mehr, als du ahnst, Chloe. Denn genau das hat sie verdient.«

Ich überlegte gerade, wie ich auf das unerwartete Kompliment reagieren sollte, als die Tür hinter mir aufging und Maddies Eltern ins Zimmer traten. Ihr Vater hielt kurz inne, als er mich sah, und überlegte offenbar, woher er mich kannte. Maddies Mutter hingegen ging an mir vorbei, als sei ich gar nicht da, und hatte nur Augen für ihre Tochter und das Kind in Ryans Armen.

»Hallo«, begrüßte Bill mich höflich und zog die Augenbrauen zusammen. »Chloe, nicht wahr?«

Ich lächelte und fühlte mich trotzdem fehl am Platz. »Ja genau.« Wir schüttelten uns die Hände. »Ich wollte mir nur kurz Ihre wunderschöne Enkeltochter ansehen«, erklärte ich rasch.

Bills Augen wurden feucht, als er seine Tochter betrachtete, die regungslos in ihrem Bett lag.

Ryan legte Hope in die Arme ihrer Großmutter, und für mich wurde es Zeit zu gehen.

»Ich muss los, aber es war nett, Sie wiederzusehen, Mr und Mrs Chambers.«

»Sagen Sie doch Bill und Faye zu uns«, bat Maddies Vater freundlich. »Sie sind immerhin eine gute Freundin der Familie.«

Bin ich das?, fragte ich mich, als ich die Treppe hinunter in den vierten Stock lief, um den Rest des Nachmittages mit Patienten zu verbringen, die am Ende ihrer Reise standen und nicht erst am Beginn. Ich wusste nur, dass ich keine normale freiwillige Helferin mehr war. Aber was war ich wirklich? Eine Freundin? Eine Wegbegleiterin? Oder etwas ganz anderes?

Maddie, Ryan und Hope waren zu einem wichtigen Teil meines Lebens geworden. Und wenn sie das Krankenhaus verließen, was irgendwann unweigerlich der Fall sein würde, dann würde ein Teil von mir sie begleiten – ob ich es wollte oder nicht.

Kapitel 11

2012

Ich hörte lautes Krachen und wutentbrannte Stimmen, obwohl die Gespräche auf der Station normalerweise nur in gedämpfter Lautstärke geführt wurden. Es folgte ein langes, kratzendes Geräusch, als hätte jemand einen der Metallstühle über den Linoleumboden geschleudert, und schließlich ein Poltern und Klirren.

Ich zögerte einen Moment lang, doch dann beschleunigte ich meine Schritte und eilte auf den Tumult zu.

Ich lief um die Ecke und hielt dann so abrupt inne, dass ich beinahe das Gleichgewicht verloren hätte. Was ich sah, wirkte wie eine Szene aus einem Actionfilm.

Die beiden Plastikstühle vor Maddies Zimmer lagen auf dem Boden, und einer war offenbar mit einem kleinen Rollwagen zusammengekracht, der ebenfalls umgekippt war. Auf dem Flur standen sich zwei Männer gegenüber. Sie atmeten schwer, und ihre Wut war körperlich spürbar.

»Was zum Teufel wolltest du da drin?«, brüllte Ryan. Ich hatte ihn noch nie in dieser Lautstärke gehört, und es war auch das erste Mal, dass er in meiner Gegenwart fluchte.

»Weg da!«, schrie sein Gegenüber und versuchte, sich an Ryan vorbeizudrängen.

Hinter den beiden Männern hörte ich Ellens Stimme am Telefon: »Security! Ich brauche jemanden im sechsten Stock. Wir haben einen Eindringling.«

»Schön hiergeblieben!«, presste Ryan hervor, als sein Kontrahent abhauen wollte, und drückte ihn mit beiden Händen gegen die Wand.

»Das ist Körperverletzung! Das habt ihr doch alle gesehen, oder?«, schrie der Mann, und sein Blick huschte zuerst zu mir und dann zu den drei Krankenschwestern, die alles beobachteten. Dabei waren wir als Zeuginnen denkbar ungeeignet.

»Körperverletzung?«, höhnte Ryan. »Ich werde dir jetzt mal zeigen, was Körperverletzung ist. Was hattest du da drin bei meinem Kind verloren?«

Meine Füße machten sich selbstständig, und ich lief auf Maddies Zimmer zu. Das Herz sprang mir beinahe aus der Brust. *Was hatte der Mann getan?*

Ich trat über ein paar kleine Scherben im Türrahmen und stürzte in den Raum, ohne die beiden Männer zu beachten. Auf dem Boden befand sich eine große braune Pfütze, und ich rutschte beinahe darin aus. Als ich den leeren Styroporbecher sah, wusste ich mit einem Mal, was passiert war: Ryan war mit seinem Kaffee ins Zimmer gekommen und hatte den Mann überrascht.

Mein Blick huschte von Hope zu Maddie, und einen schrecklichen Moment lang befürchtete ich das Schlimmste, doch dann sah ich, dass beide ruhig atmeten. Nur Hopes Decke war nicht über ihrem Körper ausgebreitet, sondern lag unten bei ihren winzigen Füßen.

»Ich habe die Kleine nicht angerührt. Nur die Decke«, fauchte der Mann auf dem Flur.

Es folgte ein dumpfer Schlag, und ich stürzte wieder hinaus.

»Den beiden geht es gut, Ryan! Alles okay! Ich hab gerade nachgesehen.« Die Faust, die bereits auf das Gesicht des Mannes mit den fettigen Haaren gerichtet war, hielt mitten im Schlag inne.

»Mr Turner!«, rief plötzlich eine fremde Stimme. »Mr Turner, nein!« Einen Moment lang wirkte Ryan irritiert. »Er ist es nicht wert, Mr Turner!«, rief der Wachmann, der jetzt auf die beiden Männer zulief. Er hieß Jerry und hatte etwa zur gleichen Zeit im Krankenhaus zu arbeiten begonnen wie ich. Er hatte mir einmal erzählt, dass er früher bei der Polizei gewesen war und mittlerweile in Rente sei.

Der Eindringling, der sich offensichtlich selbst als Opfer sah, wandte sich zu Jerry um. Dieser hatte Ryan inzwischen die Hand auf den erhobenen Arm gelegt. »Lassen Sie's gut sein, Mann!«

Das Gesicht des Widersachers war schweißbedeckt, und er nickte hektisch. »Sie sollten auf ihn hören!«, sagte er zu Ryan, und seine Stimme klang genauso schmierig, wie seine Haare aussahen.

»Er hat recht, Mr Turner. *Ich* bin der Einzige, der etwas unternehmen darf, wenn der Kerl Schwierigkeiten macht. Und ich werde von diesem Recht Gebrauch machen, verlassen Sie sich drauf«, versprach Jerry, und seine Augen funkelten wütend.

Als der Mann merkte, dass er von dem Neuankömmling keine Hilfe erwarten konnte, änderte er seine Strategie. Er betrachtete die Bescherung am Boden. »Haben Sie eine Ahnung, wie viel diese Kamera kostet? Ich werde Sie verklagen!«, drohte er.

»Und ich zeige Sie wegen Belästigung an!«, entgegnete Ryan.

In diesem Moment erkannte der Mann offensichtlich, dass er in Schwierigkeiten steckte.

»Mr Turner, bitte gehen Sie. Überlassen Sie den Kerl mir«, drängte Jerry.

Ryan senkte langsam den Arm, der noch immer zitterte. »Chloe«, sagte Ellen, deren Stimme schon sehr viel ruhiger klang. »Geh doch mit Ryan nach draußen, damit er sich beruhigen kann, während wir das hier regeln.«

Ryan schüttelte den Kopf, und mir wurde klar, dass es nicht nur *vernünftig* war, ihn von hier fortzubringen, sondern absolut notwendig. Ellen sah das wohl auch so. »Ich setze mich zu Maddie und Hope und gehe erst wieder, wenn Sie zurück sind. Versprochen.«

Ryan sah mich an, und ich nickte bestimmt und griff nach seinem Ellbogen. Einen Moment lang dachte ich, er würde mich abschütteln, doch zu meiner Überraschung ließ er sich widerstandslos fortziehen.

Wir gingen schweigend die Treppe hinunter ins Erdgeschoss. Ryan war zu aufgewühlt, um zu sprechen, und ich hatte keine Ahnung, was ich sagen sollte. Als wir schließlich in den kalten Dezembernachmittag hinaustraten, hatte ich mir zusammengereimt, was passiert war. So schrecklich es für Ryan auch gewesen sein musste, als er ins Zimmer kam und sich ein Fremder über seine neugeborene Tochter beugte und die Hände nach ihr ausstreckte – ich war mir sicher, dass der Eindringling für die Boulevardpresse arbeitete und bei der Aussicht auf ein Exklusivfoto sämtliche Menschlichkeit über Bord geworfen hatte.

Nach Hopes Geburt war das Interesse an Maddies Geschichte endgültig wieder erwacht, und Reporter belagerten das Krankenhaus. Ryan hatte sämtliche Interview- und Fotoanfragen abgelehnt, doch der Mann vorhin wollte sich offenbar darüber hinwegsetzen. Dieser Fehler war ihm teuer zu stehen gekommen.

Ryan machte so große Schritte, dass ich laufen musste, um mit ihm mitzuhalten. Er biss die Zähne zusammen und hatte die Hände immer noch zu Fäusten geballt. Als wir an einer Bank vorbeikamen, griff ich nach seinem Ärmel. »Komm, setzen wir uns!«

Ryan sah aus, als wollte er widersprechen, also ließ ich mich eilig nieder und zwang ihn dadurch, es mir gleichzutun. Mein Rock bot nicht viel Schutz vor der eisigen Kälte, die von der Bank aufstieg, und ich dachte sehnsüchtig an meinen Mantel, den Schal und die Handschuhe, die ich auf der geriatrischen Station zurückgelassen hatte.

Ryan stützte die Ellbogen auf den Knien ab und vergrub seinen Kopf in den Händen. Ich wusste immer noch nicht, was ich sagen sollte. Aber vielleicht war es ohnehin das Beste, zu schweigen und abzuwarten.

Tatsächlich war es Ryan, der zuerst das Wort ergriff. »Ich zittere noch immer.« Und es stimmte. Sein ganzer Körper bebte, als hätte er hohes Fieber. Er sah mich an und verzog den Mund zu einem verzerrten Lächeln. »Genau wie bei Bruce Willis, oder? Der zittert nach einem Kampf auch immer wie Espenlaub.«

»Aber das ist doch verständlich! Du hast dich wie ein Held vor die beiden gestellt.«

Dieses Mal sah das Lächeln schon weniger seltsam aus. »Normalerweise bin ich nicht so aggressiv. Ich glaube, ich habe mich zum letzten Mal mit sechzehn geprügelt. Auf dem Fußballfeld.«

»Ich bin auch nicht aggressiv, aber wenn Jerry nicht gekommen wäre, hätte ich dem Kerl vielleicht selbst eine verpasst.«

Ryan drückte mir eine Sekunde lang freundschaftlich die Hand. »Und wenn Maddie wach gewesen wäre, hätte sie ihm vermutlich den Kopf abgerissen!«

Ich versuchte, mir die schweigende, regungslose Maddie als wutentbrannte Furie vorzustellen, doch es gelang mir nicht.

»Eigentlich hätte ich es mir denken können«, stellte Ryan fest und fuhr sich mit der Hand durch die dunkelblonden Haare. »Einige Reporter sind an meine Handynummer gekommen, und jedes Mal, wenn ich aus dem Krankenhaus trete, stürzen sie sich wie die Hyänen auf mich.«

»Stimmt, die Presse ist eine echte Plage, trotzdem frage ich mich, wie der Kerl in Maddies Zimmer gelangen konnte, ohne dass ihn jemand aufgehalten hat.«

»Es wird jedenfalls nicht noch einmal passieren«, erklärte Ryan düster. »Das Krankenhaus hat mir davon abgeraten, Hope bei Maddie im Zimmer zu lassen«, fuhr er fort. Er machte sich offenbar Vorwürfe, weil er nicht auf den Rat gehört hatte. »Die Neugeborenenstation wäre viel sicherer. Dort kann man nicht so ohne Weiteres reinspazieren.«

»So etwas sollte eigentlich im gesamten Krankenhausbereich nicht geschehen können«, erwiderte ich.

»Ja, aber das Arschloch hat uns heute bewiesen, dass es doch möglich ist.« Ryan richtete sich auf und drückte den Rücken durch. Er hatte endlich zu zittern aufgehört und beruhigte sich langsam.

»Aber das war das letzte Mal. Ich hole sie hier raus.«

Mein Kopf fuhr hoch. »Maddie? Du willst Maddie aus dem Krankenhaus fortbringen?«

Ryans Blick war so unendlich traurig, dass ich mich innerlich verfluchte. Natürlich würde er Maddie nirgendwohin brin[illegible] »Oh! Du meinst Hope!«

[illegible] nickte bitter. »Es war ohnehin nur eine Frage der Zeit. Wir können ja nicht ewig im Krankenhaus bleiben.« Er brach ab, als wartete er darauf, dass ich ihm widersprach, doch das konnte ich nicht. Warum auch sollte er sein gesundes Kind länger als notwendig im Krankenhaus lassen?

»Aber wie willst du das machen? Suchst du dir eine Nanny?«

Ryan hob die Augenbrauen, und ich wurde rot. Hätte ich Maddie dieselbe Frage gestellt, wenn sie eine alleinerziehende Mutter gewesen wäre? Nein, natürlich nicht.

»Ich wollte damit nicht sagen, dass du es nicht allein hinbekommst …«

Ryan drückte erneut meine Hand. »Ist schon gut, Chloe. Du wirst nicht die Einzige sein, die meine Eignung infrage stellt.«

»Ich habe doch nicht …«

Er lächelte, und ich verstummte. »Ich habe diese Ratgeber, die du mit ins Krankenhaus gebracht hast, auch gelesen. Und die Hebammen haben mir alles Wichtige beigebracht. Wenn es bei den nächsten Olympischen Spielen eine Wertung im Windelwechseln gibt, hole ich sicher eine Medaille.«

Ich lachte.

»Ich kann sie baden, ihr das Fläschchen geben und sie zum Bäuerchenmachen hochnehmen … Ich kann alles. Außer Stillen. Das schaffe ich nicht.« Ich war mir nicht sicher, ob das ein Scherz war, über den man lachen durfte, also lächelte ich nur schwach.

»Und was ist mit deiner Arbeit?«, fragte ich.

»Meine Firma bietet sehr sozialverträgliche Konditionen, bei denen auch Väter eine Zeit lang zu Hause bleiben können, und da in unserem Fall besondere Umstände herrschen, kann ich mir sicher erst mal eine dreimonatige Auszeit nehmen. Und danach …« Er zuckte mit den Schultern. »Mal sehen, wie es läuft, aber ich werde mich vermutlich bald nach einer Kita umsehen. Oder ich suche mir eine Mrs Doubtfire. Außerdem werde ich Hope selbstverständlich jeden Tag mit ins Krankenhaus bringen. Sie braucht ihre Mum …«

Meine Augen wurden feucht, als ich den Satz für ihn in Gedanken zu Ende dachte: *Und ich brauche sie auch.*

»Aber ich werde natürlich Hilfe benötigen«, gestand er und sah mich an.

Mein Herz begann zu rasen, und mein Magen zog sich zusammen. »Ryan, ich bin mir nicht sicher, ob ich dafür die Richtige bin. Ich habe doch keine Ahnung von Babys.«

Er wirkte einen Augenblick lang verwirrt, und ich erkannte, dass ich einen Fehler gemacht hatte. »Ich wollte damit eigentlich nur sagen, dass ich dann nicht mehr so viel Zeit bei Maddie verbringen kann wie jetzt. Wärst du bereit, sie weiterhin zu besuchen?«

Am liebsten wäre ich im Erdboden versunken. Ich war wirklich eine Idiotin!

Ich zwang mich zu einem Lächeln, um meine Verlegenheit und die Enttäuschung zu überspielen. Was war bloß los mit mir? »Ja, sehr gern.«

Das Training für meinen nächsten Job begann, ohne dass ich es bemerkte. Es war wie ein viermonatiges Vorstellungsgespräch, von dem ich nicht die geringste Ahnung hatte.

Manchmal sind es gerade die Dinge, die du *nicht* beeinflussen kannst, die letztlich deine Zukunft bestimmen. Zum Beispiel ein Van, der viel zu schnell eine belebte Straße entlangrast, oder eine Verwaltungsbehörde, die Kürzungen beschließt.

In den darauffolgenden Wochen und Monaten erlebte ich viele schöne Momente, die mir im Grunde nicht zustanden. Ich hatte nie vorgehabt, etwas an mich zu reißen, das mir nicht gehörte. Ich hätte aber auch nie erwartet, zu einer solchen Liebe fähig zu sein. Doch Hope eroberte mein Herz im Sturm – und ich ließ es mit einer Bereitwilligkeit zu, die mir Angst machte.

Ihr erstes Lächeln. Der starke Griff, als die winzige Hand mit den rosafarbenen Nägeln meinen Finger umklammerte.

Zum Teil war es Ryans Schuld. Er ging nur widerwillig nach Hause, und das bedeutete, dass wir uns regelmäßig sahen, wenn ich zu Maddie kam. Er blieb dann immer noch eine

Weile und fragte mich, wie mein Tag gewesen war, während er die Unmengen an Zubehör verstaute, die ein Baby anscheinend brauchte, wenn es das Haus verließ. Er klang wirklich interessiert, wenn ich mich über den Job in der Bibliothek und mögliche weitere Kürzungen ausließ.

»Chloe, ich möchte dich um einen Gefallen bitten«, sagte er eines Tages, während er mit einer Hand Hopes Reisebett zusammenklappte und beiseitestellte und mit der anderen seine Tochter hielt. Es war lange her, dass er mehrere Versuche benötigt hatte, um sie aus dem Bettchen zu heben.

»Donnerstag ist doch dein freier Tag, oder?«

Ich nickte. Und wenn es so weiterging, hatte ich bald *sieben* Tage die Woche frei.

»Ich muss zu einer wichtigen Konferenz, bevor ich nächsten Monat wieder zu arbeiten beginne. Aber ich will Hope nicht in der Krippe lassen. Wir hatten noch nicht mal einen *gemeinsamen* Schnuppertermin.«

Ich nickte und betrachtete Hope, die mittlerweile neben Maddie lag. Ryan hatte mehrere Decken und Kissen aufgestapelt und der Bettrahmen bot einen zusätzlichen Schutz, aber ich hatte trotzdem Angst um sie. Ich war normalerweise nicht paranoid, aber wenn es um Hopes Wohlergehen ging, ging ich immer vom Schlimmsten aus. Wie würde das bloß sein, wenn ich einmal ein eigenes Kind hatte?

»Könntest du vielleicht einen Tag lang auf sie aufpassen?«, fragte Ryan mit einem flehenden Lächeln.

»Natürlich! Sehr gern!«, antwortete ich begeistert.

Obwohl es erst kurz nach sieben Uhr morgens war, traf ich einige von Ryans Nachbarn im Treppenhaus. Sie trugen schicke Büroklamotten, und ich fühlte mich in meinen bequemen Jeans und dem dicken Pullover wie ein Fremdkörper. Diese

Leute machten *Karriere*. Ich hätte wetten können, dass Hope hier das einzige Kind war.

Ich fuhr mit dem Aufzug in den fünften Stock, und Ryan erwartete mich an der Wohnungstür. Er trug dieselbe Uniform wie seine Nachbarn: einen schicken grauen Anzug, ein gestärktes weißes Hemd und eine hellblaue Krawatte. Der Pyjama mit den Teddybären, in dem seine Begleiterin steckte, sah um einiges gemütlicher aus.

»Es tut mir leid«, entschuldigte sich Ryan und drückte mir seine verschlafene Tochter in die Arme, sobald ich über die Schwelle getreten war. »Sie ist heute zum ersten Mal nicht bei Tagesanbruch aufgewacht. Ich habe ihr also noch kein Fläschchen gegeben und sie auch noch nicht gewickelt. Eigentlich habe ich überhaupt nichts getan …« Er warf einen besorgten Blick auf die Uhr. »Und mein Zug fährt in siebenundzwanzig Minuten.«

»Dann geh!«, drängte ich ihn und schob ihn sanft zur Tür.

Er sah mich unsicher an. »Aber ich habe dir doch noch gar nicht gezeigt, wo ihre Sachen sind und …«

»Ich finde mich schon zurecht«, erklärte ich überraschend bestimmt.

Mein Selbstbewusstsein schien ihn genauso zu blenden wie mich. Er überlegte kurz, dann nickte er und zog einen Schlüsselbund aus der Tasche. »Wohnungsschlüssel, Autoschlüssel und die Fernbedienung für die Parkgarage. Bist du dir sicher, dass du nachher mit ihr zum Krankenhaus fahren kannst?«

»Ja klar. Kein Problem. Gott sei Dank habe ich meinen Führerschein vor ein paar Monaten wiederbekommen …«

Entsetzen machte sich auf seinem Gesicht breit, doch dann erkannte er, dass es ein Witz gewesen war.

»Ha, ha«, sagte er sarkastisch und beugte sich in meine Richtung. Einen irren Moment lang dachte ich, dass er mich küssen wollte, doch der Kuss war für Hope bestimmt, die in meinen Armen lag. Wir kamen uns so nahe, dass ich Ryans Atem auf meinem Gesicht spürte, und ein Blick in seine blauen Augen sagte mir, dass es ihn genauso auf dem falschen Fuß erwischt hatte wie mich.

Er richtete sich eilig wieder auf. »Ich bin spätestens um sieben wieder zu Hause. Du hast ja meine Handynummer, falls etwas ist.«

»Noch vierundzwanzig Minuten«, erinnerte ich ihn und sah zu, wie er seine Aktentasche und den schweren Mantel nahm, die neben der Tür warteten.

»Bis heute Abend!«, rief er und verschwand.

Ich lehnte mich mit dem Rücken an die geschlossene Tür und drückte das verschlafene Baby an mich. Hope schien vollkommen unbeeindruckt, dass ihr Vater gerade gegangen war.

»Okay, dann sind wir jetzt also allein«, stellte ich fest und drückte ihr einen Kuss auf dieselbe Wange wie Ryan. Es fühlte sich so falsch an, dass ich mir hektisch mit der Hand über den Mund wischte.

Beschwingt durch die falsche Zuversicht, die ich Ryan gegenüber zur Schau gestellt hatte, machte ich mich auf die Suche nach Hopes Fläschchen. Das geräumige Wohnzimmer war mit allem möglichen Babykram übersät. Ich setzte mir die bereits ein wenig quengelige Hope auf die Hüfte und sah mich um. Ein Kinderwagen, eine Babytrage, eine Wippe, ein Schaukelstuhl, ein Spielbogen und natürlich das Reisebett – es sah aus wie in einem Babygeschäft.

»Und das brauchst du alles?«, fragte ich das immer ungeduldiger werdende Mädchen, das inzwischen saugende Geräusche machte.

»Okay, suchen wir erst mal dein Frühstück.«

In der Küche war es ähnlich wie im Wohnzimmer. Am besten

gefiel mir der Weinständer im Kühlschrank, in dem mehrere Fläschchen lagerten, wo früher vermutlich der Chardonnay aufbewahrt worden war. Eine große, moderne Kaffeemaschine, die genauso gut in eine Starbucks-Filiale gepasst hätte, stand unbenutzt in der Ecke, und ein riesiger Sterilisator hatte ihren Platz eingenommen.

»Du hast Daddys Leben ganz schön umgekrempelt, was?«, fragte ich, als ich schließlich auf dem schwarzem Ledersofa saß und der Kleinen das Fläschchen gab. Während Hope hungrig saugte, sah ich mich erneut im Wohnzimmer um und entdeckte überall Spuren von Maddie. Die leuchtend bunten Kissen auf den dunklen Sitzmöbeln stammten sicher von ihr, genauso wie die farbenfroh gemusterten Überdecken auf dem Sofa und die Duftkerzen, die überall herumstanden.

Nachdem ich Hope ein Bäuerchen entlockt hatte, machte ich mich auf die Suche nach ihren Sachen. Es gab zwei weitere Zimmer, und das kleinere wurde als Büro und Abstellraum genutzt. Auf dem Schreibtisch lagen Aktenstapel, und an der Wand lagerten sorgfältig geordnete und beschriftete Umzugskartons: Maddies Winterschals; Maddies DVDs; Maddies Bücher. Ein Großteil von Maddies Leben befand sich hier in diesem Raum und wartete nur darauf, dass sie die Augen wieder öffnete. Ich ließ den Finger über den obersten Karton gleiten und zog eine Spur durch den Staub, der sich in den letzten zehn Monaten angesammelt hatte. Aus irgendeinem Grund machte mich das unendlich traurig.

Hopes Gitterbett und die Wickelauflage befanden sich im Schlafzimmer. Ryan hatte das Bettchen ganz nahe an die linke, ungenutzte Hälfte des großen Bettes geschoben. Mir war plötzlich nicht wohl bei dem Gedanken, dass ich hier in seinem Schlafzimmer stand. Es war, als würde ich ihm hinterherspionieren.

Ich wickelte Hope und zog sie um. Ganz hinten in der Schublade mit ihren Sachen hatte ich auch Unterwäsche entdeckt, die offensichtlich Maddie gehörte – es sei denn, ich war durch Zufall über Ryans dunkles Geheimnis gestolpert. Ich grinste, als ich jetzt daran zurückdachte, und Hope, die mich beobachtete, machte es mir nach. »Ja, das findest sogar du witzig, nicht wahr?«, fragte ich lachend und hob sie hoch.

Gott sei Dank hielt ich sie gut fest, denn als ich mich umdrehte, schrak ich zusammen – ich stand plötzlich Madeline Chambers gegenüber. Zumindest stellte ich sie mir so vor, wenn sie die Augen geöffnet hatte.

An der Wand hing ein riesiges Foto von ihr, in einem hellen Eichenrahmen, und Maddie sah darauf einfach umwerfend aus.

Hinter ihr waren eine Palme und das glitzernde Meer zu sehen, und sie trug ein Bikinioberteil aus zwei winzigen Dreiecken. Das Foto endete unterhalb ihrer Brust.

Hätte ich ein solches Oberteil getragen, wäre ich bestimmt wegen Erregung öffentlichen Ärgernisses verhaftet worden, doch Maddie passte es perfekt. Ihre langen dunklen Haare wehten sanft im Wind und wurden nur von der übergroßen Sonnenbrille zurückgehalten, die sie sich auf den Kopf geschoben hatte. Das Foto zeigte allerdings noch mehr als eine schön junge Frau am Strand. Es war das Glück, das aus Maddies blauen Augen sprach, das es so besonders machte. Es bestand kein Zweifel, wer das Foto gemacht hatte, denn Maddies Liebe war so deutlich zu sehen, dass es mir beinahe den Atem raubte. Erst jetzt fiel mir auf, dass es in Ryans Wohnung viele Fotos von Maddie gab. Zum Beispiel das Bild in dem Silberrahmen, das auf dem Nachttisch neben Hopes Bettchen stand, damit sie es als Erstes sah, wenn sie morgens aufwachte. Und auch auf Ryans Nachttisch stand ein Foto – vermutlich aus demselben Grund.

Auf dem Weg ins Wohnzimmer kamen Hope und ich an zahlreichen weiteren lächelnden Maddies vorbei. Ich legte die Kleine auf die Decke unter dem Spielbogen und setzte mich neben sie, um ihr dabei zuzusehen, wie sie das bunte Mobile über ihrem Kopf zum Schaukeln brachte. Ein langer Tag lag vor uns, und ich hatte keine Ahnung, was ich als Nächstes tun sollte.

Die ersten Sonnenstrahlen fielen durch die deckenhohen Balkontüren, und der April zeigte sich von seiner besten Seite. Ich beschloss, dass wir den Vormittag am besten an der frischen Luft verbrachten.

Fünfzehn Minuten später stellte ich meine Entscheidung allerdings wieder infrage, denn ich konnte mir beim besten Willen nicht vorstellen, wie aus dem zusammengeklappten Gestänge an der Wand jemals ein Kinderwagen werden sollte. Das war zweifellos nur etwas für Raketenwissenschaftler, und ich hätte beinahe aufgegeben, hätte Maddie nicht von diesen Fotos prüfend auf mich heruntergestarrt. Am Ende fand ich doch noch den richtigen Hebel, der das Etwas wie durch Zauberhand in einen Kinderwagen verwandelte.

Ich kannte mich in Ryans Wohngegend nicht aus, doch eine freundliche Polizistin zeigte mir schließlich den Weg zur nächsten Einkaufsstraße. Ich war noch nie mit einem Kinderwagen unterwegs gewesen und hatte keine Ahnung gehabt, wie viele fremde Menschen einen plötzlich anlächelten. Mindestens vier Passanten wünschten mir einen guten Morgen, und andere junge Frauen warfen mir freundliche Blicke zu, als würde ich plötzlich zu einer geheimen Schwesternschaft gehören.

Ich genoss einen ausgiebigen Schaufensterbummel, bevor ich mit der müden Hope und einer Tüte Lebensmittel in die Wohnung zurückkehrte. Abgesehen von Hopes Fläschchen gab es in Ryans Kühlschrank nur ein paar Fertiggerichte.

Offensichtlich kochte er nicht selbst, und ich beschloss, ihn mit einer Mahlzeit zu überraschen, wenn er von der Konferenz nach Hause kam. Außerdem war es eine gute Möglichkeit, mir die Zeit zu vertreiben.

Hope schlief sofort ein, nachdem ich ihr erneut ein Fläschchen gegeben und sie in ihr Bett gelegt hatte, und mir blieb genug Zeit, um auf dem Handy ein Rezept für ein anfängertaugliches *Bœuf Bourguignon* herauszusuchen und alles vorzubereiten. Ryans Backofen war makellos sauber. Vermutlich war er noch seltener in Gebrauch als meiner.

Ich stellte die Zeitschaltuhr auf halb acht, aß ein Sandwich und fütterte Hope, die wieder wach geworden war – und dann wurde es schließlich Zeit, ins Krankenhaus zu fahren.

Ich war so nervös wie bei der Fahrprüfung und merkte gar nicht, wie fest ich das Lenkrad umklammerte, bis ich meine verkrampften Finger auf dem Krankenhausparkplatz davon lösen wollte.

»Hallo, Chloe. Ist das nicht die kleine Hope?«, fragte Jerry mit einem warmherzigen Lächeln, als wir an ihm vorbeikamen. Seit dem Vorfall mit dem aufdringlichen Reporter hatte ich noch mehr Respekt vor dem freundlichen Wachmann und nahm mir immer ein wenig Zeit für ihn. Ich wusste nicht, was er noch zu dem Reporter gesagt hatte, doch der Kerl erstattete nie eine Anzeige wegen seiner zu Bruch gegangenen Kamera. Im Gegenzug hatte Ryan allerdings auch darauf verzichtet, sich bei der Redaktion zu beschweren, was ich überhaupt nicht verstand.

»Ich will nicht noch mehr Öl ins Feuer gießen, dann ist die Sache sicher bald vergessen«, hatte er mir erklärt, aber dazu konnte ich nur mit den Schultern zucken.

»Haben Sie etwa einen neuen Job?«, fragte Jerry und kitzelte Hope unterm Kinn.

Ich sah ihn einen Augenblick lang verwirrt an, bevor ich die Sache richtigstellte. Doch seine unschuldige Frage hatte einen Funken in mir entfacht, der im Laufe des Nachmittages mit Maddie und ihrer Tochter immer heller und größer wurde.

Das Geräusch des Schlüssels in der Tür ließ mich zusammenzucken. Ich fuhr herum und drückte Hope an mich. Es dämmerte bereits, doch ich hatte die Vorhänge noch nicht zugezogen, sondern nur die Tischlampen angemacht, die die Wohnung in wohliges Licht tauchten.

Ryan öffnete die Tür und hielt im nächsten Moment inne. Er sah müde aus. Seine Krawatte hatte er bereits gelockert und den obersten Knopf des Hemdes geöffnet, und der Mantel, der vermutlich mehr gekostet hatte, als ich in einem Monat verdiente, hing achtlos über seinem Arm.

Ryan rührte sich nicht vom Fleck und sah sich um. Ich hatte ein wenig aufgeräumt, aber das war sicher kein Grund für den überraschten Gesichtsausdruck. Ich fragte mich kurz, ob ich etwas falsch gemacht hatte, denn er wirkte nicht gerade glücklich, doch dann sah ich es plötzlich mit seinen Augen: Die Wohnung wirkte warm und einladend, es roch nach *Bœuf Bourguignon*, und seine gefütterte und gebadete Tochter blickte ihm verschlafen lächelnd entgegen – allerdings aus den Armen der falschen Frau. Ich hatte ihm auf schmerzvolle Weise klargemacht, wie sein Leben hätte sein können, wie es hätte sein *sollen*.

Als er meinen bestürzten Gesichtsausdruck sah, riss er sich eilig zusammen und versuchte, die Situation mit Humor zu entschärfen: »Liebling, ich bin wieder da!«

Ich lächelte nervös. Sollte ich mich vielleicht entschuldigen? Aber wofür? Dafür, dass ich nicht Maddie war?

»Wie war euer Tag?«, fragte Ryan, ließ die Aktentasche und den Mantel achtlos auf den Stuhl im Flur fallen und trat auf uns zu. Hope streckte die winzigen Hände ihrem Daddy entgegen. Ryan nahm sie mir ab, schlang die Arme um sie und drückte sie fest an sich. Er vergrub das Gesicht in ihre Halsbeuge und sog ihren Geruch ein, als wären sie monatelang und nicht bloß wenige Stunden voneinander getrennt gewesen.

»Ich habe sie so vermisst«, sagte er, und seine Augen glänzten verräterisch, als er schließlich den Blick hob. »Dabei ist ihr vermutlich gar nicht aufgefallen, dass ich weg war«, fuhr er mit einem betrübten Lächeln fort.

»Doch, auf jeden Fall! Sie hat in einem fort nach dir gesucht«, log ich, um ihn noch einmal zum Lächeln zu bringen. Und es funktionierte.

»Was riecht denn hier so gut?«, fragte er und schnupperte übertrieben.

»Ach Gott, dabei habe ich sie gerade erst gewickelt«, klagte ich.

Ryan lachte und folgte dem Duft in Richtung Küche. »Das meinte ich«, erklärte er und blieb vor dem Backofen stehen.

»Ach so. Das ist dein Abendessen.«

Ryan ging mit Hope auf dem Arm in die Knie, und dann sahen sie beide zu dem blubbernden Eintopf hinein, der in fünfzehn Minuten fertig sein würde.

»Wer hätte gedacht, dass mein Ofen so etwas zustande bringt?«, witzelte Ryan und erhob sich wieder.

Er ging ins Wohnzimmer, setzte sich auf die Couch und schlüpfte aus dem Jackett, ehe er Hope in seine Armbeuge legte. Ihre Augen fielen langsam zu, doch dann riss sie sie eilig wieder auf, als versuche sie, mit aller Kraft wach zu bleiben.

»Ist alles gut gegangen? Hast du alles gefunden?«

»Ja, es war alles prima. Wir sind ein bisschen spazieren gegangen, haben eingekauft und den Nachmittag bei Maddie im Krankenhaus verbracht.«

Ryan nickte nachdenklich.

»Wie war die Konferenz?«

»Ganz okay. Ich musste erst mal das Terrain sondieren. Ich war ja lange weg. Aber es war nett, zur Abwechslung einmal anregende Gespräche zu führen.« Er hielt inne, als ihm klar wurde, was er gerade gesagt hatte, doch ich lachte. Ich war nicht beleidigt.

»Vielen Dank auch«, scherzte ich und dachte an unsere zahllosen Gespräche in den letzten Monaten.

Ryans blaue Augen funkelten. »Ich meinte *Männergespräche*«, fügte er lachend hinzu. Doch dann wurde er wieder ernst. »Es war toll, wieder zu arbeiten, aber ohne dich hätte ich es nicht geschafft.«

»Ohne mich?«, krächzte ich überrascht. »Was habe ich denn getan?«

»Du hast mir die nötige Ruhe verschafft. Ich wusste, dass Hope in guten Händen ist. Schöner wäre nur, wenn Maddie hier gewesen wäre.«

»Natürlich«, erwiderte ich zögerlich.

»Musst du eigentlich gleich los?«, fragte er, und sein Blick wanderte in Richtung Küche. Er wollte mich offenbar auffordern, zum Essen zu bleiben, und das war auch gut so, denn langsam bekam ich Hunger.

»Nein. Ich habe nichts mehr vor.«

Er lächelte zufrieden. »Könntest du dann vielleicht noch ein paar Stunden bleiben, damit ich Maddie besuchen kann? Ich habe kaum noch die Gelegenheit, am Abend zu ihr zu fahren, und es wäre schön, ihr wieder einmal eine gute Nacht zu wünschen. Und das leckere Essen schmeckt sicher auch aufgewärmt.«

Ich schaffte es, ihm meine Enttäuschung nicht zu zeigen.

»Natürlich. Ich bleibe gern bei Hope, bis du zurück bist.«

Ryan schien so glücklich, dass ich mir plötzlich albern vorkam, weil ich nur an den Rindereintopf im Ofen gedacht hatte. Er trug Hope ins Schlafzimmer, legte sie in ihr Bettchen und machte die Spieluhr an.

Als er aus dem Schlafzimmer kam, hatte er die Krawatte abgenommen und auch den zweiten Hemdknopf geöffnet. Mit Umziehen wollte er offenbar keine Zeit verschwenden. »Bitte warte nicht auf mich«, sagte er mit einem Blick in die Küche. »Iss ruhig schon zu Abend. Es riecht wirklich toll.«

»Ja, nicht wahr?«, erwiderte ich fröhlich, doch eigentlich war mir der Appetit vergangen.

Eine Bibliothekarin hat eigentlich immer ein Buch dabei, und deshalb blieb Ryans riesiger Fernseher ungenutzt. Nachdem er gegangen war, sah ich noch einmal nach Hope, bevor ich das supermoderne Babyfon anmachte (es hatte sogar eine Kamera, um Himmels willen!) und den neuesten Bestseller aus meiner Tasche zog.

Ich schlüpfte aus den Schuhen, machte es mir an einem Ende des schwarzen Ledersofas bequem und begann zu lesen. Doch ich musste drei Mal von vorn beginnen und hatte danach immer noch keine Ahnung, worum es im ersten Absatz ging. Die Buchstaben tanzten vor meinen Augen, und ich konnte mich nicht konzentrieren. Meine Lider waren schwer wie Blei. *Nur ein paar Minuten,* sagte ich mir, bevor ich den Kampf schließlich aufgab und die Augen schloss. *Nur ein paar Minuten.*

Als ich aufwachte, roch es nach Toast. Ich hätte den Geruch überall erkannt. Ich öffnete die Augen, sah in ein Kaleidoskop aus Orange und Lila und brauchte einige Sekunden, bis ich das Muster zuordnen konnte. Es gehörte zu der Überdecke, die auf Ryans Sofa gelegen hatte.

Ich zog sie mir vom Gesicht. Im Wohnzimmer war es taghell, obwohl keine Lampen mehr brannten. Ich hatte die ganze Nacht hier geschlafen!

»Ah, du bist wach. Genau rechtzeitig für Toast und Kaffee. Aber es ist leider nur Instant-Kaffee«, entschuldigte sich Ryan und stellte einen Teller und einen Becher auf den Beistelltisch neben mir.

»Warum hast du mich nicht geweckt, als du zurückgekommen bist?«, fragte ich und stemmte mich eilig hoch. Jemand hatte mir ein weiches Kissen unter den Kopf geschoben und die Decke über mich gebreitet – und es war sicher nicht Hope gewesen.

»Ich bin später als geplant nach Hause gekommen, und du hast tief und fest geschlafen«, antwortete Ryan mit einem unbekümmerten Schulterzucken. Er griff nach dem Becher und drückte ihn mir in die Hand. Seine Haare waren feucht, und ich roch das Shampoo und Duschgel. Ich warf einen Blick auf die Uhr. Es war nach acht.

»Normalerweise schlafe ich nicht so lange.«

Ryan lachte. »Normalerweise kümmerst du dich auch nicht den ganzen Tag um ein Baby. Sie machen einen fertig, glaub mir. Ich weiß, wovon ich rede.«

Ich nahm einen Schluck Kaffee, der meine Lebensgeister wieder weckte, und sah zu ihm hoch. »Trotzdem hättest du mich wecken sollen. Egal, wie spät es war. Ich hätte mir einfach ein Taxi genommen.«

»Das ging nicht, denn dann wärst du hinter mein Geheimnis gekommen.«

Ich lächelte. Unser kleiner Schlagabtausch gefiel mir. »Welches Geheimnis?«

»Ich habe das ganze *Bœuf Bourguignon* aufgegessen«, gestand er.

Ich hätte mich beinahe verschluckt. »Nein! Das Rezept war für *vier* Personen!«

Er zuckte erneut mit den Schultern. »Ich habe monatelang nur Sandwiches gegessen, da war die Versuchung zu groß.«

»Freut mich, dass es dir geschmeckt hat.«

»Und mich freut, dass du jetzt wach bist, denn ich muss etwas Wichtiges mit dir besprechen.«

Später wussten wir nicht mehr, wessen Idee es eigentlich gewesen war. Ich behauptete, dass Jerry mich darauf gebracht hatte, doch Ryan meinte, es sei das Angebot seines Arbeitgebers gewesen, zwei Tage die Woche von zu Hause aus zu arbeiten.

Manchmal lag die Lösung für viele Probleme direkt vor der Nase, und man musste nur Geduld haben, bis sie sich entfaltete. Ryan brauchte jemanden, der sich drei Tage in der Woche um Hope kümmerte; die Bibliothek hatte alle Mitarbeiter aufgefordert, Stunden zu reduzieren oder freiwillig zu kündigen, und das Gehalt, das Ryan mir anbot, war zwei Mal so hoch wie das in der Bibliothek. Obwohl es natürlich nicht ums Geld ging.

»Also, machst du es?«, fragte Ryan mich und sah einen Moment lang wahnsinnig jung aus. »Wirst du meine Mrs Doubtfire?«

»Ja, mit Vergnügen«, erwiderte ich glücklich.

Und zwei Jahre lang war ich genau das.

Bis wir uns ineinander verliebten und ich eine noch sehr viel wichtigere Rolle übernahm.

Teil drei

Kapitel 12

Maddie

Es war zu groß und wirkte zu bemüht. Außerdem waren die anderen Geschenke in farbenfrohes Papier mit bunten Disney-Prinzessinnen und anderen Zeichentrickfiguren verpackt und nicht in edles Silberpapier. Das große, quadratische Päckchen mit der leuchtend roten Schleife bewies also erneut, dass ich absolut keine Ahnung von sechsjährigen Mädchen hatte. Aber das würde sicher nicht der einzige Fauxpas an diesem Tag bleiben.

Die Party unterschied sich sehr von den Geburtstagsfeiern meiner Kindheit. Es gab keinen ungelenk gezeichneten Esel, dem man den Schwanz anpinnen musste, und auch sonst keine albernen Spiele. Alles wirkte routiniert und gut organisiert. Hatten sie etwa einen professionellen Partyplaner engagiert? Vielleicht war das inzwischen üblich.

Ich saß auf einer kleinen gepolsterten Bank in dem umgebauten Schuppen (den man für Feiern aller Art nutzen konnte) und beobachtete Chloe, die alles souverän meisterte. Sie sah nicht aus, als hätte sie Hilfe bei der Planung nötig gehabt. Sie war ein Naturtalent.

Meine Anspannung war seit dem Aufstehen stetig gestiegen, wobei die Angst größer war als die Vorfreude.

Ich stand vor dem mannshohen Spiegel und überlegte, was ich anziehen sollte. Dabei ließ ich die Hände über meinen flachen Bauch gleiten und stellte mir vor, wie er in der Schwangerschaft ausgesehen hatte. Ich schüttelte ungläubig den Kopf.

Hätten es die Fotos nicht eindeutig bewiesen, hätte ich es nicht für möglich gehalten. Ich sah nicht einmal Schwangerschaftsstreifen. Vermutlich war ich die einzige Frau weit und breit, die das bedauerte.

Aber es gab natürlich trotzdem einen unumstößlichen Beweis, dass ich vor sechs Jahren ein Kind zur Welt gebracht hatte. *Hope.*

Und heute wollten wir feiern, dass sie – sämtlichen Widrigkeiten zum Trotz – geboren worden war. *Du bist nicht die Hauptperson der Party!*, erklärte ich der Frau im Spiegel, die mich traurig ansah. Ich nickte bestimmt – und sie nickte zurück.

Ryan hatte mich nach meinem Besuch bei ihnen noch mal angerufen. »Es werden etwa dreißig Kinder kommen«, sagte er in einem Ton, als sei das ein Problem.

»Okay.«

»Ich wollte dich bloß vorwarnen. Diese Partys gehen voll ab.«

»Mit cooler Musik und haufenweise Alkohol?«, scherzte ich.

Er schwieg für einen Moment, dann hörte ich sein vertrautes Lachen, und es brachte Tausende Erinnerungen mit sich, die ich lieber vergessen hätte.

»Eher haufenweise Zucker und Kinder, die sich am Ende übergeben«, erwiderte er amüsiert.

»Okay, das kenne ich … obwohl es schon einige Zeit her ist.« Ich überlegte, auf welcher Party wir zuletzt gewesen waren, und umklammerte das Telefon ein wenig fester, als es mir einfiel. Auf unserer Verlobungsparty.

»Du sollst nur wissen, was auf dich zukommt.«

Ich wartete darauf, ob er noch etwas hinzufügen würde, doch er blieb stumm. Manchmal merkt man gerade daran, was jemand *nicht* sagt, was er denkt.

»Habt ihr eure Meinung geändert? Soll ich doch nicht kommen?«

Ryans Antwort folgte zu schnell und klang zu enthusiastisch. »Nein, natürlich nicht! Wir freuen uns auf dich. Wir … wir sehen uns dann am Samstag.«

Der Taxifahrer grinste, als wir vor den zahlreichen SUVs hielten. »Offensichtlich sind wir hier richtig«, stellte er augenzwinkernd fest. »Alle Mütter fahren ihre Kinder heutzutage in einem SUV durch die Gegend.«

Ich lächelte unsicher und war mir nicht klar, ob er mich auch für eine von ihnen hielt. Ich wusste es ja selbst nicht. Ich stellte mir vor, wie ich vor der Schule auf Hope wartete, ihr ins Auto half und sie angurtete, während sie mir aufgeregt von ihren Erlebnissen erzählte. Doch das Bild ließ sich nicht wirklich fassen.

Ich stieg aus und begann zu zittern. Meine Wolltunika und die Leggings boten kaum Schutz vor dem kalten Dezemberwind. »Soll ich Ihnen helfen?«, fragte der Fahrer, als ich das riesige Päckchen mit der roten Schleife vom Rücksitz hievte.

»Nein danke. Geht schon«, erwiderte ich und packte das unhandliche Geschenk mit beiden Händen.

»Okay, dann viel Spaß bei der Party«, verabschiedete sich der Fahrer fröhlich und fuhr die lange, gekieste Auffahrt hinunter. Ich ging unsicher auf den Eingang des Schuppens zu. Hätte ich bloß Ryan gefragt, was er Hope schenkte! Obwohl Chloe vermutlich besser Bescheid wusste. Vielleicht war das der Grund, warum ich mich nicht danach erkundigt hatte?

Ich trat unter den rosaroten Luftballons über der Eingangstür hindurch und blieb im nächsten Augenblick wie angewurzelt stehen. Vor mir stand eine Staffelei mit dem vergrößerten Foto des Geburtstagskindes. Meine Finger zuckten. Ich sehnte mich danach, die Konturen des Gesichts nachzuzeichnen, das mich glücklich angrinste. Sie sah mir so ähnlich … In der Sprechblase neben dem Foto stand: »Heute ist mein Geburtstag!«

»Ich weiß, Schätzchen«, murmelte ich leise.

Ich war noch immer wie gebannt von dem Foto, als ich einen Luftzug im Rücken spürte und herumfuhr. Wahrscheinlich ein weiterer Partygast, der zu spät kam.

»Maddie!«, rief eine Stimme, die ich überall wiedererkannt hätte. Mein Atem beschleunigte sich immer noch, wenn ich sie hörte. Ryan trat eilig auf mich zu und nahm mir das schwere Päckchen ab.

Diese natürliche Barriere ersparte uns zumindest die Frage, welche Begrüßung angemessen war. Sollten wir uns umarmen, auf die Wange küssen oder einfach ignorieren, dass wir einmal – vor langer Zeit – kaum die Finger voneinander lassen konnten?

»Du bist gekommen!«, sagte Ryan ein wenig zu enthusiastisch.

»Natürlich. Ich habe mich sehr darauf gefreut.« Meine Stimme klang seltsam fremd.

»Hope kann es kaum erwarten, dich wiederzusehen.«

»Wirklich?«, fragte ich erfreut, und Ryan sah mich gerührt an. Einen Moment lang schwiegen wir beide.

»Okay, dann gehen wir mal zu den anderen«, murmelte er schließlich und nahm eine Hand von dem Päckchen, um sie auf meinen Rücken zu legen.

Die anderen Eltern, die in einer Ecke der Scheune zusammenstanden, sahen natürlich *nicht* alle auf einmal in unsere Richtung – aber es fühlte sich so an.

Die jungen Partygäste interessierten sich hingegen nicht im Geringsten für uns, sondern tanzten ausgelassen, während Chloe als Wertungsrichterin neben der Tanzfläche stand. Sie betrachtete Hopes Freundinnen glücklich lächelnd und übergab Trostpreise an die ausgeschiedenen Mädchen, anstatt eine Siegerin zu küren. Es war eine originelle Idee, und die Kinder fanden es super.

Ryan schenkte seiner Frau ein Lächeln, und sie erwiderte es, doch als sie mich neben ihm entdeckte, geriet ihr Lächeln ein wenig ins Schwanken, und sie winkte kurz.

Kurz darauf endete die Musik, und Chloe schleuste die Gäste zur nächsten Station. Sie kniete sich nieder, um ein weinendes Mädchen zu trösten, schickte ein weiteres zur Toilette und sprach mit mindestens drei Kindern gleichzeitig, die alle aufgeregt durcheinanderplapperten.

»War Chloe früher Lehrerin?«, fragte ich erstaunt. Wie hätte sie es sonst geschafft, sich um zehn Dinge gleichzeitig zu kümmern?

»Nein, Bibliothekarin«, erwiderte Ryan, und ich hätte beinahe laut gelacht, weil es so absurd klang, doch dann sah ich den liebevollen und bewundernden Blick, mit dem er seine Frau betrachtete. Mich hat er auch mal so angesehen, dachte ich traurig und erinnerte mich unwillkürlich an den Tag, als ich ihm von der Schwangerschaft erzählte.

In diesem Moment löste sich eine kleine Gestalt aus der Gruppe und kam wie eine rosa Rakete auf uns zugeschossen. Hope grinste übers ganze Gesicht, und mir erging es ähnlich.

»Maddie! Da bist du ja!«, rief meine Tochter hocherfreut, und Glück und Trauer zugleich packten mich. Ich ging in die Knie, und sie rannte mich beinahe um. Ich vergrub mein Gesicht an ihrer Schulter. Meine Augen glänzten, blieben aber trocken. Ich kniete immer noch vor ihr, als ein Paar schlanke Beine in dunklen Jeans neben uns trat. Ich stemmte mich hoch, und Chloes Parfum umfing mich. Es roch seltsam vertraut.

»Mummy!«, rief Hope glücklich und löste sich von mir, um nach Chloes Hand zu greifen. »Sieh nur, Maddie ist wirklich da!«

Ryan warf der Frau, durch die er mich ersetzt hatte, einen besorgten Blick zu, doch der war unbegründet. Was auch immer in Chloe vor sich ging, sie verbarg es hinter einer makellos freundlichen Fassade.

»Schön, dich wiederzusehen, Maddie. Danke fürs Kommen!«

Seltsamerweise schien sie sich hier auf neutralem Boden wohler zu fühlen als zu Hause. Ihre Wangen waren leicht gerötet, und das passte hervorragend zu ihrem hellblauen Pullover. Sie sah aus wie sechzehn, und ich fühlte mich neben ihr uralt. Ihre blonden Haare schwangen hin und her, als sie Hope temperamentvoll einen Kuss auf die Stirn drückte. Sie war die gute Fee, und ich … Ich sah an mir hinunter und bereute, dass ich mich für das schwarze Outfit entschieden hatte. Ich wirkte darin wie die böse Hexe.

Und einige der Mütter, zu denen Chloe und ich kurz darauf unterwegs waren, schienen das ähnlich zu sehen.

»Es gibt Tee, Kaffee – und Wein, wenn du willst«, sagte Chloe und lachte verlegen. Anscheinend fühlte sie sich doch nicht so wohl, wie ich zuerst gedacht hatte. »Die Kinder sind gar nicht das Problem – die Mütter sind viel schwieriger zufriedenzustellen.«

Die meisten Eltern starrten uns unumwunden an, und einige wirkten beinahe enttäuscht. Hatten sie erwartet, dass sich Hopes leibliche Mutter und ihre Stiefmutter auf der Geburtstagsparty ihrer Tochter in die Haare gerieten?

In diesem Moment traf es mich wie der Blitz. *Unsere* Tochter. Hope war nicht nur Ryans und mein Kind. Sie war auch Chloes Tochter. Und das bedeutete, dass wir lernen mussten, das Wertvollste auf dieser Welt miteinander zu teilen. Denn genau das war Hope. Für uns beide.

Es gab zu viele Charlottes und Emmas unter den modisch gekleideten Müttern, und ich merkte mir nicht, welche Mutter zu welchem Kind gehörte. Also lächelte ich einfach, nickte freundlich und versuchte, mich nicht als Außenseiterin zu fühlen, obwohl ich genau das war.

Es gab nur einen wirklich peinlichen Moment, als der Ehemann einer der Charlottes auf mich zukam und mir forsch die manikürte, fleischige Hand entgegenstreckte.

»Ich glaube, wir wurden uns noch nicht vorgestellt. Ich bin Lawrence, Francescas Dad.«

Ich lächelte höflich und hatte keine Ahnung, welches Mädchen er meinte. Und es spielte auch keine Rolle. Ich schüttelte seine Hand und wollte mich gerade vorstellen, als er laut auflachte. »Ich denke, wir wissen alle, wer Sie sind. Sie sind Hopes …«

»*Cousine*«, unterbrach ihn Emma (oder hieß sie Kate?). »Das ist *Maddie*, Lawrence. Sie ist eine entfernte Verwandte, nicht wahr?«

Ihre leuchtend grünen Augen bohrten sich in meine, und es war offensichtlich, dass sie im Team Chloe spielte.

»Stimmt doch, oder?«, fragte sie noch einmal und senkte vielsagend den Blick. Mittlerweile hatten sich einige der Mädchen zu ihren Eltern gesellt, und selbst ich wusste, dass Kinder große Ohren hatten, wenn sich Erwachsene unterhielten. Also log ich – und zwar nicht wegen Ryan oder Chloe, sondern wegen Hope. Ich wollte nicht, dass ihre Welt an ihrem Geburtstag in tausend Stücke zersprang.

»Ja, ich bin eine entfernte Cousine«, erwiderte ich und klang sehr überzeugend.

Ich musste weinen, als die Geburtstagstorte gebracht wurde. Sie hatte die Form eines Märchenschlosses, und ich wusste ohne nachzufragen, dass Chloe sie selbst gebacken hatte. Man hatte die Lichter gedimmt, und als Chloe stolz mit ihrer Kreation und den sechs leuchtenden Kerzen auf die Gäste zukam, wanderte mein Blick zu Ryan. Er hatte die Arme um Hopes Taille geschlungen, die vor ihm auf einem Stuhl stand und strahlend auf ihre Torte wartete.

Es waren etwa zwanzig Leute zwischen uns, aber sie verschwanden wie durch Zauberhand, als Ryan mir plötzlich in die Augen sah. Er lächelte, doch seine Augen sagten: »Es tut mir leid.« Es fühlte sich an wie zweitausend Entschuldigungen – eine für jeden Tag, den ich versäumt hatte.

Es war schwer, weinend *Happy Birthday* zu singen. Aber ich gab mein Bestes.

»Darf ich Maddies Geschenk als Nächstes aufmachen?«, fragte Hope und lief zu dem Päckchen, das sie ohne fremde Hilfe nicht einmal hochheben konnte. Ryan trat lächelnd vor den Geschenkeberg und hob es herunter. Er fuhr ihr liebevoll durch die Haare, bevor er einen Schritt zurücktrat. »Du kannst aufmachen, was du willst, Pumpkin. Sie gehören alle dir.«

Hopes kleine Hände glitten aufgeregt über die Schleife und das Papier, und im nächsten Augenblick stand Chloe mit einer Schere bereit. Sie durchschnitt das Band und trat dann ebenfalls beiseite, damit die Kleine den Rest erledigen konnte.

Ich hatte nicht erwartet, nach der Party noch zu Ryan und Chloe nach Hause eingeladen zu werden. Um ehrlich zu sein, hatte ich mich sogar schon darauf gefreut, in meine ruhige, einsame Wohnung zurückzukehren. Ich war den Frieden im Krankenhaus gewohnt und hatte sechs Jahre lang in absoluter Stille gelebt. Mittlerweile wusste ich, warum Ryan mich vor der Party gewarnt hatte. Als Mutter oder Vater wächst man langsam in die Welt der Kinder hinein, doch wenn man plötzlich ins kalte Wasser gestoßen wird, fühlt man sich wie auf einem fremden Planeten.

»Maddie kommt doch nachher noch mit zu uns, oder?«, hatte Hope Chloe vorhin gefragt und sie damit in eine unmögliche Situation gebracht. »Natürlich, wenn sie möchte«, hatte Chloe jedoch geantwortet und wieder einmal ihre guten Manieren bewiesen, obwohl sie vermutlich am liebsten mit »Nur über meine Leiche!« geantwortet hätte.

Die Party war eine lehrreiche Erfahrung gewesen, und zwar nicht nur, was das Verhalten Sechsjähriger betraf, das ich mit nahezu wissenschaftlichem Interesse studierte. Genauso aufschlussreich waren Chloe und Ryan. Ryan verhielt sich so, wie ich es erwartet hatte. Liebevoll, fürsorglich, manchmal streng, aber immer für einen Spaß zu haben. »Ich will einmal ein guter Dad sein«, hatte er mir zugeflüstert, als wir uns eines Abends im dunklen Schlafzimmer aneinandergekuschelt hatten, und seine Hände waren zu der noch kaum merklichen Wölbung geglitten. »Ich will dem Baby alles geben, was ich zu bieten habe. Mein Herz, meine Liebe und viel Zeit.« Ich hatte meine Hände mit seinen verschränkt, um gemeinsam unser ungeborenes Kind festzuhalten. »Du hast wirklich Glück, Kleines«, hatte ich leise gesagt und den Augenblick des Glücks in dem sicheren Hafen genossen.

Chloes Verhalten war sogar noch berührender. Sie war genau da, wo sie hingehörte, und verhielt sich stets liebevoll und geduldig. Sie war die Mutter, die ich hatte sein wollen und die immer ein Lächeln, einen Kuss oder eine zärtliche Umarmung für ihr Kind bereithielt.

»Was ist das?«, kreischte Hope jetzt und riss das Klebeband von dem Karton, um endlich das Geschenk zu sehen, das sehr viel mehr gekostet hatte, als man für einen Kindergeburtstag ausgeben sollte. Es sei denn, man hatte in der Lotterie gewonnen.

»Oh, wow! Wow! Wow!«

Ich seufzte erleichtert und lächelte. Drei Wows bedeuteten doch sicher, dass ich das Richtige ausgesucht hatte, oder?

Hope umkreiste den riesigen Holzkürbis, als würde er sich jeden Moment in eine zauberhafte Kutsche verwandeln. Ich stand auf und trat zu ihr.

»Sieh mal, da ist ein kleiner Haken«, sagte ich und legte ihren Finger darauf. »Du musst ihn so herum öffnen.« Wir klappten den Kürbis gemeinsam auseinander, und sein Inneres offenbarte sich.

»Ein Puppenhaus!«, hauchte sie ehrfürchtig und ließ sich auf die Knie sinken, um das Labyrinth aus kleinen Räumen und die geschnitzten Waldtiere zu betrachten, die in dem voll möblierten Haus wohnten.

»Dein Legohaus hat mich auf die Idee gebracht«, erklärte ich, doch in diesem Moment fiel mir Hope schon um den Hals.

»Es ist so schön, Maddie! Es ist das beste Geschenk überhaupt!«

Allein dieser Satz ist es wert, dass ich im nächsten Monat nur trockenes Brot zu essen haben werde, dachte ich und wandte mich zu Ryan und Chloe um, während Hope sich wieder den Bewohnern des Puppenhauses widmete.

»Was für ein hübsches Geschenk! Sehr originell. Hope hat sicher viel Spaß damit.« Es war genau das, was man in einem solchen Moment sagte, und ich fragte mich, wie viel es Chloe wohl gekostet hatte.

Hope sprang auf und hastete zur Tür. »Ich hole ein paar Stofftiere aus meinem Zimmer. Sie sollen auch in dem Haus wohnen!« Betretenes Schweigen breitete sich aus, nachdem sie gegangen war.

»Es ist wirklich ein ganz besonderes Geschenk«, bemerkte Ryan schließlich freundlich. Er hatte seine Hand auf Chloes Schulter gelegt, als müsse er sie beruhigen. »Wo hast du es denn her?«

»Na, kannst du dir das nicht denken? Es gibt doch diesen kleinen Laden in der Straße mit dem Italiener, bei dem wir früher immer gegessen haben. Wir sind letztes Jahr ein paarmal vorbeigegangen, um uns die herrlichen Puppenhäuser anzusehen, weißt du noch?«

Niemand sagte etwas. Es waren nur das Knistern des Feuers und mein Herzschlag zu hören, der sehr viel lauter klang als sonst.

»Nicht letztes Jahr«, erwiderte Ryan, und ich weiß nicht, was schlimmer war: die Trauer in seiner Stimme oder das Mitleid in Chloes Blick. »Ich erinnere mich an den Laden, Maddie. Aber das alles ist jetzt *sieben* Jahre her.«

Chloe

»Warum hast du mir nie davon erzählt?«

Ryan gab ein unverständliches Murmeln von sich. Im Gegensatz zu mir war er bereits eingeschlafen. »Hm?«

»Von dem Laden, wo es diese ausgefallenen Puppenhäuser gibt«, sagte ich.

Ryan gähnte verschlafen. »Ich habe nicht daran gedacht. Es ist Jahre her, dass ich zuletzt dort war. Hätte ich mich daran erinnert, hätte ich dir davon erzählt, Liebling.«

Ich schwieg einen Augenblick lang. Sollte ich es auf sich beruhen lassen oder weiter in der Wunde herumstochern? Die Vernunft stand auf verlorenem Posten.

»Aber *Maddie* hat sich daran erinnert.«

Ryan seufzte. Jetzt hatte ich seine hundertprozentige Aufmerksamkeit.

»Für Maddie ist es ja auch erst ein paar Monate her.«

Seine Worte führten in eine Richtung, die ich lieber nicht einschlagen wollte. Trotzdem machte ich den ersten gefährlichen Schritt. »Ja genau. Für sie sind alle Erinnerungen, alle Emotionen, alle Gefühle immer noch so frisch wie vor sechs Jahren, nicht wahr? Sie sind immer noch real. Alles, was sie damals fühlte, fühlt sie auch jetzt noch ...«

Mehr musste ich nicht sagen. Er war zwar müde, und es war mitten in der Nacht, aber er wusste natürlich, was ich meinte.

»Darum geht es also?« Ryan zog mich an sich. Doch sein steter Herzschlag bot mir ausnahmsweise keinen Trost. »Ich kann nicht ändern, was Maddie fühlt oder auch nicht fühlt«, flüsterte er. »Ich kann dir nur sagen, dass ich schon lange damit abgeschlossen habe. Und das weißt du auch.«

Ich begann zu weinen und hoffte inständig, dass er es nicht bemerkte. Mir war auch so klar, dass ich mich albern benahm.

»Ich hätte ihr das Puppenhaus gern selbst gekauft«, murrte ich.

»Du hast ihr ein *Kätzchen* geschenkt«, entgegnete Ryan, um mich sanft, aber bestimmt aus der Abwärtsspirale zu manövrieren, in die ich geraten war.

Ich lächelte, obwohl mir immer noch Tränen über die Wangen liefen. Ich dachte an Hopes Gesicht, als wir ihr gesagt hatten, dass es noch ein allerletztes Geschenk gab, und daran, wie ich eilig zu unseren Nachbarn gelaufen war, um den Transportkorb mit dem rauchgrauen Kätzchen zu holen, das sie von mir und Ryan zum Geburtstag bekommen sollte.

»Ja, das stimmt«, bestätigte ich, und selbst ich hörte das Grinsen in meiner Stimme.

»Hope hat *zwei* wunderbare Geschenke von ihren *zwei* wunderbaren Müttern bekommen. Und mit einer der beiden werde ich jetzt schlafen …«

Ich hätte dem Verlangen nachgeben sollen, doch plötzlich sah ich Ryan und Maddie im Bett vor mir, und ich wusste, dass ich das Bild nicht so schnell loswerden würde.

Ich drückte ihm einen zärtlichen Kuss auf die nackte Schulter. »Es tut mir leid, aber können wir das bitte verschieben? Ich habe Kopfschmerzen.«

Und es war nicht nur eine Ausrede – von einem Moment auf den anderen waren die Schmerzen kaum noch auszuhalten.

Maddie

»Mein Geburtstagsgeschenk wurde zu Brei geschlagen.«

Unter meiner Küchenspüle erklang ein tiefes, polterndes Lachen. »Ich glaube, ein Geschenk kann man nicht zu Brei schlagen«, erklärte Mitch, und obwohl nur seine langen Beine unter dem Küchenschrank hervorragten, wusste ich, dass er grinste.

»Na ja, ich habe ihr ein Puppenhaus in Kürbisform geschenkt, also passt das schon irgendwie.«

»Okay. Gibst du mir bitte die Gripzange?«

Ich warf einen hilflosen Blick auf die Werkzeuge auf dem Küchenboden.

»Neben der Rohrzange«, fügte Mitch erklärend hinzu.

»Ich verstehe kein Wort. Meinst du das Ding mit dem roten Griff? Oder mit dem blauen?«

Er lachte erneut. »Mit dem blauen.«

Ich reichte ihm die Zange und sah zu seinem jungen Begleiter hinüber, der auf meinem Küchentisch einen Spielzeugtruck und einem Roboter gegeneinanderkrachen ließ, wobei es immer wieder zu kleinen Explosionen kam.

»Möchtest du vielleicht Milch und Kekse, Sam?« Ich fühlte mich schuldig, weil ich sein Wochenende bei seinem Dad mit meinem undichten Wasserrohr sabotiert hatte.

»Nein danke«, erwiderte der Siebenjährige höflich und wandte sich wieder seinem Spielzeug zu.

Als ich am Abend zuvor von Hopes Geburtstagsparty nach Hause gekommen war, war ich von einer großen Pfütze in der Küche begrüßt worden. Ich wischte den Boden, so gut es ging, trocken, entschuldigte mich in Gedanken bei Mitchs verstorbener Großmutter und stellte ihre große Suppenterrine unter das Leck. Danach rief ich ihren Enkel an und hinterließ ihm eine Nachricht, in der ich ihm das Problem schilderte. Ich war gerade müde ins Bett gesunken, als er zurückschrieb und erklärte, dass am nächsten Tag jemand vorbeikommen würde, um das Rohr zu reparieren. Er erwähnte mit keinem Wort, dass *er* dieser Jemand sein würde.

Als ich am Morgen darauf meine Tasche packte, kam mir der Gedanke, dass ich Mitch vielleicht von meiner geplanten Reise hätte erzählen sollen. Ich wollte gerade nach meinem Handy greifen, um ihn anzurufen, als jemand gegen die Eingangstür hämmerte. Es klang, als hätte der Klempner eine große Zange zweckentfremdet. Ich eilte zur Tür, bevor er auch noch den Hammer herausholte.

Doch als ich die Tür öffnete, war niemand da. Zumindest glaubte ich das, bis ich den Blick senkte. Vor mir stand ein kleiner, dunkelhaariger Junge mit einer riesigen Werkzeugkiste aus Metall, die vermutlich genauso schwer war wie er.

»Hallo!«, sagte ich und reckte den Hals, um nachzusehen, wer den kleinen Handwerker vor meiner Tür abgesetzt hatte. Wenige Sekunden später polterten schwere Stiefel durch den Hausflur.

»Sam! Du solltest doch im Auto warten!«, schimpfte Mitch

kopfschüttelnd und wirkte mehr denn je wie ein zotteliger Bär. Mein unkonventioneller Vermieter legte einen Arm um den Jungen und zog ihn an sich.

Ich schenkte Sam ein Lächeln, bevor ich den Blick hob. »Darf dein Klempner überhaupt schon Auto fahren?«

Mitchs Lachen hallte durch das Treppenhaus, und ich wunderte mich, dass keiner meiner Nachbarn (die ich bis jetzt noch nicht kennengelernt hatte) herauskam, um nachzusehen, was los war.

Mitch machte sich auf den Weg in die Küche, und sein Sohn folgte ihm. »Ich konnte auf die Schnelle keinen Klempner auftreiben, also dachten Sam und ich, wir reparieren das Rohr gleich selbst.«

Ich betrachtete den ernsten kleinen Jungen, der offenbar noch überzeugt werden musste, dass das eine gute Idee war.

»Wie bei Bob der Baumeister«, sagte ich fröhlich, doch Sam warf mir bloß einen mitleidigen Blick zu. Bob war wohl eher etwas für Jüngere. Was wiedermal bewies, dass ich keine Ahnung von Kindern hatte.

»Aber du musst deswegen doch nicht deinen Sonntag opfern«, sagte ich zu Mitch, der inzwischen eine beeindruckende Anzahl von Werkzeugen auf einem Tuch auf dem Boden ausgelegt hatte. Hoffentlich war die Menge der Werkzeuge kein Gradmesser dafür, wie lange die Reparatur dauern würde. Ich warf einen unauffälligen Blick auf die Uhr und biss mir auf die Lippe.

»Kein Problem«, erwiderte Mitch fröhlich. »Es wird nicht allzu lange dauern, und dann gehen wir in den Park und spielen ein bisschen Fußball.« Sein Lächeln geriet ins Wanken, als er mein Gesicht sah. Er wirkte plötzlich verlegen, und seine Wangen liefen rot an – zumindest der Teil, der oberhalb seines Bartes zu sehen war. Ich hatte ihn in Verlegenheit gebracht. *Schon wieder.* »Es sei denn, es … ist gerade ungünstig …«, stammelte er und sah sich um, als wolle er prüfen, ob er mich bei etwas gestört hatte. Ich wurde ebenfalls rot, weil er offensichtlich dachte, ich sei nicht allein. Der Gedanke war ziemlich absurd.

»Nein, alles okay«, versicherte ich ihm und machte die Kaffeemaschine an. »Ich muss nur einen Zug erwischen. Ich fahre ein paar Tage zu meinem Dad«, fügte ich hinzu, obwohl er nicht gefragt hatte.

»Ah, das wird sicher nett«, erwiderte Mitch und ließ sich auf den Boden sinken, ehe er unter die Spüle rutschte. »Dann beeile ich mich mal.«

»Und? Hat deiner Tochter die Party gefallen?«, fragte Mitch und brachte damit ungeniert ein Thema zur Sprache, das doch eigentlich geheim bleiben sollte.

Ich zuckte zusammen und hätte dann beinahe laut aufgelacht, weil ich so paranoid war. Hier in meiner Küche durfte ich ohne Weiteres zugeben, dass ich Hopes Mutter war.

»Ich glaube schon. Obwohl ich natürlich nicht weiß, wie es sonst abläuft. Es war seit Ewigkeiten mein erster Kindergeburtstag.«

»Du bekommst den Bogen bald raus«, versicherte Mitch mir.

Es war überraschend einfach, sich mit ihm über die Ereignisse des vergangenen Tages zu unterhalten. Es war wie früher, bloß dass er jetzt meine Spüle und nicht den Computer reparierte.

»Wie schaffst du das eigentlich, Mitch?«, fragte ich leise, damit mich sein Sohn über dem Getöse des Trucks und des Roboters nicht hören konnte, die immer noch unermüdlich gegeneinanderprallten. »Wie erträgst du es, dass du nicht mehr ständig Teil seines Lebens bist?«

Mitch rutschte unter der Spüle hervor. Das amüsierte Funkeln in seinen Augen war verschwunden. »Es geht um die *Qualität*, nicht um die Quantität. Man muss sein Ego hintanstellen und sich immer wieder klarmachen, dass es kein Revierkampf ist. Und dass ein Junge mit zwei Dads auch zweimal so viel Liebe bekommt. Es gibt Väter, die mit ihren Kindern unter einem Dach leben und trotzdem kein gutes Verhältnis zu ihnen haben.« Mitch sah zu seinem Sohn hinüber, der jetzt glücklich an seinem zehnten Schokoplätzchen knabberte.

»Sam ist der wichtigste Mensch in meinem Leben. Und das weiß er auch.« Mitch senkte die Stimme, und ich ging in die Knie, um ihn besser zu verstehen. »Er hat Albträume. So richtig schlimm, mit Monstern unterm Bett. Also habe ich ihm vor ein paar Monaten mein altes Handy geschenkt und meine Nummer eingespeichert. Wenn er nachts aufwacht, kann er entweder nach seiner Mum und seinem Stiefvater rufen, oder er ruft mich an, und ich vertreibe die Monster übers Telefon.« Er sah mich verlegen an, als fürchtete er, dass ich lachen würde, doch das war das Letzte, was mir in den Sinn kam. Mir war vielmehr nach Weinen zumute.

»Du bist ein wunderbarer Dad, Mitch«, sagte ich, und er begann zu strahlen.

»Okay, mach mal das Wasser an«, befahl er dann hastig und ein wenig schroff, um von seinen Gefühlen abzulenken.

Das Wasser schoss in die Spüle, und das Rohr hielt dicht.

»Und auch ein ziemlich guter Klempner«, fügte ich lächelnd hinzu.

Sicher war es eine schwierige und schmerzhafte Entscheidung gewesen, aber mein Dad hatte beschlossen, Mum nicht mit ins Krankenhaus zu nehmen, nachdem ich aufgewacht war. Er musste mein Bedürfnis, sie zu sehen, gegen die Auswirkungen auf ihren Geisteszustand abwägen, und ich wollte mich nicht mit ihm streiten, als er vorschlug, ein Treffen noch so lange hinauszuzögern, bis es mir gut genug ging, um sie im Pflegeheim zu besuchen. Auch wenn es wehtat.

»Sie braucht ihre Routine, Maddie. Jede kleine Abweichung wirft sie aus der Bahn.«

»Aber glaubst du nicht, dass sie mich sehen will?«, hatte ich ihn mit Tränen in den Augen gefragt.

»Früher hätte deine Mum nichts und niemand davon abhalten können, zu dir zu kommen, mein Schatz«, hatte Dad erwidert und meine Hand genommen. »Aber sie ist nicht mehr dieselbe Frau wie damals. Sie sieht nur noch so aus.«

Ich hatte lange warten müssen, doch heute war es endlich so weit.

Es war gar nicht so sehr die neue Wohnung meines Vaters, die mich wehmütig stimmte, sondern vielmehr die geliebten Andenken, die er aus seinem alten Leben in sein neues Leben transplantiert hatte. Meine Hand glitt über den kleinen Beistelltisch, den Lampenschirm mit den Quasten und das vertraute Gemälde, als wären es alte Freunde. Und ich bemühte mich, nicht an die Dinge zu denken, die nicht mehr bei ihm waren – allen voran natürlich meine Mutter.

»Du darfst nicht zu viel erwarten«, warnte mich mein Vater, als wir auf das einstöckige weiße Gebäude zugingen, in dem meine Mutter mittlerweile zu Hause war. Ich nickte, aber trotz aller Vorsicht hatte ich meine Erwartungen nicht im Griff.

»Du musst dich darauf einstellen, dass sie dich nicht erkennt, Liebling«, erklärte er, als er uns an der Anmeldung ins Besucherbuch eintrug. »Manchmal kennt sie nicht mal *mich*. Und sie ist jedes Mal ganz durcheinander, wenn Ryan und Chloe mit Hope da sind.«

Eine unbeschreibliche Eifersucht überkam mich, als ich daran dachte, dass Chloe Zeit mit meiner Mutter verbracht hatte, während ich im Koma lag und nicht merkte, wie mir mein Leben langsam entglitt. Deshalb war es mir auch so wichtig, dass ich heute hier war, denn Ryan, Chloe und Hope wollten am nächsten Wochenende kommen, um Hopes Geburtstag mit ihren Großeltern zu feiern. Ich war dieses Mal nicht eingeladen, und mir war natürlich klar, dass meine Anwesenheit sowohl meine Mutter als auch meine Tochter nur verwirrt hätte. Aber es tat trotzdem weh.

Ich kräuselte unwillkürlich die Nase, als wir Seite an Seite den Flur hinunter zum Zimmer meiner Mutter gingen. Mein Vater bemerkte es natürlich. »Man gewöhnt sich an den Geruch. Inzwischen merke ich ihn kaum noch.«

Ich lächelte traurig. »Eigentlich erinnert er mich an zu Hause … an das Krankenhaus, meine ich«, fügte ich rasch hinzu. Ich hätte alles dafür getan, um den seltsamen Ausdruck auf seinem Gesicht auszuradieren, doch dazu blieb keine Zeit, denn nun standen wir vor Mums Zimmer. Neben der weißen Tür hing ein gerahmtes Schild mit ihrem Namen.

Der Raum war größer als erwartet und wurde von einem bogenförmigen Durchgang in zwei Bereiche unterteilt. Meine Mutter saß in einer Art Wohnzimmer, und mein Blick huschte über den Couchtisch, das Bücherregal und den Fernseher hinweg zu der grauhaarigen Frau, die aus dem Fenster in den winterlichen Garten hinaussah. Sie lächelte wehmütig, als würde sie nicht die kahlen Äste und den grauen Himmel sehen, sondern saftiges Gras, Bäume voller grüner Blätter und bunte Blumen. Sie hatte ihren Garten immer geliebt.

Sie ließ sich Zeit, bis sie sich umdrehte, denn der Anblick vor dem Fenster war offenbar interessanter als das Geräusch der sich öffnenden Tür.

Ich merkte erst, dass ich den Atem anhielt, als mir langsam schwindelig wurde. Ihr Gesicht wirkte seltsamerweise kaum älter, nur die Haare waren grauer. Sie hielt den Rücken immer noch kerzengerade, und ich erinnerte mich, wie sie mich als Kind immer wieder ermahnt hatte, dass ich gerade stehen sollte. Ich drückte automatisch den Rücken durch und straffte die Schultern, als der Blick meiner Mutter über mich glitt. Sie schien mich nicht zu erkennen. Doch als sie das Lächeln meines Vaters sah, lächelte sie ebenfalls.

»Hallo, Faye. Wie geht es dir heute, mein Liebling?« Sie runzelte die Stirn, als müsse sie scharf nachdenken.

»Danke, gut …« Mein Herz wurde schwer, als sie versuchte, sich an den Namen meines Vaters zu erinnern.

»Bill«, half Dad bereitwillig aus, trat auf seine Frau zu und nahm ihre Hand. Wie ertrug er das hier nur Tag für Tag? Woher nahm er die Kraft?

»Ich habe dir heute jemand Besonderen mitgebracht«, sagte Dad zögernd. »Erkennst du sie?«

Meine Mutter musterte mich von den Füßen aufwärts, und als ihr Blick mein Gesicht erreichte, runzelte sie noch heftiger die Stirn. Ich stand wie erstarrt da und hatte einen Kloß im Hals.

»Ist es eine der Ärztinnen?«, fragte sie und nestelte am Kragen ihrer Bluse.

»Nein, Liebling. Schau genauer hin«, drängte mein Vater. »Du *weißt*, wer das ist!« Er bedeutete mir, näher zu kommen, und ich trat mit zitternden Knien nach vorn.

Sie betrachtete mich eingehend, als suche sie nach einem versteckten Hinweis. Meine Augenbrauen waren genauso geschwungen wie ihre, und obwohl meine Augen blau und ihre eher grau waren, hatten sie dieselbe Form. Ihre Finger zitterten, und ich sah, wie ihre Halsschlagader pulsierte. »Sie arbeiten nicht hier, oder?«, fragte sie, doch es war eher eine Feststellung.

Ich schüttelte den Kopf und machte mich auf den Schmerz gefasst, wenn sie mich tatsächlich nicht erkannte. Ihre Hand glitt in ihren Nacken, und mein Herz klopfte schneller.

»Es tut mir leid. Ich weiß, ich sollte Sie kennen, aber ich kann Sie nicht einordnen.«

Mein Vater wollte ihr helfen, doch ich schüttelte kaum merklich den Kopf. Ich hatte Tränen in den Augen, doch ich lächelte.

Meine Mutter hatte gefunden, wonach sie gesucht hatte, und zog vorsichtig die silberne Kette hervor, die ich ihr als Sechzehnjährige geschenkt hatte. Sie tastete an ihr herum, bis sie den gravierten Anhänger fand. *Mum.* Ihre Finger glitten langsam über den Schriftzug.

»Nein, meine Liebe. Es tut mir leid, aber ich kann mich nicht erinnern.«

Es dauerte über eine Stunde, bis mein Dad damit herausplatzte, und es war ein Wunder, dass er überhaupt so lange durchgehalten hatte. Wir saßen zusammen und tranken Tee, und ich spürte geradezu, wie er meiner Mutter mittels Gedankenübertragung auf die richtige Fährte helfen wollte. Ich persönlich hätte ihr gern so viel Zeit gelassen, wie sie brauchte. Ich war schon glücklich, dass ich hier bei ihr sein konnte.

»Wie heißen Sie noch mal, Liebes?«, fragte meine Mum und betrachtete mich mit höflichem Interesse.

Ich sah ihr in die Augen und nannte den Namen, den sie mir vor vierunddreißig Jahren gegeben hatte. »Madeline.«

Ihre Augenlider flatterten, und ihr Blick huschte zu meinem Vater, der offensichtlich ein sicherer Hafen für sie war. Sein Blick flehte sie an, sich doch endlich zu erinnern, doch ihre Verwirrung wuchs nur noch.

»Seltsam. Wie meine Tochter.«

Mir entfuhr ein leises Schluchzen, und ich wollte es mit einem Husten überspielen, doch es gelang mir nicht. Natürlich hätte ich darauf gefasst sein müssen, aber es war trotzdem ein Schock.

Mein Vater stand auf, ging neben Mums Lehnstuhl in die Knie und nahm sanft ihre Hand. »Das hier *ist* Maddie, Faye. Unsere Tochter. Sie ist aufgewacht.«

Einen Augenblick lang schien es, als hätte er die Mauern eingerissen, die das Vergessen errichtet hatte, doch dann schüttelte sie abwehrend den Kopf. »Nein. Das ist nicht Maddie. Sei nicht albern. Maddie ist in der Schule.«

Sie warf einen Blick auf die goldene Standuhr auf dem Bücherregal und anschließend auf die beiden Fotos in dem Silberrahmen, auf denen zwei hübsche kleine Mädchen mit leuchtend blauen Augen und langen dunklen Haaren zu sehen waren. Eine davon war Hope, die andere war ich.

»Jetzt hast du es also mit eigenen Augen gesehen.«

Ich stand neben meinem Vater vor der Terrassentür. Es hatte zu schneien begonnen, und die Flocken tanzten im Licht der Laternen.

»Ich dachte, wenn sie mich sieht … wenn ihr klar wird, dass ich aufgewacht bin …«

Er legte einen Arm um mich, und ich ließ den Kopf auf seine Schulter sinken. »Sie kann sich an nichts erinnern, Maddie. Eine Weile lang funktionierte es noch ganz gut, und sie freute sich, als Hope geboren wurde, aber dann …« Seine Stimme versagte. Er versuchte mit aller Kraft, nicht vor mir in Tränen auszubrechen.

»Wie hältst du das alles bloß aus? Wie schaffst du es, Tag für Tag hierherzukommen, obwohl sie sich manchmal nicht mal mehr an deinen Namen erinnert?«

Er zog ein Stofftaschentuch aus der Hosentasche, faltete es auseinander und drückte es in meine Hand. »Wo soll ich denn sonst sein, außer bei der Frau, die ich liebe? Tief im Inneren ist sie immer noch das Mädchen, in das ich mich verliebt habe. Die Braut, die ich nicht schnell genug heiraten konnte. Und die Frau, mit der ich alt werden wollte. Es hat sich einiges verändert, aber es gibt keinen anderen Ort auf der Welt für mich außer an ihrer Seite.«

Seine Worte schmerzten, denn ich musste natürlich an Ryan denken, der irgendwann beschlossen hatte, nicht mehr auf mich zu warten und ohne mich weiterzuleben.

Die Tür ging auf, und meine Mutter kehrte vom Abendessen ins Zimmer zurück. Die Pflegerin setzte sie in ihren Lehnstuhl. »Ich komme später noch einmal vorbei und mache Sie bettfertig«, sagte sie und schlüpfte aus dem Zimmer, damit wir uns in Ruhe verabschieden konnten.

Meine Mutter sah der Frau interessiert hinterher, und ihre Augen blitzten auf. Ich glaube nicht, dass mein Vater es sah, denn er beugte sich gerade hinunter und küsste ihre Wange, bevor er nach seinem dicken Mantel griff.

»Ich mache mich schon mal auf den Weg und fahre das Auto vor den Eingang. Es ist ziemlich rutschig. Nicht, dass du noch mal ins Krankenhaus musst.« Er war überfürsorglich, aber ich wollte ihm nicht widersprechen, also nickte ich bloß und ließ ihn gehen.

Ich hatte keine Ahnung, dass meine Mutter ihm zugehört hatte, bis ich mich schließlich zu ihr umdrehte. Der Funke in ihren Augen war noch nicht erloschen. Er glich einem Scheinwerfer, der den Nebel des Vergessens durchschnitt.

»Sie waren im Krankenhaus?«

Ich nickte. »Ja, ziemlich lange sogar.«

»Waren Sie krank?«, fragte sie unsicher, als wisse sie genau, dass es nicht stimmte. »Oder hatten Sie einen Unfall?«, bohrte sie zögerlich weiter.

Ich nickte nur, denn mein Hals war wie zugeschnürt. Sie erinnerte sich! Ich hatte keine Ahnung, wie lange dieser wertvolle Moment andauern würde, bevor sich der Nebel wieder senkte, und ich hatte Angst, etwas zu sagen oder zu tun, das den Zauber durchbrach.

Ihr Gesicht wurde weich, und plötzlich merkte ich, dass sie mich wiedererkannte. Ich fiel ihr schluchzend in die Arme.

»Maddie, Maddie, Maddie«, murmelte sie, und ich war wieder ein achtjähriges Mädchen, das in den Armen seiner Mutter weinte. Ich war ein Kind, das mit absoluter Sicherheit wusste, dass seine Mutter es niemals verlassen würde.

Sie löste sich von mir, legte ihre faltigen Hände auf meine Wangen und betrachtete mich. »Du bist ja erwachsen. Wie ist denn das passiert?«

Ich wusste keine Antwort, die für sie Sinn ergeben hätte.

»Habe ich geschlafen?«, fragte sie, und ich sah, wie der Nebel langsam wieder aufzog. Es war herzzerreißend.

Ich drückte ihr einen zärtlichen Kuss auf die Wange und versuchte, das Gefühl ihrer weichen Haut auf meinen Lippen im Gedächtnis zu speichern. »Nein, Mum. Du nicht. Aber ich.«

Kapitel 13

Chloe

Sind wir bald da?«

»Ist das nicht eigentlich Hopes Text?«, fragte Ryan lachend und warf einen Blick in den Rückspiegel. Unsere Tochter saß auf dem Rücksitz, malte und trällerte fröhlich vor sich hin.

»Aber vielleicht sollten wir Bill schreiben, dass wir später kommen?«

»Schon erledigt«, erwiderte ich und sah hinaus auf die unbekannte Landschaft, die sich vor uns ausbreitete. Wir hatten Bill und Faye schon häufig besucht, aber heute fuhren wir aufgrund eines kilometerlangen Staus auf der Autobahn über die Landstraße und waren viel zu spät dran.

Ich dachte an die Kuchen und Törtchen im Kofferraum. Wenn wir nicht bald ankamen, erhielten Fayes Mitbewohner sie nicht zum Nachmittagstee, sondern zum Frühstück. Auch wenn es seltsam klang, ich genoss die Besuche im Pflegeheim, und Faye war wie eine Schwiegermutter für mich.

Ich hatte die Arbeit im Krankenhaus reduziert, nachdem ich für Ryan zu arbeiten begonnen hatte. Natürlich hatte ich Maddie weiterhin besucht – und jedes Mal ihr Baby mitgebracht –, doch die Stunden in der geriatrischen Station waren immer weniger geworden, und ich vermisste die Gesellschaft, ich vermisste das Vorlesen, aber vor allem vermisste ich die unglaublichen Geschichten, die die alten Leute zu erzählen hatten.

Seitdem Bill die schwere Entscheidung getroffen hatte, Faye

in ein Pflegeheim zu geben, besuchten wir sie regelmäßig, damit sie ihre Enkeltochter sah. Diese Besuche waren aufgrund meiner Erfahrungen im Krankenhaus nie eine Last für mich gewesen – ganz im Gegenteil.

Außerdem war ich ein gern gesehener Gast. Beim ersten Mal hatte ich das Auto mit Naschereien vollgepackt, und ich erinnerte mich, wie Ryan vor dem Kofferraum voller Brownies und Cupcakes gestanden und sich gedankenverloren am Kinn gekratzt hatte. »Ich kann mir nicht vorstellen, dass Faye das alles essen wird.«

Ich lächelte wissend. »Nein, aber ihre Freunde im Pflegeheim werden begeistert sein – und das Personal auch.« Er sah mich zweifelnd an. »Vertrau mir«, sagte ich bestimmt. »Das sind *meine* Leute.« Und ich hatte recht behalten.

Am Anfang hatte es Faye verständlicherweise nicht gefallen, dass Ryan eine Frau engagiert hatte, die sich um ihr Enkelkind kümmern sollte. Sie war nicht annähernd so aufgeschlossen gewesen wie Bill. Doch im Laufe der Jahre hatte die Krankheit die Person, die sie einmal gewesen war, immer weiter in den Hintergrund gedrängt, und sie war immer sanftmütiger geworden. Mittlerweile begrüßte sie mich genauso freudig wie Ryan, was vor allem an unseren Mitbringseln lag: ein herzerfrischendes Enkelkind, das ihrer Tochter zum Verwechseln ähnlich sah – und jede Menge Naschereien.

»Wann werden wir denn laut Navi da sein?«, fragte Ryan und hielt den Blick auf die Straße gerichtet. Obwohl das Auto auf der schneenassen Fahrbahn immer wieder ins Schlingern geriet, umklammerte er das Lenkrad nicht so fest, wie ich es vermutlich getan hätte. Er fand sogar noch Zeit, um mir ein aufmunterndes Lächeln zuzuwerfen. »Es ist doch nicht schlimm, wenn wir später kommen«, fügte er hinzu, und ich nickte. Ich bezweifelte nicht, dass er uns sicher ans Ziel bringen würde, aber ich hatte so eine nervenaufreibende Vorahnung, dass etwas Schlimmes passieren würde.

Ich warf einen Blick auf die Navi-App und ließ mir die Haare ins Gesicht fallen, damit Ryan nicht sah, wie besorgt ich war.

»Also, wie lange noch?«

Ich blinzelte mehrere Male und hoffte, dass mein Blick dadurch wieder klarer wurde. Doch nichts geschah. Meine Stimme klang unnatürlich fröhlich, als ich ihm antwortete: »Das kann ich dir im Moment echt nicht sagen.«

»Klar kannst du«, witzelte Ryan. »Ich bin dein Mann. Du kannst mir alles sagen.«

Ich drückte mit dem Daumen gegen mein rechtes Augenlid, was meine Sehkraft zwar ein wenig verbesserte, aber mein Make-up ruinierte. »Zwanzig Minuten, glaube ich.«

Ryan sah mich besorgt an. »Hast du eigentlich schon einen Termin beim Optiker gemacht?«

Zuerst war ich genervt. Ich hatte zurzeit so viel um die Ohren, da war es wohl kaum verwunderlich, dass ich weniger dringende Angelegenheiten zurückstellte. Außerdem waren die Probleme mit dem Auge sicher stressbedingt. Allerdings war jetzt kaum der richtige Zeitpunkt, um über die Gründe dafür zu sprechen, denn schließlich saß Hope auf dem Rücksitz.

»Die letzte Zeit war ein wenig … *anstrengend.* Der Sehtest hat da nicht oberste Priorität.«

»Die wird er aber haben, wenn wir Hopes Kätzchen gegen einen Blindenhund eintauschen müssen.«

»Wir bekommen einen Hund?«, rief Hope aufgeregt, und ich musste trotz des ernsten Themas lächeln. Unserem kleinen Mädchen entging aber auch gar nichts.

»Ich glaube nicht, dass Elsa damit einverstanden wäre. Sie ist ja selbst gerade erst bei uns eingezogen«, sagte ich zu Hope und richtete den Blick dann wieder nach vorn.

»Eine Brille würde dir sicher gut stehen«, stellte Ryan leise und mit aufreizendem Unterton fest. »Wie bei einer richtigen Bibliothekarin.«

»Ich *war* eine richtige Bibliothekarin«, entgegnete ich, und mir wurde warm, als ich das Funkeln in seinen Augen sah.

»Vielleicht sind deine Augen deshalb so schlecht. Du hast dich zu viele Stunden in deinen Büchern vergraben.«

»Bücher ruinieren nicht die Augen, sie fördern den Geist.«

Er lachte, und im nächsten Moment tauchte der Wegweiser zum Pflegeheim vor uns auf. Der Sehtest und die Brille waren vergessen – zumindest fürs Erste.

»Sie weiß es, und ich muss es Maddie sagen.«

Ich trug gerade die schlafende Hope die Treppe hoch und warf einen Blick über meine Schulter. Ryan nickte mir entschuldigend zu und ging dann in die Küche, um in Ruhe mit Maddie zu telefonieren.

Hope murmelte im Schlaf vor sich hin, und mein Unbehagen wuchs. Ich hatte so große Angst davor gehabt, dass Faye oder Bill ihr versehentlich alles verraten würden – aber mir war gar nicht in den Sinn gekommen, dass sie es schon von jemand anderem erfahren hatte.

Die ganze Heimfahrt über sah ich immer wieder vor mir, wie Hope bei ihrer Großmutter vor die beiden Fotos in dem Silberrahmen getreten war. »Welche der beiden bin ich? Und welche ist Maddie, meine tote Mummy?«

Wir waren vollkommen falsch an die Sache herangegangen. Es gibt Lügen, die kehrt man einfach unter den Teppich, und es gibt Lügen, die sind so gewaltig, dass sie dir irgendwann wie ein gigantischer Felsbrocken auf den Kopf fallen. Ich schnappte nach Luft, Ryan stöhnte leise, und Bill räusperte sich.

»Hope«, begann ich vorsichtig und sank vor ihr auf die Knie.

»Wer hat dir davon erzählt?« Ich hatte zahllose Bücher über Kinderpsychologie gelesen, doch darauf konnte einen nichts und niemand vorbereiten.

Hopes leuchtend blaue Augen füllten sich mit Tränen, und sie sah mich verzweifelt an. Sie hatte ein schlechtes Gewissen. Mein Blick wanderte zu Ryan. *Wir* waren diejenigen, die ein schlechtes Gewissen haben sollten. Wir hatten unserem kleinen Mädchen großen Kummer zugefügt.

»Tut mir leid, Mummy. Ich hab vergessen, dass ich euch nichts sagen darf. Es ist ja ein Geheimnis.«

Ich schloss sie in die Arme. Sie zitterte, als hätte sie Fieber. »Ist schon gut. Wir sind nicht böse auf dich.«

»Wer hat dir denn erzählt, dass Maddie deine Mummy ist, Pumpkin?«, fragte Ryan und klang rauer als sonst. So war es immer, wenn ihn die Gefühle übermannten.

»Francesca«, flüsterte Hope. »In der Schule. Sie hat gehört, wie ihre Mum und ihr Dad nach der Party darüber gesprochen haben. Sie sagte, Maddie sei ein Geist. Aber das ist sie nicht, Mummy, oder?«

Ich hätte wissen müssen, dass etwas nicht stimmte. Hope war in den letzten Nächten zweimal aus einem Albtraum hochgefahren. Nun ergab alles einen Sinn. Unglaublich, dass ich die Anzeichen übersehen hatte. Ich war eine schlechte Mutter! Obwohl ich genau genommen nicht einmal das war. Jetzt, wo alle die Wahrheit kannten, war nicht mehr *ich* Hopes Mutter. Sondern Maddie.

»Sie weiß es«, sagte Ryan.

»O Gott! Warum das denn?«

»Ein Mädchen aus ihrer Klasse hat gehört, wie ihre Eltern darüber geredet haben. Und sie hat es Hope erzählt.«

»O Gott«, hauchte ich erneut – und vermutlich würde ich diese beiden Worte in den nächsten Stunden noch oft wiederholen. »Wie geht es ihr?«

Ryan seufzte. »Keine Ahnung, ehrlich gesagt. Es hat sie vor allem gewurmt, dass sie es ausgeplaudert hat.« Er stieß ein kurzes, trockenes Lachen aus. »Ach ja, und sie fürchtet, du bist ein Geist.«

»Wie bitte? Wie kommt sie denn darauf?«, fragte ich, obwohl es eigentlich klar war. Natürlich hielt Hope mich für einen Geist. Immerhin hatten ihr die Menschen, die sie liebte und denen sie vertraute, erzählt, dass ich tot bin.

»Wir werden das schon hinbekommen«, erklärte ich überzeugt, obwohl ich alles andere war als das.

»Das müssen wir wohl«, erwiderte Ryan und tat mir zum ersten Mal leid. »Ich könnte nicht damit leben, wenn sie einen bleibenden Schaden davonträgt. Vielleicht kann sie nie wieder jemandem vertrauen. Oder sie hasst uns alle …«

»Nein, das glaube ich nicht. Wir sind drei intelligente Erwachsene, die sie sehr lieb haben und nur das Beste für sie wollen. Wir schaffen das.«

Als Ryan antwortete, klang er wieder wie der Mann, in den ich mich verliebt hatte, und nicht wie Chloes Ehemann. »Hoffentlich hast du recht, Maddie. Morgen wissen wir mehr.«

Ich saß fertig angezogen in meiner Wohnung und wartete auf Ryan. Dieses Mal hatte ich sein Angebot, mich abzuholen, angenommen, denn wir brauchten die Zeit im Auto, um das vor uns liegende Gespräch mit Hope noch einmal durchzugehen. Chloe und Ryan hatten vermutlich die ganze Nacht lang an einer Strategie gearbeitet.

Es klingelte, und ich sah auf die Uhr. Ryan war zur Abwechslung einmal zu früh dran. Diese neue Seite an ihm gefiel mir.

»Konntest du auch nicht schlafen?«, fragte ich, während ich die Tür öffnete, doch vor mir stand nicht Ryan, sondern Mitch.

»Ehrlich gesagt schlafe ich wie ein Baby. Das war schon immer so«, gab er verlegen zu. »Aber du hast wahrscheinlich jemand anderen erwartet, oder?«

Ich warf einen Blick in den leeren Hausflur.

»Tut mir leid. Ich dachte, es wäre Ryan. Ich fahre heute zu ihm.« *Zu ihm und Chloe,* erinnerte mich die Stimme in meinem Kopf. Chloe war keine Statistin, sondern spielte eine der Hauptrollen, das musste ich endlich verinnerlichen.

»Oh, okay! Dann komm ich gar nicht erst rein«, erwiderte Mitch, und wir erkannten beide im selben Moment, dass ich ihn gar nicht in die Wohnung gebeten hatte. Wir wurden rot. Es war offenbar ansteckend.

»Mitch, entschuldige, das war sehr unhöflich! Komm doch bitte …«, stammelte ich und trat einen Schritt zurück. Doch er schüttelte den Kopf.

»Nein. Ein anderes Mal vielleicht. Ich wollte dich nur fragen, ob es noch Probleme mit dem Rohr gab.«

»Mit dem Rohr?«, fragte ich verwirrt. Ich hatte seinen letzten Besuch vollkommen vergessen. »Tut mir leid, ich bin heute ziemlich durch den Wind.«

Mitchs braune Augen musterten mich besorgt. »Alles okay, Maddie? Ist dir übel?«

Ja, mir war tatsächlich übel – und zwar seit dem Moment, als Ryan mich angerufen und mir gesagt hatte, dass die Lüge, zu der er mich gezwungen hatte, aufgeflogen war.

»Nein, nicht so, wie du denkst«, erwiderte ich und legte sanft eine Hand auf seinen Arm. »Hope hat die Wahrheit herausgefunden. Sie weiß jetzt, dass ich ihre Mum bin.«

Mitch spitzte die Lippen und stieß einen Pfiff aus. »Wow. Das ist heftig«, fasste er unser Problem mit drei einfachen Worten treffend zusammen.

»Stimmt.«

Er überlegte einen Moment lang. »Aber es ist auch gut. Ich habe nie verstanden, warum ihr ein Geheimnis daraus macht.« Er biss sich auf die Lippe. »Obwohl es mich natürlich nichts angeht.«

Das tat es tatsächlich nicht, aber vielleicht hätte ich von Beginn an mit jemandem darüber reden sollen, der nicht persönlich in die Sache verwickelt war.

»Aber ich kann dir eines sagen«, fuhr Mitch trotz seiner Verlegenheit fort. »Ich weiß von Sam, dass Kinder sehr viel stärker sind, als wir Erwachsenen glauben. Sie betrachten viele Dinge sogar vernünftiger als wir. Sie überstehen Trennungen, Scheidungen … und sogar den Tod eines geliebten Menschen. Solange man offen darüber spricht und ehrlich zu ihnen ist.«

Er sah mich entschuldigend an, und mehr musste er nicht sagen. Ich wusste auch so, dass ausgerechnet die Ehrlichkeit gefehlt hatte.

Ryan, Chloe und Hopes Großvater waren nicht ehrlich zu ihr gewesen – und ich hatte mich dem gebeugt und sie genauso belogen.

»Tut mir leid, ich bin zu spät«, kam eine schmerzlich vertraute Stimme aus dem Nichts. Mitch trat eilig beiseite. Er hatte Ryan bisher verdeckt. Es war seltsam, die beiden nebeneinander zu sehen. Ryan war groß, muskulös und sportlich, aber neben Mitch sah er aus wie ein Zwerg.

Er schwieg, bis wir uns auf den Weg zu seinem Auto gemacht hatten. »Wer war der Kerl? Hagrid?«

Das Bedürfnis, Mitch zu verteidigen, kam überraschend. »Das war Mitch, mein Vermieter. Und den Harry-Potter-Vergleich kannst du dir sparen.«

Ryan machte sofort einen Rückzieher. »Tut mir leid. Chloe und ich lesen Hope gerade den ersten Band vor, deshalb sah ich plötzlich Hagrid vor mir. Ich wollte nicht unhöflich sein.«

»Aber es *ist* nun mal unhöflich, jemanden mit einem haarigen Riesen zu vergleichen.«

Ryan wirkte ehrlich zerknirscht. »Ich war wohl überrascht, einen Mann vor deiner Tür zu sehen.«

»Mitch ist ein guter Freund«, erwiderte ich und sprach ihm damit einen Status zu, von dem er bislang nichts ahnte. Doch auf der kurzen Fahrt zu Ryan und Chloes Haus wurde mir klar, dass ich nicht übertrieben hatte. Mitch war tatsächlich ein Freund. Und den hatte ich bitter nötig.

»Muss ich jetzt woanders wohnen?«

»Nein, auf keinen Fall«, antwortete Ryan wie aus der Pistole geschossen und zerstreute damit nicht nur Hopes Ängste, sondern auch meine geheimen Hoffnungen. »Das hier ist dein Zuhause. Und du wirst hierbleiben. Bei Mummy und Daddy.«

Hope dachte einen Augenblick lang nach und stellte dann die Frage, mit der wir eigentlich hätten rechnen müssen: »Mit welcher Mummy?«

Es war eine sehr gute Frage, und keiner der Erwachsenen konnte sie beantworten. Die ganze Situation war so neu und ungewöhnlich, dass wir bisher nicht geklärt hatten, ob es womöglich auch gesetzliche Bestimmungen gab. Worte wie

Sorgerecht und Besuchszeiten waren uns noch nicht in den Sinn gekommen.

Mein Blick wanderte von Ryan zu Chloe. Die Frau, die eigentlich meine Widersacherin war, hatte Tränen in den Augen, und es berührte mich mehr, als ich zugeben wollte. Vielleicht griff ich deshalb über den Tisch und nahm Hopes kleine Hand in meine. »Ich bin gerade erst in meine neue Wohnung gezogen, und zurzeit gibt es noch kein Zimmer, das hübsch genug für dich wäre. Aber wenn du irgendwann Lust hast, könntest du mir beim Einrichten helfen und auch mal bei mir übernachten. Aber nur, wenn du wirklich willst. Niemand verlangt von dir, dass du etwas tust, was du nicht möchtest.«

Ich sah Ryan herausfordernd an, doch er nickte zustimmend. Ich atmete erleichtert aus und wappnete mich gegen Chloes Reaktion, die sicher nicht so wohlwollend ausfallen würde. Aber zu meiner Überraschung nickte sie ebenfalls.

»Kann ich Elsa mitbringen?«, fragte Hope.

Ich lächelte, und mir fiel ein Stein vom Herzen. War es wirklich so einfach? »Natürlich, Schätzchen. Alles, was du willst.«

Hope schien über die Antwort nachzudenken, ehe sie schließlich nickte. »Okay.« Sie rutschte ungeduldig auf ihrem Stuhl hin und her. Offensichtlich hatte das »ernste« Gespräch lange genug gedauert.

»Kann ich jetzt mit Elsa spielen?«, fragte Hope und rutschte vom Stuhl.

Chloe nickte lächelnd, und die beiden tauschten einen Blick, sodass ich mich erneut wie eine Außenseiterin fühlte, auch wenn Hope die drastische Veränderung in ihrem Leben bereitwillig akzeptiert hatte.

Aber so einfach kamen wir natürlich nicht davon, denn sie hielt an der Tür inne und betrachtete uns drei eingehend, bevor sie sich an Ryan wandte.

»Warum hast du denn gesagt, dass Mummy tot ist?«

Es war wie ein rechter Haken aus dem toten Winkel. Ich bewunderte Ryan dafür, dass er nicht versuchte, sich in ein besseres Licht zu rücken. »Es war ein riesiger Fehler, und es tut mir sehr leid. Die Ärzte meinten, Maddie würde so tief schlafen, dass sie nicht mehr aufwachen kann. Egal, wie gern sie es auch wollte. Egal, wie gern sie bei dir sein wollte.«

»So wie bei Schneewittchen oder Dornröschen?«, fragte Hope unschuldig.

»So in etwa«, erwiderte ich lächelnd. Ich hätte alles für dieses Kind getan, und ich hatte noch nie eine so tiefe Liebe empfunden. Wenn Chloe auch nur einen Bruchteil von dem fühlte, war es nicht verwunderlich, dass sie aussah, als hätte sie den Boden unter den Füßen verloren. Der Gedanke, etwas so Wertvolles zu verlieren, war unerträglich.

»Ist bei dir auch ein Prinz gekommen und hat dich wachgeküsst?«

Dieses Mal erreichte mein breites Lächeln jeden Winkel meines Gesichts. »Weißt du, Pumpkin, ich brauchte keinen doofen Prinzen. Ich habe es ganz allein geschafft.«

Ryans Augen weiteten sich, doch Chloes Reaktion war überraschender, denn sie sah mich an und nickte anerkennend. Es war der erste, winzig kleine Schritt auf einer langen Reise, die wir gemeinsam antreten würden.

Kapitel 14

Chloe

Ich beendete das Telefonat mit einem enttäuschten Seufzen und warf einen schnellen Blick auf die Uhr. Es war unmöglich, so kurzfristig einen Babysitter aufzutreiben. Außerdem war Megan die Einzige, der ich Hope bedenkenlos anvertraute. Selbst wenn wir wie durch Zauberhand noch jemanden fanden, würde ich mich nicht entspannen können, und das war jammerschade, denn ich hatte mich sehr auf den Abend gefreut.

Ich dachte sehnsüchtig an das teure, bodenlange Kleid. Natürlich konnte Megan nichts dafür, dass sie krank geworden war, aber sie hatte erst eine halbe Stunde vor der vereinbarten Zeit angerufen, und nun blieb uns nichts anderes übrig, als zu Hause zu bleiben.

Ich ging durch den Flur Richtung Treppe und erhaschte dabei einen Blick auf mein Spiegelbild. Ich trug meinen Morgenmantel, sah aber sehr viel eleganter aus als sonst. Von meinen Ohren baumelten lange, funkelnde Ohrringe, und meine Haare waren zu einer edlen Frisur hochgesteckt. Ich hatte am Nachmittag mehrere Stunden beim Friseur verbracht.

Als ich den Flur im oberen Stock entlangging, warf ich wie immer automatisch einen Blick durch Hopes offene Zimmertür. Sie saß mit überkreuzten Beinen auf dem Boden vor ihrem Kürbishaus. Offenbar versuchte sie, ihr Kätzchen zu überreden, ins Haus zu klettern. Ein Plan, der zum Scheitern verurteilt war.

Ich schlüpfte ins Schlafzimmer. Ryan kam gerade vom Duschen und trug lediglich ein Handtuch um die Hüfte. Der Anblick meines halb nackten Ehemannes erregte mich immer noch. Wassertropfen glitzerten auf seiner Brust und den Schultern, doch mein Blick wurde vor allem von den straffen Bauchmuskeln und dem schmalen Haarstreifen angezogen, der weiter unten hinter dem Handtuch verschwand.

Ryan trat lächelnd ans Bett, wo bereits ein weißes Hemd auf ihn wartete.

»Das brauchst du heute Abend nicht«, sagte ich bedauernd. »Und den Smoking auch nicht.«

Er hielt inne und hob amüsiert die Augenbrauen. »Ich glaube nicht, dass es diese Art von Party wird, Schatz. Die Firma erwartet für gewöhnlich, dass wir zumindest am Anfang voll bekleidet sind.«

Er brachte mich trotz meiner Enttäuschung zum Lachen. Ryans Firma veranstaltete unglaubliche Partys, und die diesjährige Weihnachtsfeier würde in der British Library stattfinden, weshalb ich mich schon seit Monaten darauf freute. Mein Bibliothekarinnenherz schlug jedes Mal höher, wenn ich mir vorstellte, wie ich inmitten von Hunderttausenden Büchern erlesenen Champagner trank.

»Megan hat gerade angerufen. Sie ist krank und kann nicht kommen.«

Ryan runzelte die Stirn und ließ sich aufs Bett fallen. Das Handtuch verrutschte ein wenig, doch ich ließ mich nicht ablenken. Immerhin spielte unsere Tochter nebenan.

»Verdammt! Das ist echt schade. Hat sie keine Freundin, die einspringen kann?« Ich hob die Augenbrauen, und er ruderte sofort zurück. »Du willst niemanden, der nicht schon mal hier war, stimmt's?«

Ich nickte, und die Ohrringe schwangen hin und her. Ryan griff nach meiner Hand und zog mich zu sich aufs Bett. »Es tut mir leid, Liebling. Ich weiß, wie sehr du dich darauf gefreut hast.« Ich zuckte unbekümmert mit den Schultern, aber ich konnte ihm natürlich nichts vormachen. »Wie wär's mit einer der Mütter aus der Schule?«

Ich schüttelte den Kopf. Zwar unterhielt ich mich ab und zu mit den anderen, wenn wir die Kinder abholten, aber ich hatte mich noch nie mit einer privat getroffen. Ich wollte niemanden anrufen und dreist um einen Gefallen bitten, nur weil wir in der Klemme steckten.

Ryan ließ seinen Finger über meine Wange gleiten. Er musterte meine Frisur und das aufwendige Make-up, und natürlich sah er auch die Enttäuschung in meinen Augen.

»Ich hab's!«, rief er plötzlich, sprang auf und machte sich auf die Suche nach seinem Telefon. »Ich sorge dafür, dass wir zu dieser Party gehen können«, erklärte er mit einem fröhlichen Grinsen, während er durch seine Kontakte scrollte. Er wirkte so zufrieden mit seiner Idee, dass ich mir alle Mühe gab, meine wahren Gefühle nicht zu zeigen, als er schließlich den grünen Knopf auf dem Display drückte. Ich hatte diese Möglichkeit vorhin selbst in Betracht gezogen, aber gleich wieder verworfen.

»Maddie? Hier ist Ryan. Hast du heute Abend schon was vor? Nein? Super! Ich würde dich nämlich gern um einen Gefallen bitten …«

Maddie

»Heute Abend? Oh! Jetzt gleich? Ja … ähm, okay. Gern. Ich rufe mir ein Taxi.« Ich legte auf. Ryan hatte zuletzt noch angeboten, mich abzuholen, weshalb ich mir keine Gedanken über das Taxi machen musste.

Seine Freude über seinen Anruf und seine Bitte erinnerte mich an das erste Mal, als er mich um ein Date gebeten hatte.

Aus irgendeinem Grund hatte ich mich geweigert, ihm an dem Abend, an dem wir uns kennenlernten, meine Nummer zu geben. Vielleicht wollte ich ihn testen und herausfinden, wie motiviert er war. Und er war *sehr* motiviert. Er ging wie ein Detektiv an die Sache heran, und als er mich anrief und um ein Date bat, war mir sofort klar, dass ich Ja sagen würde – und dass ich immer wieder Ja sagen würde, gleichgültig, welche Frage er mir stellte.

Ich schob die Erinnerung beiseite und lief ins Schlafzimmer, um meine Stiefel und die Tasche zu holen. Ich stand gerade im Flur und überlegte, ob ich die alte Jeans und den kuscheligen Pullover gegen etwas anderes tauschen sollte, als es an der Tür klingelte. Ryan konnte also tatsächlich pünktlich sein – wenn er wollte.

Ich öffnete die Tür, und da stand er. Er sah unglaublich attraktiv aus. Der Smoking und die Fliege waren zwar ungewohnt, aber sie passten so gut zu ihm, dass allerlei Gefühle in mir erwachten, die ich eigentlich schon vor längerer Zeit tief in mir begraben hatte.

»Dann geht ihr also nicht bloß ins Kino?«, fragte ich leichthin und betrachtete seinen maßgeschneiderten Anzug.

»Firmenweihnachtsfeier«, erwiderte er knapp und wartete, bis ich die Haustür zweimal versperrt hatte.

»Arbeitest du eigentlich noch immer für dieselbe Firma?«, fragte ich. Es war seltsam, dass wir bis jetzt noch nicht darüber gesprochen hatten – andererseits hatte es immer Wichtigeres zu besprechen gegeben.

»Ja. Sie haben mich sehr unterstützt, nachdem …« Er brach ab. Vermutlich sprach er von der Zeit nach meinem Unfall und den ersten Jahren im Krankenhaus. »Die Partys für die Mitarbeiter sind immer unglaublich toll«, fuhr er stattdessen fort.

»Ja, ich erinnere mich«, erwiderte ich leise, und plötzlich

reisten wir beide sieben Jahre in die Vergangenheit zu der letzten Weihnachtsfeier, die wir gemeinsam besucht hatten. Was die Party anging, konnte ich mich nur noch an den teuren Kaviar und den exquisiten Champagner erinnern, doch die Taxifahrt nach Hause würde ich nie vergessen.

Ryans warme Hand war an meinem Bein nach oben gewandert und hatte sich durch den hohen Schlitz meines engen, paillettenbesetzten Kleides geschoben. Wir hatten uns geküsst, bis der Taxifahrer sich verlegen räusperte und sagte, dass wir das Ziel erreicht hätten. »Und keine Minute zu früh«, hatte er noch hinzugefügt, bevor wir ausgestiegen waren.

Erinnerte sich Ryan auch daran, dass wir immer noch darüber lachten, als er schließlich die Tür hinter sich zugedrückt hatte und wir dort weitermachten, wo wir im Taxi aufgehört hatten?

Ein seltsamer Ausdruck trat in seine Augen, und seine Pupillen weiteten sich. Er erinnerte sich offensichtlich genauso gut an diesen Abend wie ich. Und wir hatten beide keine Ahnung, wie wir damit umgehen sollten.

Chloe sah sehr hübsch aus, und ich schaffte es, ihr das zu sagen, ohne auch nur im Geringsten unehrlich zu klingen.

»Schönes Kleid«, stellte ich fest, und auch das war nicht gelogen. Das Aquamarinblau passte wunderbar zu ihren blonden Haaren, und sie trug mehr Make-up als sonst.

»Mummy sieht toll aus, oder?«, fragte Hope, die gerade mit dem Kätzchen im Arm die Treppe herunterkam.

»Ja, allerdings, Pumpkin«, erwiderte Ryan von der anderen Seite des Flurs aus. Doch sein Blick war auf Chloe gerichtet und nicht auf mich.

»Ich muss noch mal schnell in die Küche, dann können wir los«, erklärte Chloe, um dem unangenehmen Moment ein

Ende zu setzen. Sie verschwand den Flur hinunter, und der schwache Hauch ihres Parfums folgte ihr. Der Geruch kam mir auch dieses Mal bekannt vor.

Ich fragte Hope gerade, welche Pläne sie für unseren gemeinsamen Abend hatte, als ein lautes Krachen und ein Schrei aus der Küche drangen. Ryan lief auf die Tür zu, und Hope und ich folgten ihm.

Chloe hockte am Boden vor einer langsam größer werdenden Pfütze, in der Glassplitter und mehrere langstielige rote Rosen lagen.

»Was ist passiert?«, fragte Ryan, auch wenn es offensichtlich war.

»Ich wollte die Blumen beiseitestellen, die du mir gekauft hast, und dann … Ich weiß auch nicht. Die Vase ist mir einfach aus der Hand gerutscht.«

Sie sammelte einige der Splitter auf, und sie glitzerten auf ihrer Handfläche. »Hope, bleib draußen!«, rief sie streng, als die Kleine in die Küche treten und nachsehen wollte, was passiert war. »Hier ist überall Glas.«

»Ja genau«, stimmte Ryan ihr zu und griff nach den Splittern in ihrer Hand. »Und deshalb stehst du jetzt auf, bevor du dich verletzt oder dein schönes Kleid ruinierst. Ich übernehme das.«

Chloe erhob sich, doch ihr Blick blieb auf die zerbrochene Vase gerichtet, deren Einzelteile in der ganzen Küche verstreut lagen. »Die Vase gehörte meiner Mutter. Es war ein Hochzeitsgeschenk. Ich kann nicht glauben, dass ich sie fallen gelassen habe.« Sie schien den Tränen nahe, und auch meine Augen wurden feucht. Wenn man beide Eltern verloren hatte, waren solche Andenken umso wertvoller. Vielleicht war das der Grund, warum ich mich einmischte. »Wisst ihr was? Ihr fahrt jetzt einfach los und überlasst mir die Bescherung.«

»Nein, Maddie. Das geht doch nicht!«, widersprach Ryan, der noch immer die Scherben aufsammelte.

Ich ging neben ihm in die Hocke. »Es macht mir nichts aus. Ehrlich! Außerdem kommt ihr noch zu spät zur Party.«

»Das Taxi wartet tatsächlich schon«, gab Ryan zu.

Abermals ein Taxi, sieben Jahre später. Für einen Augenblick war die Erinnerung wieder da, und ich sah in Ryans Augen, dass es ihm genauso erging.

»Na gut, dann gehen wir.« Er nahm Chloes Hand und zog sie aus der Küche.

Sie warf einen letzten besorgten Blick über ihre Schulter. »Du hast ja unsere Nummer, falls etwas ist!«, rief sie, während Ryan sie rasch durch den Flur schob.

Nachdem ich die Küche sauber gemacht hatte, fragte ich mich, wen er mit seinem eiligen Abgang schützen wollte. Chloe? Oder sich selbst?

So fühlt es sich also an, Mutter zu sein, dachte ich erschöpft und ließ mich auf das Sofa sinken.

Hope und ich hatten einige Zeit mit ihrem Kürbispuppenhaus gespielt. Das Haus war jeden Penny wert, und ich beobachtete zufrieden, wie Hope die kleinen Tierchen in den hübsch möblierten Räumen hin und her schob.

Sie hatte schon gegessen, bevor ich gekommen war, aber sie redete mir ein, dass ihre Mummy ihr noch einen kleinen Snack erlaubte, bevor sie zu Bett ging. Ich wusste natürlich, dass das nicht stimmte, aber ihr gegenüber am Küchentisch sitzen und ihr mit Milch und Schokolade verschmiertes Gesicht betrachten zu dürfen, war die Sache auf jeden Fall wert.

Ich brachte sie um einiges später ins Bett als üblich, weil sie mehrfach sagte, dass sie noch keine Lust habe. Am Ende versprach ich ihr, dass ich ihr noch ganz lange vorlesen würde, wenn sie ohne Widerrede nach oben ging, und sie stimmte zu.

Während Hope sich hoch konzentriert die Zähne putzte, ließ ich den Blick durch das Badezimmer schweifen und entdeckte überall schmerzhafte Hinweise auf die Familie, die hier lebte. Da waren Ryans Lieblingsshampoo und -deodorant – doch sie standen neben Beauty-Produkten, die ich nicht kannte. Auf dem Regal neben dem Waschtisch befand sich ein Glas mit zwei Zahnbürsten, und der Anblick war beinahe zu viel für mich. Ich versuchte, mich auf meine Tochter zu konzentrieren, die sich noch immer pflichtbewusst die Zähne putzte, doch die pinke und die blaue Zahnbürste, deren Borsten sich sanft berührten, ließen mir keine Ruhe. Es war seltsam: Der goldene Ring an Chloes Finger und auch die Tatsache, dass die beiden vorhin Arm in Arm das Haus verlassen hatten – beides hatte ich gut ertragen können. Ich redete mir ein, dass ich darüber hinweg war. Doch diese beiden verdammten Zahnbürsten machten alles wieder zunichte.

Hope lief voraus in ihr Zimmer, und ich folgte ihr mit gesenktem Blick. Die Tür zum Schlafzimmer stand einen Spaltbreit offen, und der Wunsch, das Zimmer zu betreten, das mein ehemaliger Verlobter mit seiner Ehefrau teilte, war ziemlich verstörend.

Hopes Zimmer konnte ich hingegen gefahrlos betreten. Es war in Pastelltönen eingerichtet und ein richtiges Paradies für ein kleines Mädchen. Die Wände waren mit Comicfiguren und lustigen kleinen Waldtieren verziert. Chloe hatte ein märchenhaftes Zimmer erschaffen, in dem Hope spielen, schlafen und träumen konnte, und auch wenn ich dagegen ankämpfte, stieg die Eifersucht wie bittere Galle in mir hoch. *Ich* hätte dieses Zimmer für sie einrichten sollen, doch ihre andere Mummy war mir zuvorgekommen.

Hope lief zum Bücherregal und suchte sich ein Buch aus. Ich war ziemlich froh, dass es nicht Harry Potter war. Ich hätte Hagrids Namen wohl nicht über die Lippen gebracht, ohne an Mitch zu denken. Dieser verdammte Ryan und seine dämliche Spöttelei!

Ich las, bis ich heiser war und Hope kaum noch die Augen offen halten konnte, und ich hätte gern noch die ganze Nacht weitergemacht – oder zumindest so lange, bis ihre Eltern wiederkamen. Sie neben mir zu spüren und ihre frisch gewaschenen Haare zu riechen war das Beste, was mir seit langer Zeit passiert war.

Ich blieb noch ein Weilchen bei ihr, nachdem sie eingeschlafen war, und beobachtete gebannt, wie sich ihre Brust hob und senkte. Irgendwann zwang ich mich, vorsichtig aufzustehen. Ich wollte sie nicht wecken, wünschte mir aber gleichzeitig, sie würde sie Augen aufschlagen. Ich schlich über den flauschigen Teppich zur Tür.

Von dort warf ich noch einen letzten sehnsüchtigen Blick auf Hope, bevor ich mich auf den Weg zur Treppe machte, und ich hätte sie beinahe doch noch geweckt, als ich mit der Hüfte gegen einen kleinen Tisch stieß. Ein Foto in einem silbernen Rahmen fiel zu Boden, und ich hob es hoch. Gott sei Dank war es nicht kaputtgegangen, denn es handelte sich um Ryans und Chloes Hochzeitsfoto. Ich ging zum Treppenabsatz, wo das Licht besser war, und ließ mich nieder, um es mir näher anzusehen.

Chloes Hochzeitskleid sah ganz anders aus als das Kleid, das ich mir ausgesucht hatte. Es war ein schlichtes, elfenbeinfarbenes Etuikleid, und ihre offenen Haare wurden nur von einer einzelnen, mit weißem Schleierkraut verzierten Spange zurückgehalten.

Ryan trug einen grauen Anzug und eine Krawatte und sah sehr attraktiv, aber auch ziemlich alt aus. Ich ließ den Finger über sein Gesicht gleiten und suchte nach Anzeichen, dass … *Ja, was denn?* Dass er nicht richtig glücklich war? Dass die Frau neben ihm nicht diejenige war, mit der er den Rest seines Lebens verbringen wollte? Eine Träne lief über meine Wange und landete ausgerechnet auf seinem lachenden Gesicht.

Ryan sah auf dem Foto so glücklich aus, wie ein Bräutigam nur sein konnte. Er neigte den Kopf in Richtung seiner lächelnden Braut, und die Liebe, die aus seinen Augen sprach, zerriss mir das Herz. Er hatte einen Arm um Chloe gelegt, während er auf der anderen Seite die Hand unserer Tochter hielt.

Ich wollte das Foto gerade wieder zurückstellen, als mein Blick auf ein Gesicht in der Gästeschar fiel, die hinter dem Brautpaar Aufstellung genommen hatte. Es verschwand beinahe hinter einem großen, breitschultrigen Kerl und einer Frau mit einem ausladenden Hut, doch ich erkannte es sofort.

Es war mehr als ein Schock – es fühlte sich an wie Verrat. Was hatte Chloe mir noch alles genommen?

Die Liste schien endlos: meinen Verlobten, mein Kind, meine Eltern, und nun auch noch sie. Denn in der letzten Reihe der Hochzeitsgäste stand Ellen. Die Freundin, die wir uns offenbar ebenfalls teilten.

»Ich dachte, du wüsstest es?«

»Woher denn?«

Ellen brauchte länger als notwendig, um das Zuckertütchen zu öffnen, den Inhalt in ihren Kaffee zu leeren und umzurühren. »Ich dachte, jemand hätte es einmal erwähnt.«

»Vielleicht hättest *du* es erwähnen sollen?«

Ellen hob den Kopf, und ich musste ihr zugutehalten, dass sie es nicht abstritt. Sie nickte bloß. »Du hast recht, Maddie. Ich hätte es dir sagen sollen. Aber ich wollte dir nicht noch mehr wehtun.«

Sie sah mich verlegen an, und ihre Sommersprossen stachen auf ihren viel zu blassen Wangen hervor. »In den ersten drei Jahren war Ryan jeden Tag im Krankenhaus.« Ellen lächelte kaum merklich. »Damals sah ich deinen Verlobten sehr viel häufiger als meinen eigenen, und mit der Zeit war er kein Fremder mehr, sondern eher ein Arbeitskollege«, erklärte sie.

Ich nickte. Das Bewusstsein, dass sich Ryan so hingebungsvoll um mich gekümmert hatte, war ein problematisches Thema, denn ich wusste ja, dass es nicht von Dauer gewesen war.

»Er wurde zu einem guten Freund.«

»So gut, dass er dich sogar zu seiner Hochzeit eingeladen hat.«

Ellen sah mich schuldbewusst an. »Ryan hat mich nicht eingeladen. Das war Chloe.«

»Chloe?«, hauchte ich ungläubig. Sie war wie ein Geist, der mir überallhin folgte, obwohl *ich* doch diejenige war, die jahrelang zwischen Leben und Tod gefangen gewesen war. »Du kanntest sie, bevor sie Ryan geheiratet hat?« Plötzlich drehte sich alles.

»Ja, ich kannte Chloe schon einige Jahre«, gab Ellen zu. »Sie arbeitete bereits im Krankenhaus, als ich dort anfing.«

»Chloe war Krankenschwester?«, fragte ich verwirrt. »Ich dachte, sie hätte in einer Bibliothek gearbeitet?«

Ellen schüttelte den Kopf und biss in ihr getoastetes Sandwich. Mein eigenes wurde langsam kalt. Ich hatte den Appetit verloren.

»Das hat sie ja auch. Aber sie arbeitete auch als freiwillige Helferin im Krankenhaus.«

Mir wurde kalt. »Als freiwillige Helferin? Und was hat sie da gemacht?«

»Sie hat zum Beispiel den Patienten vorgelesen. Vor allem auf der geriatrischen Station, aber auch …« Sie brach ab, als hätte sie gerade erkannt, dass dieses Geständnis womöglich alles änderte.

»Weiter!«, forderte ich sie auf. »Wo hat Chloe noch gearbeitet?«

»Auf unserer Station. Eine Familie hatte sie gebeten, sich um eine der Patientinnen zu kümmern. Sie saß mehrmals die Woche an ihrem Bett, las ihr vor, unterhielt sich mit ihr, spielte ihr Musik vor ... solche Dinge eben.«

Die Kellnerin trat an den Tisch, um unsere Teller zu holen, und die erzwungene Pause war kaum zu ertragen. Ich musste die Frage stellen, obwohl ich die Antwort kannte.

»Diese Patientin ...«, begann ich, und Ellen sah mich an und nickte. Aber ich musste es hören, damit ich es glaubte.

»Diese Patientin war ich, oder?«

»Ja, Maddie. Das warst du.«

Kapitel 15

Chloe

Ich ließ mich in meinen Sitz zurücksinken und wartete, bis mein Herzschlag sich beruhigte. Mein Atem ging stoßweise, als ich Ryan über Hopes Kopf hinweg in die Augen sah. Zum Glück hatten wir den Flug noch erwischt, aber ich konnte immer noch nicht glauben, dass ich die Gate-Nummer auf dem Boardingpass nicht richtig gelesen und uns in die komplett falsche Richtung gelotst hatte. Als wir schließlich am richtigen Gate waren, blieben uns nur noch wenige Minuten.

»Glaubst du mir jetzt, dass du eine Brille brauchst?«, neckte mich Ryan, und ich lächelte. Er nahm an, dass ich mich aufgrund einer fehlenden Brille verlesen hatte, und ich wollte ihm nicht den ganzen Urlaub verderben, indem ich ihm gestand, dass ich mit dem rechten Auge in letzter Zeit oft nur noch verschwommen sah.

Genauso beunruhigend war allerdings auch der Gedanke, dass ich den Flug unbewusst *absichtlich* verpassen wollte, weil ich das schlechte Gewissen nicht ertrug, Hope und Maddie an ihrem ersten gemeinsamen Weihnachten voneinander zu trennen.

»Selbst wenn wir den Urlaub nicht schon Monate *vor* Maddies Aufwachen gebucht hätten, hätten wir sie doch sicher nicht gefragt, ob sie mit uns Weihnachten feiern will, oder? Das wäre doch ziemlich seltsam gewesen«, hatte Ryan gemeint.

»Die ganze Situation ist seltsam«, erwiderte ich. »Aber Weihnachten ist ein Familienfest, und die Vorstellung, dass jemand die Feiertage allein verbringen muss, gefällt mir einfach nicht.«

»Ich bin mir sicher, dass sie ihre Meinung noch ändert und zu Bill und Faye fährt«, beruhigte Ryan mich. Er schlang die Arme um meine Mitte und schmiegte sich an meinen Nacken. »Ich liebe dich, weil du dir solche Gedanken machst. Aber Maddie liegt nicht in deiner Verantwortung«, flüsterte er.

Ich hatte genickt und den Koffer für unsere lang ersehnte Reise nach Lappland geschlossen. Ich wusste genau, was er dachte. Maddie lag nicht in meiner Verantwortung – sondern in *seiner.*

Wir blieben sechs Tage, und unsere Erwartungen wurden mehr als erfüllt. Jedes Mal, wenn wir dick eingepackt in die eisige Kälte hinaustraten, fühlte es sich an wie auf einer Weihnachtspostkarte. Wenig überraschend verliebte sich Hope Hals über Kopf in die Rentiere, die unseren Schlitten zogen, auch wenn sie ein wenig enttäuscht war, dass sie nicht wirklich fliegen konnten. Und auch von den Huskys, die uns durch die verschneite, mit flackernden Laternen erhellte Landschaft zogen, war sie hellauf begeistert. Für Hope war der Besuch in Santa Claus' Hütte natürlich der Höhepunkt der Reise, während ich mich ewig an unseren letzten Abend erinnern werde.

Hope schlief friedlich in ihrem Bett, und Ryan und ich lagen aneinandergekuschelt auf dem gemütlichen Sofa vor dem offenen Kamin. Auf dem Tisch neben uns standen zwei leere Brandygläser, und der Alkohol wärmte uns genauso wie das prasselnde Feuer. Glücklicherweise schliefen wir jedoch nicht ein, denn kurz vor Mitternacht sprang Ryan so plötzlich und unerwartet auf, dass ich gegen die Lehne stieß. »Das Nordlicht!«, rief er und griff nach meiner Hand, um mich hochzuziehen. Er drehte mich zu dem großen Fenster herum, und ich sah ein sanftes grünes Licht, das über den schwarzen Himmel waberte. Wir schlüpften hastig in unsere Wintersachen, und in der Eile verwechselte ich den linken mit dem rechten Schuh und vergeudete einige wertvolle Sekunden.

»Schnell!«, drängte Ryan, der bereits an der Tür wartete. Er war genauso aufgeregt wie Hope, als sie Stunden zuvor Santa Claus gegenübergestanden hatte.

Wir liefen Hand in Hand zum See hinunter. Der Anblick war so unglaublich, dass ich es nie vergessen werde.

Schweigend standen wir nebeneinander und betrachteten das Nordlicht, das wie ein grüner Schleier über den Himmel tanzte. Es war vollkommen still, und die Stimmung war einzigartig. Was allerdings nicht nur mit dem Nordlicht zu tun hatte. Wir beide dachten an eine andere sternenklare Nacht vor zweieinhalb Jahren zurück.

Damals traf ein großer Meteoritenschauer auf die Erde – und er brachte eine wichtige Veränderung mit sich. Es war eine warme Sommernacht, und Ryan und ich saßen auf einer Decke im Garten, um die hunderten von Sternschnuppen zu beobachten. Ich weiß bis heute nicht, ob sie unser Schicksal beeinflussten, oder ob es auch ohne sie passiert wäre.

Wir sprachen nur flüsternd miteinander, als hätten wir Angst, den Zauber zu brechen. Und als Ryans zögernd nach meiner Hand griff, wartete diese schon auf ihn. Es sollte noch Wochen dauern, bis wir uns zum ersten Mal küssten, und noch länger, bis wir schließlich das Bett teilten, aber in dieser Nacht wurde uns beiden klar, dass etwas Unerwartetes und Unvorhersehbares passiert war. Wir hatten uns ineinander verliebt.

Maddie

Ich hätte nicht erwartet, Weihnachten mit meinem Vermieter zu verbringen, aber in letzter Zeit passierten in meinem Leben so viele unvorhersehbare Dinge, dass ich mich nicht mehr dagegen zur Wehr setzte.

Ich hätte auch zu meinen Eltern ins Pflegeheim oder zu Ellen ins Krankenhaus fahren können, doch ich hatte beide Einladungen so taktvoll wie möglich ausgeschlagen.

»Ich werde den ganzen Tag im Pyjama auf der Couch liegen, mir *Weiße Weihnachten* ansehen und relaxen«, erklärte ich meinem Vater.

Zu Ellen war ich ehrlicher. »Nimm es bitte nicht persönlich«, bat ich und umarmte sie vor dem Café, in dem wir zusammen Mittag gegessen hatten. »Aber ich hab mehr als genug Weihnachten im Krankenhaus verbracht.«

»Okay.« Sie musterte mich besorgt. »Aber versprich mir, dass du dich meldest, wenn du deine Meinung änderst.« Sie umarmte mich ein letztes Mal und drückte mich fest an sich, während sie dieselben Worte flüsterte wie jedes Mal, wenn sie mein Krankenzimmer verlassen hatte: »Bleib schön wach, Miracle Girl.«

Mein Lächeln konnte nicht darüber hinwegtäuschen, dass mir ihre Worte schmerzlich in Erinnerung riefen, wie Furcht einflößend die ersten Wochen gewesen waren, als die Ärzte mir nicht garantieren konnten, dass ich nicht wieder ins Koma zurückfallen würde.

»Na klar«, versicherte ich ihr, wie ich es von Anfang an jedes Mal getan hatte.

Während der sechs Jahre im Koma hatte ich offenbar einige wichtige Dinge vergessen, und dazu gehörte, dass es eine echt blöde Idee war, am 24. Dezember einkaufen zu gehen. Die Tatsache, dass keine Einkaufswagen vor der Tür standen, hätte Hinweis genug sein sollen, doch ich kümmerte mich nicht weiter darum und ließ mich von dem Strom der zahllosen Kunden in den Supermarkt treiben.

Noddy Holders Stimme drang aus den Lautsprechern und informierte jeden, der es noch nicht wusste, dass »Christmaaaas« war. Ich hielt kurz inne und lächelte. Es war mein erstes Weihnachtsfest seit sieben Jahren, und es war schön, dass sich manche Dinge einfach nie änderten.

Ich bahnte mir den Weg in die Tiefkühlabteilung und beugte mich über eine Truhe, um den letzten verbliebenen Truthahn herauszuholen, der nicht die Größe eines Emus hatte. In diesem Moment fuhr ein Einkaufswagen in mich hinein, und ich spürte, wie ich den Halt verlor. In dem Sekundenbruchteil, bevor Mitch meinen Arm umklammerte und mich zurückzog, sah ich die Schlagzeile vor mir: *Genickbruch: Ehemalige Komapatientin stirbt nach Unfall am Kühlregal!* Glücklicherweise rettete mich mein Vermieter davor, neuerlich zum Star der Lokalnachrichten zu werden.

Nach meinem unbeabsichtigten Tauchgang in die Gefriertruhe glühten meine Wangen vor Scham, und ich bedankte mich stammelnd bei Mitch für die Rettung.

»Keine Ursache«, erwiderte er schulterzuckend und starrte dem Mann, der mich umgefahren hatte, böse hinterher.

»Ich hätte nicht erwartet, dass so viel los ist«, erklärte ich verlegen. »Aber klar, wenn man bis zur letzten Minute wartet …«

»Ich bin ein Mann, ich kenne es nicht anders«, erwiderte Mitch grinsend.

Ich lachte, und mein Blick fiel auf seinen randvollen Einkaufswagen, in dem sich nicht nur Nahrungsmittel befanden, sondern auch ein ferngesteuertes Auto und noch einige andere Hi-Tech-Spielzeuge.

»Sam erwartet offensichtlich ein tolles Weihnachtsfest«, stellte ich lächelnd fest.

Mitch sah einen Moment lang selbst aus wie ein kleiner Junge. »Hoffentlich. Aber ich sehe ihn morgen gar nicht. Dieses Jahr ist seine Mum an der Reihe.«

Vielleicht war es dieser Satz, der mich dazu brachte, die Einladung auszusprechen, ohne vorher darüber nachzudenken. Natürlich gab es Tausende Eltern auf der Welt, denen es an Weihnachten genauso ging, aber die gemeinsamen Probleme, vor denen Mitch und ich standen, brachten uns einander näher.

»Du hast zwar sicher schon was vor, aber wenn nicht, könntest du ja auch zu mir kommen.«

Ich hatte nicht vorgehabt, ihn einzuladen, und ich hatte ganz sicher nicht erwartet, dass er Ja sagen würde, aber beides war der Fall, und damit waren meine Pläne, Weihnachten allein zu verbringen, dahin.

Für zwei Menschen, die sich nicht besonders gut kannten, verbrachten wir einen überraschend gemütlichen Tag miteinander. Mitch kam pünktlich und brachte Wein, viel zu viel Essen und einen riesigen Strauß Sonnenblumen mit. »Eine Freundin von mir besitzt eine Gärtnerei, und sie zieht die Blumen das ganze Jahr über im Gewächshaus, um sie an Hotels oder Hochzeitspaare zu verkaufen. Ich dachte, wenn wir schon ein unkonventionelles Weihnachtsfest feiern, dürfen es auch unkonventionelle Blumen sein!«

Ich lächelte. Die fröhlichen gelben Blüten waren das beste

Mittel, um düstere Gedanken und Hoffnungslosigkeit zu vertreiben.

Während ich die Sonnenblumen in ein hohes Bleiglasgefäß stellte, das seiner Großmutter gehört hatte, fragte ich: »Ist es eigentlich seltsam, mich hier in der Küche deiner Grandma zu sehen?«

Mitch legte gerade den Käse, den er mitgebracht hatte, in den Kühlschrank und ließ sich einige Sekunden Zeit mit seiner Antwort. Als er endlich sprach, klang seine Stimme rau. *Mein Gott, ich war Gift für diesen Mann!* Entweder brachte ich ihn zum Erröten, oder ich rührte ihn beinahe zu Tränen.

»Nein, überhaupt nicht. Es ist sogar tröstlich, vor allem, weil du kaum etwas verändert hast. Du hast das Alte bewahrt, aber gleichzeitig eigene Akzente gesetzt. Das hätte ihr sicher gefallen.« Er hielt einen Moment lang inne. »Sie hätte dich gemocht, weißt du?«, fügte er dann hinzu.

Ich trat näher zu ihm und legte ihm eine Hand auf den Unterarm. »Das hätte sicher auf Gegenseitigkeit beruht.«

Wir bemühten uns den ganzen Tag über, unangenehme Themen zu umschiffen. Mitch sprach kein einziges Mal von seiner Ex-Frau oder der Scheidung, und ich erwähnte weder Ryan noch meinen Unfall. Trotzdem ging uns der Gesprächsstoff nicht aus. Natürlich half es, dass wir mehrere Jahre in derselben Firma gearbeitet hatten, doch während unseres Gesprächs wusste ich plötzlich mit Sicherheit, was ich schon länger vermutet hatte: Ich wollte nie wieder in meinen alten Job zurückkehren. Gleichgültig, was ich in Zukunft machen würde – es musste etwas vollkommen anderes, etwas Bedeutungsvolleres sein.

Wenn man von den Toten aufersteht – und genauso sah ich mein Erwachen aus dem Koma mittlerweile –, hat man plötzlich das untrügliche Gefühl, dass es einen Grund geben muss, warum man zurückkommen durfte. Ich wusste noch nicht, was dieser Grund war, aber ich würde es sicher früher oder später herausfinden.

»Und nur auf dem Zebrastreifen über die Straße gehen!«, ermahnte Chloe Hope besorgt, während sie ihr den Schal um den Hals wickelte.

»Maddie weiß doch, wie man eine Straße überquert«, erwiderte Ryan und lehnte sich lächelnd gegen die Wand.

Chloe richtete sich auf und überprüfte ein letztes Mal, ob Hopes Jacke auch wirklich geschlossen war, dann hob sie vielsagend die Augenbrauen.

Okay. Sie hatte natürlich recht. Was das Überqueren von stark befahrenen Straßen anbelangte, war ich wirklich kein gutes Vorbild.

»Wir nehmen immer den Zebrastreifen«, versicherte ich Chloe, »und wir gehen nicht zu nahe am Bordstein, und außerdem werden wir …«

»Schon gut, tut mir leid«, unterbrach Chloe mich schuldbewusst, aber immer noch besorgt.

»Ich werde vorsichtig sein«, wiederholte ich. »Ich gebe auf sie acht, als wäre sie meine eigene …« Ich brach ab, und wir wechselten einen betretenen Blick. »Ich passe gut auf sie auf«, sagte ich schließlich.

Es war ein seltsam befreiendes Gefühl, die Haustür zu schließen, Hopes Hand zu nehmen und loszumarschieren. Meine Tochter und ich. Wir konnten überall hingehen. Wir konnten ins Auto springen und an die Küste fahren oder zum Flughafen, wo wir … Ich verdrängte die Gedanken, bevor sie zu gefährlich wurden. Und dumm. Warum sollte ich mein eigenes Kind entführen und ihm das einzige Zuhause nehmen, das es kannte? Außerdem hatte ich nicht mal ein eigenes Auto, und auch wenn ich laut meinen Ärzten wieder fahren durfte, hatte ich mir noch keinen neuen Führerschein besorgt.

Allerdings mussten wir uns früher oder später zusammensetzen und besprechen, wie es in Zukunft weitergehen sollte. Wir brauchten genaue Abmachungen, wann und wie lange ich Zeit mit Hope verbringen konnte. Ich hatte nämlich das Gefühl gehabt, um Almosen zu betteln, als ich Ryan anrief und ihn um ein Wiedersehen bat.

»Ich würde ihr gern ihr Weihnachtsgeschenk geben, bevor die Weihnachtszeit vorbei ist«, hatte ich erklärt und erst da bemerkt, wie ich nervös von einem Fuß auf den anderen stieg. Ich starrte aus dem Küchenfenster, während ich auf Ryans Antwort wartete. Die Stille am anderen Ende der Leitung wurde langsam unerträglich, und ich hätte ihn beinahe daran erinnert, dass er sie die letzten sechs Tage ganz für sich allein gehabt hatte. Doch dann sagte er: »Ja, geht klar. Heute Nachmittag?«

Der Spielplatzbesuch war eine gute Idee gewesen, denn Hope hüpfte während des zwanzigminütigen Fußmarsches fröhlich neben mir her. Ich lächelte, als sie mir aufgeregt von der Reise erzählte, bei der es ihr offenbar vor allem die Rentiere und Huskys angetan hatten. Sie liebte Tiere, und ich überlegte, ob Mitch wohl etwas dagegen haben würde, wenn ich mir ein Haustier zulegte. *Ich könnte ihn ja fragen,* dachte ich, obwohl es genau genommen eine blöde Idee war. Ich wollte mir Hopes Zuneigung nicht erkaufen. Wenn die Zeit reif war, würde sie freiwillig zu mir kommen, egal, mit wie vielen haarigen Gesellen ich meine Wohnung teilte.

Ich überließ Hope die Entscheidung, wohin wir als Erstes gehen sollten, und sie musste nicht lange überlegen. »Zur Schaukel!«, rief sie und zog mich an der Hand über das mit einer dünnen Schneeschicht bedeckte Gras. Ich beging den ersten Fauxpas, als ich Hope zur Babyschaukel lotsen wollte.

»Da schaukle ich schon seit Jahren nicht mehr«, sagte sie verächtlich, und ich erhaschte einen kurzen Blick auf den launischen Teenager, der sie eines Tages werden würde. Ich konnte mir ein Grinsen kaum verkneifen, denn sie klang genau wie ich. Meine Mutter hatte immer gesagt, dass es mir recht geschehen würde, wenn ich auch einmal eine derart pampige Tochter bekäme, und vermutlich ging ihr Wunsch in Erfüllung. Auch wenn sie es leider nicht mehr mitbekam.

»Es tut mir leid, Pumpkin. Dafür bist du natürlich schon zu groß.« Hope rannte über die Fallschutzmatte und sprang dann wie eine kleine Stuntfrau auf die Schaukel. Sie umfasste die dicken Metallseile mit beiden Händen und begann zu schaukeln, bevor ich fragen konnte, ob ich sie anstoßen sollte.

Ich sah ihr einen Augenblick lang zu, aber sie schien gut allein zurechtzukommen, also ließ ich meine Handtasche fallen und kletterte auf die Schaukel neben ihr.

»Maddiiiiiee!«, rief Hope begeistert und sah zu, wie ich die Beine bewegte und bald so hoch schaukelte wie sie. »Du schaukelst! Dürfen Erwachsene das überhaupt?«

Darüber hatte ich mir ehrlich gesagt keine Gedanken gemacht. Vermutlich gab es irgendwo eine Spielplatzordnung, die es Erwachsenen verbot, die Geräte zu benutzen. Doch ich zuckte verschmitzt mit den Schultern.

»Keine Ahnung, Liebes. Aber es ist niemand da, der es mir verbieten könnte, also machen wir uns keine Gedanken, okay?«, erwiderte ich und war mir dabei durchaus im Klaren, dass ich Chloes Erziehungsrichtlinien gerade gehörig zuwiderhandelte.

»Wenn Mummy mit mir hier ist, steht sie immer nur daneben und sieht mir zu. Und manchmal stößt sie mich auch an«, erzählte Hope, als wir uns in der Luft begegneten. »Aber so macht es viel mehr Spaß!«

Ich lächelte und bemühte mich, nicht in Gedanken siegreich die Faust in die Höhe zu strecken. Mitch hatte mir erklärt, dass es kein Wettbewerb sein sollte, und er hatte recht.

»Du bist viel lustiger als eine normale Mummy!«, sagte Hope so ehrlich und unschuldig, wie es nur Kinder können. *Ach, was soll's?*, dachte ich. *Ein Punkt für mich!*

Meine Beine zitterten, als Hope schließlich genug geschaukelt hatte. *Das war die perfekte Ergänzung zu Heidis Programm*, befand ich, während ich Hope zu einem hohen Klettergerüst mit Rutsche folgte. Dieses Mal machte ich nicht mit, denn die Rutsche war für Hinterteile gebaut, die sehr viel schmaler waren als meines, und ich wollte nicht riskieren, dass mich am Ende die Feuerwehr herausschneiden musste.

Ein kleiner Junge in Hopes Alter gesellte sich zu ihr, und ich sah ihnen eine Weile zu, wie sie unermüdlich herumkletterten. Ich wollte zwar unbedingt eine coole, unbekümmerte Mutter sein, aber etwas von Chloes Übervorsichtigkeit hatte wohl auf mich abgefärbt, denn ich machte mir Gedanken, ob das Klettergerüst nicht doch zu hoch und Hope zu jung dafür war. Ich hätte definitiv mit ihr darüber reden sollen, *bevor* ich sie hochklettern ließ.

»In dem Alter sind sie echt furchtlos, nicht wahr?«, sagte die Mutter des Jungen, die ein wenig jünger war als ich. »Auch wenn es mir lieber wäre, wir müssten zur Abwechslung einmal nicht in die Notaufnahme«, fügte sie resigniert hinzu.

Meine Augen weiteten sich. Hope war an der Spitze des Spielgeräts angelangt und wollte sich gerade wie ein kleines Äffchen hin- und herschwingen.

»Hope!«, rief ich, und vielleicht war es die Schärfe in meiner Stimme oder einfach nur die Tatsache, dass sie sich nicht mehr halten konnte – auf jeden Fall drehte sie den Kopf in meine Richtung, verlor das Gleichgewicht und stürzte etwa zwei Meter in die Tiefe.

Sie schrie schmerzerfüllt auf, und der Schrei hallte über den Spielplatz. Ich hetzte zu ihr. So laut, wie sie brüllte, hatte sie sich sicher mehrere Knochen gebrochen. »Nicht bewegen!«, rief ich, als ich neben ihr auf die Knie sank, denn das sagt man doch zu Schwerverletzten, oder?

Doch Hope hörte mich offenbar nicht, denn sie zog beide Knie an die Brust, als wollte sie sich zusammenrollen. Die Tatsache, dass sie Beine und Arme ordnungsgemäß bewegen konnte, war nur ein schwacher Trost, als ich die zerrissene Strumpfhose und die aufgeschürften Knie sah. Trotz der Schutzmatte hatte es Hope irgendwie geschafft, auf die Erde zu fallen, und aus den blutenden Wunden ragten kleine Steinchen hervor.

Das schlechte Gewissen traf mich wie ein Fausthieb. Ich sollte auf sie aufpassen! Ich hatte die Chance bekommen, mich zu beweisen – und ich hatte kläglich versagt.

»Alles gut«, versuchte ich sie zu beruhigen, während ich in meiner Handtasche kramte. »Wir machen erst mal alles sauber.« Doch ich fand bloß ein paar Taschentücher und Slipeinlagen. Nicht einmal meine Handtasche entsprach den mütterlichen Standards.

Die Mutter des Jungen war besser vorbereitet und reichte mir schnell ein paar antiseptische Feuchttücher und mehrere übergroße Pflaster. Ich öffnete die Packung mit zitternden Fingern und dankte ihr, ohne den Blick zu heben.

»Keine Ursache. Solche überlebensnotwendigen Dinge sollte jede Mutter dabeihaben«, erklärte sie lächelnd.

Nur ich hatte mal wieder keine Ahnung, dachte ich und beugte mich hinunter, um Hopes Verletzungen zu reinigen. Da ich Angst hatte, ihr erneut wehzutun, legte ich die Tücher bloß auf die Wunden und steckte sie in ihrer aufgerissenen Strumpfhose fest. Sie wurden mit furchterregender Geschwindigkeit zuerst pink und schließlich rot.

»Ich will nach Hause. Ich will nicht mehr bei dir sein. Ich will zu meiner richtigen Mummy«, jammerte Hope, und ich spürte, wie sich die Frau neben mir versteifte und die Hand ihres Sohnes fester umklammerte. Ihre Besorgnis war einem kaum verhohlenen Misstrauen gewichen.

»Ich bin ihre Cousine«, erklärte ich als Antwort auf die unausgesprochene Frage der fremden Frau, während ich mit Hope in den Armen langsam aufstand. Es war schrecklich, dass sich Ryans Lüge plötzlich sehr viel angenehmer anfühlte als die Wahrheit.

»Komm, Pumpkin, gehen wir nach Hause«, sagte ich zu meiner Tochter, die sich schluchzend an meine Schulter schmiegte. »Zurück zu deiner richtigen Mummy.«

Ich hatte Ryan natürlich schon öfter wütend erlebt. Einmal war ich mit seinem nagelneuen Auto rückwärts in einen Poller gekracht. Ein anderes Mal waren wir auf dem Weg in den Urlaub irrtümlich auf dem falschen Londoner Flughafen gelandet und hatten den Flug verpasst. Und es war auch vorgekommen, dass sich eines meiner roten Oberteile zu seinen weißen Hemden in die Waschmaschine verirrte. Trotzdem war er bei diesen Gelegenheiten nicht *wirklich* wütend gewesen. Aber jetzt war er es.

Ich schwieg und ließ seine Worte wie Peitschenhiebe auf mich einprasseln und zuckte nur hin und wieder zusammen. Er nannte mich mindestens dreimal »unverantwortlich«, auch »unfähig« kam zweimal vor, aber die Anschuldigung, dass ich meine Pflicht »vernachlässigt« hatte, traf mich am härtesten.

Es spielte keine Rolle, dass Hope mittlerweile verzweifelt versuchte, ihren Vater zu überzeugen, dass es allein ihre Schuld gewesen war, denn er hörte ihr nicht zu. Er würde es mir nie verzeihen. Nun, ich hätte nie zulassen dürfen, dass Hope auf dieses Klettergerüst stieg. Sie hätte sich den Hals brechen können – bei dem Gedanken daran wurde mir übel.

»Bitte schimpf nicht mit Maddie«, jammerte Hope, die sich an Chloes Hüfte schmiegte. Sie war nicht von ihrer Seite gewichen, seit ihre Eltern die Tür geöffnet und zwei Gestalten mit schwarzen Haaren und aschfahlen, tränenverschmierten Gesichtern gegenübergestanden hatten.

»Ich hätte nicht auf das Klettergerüst für die Großen gehen sollen.«

»Da hast du recht«, stimmte Chloe zu und streichelte ihrer Tochter über die Haare, um ihren strengen Worten die Schärfe zu nehmen. »Du weißt genau, dass wir es verboten haben. Aber Maddie hatte keine Ahnung.«

Ryan schüttelte den Kopf. »Na ja, eines ist jedenfalls sicher: Es wird nicht wieder vorkommen. Du bist offensichtlich noch nicht bereit, draußen allein auf Hope aufzupassen.«

»Daddy!«, schluchzte Hope.

»Ryan, bitte!«, flehte ich, auch wenn ich nicht wusste, wie ich ihn dazu bringen konnte, mir wieder zu vertrauen. Ich vertraute mir ja nicht mal selbst.

Seltsamerweise war es Chloe, die schließlich den roten Nebel der Wut durchbrach und zu Ryan durchdrang. »Jetzt komm schon, wir sollten die Sache nicht auch noch aufbauschen.«

»Was? Ist das dein Ernst?« Ryan fuhr zu seiner Frau herum, die die Schultern straffte und plötzlich zu wachsen schien.

»Kinder machen so was doch andauernd. Sie laufen weg, sie klettern irgendwo rauf, obwohl sie es nicht sollen. Deshalb hat man noch lange nicht seine elterlichen Pflichten vernachlässigt.«

»Aber man wird auch nicht zur Mutter oder zum Vater des Jahres ernannt«, entgegnete Ryan zynisch.

Chloe schwieg für eine Weile. »Das wird man auch nicht, wenn man sein Baby fallen lässt«, sagte sie schließlich sanft.

Ich hatte keine Ahnung, was hier vor sich ging.

»Sie ist aufs *Bett* gefallen«, erwiderte Ryan so leise, dass ich ihn kaum hören konnte.

»Und was war damals, als du ihren Finger in der Schranktür eingeklemmt hast?«

»Wie bitte?«

»Oder als du die Stützräder von ihrem Rad abmontiert hast, obwohl sie noch nicht richtig fahren konnte?«

»Alle Kinder schürfen sich die Knie auf, wenn sie Radfahren lernen.«

»Genau!«, stimmte Chloe ihm zu und klang wie ein Anwalt vor Gericht, der gerade sein Plädoyer beendete. »Wir machen *alle* Fehler, obwohl wir gute Eltern sein wollen.« Ihr Blick wanderte von Ryan zu mir. »So etwas ist uns allen schon mal passiert.«

In Chloes Augen erschien ein besonderer Ausdruck, den ich nicht erwartet hätte. *Güte.*

»Für Maddie ist alles neu. Und das Wichtigste ist jetzt …« Sie brach ab und sah ihrem Mann in die Augen. Ich spürte das starke Band, das die beiden zusammenhielt. »Das Wichtigste ist, dass Hope sich nicht ernsthaft verletzt hat. Abgesehen von ein paar Abschürfungen ist doch alles in Ordnung.«

Sie wandte sich von dem Mann ab, in den wir uns beide verliebt hatten, und sah mich an. »Hope ist mal vom Sofa gefallen, als ich ihr die Windel gewechselt habe. Ich habe nur für einen Moment nicht hingesehen, weil ich nach den Feuchttüchern griff, und im nächsten Augenblick sah sie vom Teppich zu mir hoch. Und als sie drei war, habe ich sie im Kaufhaus verloren. Ich bin wie eine Verrückte die Treppe rauf- und runtergelaufen. Es gab sogar eine Durchsage, bis sie endlich ein Wachmann fand und zu mir brachte.« Chloe ließ mich nicht aus den Augen. »Irgendetwas ist uns allen mal passiert. Und wir haben uns heftige Vorwürfe gemacht. Aber das Wichtigste ist, dass wir daraus lernen!«

Ich nickte dankbar.

»Also sollten wir abhaken, was heute passiert ist, und nach vorn schauen«, sagte Chloe bestimmt.

Chloe

Es dauerte sehr viel länger als erwartet, bis Ryan das Thema wieder ansprach. Ich stand in der Küche und stellte gerade die letzten Teller in die Spülmaschine. Als ich hörte, dass er hereinkam, richtete ich mich langsam auf. Es brannte nur noch die schwache Lampe über der Arbeitsplatte, die die Küche in sanftes Licht tauchte.

»Schläft sie?«, fragte ich.

Ryan nickte und lehnte sich gegen den Kühlschrank. Ich konnte seinen Gesichtsausdruck nicht deuten.

»Hope ist kein einziges Mal vom Sofa gefallen, während du sie gewickelt hast.«

Es war eine seltsame Art, ein Gespräch zu beginnen, aber ich hatte damit gerechnet. Ich sah in seine blauen Augen, die ich so sehr liebte, und sagte nichts.

»Und du hast sie auch nicht im Kaufhaus verloren. Das weiß ich ganz sicher.«

In der Küche war nur das leise Brummen der Spülmaschine zu hören.

»Und was willst du damit sagen?«

Ryan stieß sich vom Kühlschrank ab und trat zu mir. Seine Arme umfingen mich vorsichtig, als hätte er mich noch nie umarmt.

»Ich will damit sagen …«, begann er leise und senkte den

Kopf, damit wir einander in die Augen sahen, »... ich will damit sagen, dass ich dich liebe, weil du Maddie angelogen hast. Ich liebe dich, weil du versucht hast, sie zu trösten. Ich liebe dich, weil du dich nicht auf meine Seite geschlagen hast. Ich liebe dich, weil du mir klargemacht hast, dass ich mich irre.« Unsere Lippen berührten sich beinahe, und sein warmer Atem strich über mein Gesicht. »Ich liebe dich einfach«, sagte er schließlich, und dann küsste er mich, und es waren keine Worte mehr notwendig.

Kapitel 16

Chloe

Sie lief mit wehenden Haaren auf uns zu. Mehrere Männer – und auch einige Frauen – drehten sich zu ihr um, doch Maddie schien es nicht zu bemerken.

»Es tut mir leid, ich bin zu spät. Ich habe die Buszeiten durcheinandergebracht.«

»Wir warten schon seit *Stunden*«, grummelte Hope.

Maddie ging neben ihr in die Knie und drückte ihr einen Kuss auf die Wange. »Entschuldige, Pumpkin.« Sie strich sanft über Hopes Gesicht. »Oh! Du bist ja eiskalt.«

Hope schüttelte den Kopf, und ihre Haare flogen genauso durch die Luft wie vorhin bei ihrer Mutter. »Nein, geht schon. In Lappland war es kälter.« Sie schenkte Maddie ein Lächeln. Keine Spur mehr von dem quengeligen Mädchen, das sich bald in einen *Eiszapfen* verwandeln würde. Maddie erhob sich in einer einzigen fließenden Bewegung und schien sich gar nicht bewusst zu sein, was sie gerade vollbracht hatte.

»Es tut mir leid, wir hätten dich abholen sollen«, sagte ich. Sie schien erleichtert, dass ich es nicht vorher angeboten hatte – und ehrlich gesagt ging es mir genauso.

»Ich kann bald wieder selbst fahren«, winkte sie ab. »Die Ärzte haben mir bei der letzten Kontrolle das Okay gegeben.«

Ich lächelte verhalten. Ich wollte ihr auf keinen Fall zeigen, wie unwohl ich mich bei dem Gedanken daran fühlte, dass Hope bei Maddie im Auto saß. Das Loslassen fiel mir schwer. Genauso wie die Notwendigkeit, Hope mit Maddie zu teilen.

»Also, wir brauchen neue Schuhe, oder?«, wandte sich Maddie aufgeregt wieder an Hope. »Das ist echt super. Ich *liebe* Shoppen! Und Schuhe.«

Maddies Enthusiasmus bezog sich wohl eher auf Shoppingtouren, von denen man mit einem Paar Jimmy Choos oder Louboutins und nicht mit einem Paar Clarks nach Hause kam, aber ihre Fröhlichkeit war ansteckend, und Hope hüpfte glücklich auf und ab.

»Es war echt nett, dass du mich gefragt hast, ob ich mitkommen will, Chloe«, bemerkte Maddie, während wir nebeneinander zum Schuhgeschäft gingen.

Ich zuckte mit den Schultern, als sei es nichts Besonderes, obwohl wir wussten, dass es nicht stimmte. Auch Ryan hatte mich ungläubig angesehen, als ich es vorschlug.

»Du willst freiwillig Zeit mit Maddie verbringen? Ohne mich?«

Ich faltete gerade die Wäsche, die frisch aus dem Trockner kam. »Ich habe schon oft Zeit mit Maddie verbracht, ohne dass du dabei warst«, erinnerte ich ihn.

»Ja, aber da lang sie im Koma«, entgegnete er.

»Es sind ja nur ein, zwei Stunden, und vielleicht will sie ja gar nicht mitkommen.«

Aber natürlich war Maddie einverstanden gewesen.

Im Laden war es warm, und es roch nach Leder und auch ein wenig nach Schweißfüßen. Hope lief die Treppe hoch in die Kinderabteilung, und als wir sie eingeholt hatten, stand sie verzückt vor einem Regal mit paillettenbesetzten Ballerinas.

»Die sind hübsch! Wie bei Cinderella!«, rief sie und berührte die glitzernden Schuhe ehrfürchtig.

»Ja, sehr hübsch«, antwortete Maddie, bevor sie merkte, wie ich kaum merklich den Kopf schüttelte. »Aber wir finden sicher noch viel schönere, wenn wir uns weiter umsehen.«

Ich nickte dankbar, und sie schenkte mir ein Lächeln, das mich beinahe umhaute. Und zwar nicht nur, weil sie aussah wie Hope. Etwas an diesem Lächeln ließ mich einen Moment lang vergessen, dass diese Frau ohne Weiteres mein Leben zerstören konnte. Lange bevor wir zusammenkamen, hatte mir Ryan einmal erzählt, dass Maddie einfach jeden mit ihrem Lächeln verzaubern konnte. Und nun wusste ich, dass er recht gehabt hatte.

Ich wandte mich verunsichert von ihr ab. »Wie wäre es damit, Hope?«, fragte ich und holte ein Paar Mary Janes aus dem Regal.

»Nee, die sind ätzend!«

Maddie hob erstaunt die Augenbrauen. Anscheinend kannte sie diese Seite an ihrer Tochter noch nicht. Vielleicht war es wirklich keine schlechte Idee gewesen, sie mitzunehmen.

»Und die hier?«, schlug ich vor. Hope verzog das Gesicht, als hätte sie eine bittere Medizin geschluckt. Doch bevor sie die Gelegenheit hatte, etwas zu sagen, warf Maddie ein: »Oh, die sind ja toll! Ich hatte ungefähr die gleichen, als ich in deinem Alter war.«

Zehn Minuten später gab ich der Verkäuferin meine Kreditkarte und wunderte mich noch immer, wie unkompliziert alles gewesen war. Der »Maddie-Effekt« hatte volle Wirkung gezeigt.

»Ich glaube, wir nehmen dich von jetzt an immer mit«, sagte ich, als mir die Verkäuferin die Einkaufstasche reichte.

»Oh, das wäre schön!«, erwiderte Maddie so sehnsüchtig, dass ich sofort ein schlechtes Gewissen hatte. Es war doch bloß ein Scherz gewesen.

Als wir das Geschäft verlassen wollten, trat die Filialleiterin auf uns zu. Sie trug ein schwarzes Kostüm und lächelte freundlich.

»Hast du ein Paar Schuhe gefunden, die dir und deiner Mummy gefallen?«, fragte sie Hope.

»Welche Mummy meinen Sie denn?«, fragte Hope, und ihr Blick wanderte von mir zu Maddie. »Ich habe nämlich zwei«, erklärte sie stolz.

Der Coffee-Shop wirkte warm und einladend, und obwohl ich zuerst ablehnen wollte, nahm ich Maddies Vorschlag doch an.

»Die Muffins sind hier so groß wie dein Kopf«, erklärte sie Hope. Diese Aussicht hätte wohl jede Sechsjährige in Aufregung versetzt, und meine war da keine Ausnahme. *Unsere*, korrigierte ich mich schnell.

»Ich glaube, die Frau in dem Schuhgeschäft hielt uns für ein Pärchen«, sagte ich und nippte an meiner Karamell-Latte.

»Nein! Echt?« Maddie blinzelte überrascht. Sie überlegte kurz, dann blitzten ihre Augen amüsiert auf, und ihre Mundwinkel zuckten. »Ryan wird sich totlachen«, bemerkte sie, und es bereitete mir plötzlich Schwierigkeiten weiterzulächeln. Denn sie hatte recht. Ryan hätte es sicher saukomisch gefunden, und die Tatsache, dass diese Frau meinen Ehemann genauso gut kannte wie ich, war verstörend.

Ich warf einen Blick auf Hope, die gerade einen riesigen Schokomuffin verschlang. Sie schien uns nicht zuzuhören. »Es tut ihm leid, dass er nach der Geschichte mit dem Klettergerüst so schroff war.«

Maddies Gesicht wurde ernst. »Wirklich? Da bin ich mir nicht so sicher.«

»Er war immer schon überfürsorglich, was sie betrifft«, erwiderte ich und warf Hope einen liebevollen Blick zu. Sie türmte gerade die Schokokrümel auf ihrem Teller zu kleinen Haufen auf. »Kurz nach Hopes Geburt hätte er beinahe einen Fotografen verprügelt, der sich in dein Zimmer geschlichen hatte.«

Warum erzählst du ihr das?, fragte ich mich. *Willst du etwa, dass sie sich noch einmal von Neuem in ihn verliebt?*

»Das passt gar nicht zu ihm.«

»Er überkompensiert. Sogar jetzt noch. Am Anfang machte er sich ständig Gedanken darüber, was Hope ohne Mutter alles entgehen würde.«

Maddie ließ den Blick durch den Coffee-Shop wandern, und als sie mich erneut ansah, hatte sie Tränen in den Augen.

»Aber Hope ist nichts entgangen, nicht wahr? Denn du warst von Beginn an für sie da. Sie hatte immer *zwei* Elternteile.«

Ich nippte an meiner Latte und schluckte gleichzeitig meinen Stolz hinunter. »Und jetzt hat sie drei«, flüsterte ich.

Wir sahen zu dem Kind, das wir beide so sehr liebten.

»Ja, das hat sie«, stimmte Maddie mir leise zu.

Maddie bezahlte, während ich Hope zur Toilette begleitete, und weigerte sich, Geld von mir anzunehmen. Obwohl ich ohnehin nicht wusste, wie viel es gewesen wäre, denn die Zahlen auf der Rechnung verschwammen vor meinen Augen. Vielleicht traf ich deshalb den spontanen Entschluss, endlich zum Optiker zu gehen, als wir wenig später an einem vorbeikamen.

»Würdest du vielleicht kurz mit Hope hier draußen warten, während ich reingehe und einen Termin mache? Ich will schon seit Wochen zum Sehtest.«

»Klar, kein Problem«, erwiderte Maddie und griff nach Hopes Hand, sobald ich sie losgelassen hatte.

»Kann ich Ihnen helfen?«, fragte die freundliche, rothaarige junge Frau hinter dem Ladentisch.

»Ja. Ich hätte gern einen Termin für einen Sehtest, bitte.« Ich warf einen schnellen Blick hinaus auf Maddie und Hope, die sich vor dem Schaufenster auf dem Bürgersteig angeregt unterhielten.

»Hey! Sie haben Glück. Es hat gerade jemand in letzter Minute abgesagt. Sie könnten also gleich mitkommen, wenn Sie wollen.«

»Macht es dir ganz sicher nichts aus? Ich weiß nicht, wie lange es dauern wird. Und wenn ich danach auch noch eine Fassung aussuchen muss …«

»Das ist wirklich egal«, erwiderte Maddie, die sich offensichtlich freute, unerwartet ein wenig Zeit mit Hope allein verbringen zu können. »Ich glaube, ein Stück weiter die Straße hinunter kommt eine Tierhandlung. Hope und ich könnten ihrem Kätzchen ein neues Spielzeug kaufen.«

Ich sah den beiden nach. Hope hielt Maddies Hand fest umklammert. Es fiel mir schwer, meine Tochter mit Maddie zu teilen, aber ich wusste plötzlich, dass ich irgendwann damit klarkommen würde. Für Ryan, für Hope – und auch für Maddie.

»Okay, Mrs Turner, beugen Sie sich bitte nach vorn und fixieren Sie das grüne Kreuz.«

Ich folgte den Anweisungen, während Mr Ingram, der Optiker, die Untersuchung durchführte. Sie dauerte länger als erwartet, und wir waren noch nicht einmal bei dem Teil angekommen, wo ich Buchstaben von einer Tafel ablesen musste. Ich hätte schon beim Anblick des mit den neuesten Geräten ausgestatteten Raumes wissen sollen, dass sich Sehtests seit meinem letzten Besuch beim Optiker wesentlich weiterentwickelt hatten.

»Und jetzt das linke Auge.«

Der Mann ist wirklich gründlich, dachte ich, während er noch näher an das Gerät heranrückte, als hätte *er* Schwierigkeiten mit den Augen und nicht ich. Ich hätte beinahe gekichert, doch als er sich erneut an mich wandte, klang seine Stimme so ernst, dass es mir verging.

»Und noch einmal das rechte Auge, bitte.« Es war offensichtlich, dass etwas nicht stimmte. Der Optiker rollte mit seinem Stuhl zurück und sah mich an.

»Wie lange haben Sie schon Probleme mit dem rechten Auge?«

Es war eine berechtigte Frage, doch das kaum merkliche Zucken um seine Augenwinkel machte mich nervös.

»Seit ein paar Monaten«, antwortete ich und versuchte, nicht gleich in Panik zu geraten. »Was ist denn los?«

»Vermutlich ist es nichts Schlimmes«, begann Mr Ingram, und in diesem Moment wusste ich, dass das, was er festgestellt hatte, sehr wohl schlimm war. Er war ein miserabler Lügner.

»Warum sehe ich alles verschwommen?«

Anstatt mir zu antworten, drehte Mr Ingram einen Bildschirm zu mir herum und zeigte mir die Aufnahme, die er gemacht hatte. Laut Bildunterschrift handelte es sich um eine optische Kohärenztomografie. Ich hatte keine Ahnung, was das war.

»Dieser Bereich hier«, sagte er und deutete auf eine bestimmte Stelle, »ist sehr viel … heller, als es normalerweise bei einer OCT der Fall ist. Ich würde die Aufnahmen später gern zur Vorsicht noch meinem Kollegen zeigen.«

»Können Sie das nicht sofort machen?«, fragte ich verängstigt.

»Leider ist er gerade unterwegs, aber sobald er wiederkommt, rede ich mit ihm und rufe Sie dann an.« Er warf einen Blick in die Unterlagen und stellte sicher, dass er meine Nummer hatte.

»Können Sie mir nicht wenigstens sagen, was Sie vermuten?«

»Nein, ich möchte zuerst sicher sein, dass ich mich nicht irre. Ich will Ihnen keinen unnötigen Schrecken einjagen.«

Aber dafür war es ohnehin schon zu spät.

»Alles in Ordnung?«, fragte mich Maddie, als ich auf Hope und sie zutrat.

»Klar«, log ich und stellte mich dabei sehr viel besser an als der Optiker.

»Brauchst du eine Brille, Mummy?«, fragte Hope. Ich beugte mich zu ihr, drückte ihr einen Kuss auf den Scheitel und kniff die Augen zu wie ein Kind, das sich vor etwas Furchteinflößendem verstecken will. Als ich sie wieder öffnete, sah ich, dass Maddie mich eindringlich musterte.

»Nein«, erwiderte ich gezwungen fröhlich. »Meine Augen sind in Ordnung.«

Meine guten Manieren veranlassten mich dazu, Maddie anzubieten, sie nach Hause zu fahren, aber sie lehnte zum Glück ab.

»Du musst mir unbedingt erzählen, wie Elsa das neue Spielzeug gefällt«, sagte sie zu Hope und umarmte sie lange und innig.

»Wann kommst du wieder zu uns?«, fragte Hope und nahm Maddie die Tüte aus der Tierhandlung ab.

»Bald«, versprach ihre Mutter.

Es stellte sich heraus, dass sie sich sehr viel früher wiedersahen, als wir erwartet hatten.

Als das Telefon klingelte, hackte ich gerade Zwiebeln, was bedeutete, dass ich bereits weinte, bevor der Optiker mir die schlechte Nachricht überbrachte.

»Bitte machen Sie sich nicht allzu große Sorgen«, bat Mr Ingram gerade, als Ryan in die Küche kam. Er sah mich besorgt an, als er die Tränen auf meinen Wangen entdeckte.

»Was ist los?«, fragte er leise, und ich deutete auf das Schneidebrett mit den Zwiebeln für die Spaghettisoße.

Er lächelte erleichtert, holte sich ein Bier aus dem Kühlschrank und kehrte ins Wohnzimmer zurück. Ich wartete, bis er außer Hörweite war, bevor ich meinen Anruf fortsetzte. »Es tut mir leid, was haben Sie gesagt?«

»Ich habe mit Ihrem praktischen Arzt gesprochen und dann mit einem befreundeten Arzt aus dem Queen-Mary-Krankenhaus. Sie haben Glück. Er konnte einen Termin verschieben und hat morgen Zeit für Sie.«

Ich notierte zitternd den Namen des Arztes und hatte ganz und gar nicht das Gefühl, *Glück* zu haben.

»Wer war denn vorhin am Telefon?«

Ich drehte ein paar Nudeln auf meine Gabel und gewann noch ein wenig Zeit, indem ich die Nudeln an meine Lippen führte, doch heute hatte ich keinen Appetit auf mein Lieblingsessen. Ich steckte mir die Gabel in den Mund und schaffte es gerade noch, nicht zu würgen. Die Nudeln fühlten sich an wie sich windende Würmer.

»Eine der Mütter aus der Schule. Warum fragst du?«

Ich hatte kein schlechtes Gewissen, weil ich ihn anlog, denn ich wollte ihn bloß beschützen. Seltsamerweise war es Ryan, der plötzlich ziemlich verlegen wirkte.

»Ich dachte, es wäre vielleicht Maddie gewesen.« Die Eifersucht, die mich übermannte, kam mir gerade recht, denn dadurch dachte ich für einen Moment nicht mehr an den Termin im Krankenhaus und an die mögliche Diagnose, die mir schon jetzt eine Heidenangst einjagte. Das war das Problem mit dem Internet. Es war viel zu einfach, Symptome einzugeben und selbst eine Diagnose zu stellen. Und man hielt sich nie mit den harmlosen Krankheiten auf, sondern stürzte sich immer gleich auf die schlimmste Möglichkeit, obwohl man absolut keine medizinischen Kenntnisse hatte.

»Warum sollte Maddie anrufen?«

Ryan wirkte noch verlegener. »Keine Ahnung. Du hattest diesen Gesichtsausdruck, den du normalerweise nur hast, wenn …« Er manövrierte sich in eine immer ausweglosere Situation, also beschloss er, lieber nichts mehr zu sagen.

»Nein. Wie gesagt: Es war eine der anderen Mums. Will noch jemand Spaghetti?«

Ich war Krankenhäuser gewohnt. Ich fühlte mich dort zu Hause. Ich mochte den Geruch, die Geräusche und die Menschen, die zielgerichtet ihrer Arbeit nachgingen. Doch als ich dieses Mal durch die Tür trat, klopfte mein Herz, und mein Magen zog sich zusammen, obwohl ich am Morgen keinen Bissen hinuntergebracht hatte.

Ich ging zögernd auf die Tafel mit den Wegweisern zu und fühlte mich klein und verloren. Und allein. Warum hatte ich Ryan nichts von dem heutigen Termin erzählt? Es war ja nicht so, dass ich keine Gelegenheit dazu gehabt hätte.

Der Tag hatte begonnen wie jeder andere auch. Ryan duschte, ich duschte, und dann weckte ich Hope. Anschließend machten wir gemeinsam das Frühstück, und ich bereitete Hopes Lunchbox vor und fütterte ihre Katze. Es war hektisch, aber das war es sonst auch.

Als Ryan verstohlen hinter mich trat und meinen Toast stibitzte, den ich ohnehin nicht gegessen hätte, hätte ich mich umdrehen und es ihm ins Ohr flüstern können. Als er mir Kaffee eingoss und mir den Becher mit einem liebevollen Lächeln überreichte, hätte ich etwas sagen können. Und selbst wenn ich keine dieser Gelegenheiten wahrgenommen hätte, hätte ich spätestens bei der Frage »Und was machen Sie heute so, Mrs Turner?« die Wahrheit sagen sollen. Doch stattdessen hatte ich bloß mit den Schultern gezuckt und erneut gelogen. »Nichts Besonderes. Ich hab nur ein paar Dinge zu erledigen.«

Dabei war der Termin im Krankenhaus das Einzige, was heute im Kalender stand. Da ich mich auf der Hinweistafel nicht zurechtfand, ging ich zum Info-Schalter, um nach dem Weg zu fragen.

Meine Absätze klapperten, als ich schließlich durch zahllose Flure meinem Ziel entgegeneilte und dabei an mehreren Ambulanzen vorbeikam, die zu betreten mir sehr viel lieber gewesen wäre. Dermatologie – ein kleiner Ausschlag hätte mir nichts ausgemacht. Allergieambulanz – also einfach mehr Taschentücher kaufen. Adipositas-Station – es konnte sicher nicht schaden, wenn ich ein oder zwei Kilo verlor …

Schließlich stand ich vor der Tür einer Abteilung, die anscheinend nicht mit einem Namen auskam: Medizinische Neurowissenschaften/Neurologische Intensivstation/Neurochirurgie.

Ich schluckte, und mein Mund fühlte sich furchtbar trocken an.

»Guten Morgen, was kann ich für Sie tun?«, fragte mich die junge Rezeptionistin lächelnd.

»Hallo. Mein Name ist Chloe Turner, und ich habe einen …«

»Ah, Mrs Turner! Gut. Ich habe Sie schon erwartet.« Sie griff nach einem Klemmbrett. Auf dem Datenblatt stand bereits mein Name. Ihre Effizienz und die Tatsache, dass sämtliche Hebel in Bewegung gesetzt worden waren, um mir diesen frühen Termin zu ermöglichen, hätten mich freuen sollen. Aber ehrlich gesagt hätte ich viel lieber stundenlang gewartet oder wäre nach Hause geschickt worden, weil es einen dringenderen Notfall gab als mich. Als ich der Krankenschwester schließlich ins Untersuchungszimmer folgte, kam mir der traurige Gedanke, dass ich selbst dieser Notfall war.

Das Zimmer war leer bis auf eine papierbedeckte Untersuchungsliege und einen Schreibtisch mit zwei Besucherstühlen. Ich setzte mich.

»Sind Sie in Begleitung gekommen?«, fragte die Schwester.

»Nein, ich bin allein. Hätte ich jemanden mitbringen sollen?« Ich musterte sie eingehend.

»Nein. Manche Leute haben einfach gern jemanden dabei, andere machen solche Dinge lieber allein.« Ich hätte sie beinahe gefragt, was »solche Dinge« bedeutete, aber ich hatte Angst vor der Antwort.

»Der Arzt wird bald da sein.«

In dem Untersuchungszimmer gab es nichts, was mich ablenken konnte. An der Wand hinter dem Schreibtisch hing ein riesiges Poster des menschlichen Gehirns. Ich versuchte, meine Angst im Zaum zu halten, indem ich mir einredete, dass es aussah wie die Korallen, die wir beim Schnorcheln gesehen hatten. Ich schloss die Augen und erinnerte mich: das warme Meer, die endlosen Tage am Strand und der Geruch nach Salzwasser und Sonnencreme. Unsere einzige Sorge war gewesen, welchen Cocktail wir als Nächstes trinken sollten.

Die Tür ging auf und riss mich unsanft aus meinen Tagträumen. Ein groß gewachsener Mann mit einem leichten Buckel, grauen Haaren und einem gepflegten Schnurrbart trat ins Zimmer.

Dr. Higgins hatte eine sanfte Stimme, und alles, was er sagte, klang beinahe wie eine Entschuldigung. Ich beugte mich jedes Mal unbewusst nach vorn, wenn er eine Frage stellte – und er hatte einige. Als wir endlich fertig waren, begann die Untersuchung. Er sah mir mit einem Gerät in die Augen, das mich an den Apparat beim Optiker erinnerte. Er bat mich, die Nase mit dem Zeigefinger zu berühren. Und dann nacheinander mit den restlichen. Ich kam mir vor wie eine langweilige Zirkusartistin, während Dr. Higgins und die anderen Ärzte, die er hinzugezogen hatte, mich aufmerksam beobachteten.

»Wir sollten eine Computertomografie durchführen, damit wir wissen, was wirklich los ist«, sagte er schließlich.

Mein Herz wurde schwer. »Heute noch?«

Dr. Higgins wirkte überrascht. »Ja, heute.«

»Es ist nur …«, begann ich, und mir war sofort klar, wie albern ich klang. »Ich wusste ja nicht, wie lange ich brauchen würde, und deshalb habe ich die Parkuhr nur auf drei Stunden eingestellt …«

Einige der jungen Ärzte lächelten mild, und ich wurde rot.

»Die Schwestern können sicher jemanden auftreiben, der sich darum kümmert«, erwiderte Dr. Higgins und trat auf die Tür zu. »Wir sehen uns, wenn der CT-Befund vorliegt.«

Sie schickten mich in die Röntgenabteilung, wo ich in einen Krankenhauskittel schlüpfte. Jetzt war der Zeitpunkt gekommen, dass ich Ryan an meiner Seite brauchte, denn er hätte sicher einen Witz darüber gerissen, wie sexy ich in dem hellblauen Kittel und den kniehohen Lederstiefeln aussah. Ich brauchte sein Lachen, ich brauchte die menschliche Wärme, ich brauchte … Ich brauchte *Ryan.*

Ich folgte Mike, dem rothaarigen Röntgenassistenten, ins Untersuchungszimmer. Die Maschine sah aus wie ein riesiges Maul, das mich jeden Moment verschlingen würde.

Mike hatte offenbar Erfahrung mit verängstigten Patienten. »Sie müssen nur daliegen und sich nicht bewegen«, erklärte er mir und drückte sanft meinen Arm. »Und ehe Sie sichs versehen, ist es auch schon wieder vorbei.«

Zu Mittag brachte mir jemand ein Sandwich vorbei, doch ich holte es nicht einmal aus der Verpackung. Sobald ich wieder auf der neurologischen Station war, hatte ich versucht, Ryan anzurufen. Ich hatte endlich mein schlechtes Gewissen besiegt, dass ich ihm vielleicht unnötige Sorgen bereitete, weshalb mich die Tatsache, dass ich ihn nicht erreichen konnte, wie ein Fausthieb traf. Ich sprach auf seine Voicemail, sagte aber nicht, wo ich mich befand, sondern bat ihn bloß, mich zurückzurufen. Zwei Stunden später hatte ich immer noch nichts von ihm gehört.

Die Zeiger der Uhr rückten unaufhaltsam vor, und als ich um Viertel nach zwei immer noch auf Dr. Higgins wartete, fragte ich schließlich eine vorbeieilende Schwester, wann er wohl kommen würde. »Mir war nicht klar, dass es so lange dauert. Ich muss meine kleine Tochter von der Schule abholen.«

Sie sah mich freundlich an. »Es tut mir leid, ich kann Ihnen nicht sagen, wie lange es noch dauern wird. Gibt es denn niemanden, der Ihre Tochter für sie abholen kann? Ihr Mann vielleicht?«

Ich lächelte gequält. Die arme Frau trug keine Schuld daran, dass ich keine Ahnung hatte, wo Ryan war und warum er seine Nachrichten nicht abhörte. Ich war nicht aufmerksam gewesen, als er mir heute Morgen von seinem Auswärtstermin erzählte. Ich war zu sehr damit beschäftigt gewesen, mir über den bevorstehenden Tag Gedanken zu machen. Hätte ich ihm bloß mehr Beachtung geschenkt!

Um halb drei war mir klar, dass ich jemand anderen finden musste, der Hope von der Schule abholte. Ich hatte die Nummern der Mütter gespeichert, mit denen ich mich beim Abholen der Kinder am häufigsten unterhielt, und sie hätten Hope sicher gern mit zu sich nach Hause mitgenommen, aber als ich das Telefonverzeichnis durchging, wusste ich bereits, dass ich keine von ihnen anrufen würde.

Sie hob nach dem zweiten Klingeln ab, als hätte sie auf meinen Anruf gewartet. »Hallo, Maddie. Hier ist Chloe. Ich muss dich um einen Gefallen bitten.«

Maddie

»Ich muss dich um einen Gefallen bitten.«

Chloe war die Letzte, von der ich einen Anruf erwartet hätte. Ich hatte Hope doch gerade erst beim Schuhekaufen sehen dürfen.

»Schieß los!«

»Ich habe … einen Termin, und es hier voller als erwartet, deshalb dachte ich …« Der Rest des Satzes ging in einem ohrenbetäubenden Klappern unter. Wo auch immer Chloe war – es war sehr laut.

»Entschuldige, könntest du das noch mal sagen?«

»Es sieht so aus, als säße ich hier noch für eine Weile fest. Ich kann Hope nicht von der Schule abholen, und deshalb wollte ich fragen, ob du vielleicht hingehen und sie mit zu dir nehmen könntest?«

Etwas in ihrer Stimme hätte mich alarmieren sollen, doch ich war so überrascht, dass ich nicht weiter darauf achtete.

»Natürlich.«

»Weißt du, wo die Schule ist?«

»Ja, Ryan hat sie mir gezeigt, als er mich zum Babysitten abgeholt hat.«

»Es tut mir leid, dass ich dich schon wieder in allerletzter Minute anrufe«, sagte Chloe mit schuldbewusster Stimme.

»Sei nicht albern! Es freut mich, dass du mich fragst.«

»Mrs Turner?«, sagte eine Stimme im Hintergrund.

»Einen Moment noch«, murmelte Chloe, und dann ging ein piepender Alarm los.

Wo auch immer sie war – es war jedenfalls mehr als chaotisch.

»Tut mir leid, Maddie, aber ich muss jetzt aufhören. Ich

werde Ryan Bescheid geben, und er holt Hope nachher bei dir ab. Allerdings weiß ich leider nicht, wann das sein wird.«

»Kein Problem. Sag ihm, mir ist alles recht.«

Chloe stieß ein leises Keuchen aus.

»Chloe?« Mir war durchaus bewusst, dass ich gerade eine Grenze überschritt. »Ist alles okay?«

»Ja, alles klar«, erwiderte sie, doch plötzlich hörte ich sie schluchzen. »Ich lege jetzt auf. Ich muss noch in der Schule Bescheid geben, dass du sie abholst.«

»Ach ja. Soll ich einen Ausweis mitnehmen?«

Sie lachte trocken. »Ich denke, eure Ähnlichkeit spricht für sich.«

»Okay.«

»Pass gut auf Hope auf. Sag ihr, dass alles in Ordnung ist und ich bald wieder bei ihr bin.«

Nun war mir endgültig klar, dass etwas nicht stimmte. Ich stand in meinem Wohnzimmer und starrte auf das Telefon hinunter, noch lange nachdem Chloe aufgelegt hatte. Ich verstand, dass sie ihre Geheimnisse nicht mit mir teilen wollte. Wir waren ja nicht befreundet. Unsere Verbindung ging zwar einerseits sehr viel tiefer, war aber andererseits nicht so stark wie eine richtige Freundschaft.

Die Geräusche, die ich im Hintergrund gehört hatte, hatten allerdings lange Zeit mein Leben bestimmt, und ich wusste natürlich, dass sie im Krankenhaus war. Was bedeutete, dass etwas ganz und gar nicht in Ordnung war.

»Würden Sie bitte hier auf mich warten?«, bat ich den Uber-Fahrer, während ich aus dem Wagen stieg.

»Klar, kein Problem«, antwortete er und griff nach einer zusammengefalteten Zeitung auf dem Beifahrersitz.

Ich drückte das schwere Tor auf, das zum Schulhof führte,

und ging auf die anderen wartenden Mütter zu. Mehrere Frauen sahen in meine Richtung, und einige kannte ich von Hopes Geburtstagsparty, doch ihre Namen hatte ich mittlerweile wieder vergessen. Einige Mütter lächelten kaum merklich, als sie mich sahen, doch keine rief mich zu sich, und so stand ich etwas abseits und genoss die Tatsache, dass ich meine Tochter gerade zum ersten Mal von der Schule abholte.

Im Gebäude schrillte eine Glocke. Kurz darauf öffnete eine Frau mittleren Alters die Glastüren, und eine Horde aufgeregter Grundschüler stürmte auf den Hof und zu ihren wartenden Eltern.

Hope war nicht unter ihnen, deshalb schob ich mich an den Kindern vorbei und trat auf die Lehrerin zu. »Entschuldigen Sie«, sagte ich zu der erschöpft wirkenden Frau. »Ich würde gern …«

»… Hope Turner abholen«, unterbrach sie mich. »Ihre Mutter hat vorhin angerufen. Hope zieht gerade ihren Mantel an.« Sie warf einen Blick über die Schulter, um sicherzustellen, dass meine Tochter nicht bereits hinter ihr stand. »Ist denn alles in Ordnung? Mrs Turner klang ein wenig … angespannt.«

»Ja, alles okay«, erwiderte ich eilig, denn mein hübsches kleines Mädchen kam gerade mit offenem Mantel und fliegenden Zöpfen auf uns zugelaufen. Sie umarmte mich so stürmisch, als hätten wir uns nicht erst vor vierundzwanzig Stunden das letzte Mal gesehen. Ich drückte sie an mich und genoss den besonderen Moment, den Chloe jeden Tag erleben durfte. »Es ist wirklich alles in Ordnung«, wiederholte ich noch einmal an Hopes Lehrerin gewandt und bewies damit, dass es noch etwas gab, was ihre Mütter gemeinsam hatten: Wir waren beide ausgezeichnete Lügnerinnen.

»Ist das dein Schlafzimmer?«, fragte Hope und lief wie ein Spürhund, der eine Fährte aufgenommen hatte, in den Raum. Sie kletterte in mein Bett und hüpfte darauf herum, und ich war mir ziemlich sicher, dass sie das zu Hause nicht durfte. Schließlich ließ sie sich mit dem Hintern voran auf die Decke plumpsen und betrachtete interessiert die Fotos auf meinem Nachtisch.

»Das bin ja ich!«, rief sie erfreut, und ihr Blick glitt über die gerahmten Schnappschüsse aus dem Fotoalbum, das Ryan mir geschenkt hatte.

»Ja genau!«, erwiderte ich und streckte ihr die Hand entgegen. Vielleicht konnte ich sie fortlocken, bevor es zu spät war. Aber das funktionierte natürlich nicht.

»Und da ist Daddy!«, rief sie. Ich nickte betreten. Ich hätte das Foto forträumen sollen, bevor ich Hope abholte. »Und du!«, rief sie überrascht und verwirrt zugleich. Es war eines der letzten Fotos von uns beiden und war in unserem letzten gemeinsamen Urlaub entstanden. In dem Urlaub, in dem Hope gezeugt worden war.

Ryan hielt mich in den Armen. Er hatte mich gerade geküsst, und meine rosigen Lippen waren immer noch leicht geöffnet. Ich hatte alle anderen Fotos in einem alten Koffer verstaut, doch dieses Foto, auf dem wir so offensichtlich ineinander verliebt waren, ließ sich nicht wegsperren. Ich hatte es in die Schublade gelegt, doch dort wollte es nicht bleiben. Genauso wenig wie im hintersten Winkel meines Kleiderschrankes. Es gab erst Ruhe, als ich es auf den Nachttisch stellte, wo es mich an das erinnerte, was einmal gewesen war und nie wieder sein würde. Aber wie sollte ich das einer Sechsjährigen erklären?

Es stellte sich heraus, dass es gar nicht nötig war. »Daddys Haare sehen lustig aus. Aber du bist echt hübsch«, sagte Hope unschuldig, wandte sich ab und sprang aus dem Bett. »Kann ich was zu essen haben?«

»Du kannst alles haben, was du willst«, erwiderte ich, und es war mir egal, dass sämtliche Elternratgeber von diesem Satz abrieten.

Chloe

Ich habe nie verstanden, warum manche Autoren schreiben, dass das Telefon *eindringlich klingelte*. Ein Telefon klingelt doch einfach, oder? Es kann keine Gefühle transportieren. Doch als Ryan mich an diesem Tag zurückrief, klang das Klingeln nicht nur *eindringlich*, sondern regelrecht *gebieterisch*.

»Chloe?« Mein Name beinhaltete tausende Fragen, aber ich wusste genau, welche ich zuerst beantworten musste.

»Hope geht es gut«, versicherte ich ihm eilig.

Er seufzte erleichtert. »Wo bist du? Was ist denn los?«

Ich hatte die letzten Stunden damit verbracht, mir die passende Antwort auf diese Frage zurechtzulegen, doch am Ende brachte ich trotzdem alles durcheinander.

»Gerate jetzt bitte nicht in Panik, aber …« Es war ein echt mieser Start. *Jeder* geriet in Panik, wenn ein Satz auf diese Art begann!

»Was ist passiert?«

»Ich bin im Krankenhaus.«

»Hattest du einen Unfall?« Es war klar, dass das sein erster Gedanke war. Er hatte gesehen, wie die Frau, die er liebte, von einem Van durch die Luft geschleudert worden war. Für ihn gab es nichts Schlimmeres.

»Nein. Keinen Unfall. Ich … ich hatte heute einen Termin.«

»Wirklich? Warum denn? Und warum hast du mir nichts davon gesagt?«, fragte er und zog im nächsten Augenblick einen vollkommen falschen Schluss. »Bist du … Bekommen wir …«

Wie konnte ich nur so dumm sein? Natürlich hatten wir einmal über ein gemeinsames Baby gesprochen, aber als Maddie aufgewacht war, hatten wir es auf später verschoben. Trotzdem war seine Schlussfolgerung nachvollziehbar.

»Nein. Ich wünschte, es wäre so. Aber ich bin in der Neurologie. Sie wollten ein paar Tests machen. Es wäre …« Ich begann zu weinen. »Es wäre echt schön, wenn du so schnell wie möglich herkommen könntest.«

Ich will nicht wissen, wie viele Geschwindigkeitsbegrenzungen er auf dem Weg ins Krankenhaus brach, aber es waren sicher einige, denn schon kurze Zeit später hörte ich, wie er eine Schwester nach mir fragte, und im nächsten Augenblick stand er mit kalkweißem Gesicht vor mir.

Die Schwester, die ihn zu der Koje geführt hatte, in der ich lag, verschwand sofort wieder, und ich schwang die Füße aus dem Bett, doch er war schneller. Er schlang die Arme um mich, und wir klammerten uns ein paar Minuten lang schweigend aneinander.

»Sag es mir«, bat er schließlich und nahm meine Hand. Wir setzten uns nebeneinander auf die Bettkante. »Was ist los?«

Ich erzählte ihm alles, was ich ihm letzte Nacht verschwiegen hatte, und er hielt meine Hand dabei so fest umklammert, dass seine Knöchel weiß hervortraten.

»… und dann haben sie eine CT gemacht.« Ryan nickte. Er wusste, warum eine solche Untersuchung durchgeführt wurde. Er erlebte diesen Albtraum nicht zum ersten Mal.

»Wann bekommst du die Ergebnisse?« Es war dieselbe Stimme wie früher, als ihn jedes Mal die Angst packte, wenn er ins Krankenhaus kam. Ich hatte gehofft, dass ich sie nie wieder hören würde.

»Die habe ich bereits«, erwiderte ich.

»Sind Sie allein?«, hatte Dr. Higgins gefragt, als er am Nachmittag endlich Zeit für mich fand, und diese Frage sagte mir alles, was ich wissen musste. Er hätte die gelbbraune Mappe mit den Untersuchungsergebnissen gar nicht erst öffnen müssen.

»Ich konnte meinen Mann noch nicht erreichen.«

»Wollen Sie warten, bis er hier ist?«

Es musste echt schlimm um mich stehen, wenn er so etwas vorschlug. »Nein. Ich will es jetzt wissen.«

Dr. Higgins setzte sich auf die Bettkante, auf der ich Stunden später mit Ryan sitzen würde, und sein bewusst lockeres Verhalten beunruhigte mich.

»Die Aufnahmen Ihres Kopfes zeigen Veränderungen, die zu einer besorgniserregenden Erhöhung des Schädeldrucks führen. Wie Sie vielleicht wissen, sind die Ergebnisse einer CT-Untersuchung allerdings nicht aufschlussreich genug, weshalb wir morgen früh eine MRT für Sie geplant haben. Danach werden wir uns noch einmal ausführlich unterhalten, denn ich hoffe, dass wir durch die MRT eine bessere Vorstellung davon bekommen, was los ist.«

Ich starrte blicklos auf den kleinen Fettfleck auf seiner hellblauen Krawatte, der am Vormittag noch nicht da gewesen war.

»Bis dahin bekommen Sie ein Bett in der Neurologie«, fuhr Dr. Higgins freundlich und mitfühlend fort.

»Kann ich nicht nach Hause fahren und morgen früh wiederkommen? Ich habe eine kleine Tochter«, sagte ich, als würde mir dieser Umstand eine Sonderbehandlung sichern.

Er straffte sich. »Nein, das ist leider nicht möglich. Der

Druck in Ihrem Kopf bereitet uns große Sorgen und sollte ständig beobachtet werden. Es wäre gefährlich, wenn sie jetzt nach Hause gingen.«

»Gefährlich?«, wiederholte Ryan und klang beinahe so ungläubig wie ich vorhin. Wie war es möglich, in einem Augenblick nicht einmal zu ahnen, dass etwas nicht stimmte, und im nächsten Augenblick eine permanente medizinische Überwachung zu benötigen?

Ryan zog mich erneut in die Arme. »Was auch immer passiert, wir werden es schaffen. Du bist jung, stark und gesund. Egal, was sie finden, wir werden gemeinsam dagegen ankämpfen.«

Ich wollte ihm glauben. Ich wollte glauben, dass Maddie nicht alle in Ryans Leben möglichen Wunder aufgebraucht hatte … Aber ich befürchtete, dass es genauso war.

Maddie

Die Stunden, die ich mit Hope verbrachte, während wir auf Ryan warteten, waren eine bittersüße Erfahrung. Ich genoss es natürlich, Zeit mit ihr zu verbringen und ganz normale Alltagsdinge zu erleben – wir sahen uns Kindersendungen im Fernsehen an, ich machte ihr Abendessen, und sie verschwand beinahe unter dem vielen Schaum in der Badewanne –, doch eigentlich warteten wir nur darauf, dass Ryan kam. Ich versuchte, Hope keinen Grund zu geben, Fragen zu stellen, doch es gelang mir nicht.

»Wo sind Mummy und Daddy?«, fragte Hope nach dem Baden und klang zum ersten Mal unsicher. Bis jetzt war es ein spannendes Abenteuer gewesen, doch mittlerweile war sie müde und wollte nach Hause in ihr kuscheliges Zimmer. Aber je später es wurde und je länger ich nichts von Chloe und Ryan hörte, desto größer wurde die Sorge, dass ihr Leben in nächster Zeit alles andere als normal verlaufen würde.

Ich wickelte sie in ein großes, flauschiges Badetuch und kämmte ihre Haare, die ich anschließend föhnte und zu einem Zopf flocht. Sie gähnte, und als ich ihr vorschlug, sich in mein Bett zu legen, bis Daddy kam, hatte sie überraschenderweise nichts dagegen.

»Elsa hat bestimmt Angst«, flüsterte sie, nachdem sie eins meiner alten T-Shirts angezogen hatte und im Bett lag. »So ganz ohne Mummy.« In ihren blauen Augen standen Tränen. »Mummy ist die Einzige, die sich um sie kümmern kann«, ergänzte sie, und ihre Stimme brach.

»Deine Mummy kommt sicher bald nach Hause und ist für dich und Elsa da«, erwiderte ich und setzte mich zu ihr aufs Bett. »Schließ doch einfach die Augen, und wenn du sie wieder öffnest, ist dein Daddy da und holt dich ab.«

Ich machte die Nachttischlampe an, die das Zimmer in ein sanftes Licht tauchte.

»Bleibst du bei mir, bis er kommt, Maddie?«

Ich drückte ihr einen Kuss auf die samtweiche Stirn. »Ich bleibe für immer und ewig bei dir«, versprach ich, und mir war natürlich klar, dass sie diese Worte lieber von ihrer anderen Mutter gehört hätte.

Es war beinahe neun, als es schließlich an der Tür klopfte. Ich zog vorsichtig den Arm unter Hope hervor und stand leise auf, um sie nicht zu wecken.

Ryan hob gerade die Hand, um erneut zu klopfen, als ich öffnete.

Ich hatte ihn gesehen, wie ihm nach reichlich Tequila

schlecht geworden war; ich hatte ihn vollkommen erschöpft erlebt, nachdem er eine ganze Nacht lang an einer wichtigen Präsentation gearbeitet hatte; und er hatte jedes Mal besorgt ausgesehen, wenn mich wieder einmal die Morgenübelkeit gepackt hatte. Doch ich hatte all diese Zustände noch nie auf einmal erlebt. Bis jetzt.

Ich hielt ihm die Tür auf, und er stolperte in meinen schmalen Flur. Dann folgte er mir in die Küche, wo er auf einen Stuhl sank.

Ich machte uns schweigend einen Tee und stellte die Tasse dann vor ihm ab. »Trink.«

Er hob den Kopf. Seine Augen waren blutunterlaufen.

»Wo ist Hope?«, fragte er und sah sich um, als hätte ich sie in einem Küchenschrank versteckt.

»Sie liegt in meinem Bett und schläft tief und fest.«

»Was hast du ihr gesagt?«

»Nur das, was Chloe mir gesagt hat: dass sie aufgehalten wurde und dass du später kommst, um Hope abzuholen.«

Er nippte an seinem Tee und schien nicht zu bemerken, dass er eigentlich noch viel zu heiß war.

»In welchem Krankenhaus liegt sie, Ryan?«

Er verschüttete etwas Tee, als er die Tasse mit zitternden Händen zurückstellte.

»Wer sagt, dass sie im Krankenhaus ist?«

Ich warf ihm einen vielsagenden Blick zu, und er stieß ein Geräusch aus, das beinahe wie ein Lachen klang.

»Im Queen Mary's.«

»Was ist los?«

Er sah zur Tür, um sicherzugehen, dass unsere Tochter nicht zufällig aufgetaucht war.

»Die Ärzte glauben, dass Chloe einen Gehirntumor hat. Sie soll morgen zur MRT, und danach machen sie eine Angiografie. Dann wissen wir mehr.«

Ich stand auf und trat neben ihn. Er hielt den Kopf gesenkt, und seine Haare waren zerzaust. Seine Schultern zuckten kaum merklich, und mir war klar, dass er weinte. Ich legte zögerlich die Hand auf seinen Rücken. Er wandte sich mit einem Stöhnen zu mir um und presste den Kopf an meinen Bauch.

Und dann weinte der Mann, den ich einmal geliebt und anschließend verloren hatte, in meinen Armen um die Frau, die er mittlerweile liebte. Ich konnte mir keine seltsamere, bizarrere Situation vorstellen, und es gab keine Regeln, wie man sich verhalten sollte, also tat ich das einzig Mögliche: Ich hielt ihn fest und ließ ihn weinen.

Kapitel 17

Chloe

Ich dachte, eine Computertomografie sei das Furchteinflößendste, was ich je erlebt hatte, doch ich wurde eines Besseren belehrt, als sie mich mit dem Rollstuhl zur Magnetresonanztomografie brachten.

»Der Kopfhörer dämpft den Lärm ein wenig«, erklärte die Assistentin freundlich, während sie mich zu der futuristischen Röhre führte. »Haben Sie vielleicht eine CD dabei, die Sie sich anhören möchten?«

Ich schüttelte den Kopf. Ich hatte nicht einmal eine Zahnbürste, ein Nachthemd oder Unterwäsche zum Wechseln mitgebracht. Ich war vollkommen unvorbereitet gewesen auf das, was hier mit mir passierte. Doch als ich schließlich mit zitternden Knien auf die riesige Maschine zuging, fiel mir ein, dass ich sehr wohl eine CD in der Handtasche hatte. Die Assistentin verzog keine Miene, als ich sie ihr gab, aber ich hatte trotzdem das Bedürfnis, meinen seltsamen Musikgeschmack zu rechtfertigen.

»Die gehört meiner Tochter. Sie hört sie immer auf dem Weg zur Schule.« Ich warf einen schnellen Blick auf die Röhre. »Vielleicht kann ich mir einreden, sie wäre hier bei mir, wenn ich die Musik höre.«

Während die Maschine Bilder von meinem Gehirn und dem Tumor machte, der leise und unbemerkt darin herangewachsen war, summte ich zur Musik, bis das ohrenbetäubende Knattern und Krachen in den Hintergrund traten. Keine meiner eigenen CDs hätte mir größeren Trost gespendet.

Nach der Untersuchung wurde ich im Rollstuhl auf die Station zurückgebracht, wo Ryan auf mich wartete. Obwohl *ich* im Krankenhaus lag, war er blasser als ich.

»Du siehst schrecklich aus«, stellte ich fest, als wir uns geküsst hatten, und streichelte seine unrasierte Wange.

»Wäre das nicht eigentlich mein Text?«

Ich lächelte traurig. »Harte Nacht?«

Er wollte mich offenbar anlügen, doch dann schüttelte er den Kopf. »Ja. Ich kann nur schlafen, wenn du neben mir liegst.«

Ich griff nach seiner Hand. »Ich auch«, sagte ich leise. »Wie ging es Hope, als du sie zur Schule gebracht hast?«

»Nachdem sie mit dir gesprochen hatte, ging es ihr besser.«

Es war schwer gewesen, Hope zu erklären, warum ich weg war, ohne mich von ihr zu verabschieden. So etwas sollte man einer Sechsjährigen nicht antun. Ich betrachtete Ryan, dem die Angst deutlich anzusehen war. Und einem Sechsunddreißigjährigen offenbar genauso wenig.

»Aber warum musstest du ins Krankenhaus, Mummy? Du hast dich nicht übergeben, und du hast keinen Schnupfen.« Hopes Maßstab, ab wann man krank war, unterschied sich grundlegend von der Auffassung meiner Neurologen. »Warum nimmst du nicht einfach ein bisschen Nurofen und kommst wieder nach Hause?«

Ihr Behandlungsplan brachte mich zum Lächeln. »So funktioniert das bei Erwachsenen manchmal leider nicht, Pumpkin. Die Ärzte wollen mich hierbehalten und mir ein stärkeres Medikament geben.«

»Hoffentlich schmeckt es nicht eklig.«

Ich lachte, obwohl mir zum Weinen zumute war. Ihre Stimme am Telefon zu hören und nicht die Hand nach ihr ausstrecken zu können war eine Qual. Aber wahrscheinlich musste ich mich daran gewöhnen. Mittlerweile hatte ich eine leise Ahnung, wie Maddie sich fühlte – und es war nicht angenehm. »Sie ist sicher furchtbar eklig«, bestätigte ich.

»Maddie holt Hope heute wieder von der Schule ab«, sagte Ryan plötzlich, als habe er gespürt, dass ich gerade an sie gedacht hatte. Ich wollte protestieren, doch er ließ mich nicht zu Wort kommen. »Ich weiche heute sicher nicht von deiner Seite. Egal, welche Untersuchungen noch anstehen. Ich lasse dich nicht allein.«

Wofür ich ihm besonders dankbar war, als die Ärzte mit der Lumbalpunktion begannen.

Ich lag zusammengekauert wie ein Fötus auf dem Bett und wartete darauf, dass der Arzt eine lange Nadel in den unteren Bereich meiner Wirbelsäule einführte. Langsam packte mich die Panik.

»Schau mich an!« Der Druck in meinem Rücken wurde schwächer, als Ryan meine Hände nahm, und ich versank in den Tiefen seiner leuchtend blauen Augen. Die Liebe darin war nur für mich bestimmt.

Maddie

»Du wirkst gar nicht wie ein Chicken-Nuggets-Typ.«

Ich fuhr mit der Packung in der Hand herum, als hätte mich ein Ernährungsexperte auf frischer Tat ertappt.

Vor mir stand Mitch und grinste breit.

Es war eigentlich keine Überraschung, ihn schon wieder hier zu treffen, immerhin war es für uns beide der nächstgelegene Supermarkt. »Kommst du öfter her?«, fragte er und grinste noch breiter.

»Ist dieser Spruch immer noch in?«, entgegnete ich und

bereute meinen frechen Kommentar sofort, denn Mitch lief rot an, als hätte er tatsächlich vorgehabt, mit mir zu flirten. Aber das war doch nicht möglich, oder? Doch nicht Mitch! Die Situation war mir peinlich. »Taugen die hier was?«, fragte ich, um abzulenken, und hielt ihm die Nuggets hin.

Er schien mehr als bereit, das Thema zu wechseln. »Im Sinne einer vollwertigen Ernährung eher nicht. Aber Sam liebt sie.« Sein Grinsen war wieder da. »Und ich übrigens auch.«

Das war Grund genug, um sie zu kaufen. Ich warf die Packung auf die Smileys aus Kartoffelteig, die Süßigkeiten und die beiden Cartoon-DVDs in meinem Einkaufswagen.

»Hope kommt heute nach der Schule zu mir«, erklärte ich unnötigerweise.

Mitch lächelte, und die tiefen Fältchen um seine Augen tanzten. Ich überlegte gerade, ob er wohl viel blinzelte oder eher viel lachte, und hörte deshalb nicht, was er als Nächstes sagte.

»Wie bitte?«, fragte ich und zwang mich, den Blick abzuwenden. Hoffentlich hatte ich ihn nicht zu offensichtlich angestarrt.

»Ich meinte, dass du dich sicher darüber freust.«

Verlegen zuckte ich mit den Schultern. »Ja und nein. Ihrer Mum – also Chloe – geht es nicht gut. Sie ist im Krankenhaus, und deshalb haben sie mich um Hilfe gebeten. Es kommt mir seltsam vor, dass ich mich trotzdem freue, weil ich Zeit mit Hope verbringen darf«, fügte ich leise hinzu.

»Du bist ein guter Mensch, Maddie. Du musst dich nicht schuldig fühlen, bloß weil dir etwas Freude bereitet. Du hast es dir verdient.« Das war eines der persönlichsten Dinge, die er je zu mir gesagt hatte, doch zur Abwechslung wurde er nicht rot.

Ich schluckte. Seine Worte taten mir gut. »Eigentlich wollte ich dich später noch anrufen und dich fragen, ob du etwas dagegen hast, wenn ich das zweite Schlafzimmer neu streiche. Hope soll sich wohlfühlen, falls sie einmal bei mir übernachtet.« Mitch zog seine buschigen Augenbrauen hoch, sodass sie beinahe unter seinen Haaren verschwanden. »Nicht, dass die Tapeten deiner Großmutter hässlich wären, oder so«, fügte ich rasch hinzu.

Mitch schüttelte heftig den Kopf, und seine Haare zerzausten dabei noch mehr als zuvor. Er musste dringend zum Friseur, und ich fragte mich, ob es in seinem Leben wohl jemanden gab, der ihn auf solche Dinge aufmerksam machte.

»Weißt du, wie das geht?«

»Wie was geht?«

»Streichen.«

Ich sah ihn verblüfft an. »Man taucht den Pinsel in die Farbe und streicht damit die Wände. Wie schwer kann das schon sein?«

Er lachte so laut, dass sich mehrere Leute zu uns umdrehten. »Nun, manchmal ganz schön schwer. Weißt du was? Du suchst die Farbe oder die Tapete aus, und ich übernehme den Rest, okay? Ich habe noch ein paar Urlaubstage, die verfallen, wenn ich sie nicht bald einplane.«

»Das musst du aber nicht tun«, erwiderte ich und hoffte, dass es sich nicht so angehört hatte, als wollte ich ihn dazu bringen, mir zu helfen. »Ich will dir keine Umstände machen.«

»Tust du nicht«, versicherte Mitch und holte mit einem spitzbübischen Grinsen eine Packung Nuggets aus dem Gefrierschrank. »Das ist reiner Selbstschutz. Ich will die Wohnung ja weitervermieten, wenn du ausziehst.«

»Das mache ich in nächster Zeit bestimmt nicht.«

Er lächelte schon wieder. »Gut zu wissen!« Er zögerte kurz, dann fügte er eilig hinzu: »Als Vermieter, meine ich.«

Dieses Mal drehten sich nicht mehr so viele Eltern zu mir um, als ich den Schulhof betrat. Hope stürzte als eine der Ersten zur Tür heraus, und in ihrer ausgestreckten Hand flatterte eine bunte Zeichnung wie eine Fahne im Wind. Viele ihrer Klassenkameraden hatten ähnlich farbenfrohe Kunstwerke dabei, doch Hopes Arbeit war bestimmt – ganz objektiv betrachtet – die schönste von allen.

Sie schlang freudig die Arme um mich, doch ich merkte, wie ihr Blick zu den anderen Eltern huschte. Ich wusste natürlich, wen sie suchte.

»Ich dachte, Mummy wäre heute bei dir«, gestand sie leise, und ihre Unterlippe zitterte. »Ich wollte ihr mein Bild zeigen.«

Zwei Mütter, die in der Nähe standen, drehten sich zu uns um, als sie Hope hörten. Ich kannte die beiden von der Party. Sie waren mit Chloe befreundet und würden ihr sicher ganz genau erzählen, was ich jetzt sagte.

»Weißt du was? Wenn wir in meiner Wohnung sind, mache ich mit meinem Handy ein Foto von dir und dem Bild, und das schicken wir ihr dann. Was hältst du davon?«

Hope nickte zufrieden, und ich war erleichtert, dass Chloes Freundinnen genauso wohlwollend reagierten.

Auf dem Heimweg machten wir bei der Schaukel am Spielplatz Rast, denn ich war dieses Mal zu Fuß gekommen. Wir blieben, bis unsere blassen Wangen rot vor Kälte waren, und Hope fiel auch nirgendwo hinunter.

In meiner Wohnung machten wir uns erst mal zwei Becher mit heißer Schokolade und Marshmallows, und ich schoss ein Foto von Hopes Schokobart und schickte es zusammen mit dem Foto von der Zeichnung an Chloe.

»Glaubst du, sie schreibt zurück?«, fragte Hope und ließ das Handy auf dem Küchentisch kaum aus den Augen.

»Wenn sie kann, ganz sicher«, erwiderte ich.

Ich weiß nicht, wer von uns beiden mehr enttäuscht war, als mein Handy den ganzen Nachmittag über keinen einzigen Ton von sich gab.

Ich legte gerade die Nuggets in Reih und Glied auf das Backblech und schob sie in den Ofen, als Ryan kam – viel früher als am Vortag. Hope war mit mir zur Tür gelaufen, was die Frage nach Chloes Zustand auf vielsagende Blicke beschränkte, während Ryan Hope hochhob und in die Arme schloss. Sie schlang ihre knochigen Arme und Beine um ihn, und als er sie absetzen wollte, schüttelte sie heftig den Kopf und klammerte sich noch fester an ihn.

Aus dem Ofen roch es verbrannt, und ich drängte mich an Ryan vorbei und riss die Klappe auf. Von der auf der Packung abgebildeten goldgelben Farbe war nichts mehr zu sehen.

»Ich wollte Hope gerade Abendessen machen«, erklärte ich und hätte beim Anblick der verbrannten Briketts beinahe zu weinen begonnen.

»Hmmm, lecker!«, erwiderte Ryan mit todernster Stimme und hätte mich damit vor einiger Zeit mit Sicherheit zum Lachen gebracht. Doch heute erzielte er den gegenteiligen Effekt. Ich war zu nichts zu gebrauchen. Ich war eine schlechte Mutter und nur ein müder Abklatsch der Frau, mit der sowohl Ryan als auch Hope viel lieber zusammen waren.

»Verdammt, ich schaffe es nicht mal, Chicken-Nuggets zuzubereiten!«, sagte ich verzweifelt.

Hope schnappte nach Luft und beugte sich zu Ryan. »Maddie hat ein schlimmes Wort gesagt«, stellte sie flüsternd fest, für den Fall, dass er es überhört hatte. Meine Tochter, der Superspitzel. Ich lachte und entkam dadurch glücklicherweise der Abwärtsspirale, in die ich mich beinahe manövriert hätte.

»Weißt du was?«, fragte Ryan. »Wir bestellen uns einfach

eine Pizza, und danach fahren wir beide nach Hause, damit du Mummy anrufen und ihr Gute Nacht sagen kannst, bevor du schlafen gehst, okay?«

Es war das erste Mal seit sechs Jahren, dass wir miteinander zu Abend aßen, doch unsere kleine Anstandsdame hielt uns davon ab, diese Tatsache anzusprechen. Wir setzten uns ins Wohnzimmer, wo es wärmer und gemütlicher war als in der Küche, und aßen die herrlich duftende Pizza mit Käse und Tomatensoße direkt aus dem Karton. Anschließend erlaubte ich Hope, sich die letzte halbe Stunde des Films anzusehen, den ich ihr gekauft und den sie zuvor angefangen hatte, und sie setzte sich mit verschränkten Beinen vor den Fernseher.

»Wie ist es heute gelaufen?«, fragte ich Ryan leise.

»Grauenvoll. Beängstigend. Du wirst nicht glauben, wie viele Tests die dort machen.«

»Eigentlich schon.«

Ryan legte kurz eine Hand auf meine, zog sie aber sofort wieder zurück.

»Es tut mir leid, Maddie. Du weißt natürlich besser Bescheid als jeder andere.«

Ich zuckte mit den Schultern. Es stimmte, dass ich viele der Untersuchungen, die Chloe gerade mitmachen musste, bereits mehrmals erlebt hatte – zuerst, nachdem ich aus dem Koma erwacht war, und dann bei den zahllosen Nachuntersuchungen.

Ich betrachtete Ryan. Er riss sich für Hope zusammen, aber ich kannte ihn zu gut. Er kam nicht mit der Situation zurecht, und das war wirklich nicht überraschend. Immerhin war es schon das zweite Mal, dass er solch einen Albtraum erlebte. Das war einfach nicht fair.

»Für morgen ist eine zerebrale Angiografie geplant«, erklärte er und sah zu Hope hinüber, die den Fernseher nicht aus den Augen ließ. Ich versuchte, nicht das Gesicht zu verziehen, denn ich wusste, wie unangenehm die Untersuchung war. »Und am Nachmittag haben wir einen Termin bei dem behandelnden Arzt, um die Ergebnisse zu besprechen.«

»Versuche, dir nicht allzu viele Sorgen zu machen«, riet ich, obwohl es natürlich albern war.

Chloe

Das Schlimmste an der Angiografie war nicht der Raum voller Furcht einflößender Geräte, die zahlreichen Monitore oder mein zur Hälfte rasierter Kopf. Das Schlimmste war Ryans Gesicht, als die Krankenschwester ihn sanft, aber bestimmt bat zu gehen, denn es spiegelte meine eigenen Ängste wider. Ich brauchte jemanden, der mir sagte, dass alles gut werden würde. Dass diese Situation nicht unser ganzes Leben auf eine Weise verändern würde, die ich nicht einmal ansatzweise vorausgesehen hatte. Aber in Ryans Gesicht entdeckte ich nur Sorge und Schmerz – genauso wie damals bei Maddie.

»Keine Angst, wir kümmern uns gut um sie«, versicherte die Schwester ihm und legte eine Hand auf seinen breiten Rücken, um ihn aus dem Raum zu schieben.

Der Arzt bereitete den Katheter vor, mit dem er die lange Reise von meiner Leiste bis zu meinem Gehirn antreten würde, und die Schwester gab ihr Bestes, um mich zu beruhigen. Ich hielt das Foto, das Ryan von zu Hause mitgebracht hatte, fest umklammert. Es zeigte Ryan, Hope und mich bei unserem letzten Strandurlaub. Unsere Gesichter waren braun gebrannt und grinsten fröhlich in die Kamera. Das Foto war nur wenige Wochen vor jenem Tag entstanden, als das Miracle Girl seinem

Namen alle Ehre gemacht hatte und aus dem Koma erwacht war.

»Ist das Ihre Kleine?«, fragte die Schwester, um mich abzulenken, während das Kontrastmittel durch den Katheter floss. Es war schwer, eine Unterhaltung zu führen, wenn man sich fühlte, als hätte man in die Hose gepinkelt.

Ich nickte und versuchte, mich auf ihre Worte zu konzentrieren. »Ja, das ist Hope. Sie ist vor Kurzem sechs geworden.«

Die Schwester beugte sich näher heran und betrachtete das Foto. »Sie sieht Ihnen sehr ähnlich«, sagte sie schließlich, denn immerhin hörte das jede Mutter gern, nicht wahr? Ich lächelte traurig und tat ausnahmsweise so, als hätte sie recht.

Dr. Higgins griff nach einem schwarzen Stift und zeichnete mehrere dicke schwarze Linien auf ein Blatt Papier. »Diese Ader in Ihrem Kopf ist wie eine Autobahn. Und der Tumor – das Meningiom – blockiert die Fahrbahn.« Er holte einen grünen Stift aus der Schublade. Die Farbe erinnerte mich an bittere Galle. »Dadurch verlagert sich der gesamte Verkehr auf die umliegenden Straßen, die allerdings nicht mit dem steigenden Druck zurechtkommen.« Er lehnte sich zufrieden zurück und betrachtete sein Kunstwerk.

Ryan und ich saßen fassungslos und schockiert auf der anderen Seite des Tisches und starrten ihn an.

»Aber es gibt auch positive Nachrichten: Es ist ein gutartiger Tumor, der bisher zu keinen Krämpfen geführt hat. Und wir wissen, wo er sich befindet und wie wir den Druck verringern können.«

Die Stunden nach der Angiografie waren entsetzlich gewesen. Ich musste vollkommen bewegungslos im Bett liegen, damit sich mein Körper erholen konnte, doch meine Gedanken hielten nicht still. Obwohl die Krankenschwester abermals mit bewundernswertem Einsatz versucht hatte, mich abzulenken, hatte ich die Bilder auf den Monitoren gesehen. Und auch das hässliche, weiße … *Ding,* das sich in meinem Kopf eingenistet hatte.

»Wir müssen uns jetzt vor allem darauf konzentrieren, dass wir die Umleitungsstrecken freibekommen, damit der Verkehr wieder ungehindert fließen kann«, fuhr Dr. Higgins fort.

Ryan drückte meine Hand, aber letztlich war ich diejenige, die die entscheidende Frage stellte: »Aber Sie werden den Tumor doch entfernen, oder?«

Wir hielten den Atem an.

»Nein. Zurzeit gibt es andere Prioritäten.«

Ich beugte mich nach vorn. Es ist schwer, fest entschlossen und überzeugend zu klingen, wenn man bloß einen kratzigen Krankenhauskittel und einen Frottee-Morgenmantel trägt, aber ich gab mein Bestes. »Dr. Higgins, ich will, dass sie den Tumor rausholen! Ich will nicht abwarten, was passiert, und die Sache nicht erst mal beobachten. Er soll verschwinden!«

Dr. Higgins seufzte und sah mich mitleidig an, und in diesem Moment hätte ich ihn am liebsten geohrfeigt, obwohl das gar nicht zu mir passte. »Ich verstehe natürlich, warum Sie eine Operation bevorzugen würden, Chloe, aber Sie müssen mir vertrauen. Im Moment ist es das Beste, Stents einzusetzen, um den Druck zu verringern. Aufgrund der Lage und Größe des Tumors wäre alles andere viel zu gefährlich. Eine Operation ist der letzte Ausweg, aber wir werden diese Entscheidung nicht übereilt treffen – falls es jemals dazu kommen sollte. Derzeit steht es jedoch nicht zur Debatte.«

Maddie

Ich hatte eine neue Routine. Eine neue Normalität, die sich alles andere als normal anfühlte. Ich sehnte mich natürlich danach, dass Hope ein Teil meines Lebens wurde und blieb – aber nicht so. Nicht, weil Chloe im Krankenhaus lag.

Wir dachten alle, dass Chloe nach der erfolgreichen Implantation der Stents sofort entlassen werden würde, doch sechs Tage nach der OP lag sie immer noch im Krankenhaus.

Ich gab in Bezug auf meine Tochter mein Bestes, auch wenn ich wusste, dass Chloes Fußstapfen viel zu groß für mich waren. Doch beunruhigender war ohnehin, dass Hopes Blick immer ausdrucksloser wurde. Es wurde jeden Tag schlimmer, wenn ich sie allein von der Schule abholte und Ryan am Abend ohne Chloe vor meiner Tür stand, um sie abzuholen.

»Du solltest sie mit ins Krankenhaus nehmen«, sagte ich eines Abends leise zu ihm.

»Hope redet jeden Tag mit Chloe. Morgens und abends.«

»Aber Skype oder FaceTime sind nicht dasselbe wie direkter Kontakt. Es reicht nicht.«

Ein kurzes Lächeln umspielte seine Lippen, denn wir erinnerten uns beide nur zu gut daran, dass sich mein Leben früher zu einem Großteil online abgespielt hatte. Mittlerweile hatte ich keinen Facebook- und auch keinen Twitter-Account mehr. Ein weiteres Beispiel dafür, wie sehr sich mein altes und mein neues Leben voneinander unterschieden.

»Chloe und ich sind uns einig, dass es zu viel für sie wäre, wenn sie ihre Mum im Krankenhaus sieht – vor allem auf dieser Station. Es würde mehr schaden als nutzen.«

Ich ging nicht weiter darauf ein, wie sehr mich seine Worte verletzten. *Chloe und ich sind uns einig … Ihre Mum …* Später, wenn ich allein im Bett lag und wieder einmal nicht schlafen konnte, würde ich mehr als genug Zeit haben, darüber nachzudenken, wie einsam und allein ich mich durch diese Worte fühlte.

»Wir wollen nicht riskieren, dass sie traumatisiert wird, wenn wir sie einer solchen Umgebung aussetzen. Einmal reicht«, erklärte Ryan bestimmt.

Das schlechte Gewissen übermannte mich. Das war also der Grund, warum Hope nicht zu Chloe ins Krankenhaus durfte. *Ich* war der Grund.

»Hope war damals noch sehr klein. Inzwischen ist sie älter und versteht, was los ist.«

Ryan presste die Lippen aufeinander und sah mich störrisch an. Gleichgültig, was ich sagte, er würde seine Meinung nicht ändern.

»Du warst nicht dabei. Du hast nicht gesehen, wie schlimm es für sie war.«

Ein Satz, zwei Messerstiche. Ich hatte dem nichts entgegenzusetzen. Sein Entschluss stand fest.

Ich tappte mit einer Tasse Tee in der einen und einer Scheibe Toast in der anderen Hand barfuß durch den Flur. Ich gönnte mir immer noch den Luxus, langsam in den Tag zu starten. Es war mein ureigenes Kontrastprogramm gegen den straffen Zeitplan im Krankenhaus. Es war bereits halb acht, doch ich hatte noch nicht geduscht und trug noch das übergroße T-Shirt, das ich Ryan vor Jahren einmal gemopst hatte. Der Saum war ausgefranst, und das Shirt war ausgewaschen und unanständig kurz, aber da mich ohnehin keiner darin sah, spielte es keine Rolle.

Ich überlegte gerade, ob es dekadent oder einfach bloß faul war, mich mit einer zweiten Scheibe Toast noch einmal ins

Bett zu setzen, als etwas durch den Briefschlitz fiel. Es war viel zu früh für den Postboten, und als ich hinging, fiel mein Blick auf mehrere leuchtend bunte Farbkarten, die auf der Fußmatte lagen. Ich steckte den Toast zwischen die Zähne und hob eine davon hoch. Als mir klar wurde, wer sie durch den Briefschlitz geworfen hatte, lächelte ich. In diesem Moment landete eine weitere Karte direkt auf meinen nackten Füßen.

Ich öffnete die Tür, ohne daran zu denken, wie unpassend ich gekleidet war.

»Oh, hallo, Maddie!«, sagte Mitch und trat überrascht einen Schritt zurück. »Ich hätte nicht erwartet, dich zu sehen.«

Sein Blick wanderte von meinen rot lackierten Zehennägeln über meine immer noch viel zu dünnen Beine zu dem alten T-Shirt, durch das meine Brüste deutlich zu erkennen waren. Vermutlich meinte er eher: *Ich hätte nicht erwartet*, so viel *von dir zu sehen*.

Er hatte die Haustür offen gelassen, und ein kalter Luftzug wehte herein, sodass ich Gänsehaut auf den Armen bekam und der Anblick meiner Brüste noch um einiges interessanter wurde.

Ich zog den Toast zwischen den Zähnen hervor und schluckte eilig. »Ich habe keinen Besuch erwartet«, stammelte ich, was aufgrund meines Aufzuges wohl offensichtlich war. »Es ist ja auch noch ziemlich früh«, ergänzte ich und merkte im nächsten Moment, wie unhöflich das klang. »Obwohl es natürlich schön ist, dich zu sehen!«, fügte ich deshalb rasch hinzu. »Möchtest du eine Tasse Tee?«

»Keine Zeit. Leider. Ich bin auf dem Weg ins Büro.« Erst jetzt merkte ich, dass er Hemd und Krawatte trug.

»Ich hab die Farbkarten im Baumarkt besorgt«, erklärte er und sah zu den Karten in meiner Hand hinunter. »Wenn dir eine Farbe gefällt, kaufe ich sie am Wochenende und fange mit dem Streichen an.«

Ich biss mir auf die Lippe. »Ehrlich gesagt sollten wir damit lieber noch warten.«

Mitch sah mich an, als habe er bereits damit gerechnet, dass ich ihn zurückweisen würde.

»Ich finde es nach wie vor prima, dass du mir hilfst«, versicherte ich eilig. »Aber Hope ist gerade ziemlich durcheinander, weil Chloe noch immer im Krankenhaus liegt. Und wenn ich jetzt ein Zimmer für sie einrichte, glaubt sie womöglich, dass ihre Mutter nie mehr wiederkommt.«

Mitch lächelte verständnisvoll. »*Du* bist ihre Mutter, Maddie«, sagte er dann und outete sich damit als Mitglied vom Team Maddie.

»Das sind wir beide, Chloe *und* ich«, erwiderte ich.

Ich weiß nicht, ob ich immer noch ein schlechtes Gewissen wegen meiner Zurückweisung hatte oder ob ich mich einfach nach Gesellschaft sehnte, doch als er sich schließlich abwandte, sagte ich eilig: »Hör mal, wenn du heute Abend noch nichts vorhast, könntest du ja auf einen Drink vorbeikommen, und wir könnten … uns über das richtige Mischverhältnis der Farben unterhalten … oder so.« Das war jetzt wohl der letzte Beweis, dass ich absolut keine Ahnung vom Streichen hatte. »Ryan holt Chloe gegen sieben. Wie wär's um acht?«

»Ja, klingt gut«, erwiderte Mitch und schien von meiner Einladung überrascht. Nun, da waren wir schon zwei. Ich ruderte eilig ein wenig zurück, um ihm nicht die falschen Signale zu senden. »Es ist ja nichts Besonderes. Nur ein Drink unter guten Freunden. Du brauchst dich nicht rauszuputzen oder so.«

Mitchs Augen funkelten verschmitzt. »Du auch nicht.«

Nachdem er gegangen war, lehnte ich mich einen Augenblick lang an den Türrahmen und dachte über den letzten Teil unseres Gesprächs nach. Hatten wir geflirtet oder bloß herumgewitzelt? Ich war so lange aus dem Spiel, dass ich den Unterschied nicht mehr kannte.

»Habt ihr Lust auf Burger? Ich lade euch ein!« Ryan war eine halbe Stunde früher gekommen, und ich hatte Hope noch kein Abendessen gemacht (oder besser gesagt *verbrannt*).

»Ja! Burger!«, rief Hope begeistert.

Ryan zog seine Tochter an sich und entspannte sich kaum merklich. Er kam direkt aus dem Krankenhaus, und ich brannte darauf, ihn nach Chloes Zustand zu fragen, aber da Hope neben ihm stand, sagte ich lieber nichts.

»Und du, Maddie? Isst du immer noch so gern Burger?« Natürlich erinnerte er sich an meine Vorliebe für Junk Food.

Ich wollte zustimmen, als mir plötzlich einfiel, dass ich Besuch bekommen würde.

»Tut mir leid, Ryan, aber heute Abend geht es nicht. Ich habe schon was vor.« Er sah mich neugierig an, und das wurmte mich. Ich hatte das Recht auf ein eigenes Leben und auf eigene Freunde! Die Zeiten, in denen er über alles Bescheid wissen durfte, waren schon lange vorbei.

»Kannst du nicht absagen?«

Hope sah mich flehend an, und ich hätte beinahe nachgegeben. Sie wollte, dass ich mitkam, und ich wollte es ja auch. Doch dann sah ich Mitchs Gesicht vor mir, der womöglich bereits mit einer Absage rechnete.

»Nein, tut mir leid. Heute nicht.«

Mitch brachte mir erneut einen Strauß Sonnenblumen mit, und ich lächelte breit, denn wer beginnt beim Anblick eines stattlichen Mannes mit einem Strauß gelber Blumen in der Hand nicht zu lächeln?

Manchmal traf man in den frühen Morgenstunden Entscheidungen, die bei Tageslicht betrachtet doch nicht so toll waren. Und dasselbe galt, wenn man mehr Alkohol zu sich nahm, als man seit Jahren gewohnt war.

Ich ließ am nächsten Morgen alles langsam angehen, trank einen starken, schwarzen Kaffee, knabberte an einer Scheibe Toast und stand länger als üblich unter der Dusche, wo ich darauf wartete, dass der Vorsatz den Abfluss hinuntergespült wurde.

Ich konnte mich nicht einmal mehr erinnern, wer von uns beiden auf die Idee gekommen war.

Wir hatten uns stundenlang unterhalten. Mitch war nicht bloß ein guter Zuhörer, sondern auch einfühlsam und scharfsinnig. Vermutlich war dies einfacher, wenn man nicht direkt in eine Sache verwickelt war. Ich hatte drei Gläser Wein getrunken und war ehrlich gesagt schon ein wenig beschwipst.

»Du musst ins Krankenhaus«, sagte er.

»Warum denn? Mir fehlt doch nichts«, erwiderte ich, und er grinste. Danach füllte er mein Glas nicht mehr so regelmäßig auf wie zuvor.

»Du musst mit Chloe reden … und zwar ohne Ryan«, fuhr er fort. »Immerhin wollt ihr beide nur das Beste für Hope.«

Ich nickte eifrig und wartete darauf, dass das Zimmer aufhörte, sich zu drehen, bevor ich antwortete: »Ja. Aber ich kann nicht. Das Krankenhaus ist ziemlich weit weg, und ich habe meinen Führerschein noch nicht zurückbekommen.« Natürlich war das bloß eine Ausrede, weil ich im Grunde nicht ins Krankenhaus wollte.

»Ich könnte dich fahren«, hatte Mitch vorgeschlagen.

Ich beschloss, die Sache auf mich zukommen zu lassen. Doch bevor ich mich fertig angezogen hatte, piepte mein Handy. Ich legte mich aufs Bett und las die kurze Nachricht von Ryan, die so unpersönlich klang, dass es wehtat. Hope wollte am Nachmittag zur Geburtstagsparty einer Klassenkameradin, und Ryan würde sie fahren. Meine Dienste wurden also nicht benötigt, wodurch ich unerwartet einen Nachmittag freihatte. Ich versuchte, kein Zeichen darin zu sehen. Es war sicher bloß Zufall.

Ich räumte das Wohnzimmer auf, trug die leeren Gläser und Weinflaschen in die Küche und schüttelte die Sofakissen auf. Doch die Idee, Chloe im Krankenhaus zu besuchen, ließ mich nicht los. Ryan hatte mir erzählt, dass sie keinen Besuch bekommen wollte und dass ihre beste Freundin – eine ehemalige Arbeitskollegin – vor einigen Jahren ins Ausland gezogen war. Warum sollte sie sich also freuen, mich zu sehen? Die Antwort war einfach: Sie würde sich nicht freuen.

Trotzdem traf ich eine Entscheidung, als der Postbote einen braunen A5-Umschlag durch den Briefschlitz steckte. Er kam von der Kfz-Zulassungsstelle, und ich wusste sofort, worum es sich handelte. Mein Führerschein.

Ich richtete den Blick an die Decke und seufzte. »Okay, ich hab's verstanden. Das sind genug Zeichen. Ich fahre in das verdammte Krankenhaus.« Ich bin mir nicht sicher, ob das Universum mich hörte, aber eigentlich spielte es keine Rolle. Ich würde Chloe besuchen.

Es war erstaunlich leicht, für eine Woche ein Auto zu mieten, auch wenn der schmierige Kerl in dem Büro mir ständig zuzwinkerte. *Wenn Mitch dabei gewesen wäre, hätte er das bestimmt nicht getan,* dachte ich. Und es war seltsam, dass mir Mitch und nicht Ryan in den Sinn kam.

Ich legte einen kleinen Zwischenstopp bei einem Drogeriemarkt ein, und zwanzig Minuten später machte ich mich endgültig auf den Weg, um die Frau zu besuchen, die jahrelang an meinem Krankenbett gesessen hatte.

Sie saß auf der Bettkante und starrte zum Fenster hinaus. Es nieselte und würde wohl bald zu schütten beginnen. Ihre Schultern waren nach unten gesackt, ihre Haare mussten dringend gekämmt werden – und auch gewaschen, wenn ich ehrlich war. Auf dem Weg zu ihrem Mehrbettzimmer war ich unter anderem einem Mann begegnet, der streitlustig Obszönitäten vor sich hin brüllte, und einem Patienten, dem wohl gar nicht auffiel, dass alle Welt seinen Hintern sehen konnte. Vielleicht war es ihm aber auch egal. Auf der anderen Seite der Station ging ein Alarm los, und eine Krankenschwester rannte eilig an mir vorbei.

Ryan hatte recht. Hope durfte das hier nicht sehen.

Ich räusperte mich verlegen.

»Hallo, Maddie«, sagte sie leise, und ich zuckte überrascht zusammen. Woher wusste sie, dass ich es war? Erst als ich näher trat, entdeckte ich mein Spiegelbild im Fenster. Chloe wandte so langsam den Kopf, als könnte etwas im Inneren zerbrechen.

Ich hätte auf den Anblick vorbereitet sein sollen. Ich hatte Fotos von mir nach dem Unfall gesehen. Mein ganzer Körper war blau, lila und grau gewesen. Trotzdem schnappte ich kaum merklich nach Luft, als mein Blick auf Chloes blutunterlaufenen Hals fiel.

Sie hob die Hand, und der hübsche Diamantring an ihrem Ringfinger funkelte. »Sie sind durch die Halsschlagader in meinen Kopf gewandert«, erklärte sie mit müder und ausdrucksloser Stimme, und ich sah das kleine weiße Pflaster, das sich von der dunkel gefärbten Haut abhob. »Es sieht aus, als hätte jemand versucht, mich zu erwürgen.«

Ich zog einen Stuhl heran, ohne dass sie mich dazu aufgefordert hätte. »Eher, als hätte dich ein tollpatschiger Vampir angefallen«, erwiderte ich.

Ihre Lippen verzogen sich zu einem kaum merklichen Lächeln. »Was machst du hier, Maddie?«

»Hope ist bei einer Geburtstagsparty, und ich …«

Chloe schüttelte den Kopf. Sie wusste über Hopes Terminplan natürlich besser Bescheid als ich.

»Ich habe dir ein paar Sachen mitgebracht, die du vielleicht brauchst«, fuhr ich fort. Ich wollte nicht gleich mit der Wahrheit herausrücken. Chloe warf einen schnellen Blick auf die Einkaufstüten, die ich neben ihr aufs Bett gestellt hatte.

»Danke, aber Ryan bringt mir alles, was ich brauche.«

Ich biss mir auf die Lippe und zählte bis zehn, damit es nicht zu übereilt wirkte. »Nein, er bringt dir *nicht* alles, was du brauchst«, entgegnete ich, und Chloes Blick wanderte wieder zu den Tüten.

Doch ich schüttelte den Kopf. »Ich meinte Hope.«

Chloe seufzte und wirkte einen Moment lang verärgert. Sie wollte mich nicht hier haben, und ehrlich gesagt wollte ich auch nicht hier sein. Aber das war nebensächlich. Es ging ausschließlich darum, was Hope brauchte. Und Hope brauchte Chloe – die einzige Mutter, die sie kannte.

»Hope geht es nicht gut. Sie muss dich sehen.« Chloe wollte Einspruch erheben, doch ich ließ sie nicht zu Wort kommen. »Und sag jetzt nicht, dass ihr telefoniert und skypt. Diesen Mist habe ich schon von Ryan gehört.«

Chloe sah mich lange an und blinzelte dann. »Redest du auch so, wenn Hope dabei ist?«

»Klar doch, verdammt noch mal! Ständig«, erwiderte ich und funkelte sie herausfordernd an. »Wenn du nicht bald nach Hause kommst, schimpft sie wie ein Matrose, wenn ihr euch das nächste Mal seht.«

Ich hatte nicht erwartet, dass sie zu lachen beginnen würde, und ich wusste nicht, was ich mit diesem kleinen Sieg anfangen sollte, also redete ich einfach weiter. »Natürlich macht ihr euch beide Sorgen darüber, wie sie reagieren wird. Ich weiß ja inzwischen, wie es damals bei mir war. Aber sie leidet furchtbar. Sie muss dich spüren und von dir umarmt werden.« Ich verzog das Gesicht. »Ich reiche ihr nicht.«

Chloes Blick wanderte zu den anderen Betten in ihrem Zimmer. Die Frau gegenüber lag im Koma, das Mädchen im Teenageralter neben Chloe war von Kopf bis Fuß einbandagiert, und das dritte Bett war leer.

»Die Frau neben mir ist heute Morgen gestorben.«

Ich starrte auf die leere Matratze und fragte mich zum ersten Mal, ob mein Besuch ein Fehler gewesen war.

»Hope darf nicht hierher auf die Station kommen. Das würde sie zu sehr verängstigen.«

»Stimmt.«

Chloe hob überrascht den Kopf.

»Aber im Erdgeschoss gibt es mehrere Shops, ein Café und sogar zwei Fast-Food-Läden«, sagte ich. Ich hatte eigens alles ausgekundschaftet. »Ihr könntet euch dort treffen.«

Manchmal musste man die Argumente sacken lassen, wenn man jemanden überzeugen wollte, also beließ ich es zunächst dabei. Als ich das Gefühl hatte, dass genug Zeit vergangen war, hakte ich nach: »Du brauchst dich bloß hier auf der Station abzumelden, dann könnten wir dich morgen Nachmittag besuchen.«

Ich wusste noch vor Chloe, dass sie einverstanden sein würde, denn ein Leuchten kehrte in ihre Augen zurück, als die Vorstellung langsam Gestalt annahm. »Man kann sich einfach so abmelden?«

»Aber klar«, erwiderte ich großspurig. »Ich war ständig unterwegs.«

Ich hatte einmal kurz davor gestanden, einem Mann ewige Liebe und Treue zu schwören, doch am Ende hatte er diese Worte von einer anderen gehört. Und weder Chloe noch ich hätten uns wohl je ausmalen können, dass wir einmal an einem Strang ziehen würden, um ausgerechnet diesen Mann hinters Licht zu führen.

»Ryan wird niemals einverstanden sein«, bemerkte Chloe.

»Deshalb sagen wir es ihm ja auch erst *nach* Hopes Besuch. Wenn er erst mal erkennt, dass er falschlag, wird er verstehen, warum wir es getan haben.«

»Und wenn *wir* falschliegen?«

»Das tun wir nicht.«

Chloe musterte mich eindringlich. »Willst du, dass wir uns scheiden lassen?«

»Ja, eine Überlegung wäre es wert«, erwiderte ich grinsend.

Auch wenn die Besuchszeit noch nicht zu Ende war, hatte ich das Gefühl, als sei alles gesagt. Ich stand auf und griff nach meinem roten Kaschmirschal und dem Mantel.

»Danke für das hier«, sagte Chloe und warf endlich doch einen Blick in die Einkaufstüten. Sie waren voller Pflegeprodukte und Kosmetikartikel, die ich mir auch gewünscht hätte, als ich noch im Krankenhaus lag. Doch stattdessen hatten mir die Besucher Weintrauben und anderes Obst mitgebracht. Chloe zog eine Packung samtweiches Toilettenpapier, eine Packung Einwegrasierer und ein Nagelpflegeset heraus. »Du weißt, worauf es ankommt«, gab sie zu. »Aber leider kann ich kaum etwas davon verwenden. Ich darf nicht allein duschen, und die Schwestern waren in den letzten Tagen zu beschäftigt, um mir zu helfen. Ryan wiederum darf absurderweise nicht mit ins Damen-Badezimmer.«

»Das Zeug wird ja nicht schlecht«, erwiderte ich.

Ich hatte mich bereits verabschiedet und trat gerade zur Tür hinaus, als ich innehielt und mich noch einmal umdrehte. Ich kehrte mit schnellen Schritten zum Bett zurück, bevor ich meine Meinung ändern konnte. »Nimm die Tüte!«

Chloes überraschter Gesichtsausdruck wich Entsetzen, als ihr klar wurde, was ich vorhatte. Aber es gab kein Zurück.

»Unsere Situation ist sowieso schon das Seltsamste, was ich je erlebt habe, also kommt es darauf auch nicht mehr an. Ich helfe dir beim Duschen.«

Kapitel 18

Chloe

Es fiel mir nie leicht, neue Freundschaften zu schließen. Ich kannte manche Mütter aus Chloes Schule seit über drei Jahren und hätte sie trotzdem nicht als gute Freundinnen bezeichnet. Und seit Sally und ihr Mann Bob nach Frankreich gezogen waren, um in der Dordogne Ferienhäuser zu vermieten, hatte ich keine beste Freundin mehr. Zum Glück war ich mit einem Mann verheiratet, der diese Rolle ganz wunderbar übernommen hatte.

Ich war also nicht auf der Suche nach einer Freundin, und wenn ich es gewesen wäre, hätte ich mir sicher nicht Maddie ausgesucht. Ich war mir immer noch nicht sicher, ob ich ihr vertrauen konnte, weshalb es umso bemerkenswerter war, dass ich plötzlich im Badezimmer der neurologischen Station nackt vor ihr stand.

Ich hatte in meinem ganzen Leben in entsprechenden Situationen immer lieber gewartet, bis eine Kabine frei wurde, anstatt mich in der Gemeinschaftsumkleide umzuziehen, und meine angeborene Schüchternheit verschwand nur, wenn Ryan im Schlafzimmer die Hand nach mir ausstreckte und ich das Verlangen in seinen Augen sah.

Er hatte mich schon Tausende Male nackt gesehen, und ich hatte meinen Körper dabei nie mit dem der Frau verglichen, die er vor mir geliebt hatte. Doch jetzt tat ich es. Obwohl ich zugeben musste, dass sie die Situation sehr professionell und sachlich in Angriff nahm. Vermutlich fühlte es sich für sie sehr viel normaler an, weil sie so oft als Patientin von einer anderen Frau gewaschen worden war.

Als mir plötzlich schwindelig wurde und ich an dem Duschvorhang aus Plastik Halt suchte, schob Maddie eilig einen Hocker zu mir unter die Dusche. Es war ein eigenartiges Gefühl, das Wasser im Sitzen auf meinen Kopf prasseln zu lassen, und ich geriet beinahe in Panik, als Maddie plötzlich ihren Pullover auszog und nach dem teuren Haarshampoo griff, das sie mir gekauft hatte.

»Du kommst jetzt aber nicht rein, oder?«, fragte ich und hätte beinahe die Arme vor den Brüsten verschränkt, weil ich mich so schämte.

Sie lachte, und ich fragte mich, was Ryan wohl gesagt hätte, wenn er uns hätte sehen können.

»Nein, aber meine Ärmel werden sonst nass, wenn ich dir die Haare wasche«, erklärte Maddie.

Ich war so schwach, dass ich kaum die Arme heben konnte, und ich wurde richtig wütend.

»Das wird schon wieder«, versicherte Maddie mir, während sie das Shampoo sanft einmassierte. »Nachdem ich aufgewacht bin, war ich so schwach wie ein neugeborenes Kätzchen.«

Ryan beugte sich zu mir herunter, gab mir einen Kuss und schnupperte anerkennend. »Hmm, du riechst gut!«, murmelte er und schmiegte sich an meinen Hals. Dann lehnte er sich zurück und sah mich neugierig an. »Hast du dir die Haare gewaschen?«

Ich nickte. Natürlich hätte ich ihm sagen sollen, wer mich dabei unterstützt hatte, aber das hätte bedeutet, dass ich ihm auch von den Plänen für den nächsten Tag erzählen musste.

»Ja, ich habe jemanden gefunden, der mir geholfen hat.« Es war keine Lüge. Ich hatte trotzdem ein schlechtes Gewissen.

Ich bürstete mir die Haare vor dem Spiegel, den Maddie mir mitgebracht hatte, und meine Bewegungen wurden immer zögerlicher, je näher ich der Stelle kam, unter der der Tumor wuchs. Ich sah ihn vor mir, wie er unter der Haut und dem Knochen lauerte.

Dann zog ich den Gürtel meines Morgenmantels enger und griff nach dem Kaschmirschal, den Maddie mir dagelassen hatte. Er passte zwar nicht zu meinem Frotteemantel, doch er würde die Blutergüsse an meinem Hals vor den Augen meiner Tochter verbergen, und nur das zählte.

Meine Nerven waren schon den ganzen Tag über zum Zerreißen gespannt, und ich hatte ein Dutzend Mal nach dem Telefon gegriffen, um Maddie abzusagen. Ich konnte nur an die verängstigte Dreijährige denken, die immer wieder aus schrecklichen Albträumen hochgefahren war, und hörte den Rat der Ärzte und Spezialisten, alles aus ihrem Leben fernzuhalten, was ihr Angst machte. Und deshalb hatten wir … Maddie aus ihrem Leben entfernt, und Hopes Zustand hatte sich gebessert. Alles war wieder gut gewesen, doch weder Ryan noch ich hatten uns wohl damit gefühlt, unsere Tochter belogen zu haben, auch wenn wir nie darüber gesprochen hatten.

Und heute standen noch mehr Lügen bevor – zumindest bis zum Abend, wenn ich Ryan die Wahrheit erzählen würde. Es war also kein Wunder, dass mein Blutdruck jedes Mal zu hoch war, wenn die Schwester ihn maß, und ich konnte sie nur mühevoll überzeugen, dass es mir gut genug ging, um die Station zu verlassen.

»Ich verspreche Ihnen, dass mein Mann das Krankenhaus nicht verklagt, falls ich irgendwo tot umfalle«, scherzte ich, doch ich erntete bloß einen eisigen Blick. Die Vorstellung, dass ein Patient tot zusammenbrach, war nicht witzig, und eigentlich konnte ich selbst auch nicht darüber lachen.

Wie verabredet schrieb Maddie vom Parkplatz aus eine Nachricht. *Wir sind da. Kommst du runter?*

Ja, wir treffen uns unten, schrieb ich zurück und vertippte mich bei jedem einzelnen Wort.

Die Aufzugtüren öffneten sich, und ich trat hinaus in die Eingangshalle. Es war einiges los, viele Besucher liefen hektisch von einem Ort zum anderen. Ich war erst seit etwas mehr als einer Woche hier, doch ich gehörte schon jetzt nicht mehr zu ihnen. Meine Krankheit machte mich zu einer Außenseiterin – das und die Tatsache, dass ich als Einzige im Bademantel hier herumstand.

Ich ließ den Blick über die Besucher schweifen, doch letztlich hörte ich sie, bevor ich sie sah. *»Mummy!«*

Mehrere Köpfe drehten sich in ihre Richtung, und dann löste sich plötzlich eine kleine Gestalt aus der Menge und stürzte auf mich zu. Ich wusste, dass es kitschig war und aussah wie im Film, aber das war mir egal. Ich sank auf die Knie und streckte die Hände aus, und im nächsten Augenblick sank Hope in meine Arme.

Keine Ahnung, wie viele Menschen die Szene beobachteten, denn ich hielt die Augen fest geschlossen, bis ich mir sicher war, dass keine Tränen mehr zu sehen sein würden, wenn ich sie öffnete. Ich hatte mir geschworen, nie vor Hope zu weinen, und meine Diagnose hatte diesen Entschluss nur bestärkt.

»Mummy!«, rief Hope viel zu laut. »Was machst du denn hier?«

Ich sah zu Maddie hoch. Sie hielt mir ihre Hand hin, und ich ergriff sie dankbar und zog mich hoch.

Hope wandte sich in meinen Armen zu Maddie herum. »Du hast gesagt, wir gehen shoppen«, sagte sie beinahe anklagend.

Den spitzbübischen Ausdruck auf Maddies Gesicht hatte ich schon zahllose Male bei ihrer Tochter gesehen. »Ja, dort drüben kann man einkaufen«, sagte sie und deutete mit dem Kopf in die entsprechende Richtung.

»Und dann essen wir Burger?«

Maddie zeigte auf das gelbe Logo einer bekannten Fast-Food-Kette. »Klar doch!«

»Das hier ist das Krankenhaus, in dem ich wieder gesund gemacht werde, Pumpkin«, erklärte ich meiner offensichtlich verwirrten Sechsjährigen. »Oben auf der Station liegen die Patienten, schlafen und bekommen ihre Medizin, und hier unten …«

Hope schlang die Arme um meine Beine. »Hier unten kann ich meine Mummy wiedersehen«, ergänzte sie glücklich.

Maddie sah mir über Hopes Kopf hinweg in die Augen. »Genau so ist es.«

Die Zeit verging viel zu schnell. Ich hielt Hopes Hand, während wir durch den Krankenhausshop schlenderten, und hatte nicht vor, sie auch nur eine Sekunde loszulassen. Ich suchte ihr einen süßen Plüschhund, mehrere Comics und auch noch ein paar Süßigkeiten aus, die ich ihr normalerweise ausgeredet hätte. Meine Krankheit war nicht gut für ihre Zähne.

Vor uns standen nur noch zwei Kunden an der Kasse, als mir plötzlich klar wurde, dass meine Handtasche und das Portemonnaie sicher versperrt in meinem Nachttisch lagen.

»Das übernehme ich«, bemerkte Maddie, ohne mit der Wimper zu zucken, und gab der Angestellten ihre Karte.

Und plötzlich reiste ich in Gedanken mehrere Jahre in die Vergangenheit und stand in einem anderen Shop in einem anderen Krankenhaus, kaufte Süßigkeiten für Gladys und lief wenig später Ryan in die Arme. Die Geschichte schien sich zu wiederholen, und auf einmal hatte ich Angst. Es war, als wären wir in einer Zeitspirale gefangen. Maddie war krank gewesen – und nun war ich es; sie hatte Ryan geliebt – und nun gehörte er mir. Viel Furcht einflößender war jedoch der Gedanke, dass Hope am Ende geglaubt hatte, ihre Mutter sei tot. Wie würde es wohl dieses Mal ausgehen? Hatten wir das Schicksal einmal zu oft herausgefordert und eine Lüge zu viel erzählt?

»Was möchtest du essen?«, fragte ich, legte einen Arm um Hope und drückte sie an mich.

»Einen Cheeseburger und Fritten«, antwortete sie wie aus der Pistole geschossen. »Das habe ich neulich Abend mit Daddy auch gegessen.«

»Verstehe. Jetzt kommt die Wahrheit ans Licht«, erwiderte ich lachend und dachte an die gesunden Mahlzeiten in der Gefriertruhe, die Ryan offensichtlich ignorierte.

»Schade, dass du nicht mitgekommen bist, Maddie.«

Ich hob langsam den Kopf, und sie sah mich verlegen an. Jetzt kam die Wahrheit also wirklich ans Licht.

»Das ging leider nicht, Schätzchen. Ich hatte ein Date«, erwiderte sie ein wenig zu schnell und wurde rot. War es, weil sie gelogen hatte? Oder dachte sie an den Mann, mit dem sie angeblich den Abend verbracht hatte?

Obwohl sie sehr viel mehr bestellt hatte, als sie normalerweise aß, bestand Hope hinterher noch auf einem Milchshake. Ich wollte ihr gerade etwas Gesünderes einreden, als Maddie grinste. »Hmm, lecker! Nehmen wir doch alle einen!«

Ich hatte eigentlich keine Lust auf einen Milchshake, aber ich wollte auch nicht langweilig und gesundheitsfanatisch wirken und immer diejenige sein, die Nein sagte. Also bestellten wir drei Milchshakes, und Hope saugte so stark an ihrem Strohhalm, dass ihre blassen Wangen rot anliefen.

Maddie sah mich schulterzuckend an. »Also, ich kann auf alle Fälle noch ein paar Kilo mehr vertragen.« Sie lachte so laut, dass sich mehrere Männer bewundernd zu ihr umdrehten. Aber das war vermutlich immer schon so gewesen.

Maddie

»Ich muss mich bei dir entschuldigen, Maddie.«

Ich sah ihm in die vertrauten Augen und überlegte, was er meinte. Dass er mir nicht gleich gesagt hatte, dass ich eine Tochter hatte? Dass er meine Tochter angelogen und ihr erzählt hatte, ich sei tot? Oder dass er eine andere geheiratet hatte? Es gab vieles, wofür er theoretisch um Entschuldigung hätte bitten können, aber letztlich war es etwas ganz anderes.

»Es war nicht richtig, Hope von ihrer Mutter fernzuhalten«, gab Ryan leise zu. Sein schlechtes Gewissen war so stark, dass er gar nicht merkte, wie sehr er mich mit diesem Satz verletzte.

»Welche Mutter meinst du?«

Im Gegensatz zu Mitch wurde Ryan selten verlegen oder gar rot, aber in diesem Moment war beides der Fall.

»*Touché.* Du hast recht. Scheint, als würde ich denselben Fehler immer wieder machen.« Sein Blick war ernst, und er sah mir in die Augen. »Aber ich verspreche, dass ich euch das nie wieder antun werde. Keiner von euch beiden.«

Ein Teil von mir hätte ihm am liebsten die Tür vor der Nase zugeworfen. Er war hergekommen, hatte seinen Text gesagt und fühlte sich vermutlich schon sehr viel besser. Ich konnte ihn genauso gut wieder fortschicken … Doch leider brachte ich es nicht übers Herz. Also hielt ich ihm die Tür auf, obwohl die Stimme der Vernunft sagte, dass das keine gute Idee war.

»Willst du reinkommen? Ich wollte mir gerade einen Kaffee machen.«

Ich wartete nicht darauf, ob er mir folgte, als könnte ich mich dadurch der Verantwortung entziehen. Stattdessen tappte ich barfuß zurück in die Küche.

»Wer passt denn auf Hope auf?«, fragte ich mit Blick auf die Küchenuhr. Es war schon längst Schlafenszeit.

»Megan, unsere Babysitterin«, erwiderte Ryan und griff nach dem Becher, den ich ihm hin hielt.

»Es ist bloß Instant-Kaffee«, sagte ich verlegen, denn ich wusste, dass er guten Kaffee liebte. Es war seltsam, dass mich kleine Erinnerungen wie diese ständig vollkommen unvorbereitet trafen. Es war, als ginge ich über ein Minenfeld, und ich fragte mich, ob es Ryan genauso empfand.

Ich warf ihm über den Rand meines Bechers einen Blick zu und erwischte ihn dabei, wie er mich musterte.

»Wann darf Chloe denn nach Hause?«, fragte ich schnell, denn wir mussten vorsichtig sein, und allein ihr Name brachte uns wieder auf Kurs.

»Bald, hoffe ich. Aber wohl eher erst nach dem Wochenende.« Er seufzte und klang so verloren, dass ich beinahe aufgestanden wäre und die Arme um ihn gelegt hätte. *Beinahe.*

»Wenigstens kann Hope sie jetzt besuchen. Dank dir.« Er lächelte, und sein Gesicht nahm einen Ausdruck an, der jedes Mal erschien, wenn er von unserem Kind sprach. »Du hättest sie auf der Heimfahrt erleben sollen, Maddie. Sie war so glücklich! Und das haben wir dir zu verdanken.«

Ich zuckte mit den Schultern, denn ich wollte ihm nicht zeigen, wie viel mir seine Worte bedeuteten.

»Ich meine es ernst. Ich hätte mich nie getraut, sie mitzunehmen. Ich hatte zu viel Angst, dass es sie an …« Er hielt unvermittelt inne, und ich nickte. Ich wusste, was er meinte. »Aber du *wusstest*, dass es das Richtige ist. Das nennt man Mutterinstinkt, nehme ich an.«

Es kostete mich alle Kraft, weiterzulächeln und nicht in Tränen auszubrechen.

Sein Lächeln brach mein Herz in Tausende Stücke. »Seit wann bist du eigentlich so verdammt schlau?«

»Das ist vermutlich passiert, während ich geschlafen habe«, erwiderte ich leise.

»Übrigens, falls dich jemand fragt: Wir sind zusammen.«

Ich mochte Mitch unter anderem deshalb, weil man ihm eine solche Bombe einfach in den Schoß werfen konnte, ohne dass er sofort hektisch aufsprang und ein Riesentheater veranstaltete. Stattdessen blieb er ruhig sitzen und betrachtete sie neugierig.

»Wirklich? Nett! Dabei habe ich dich noch gar nicht um ein Date gebeten.«

Fünfzehn zu null. Ich war von uns beiden zuerst rot geworden. Ich fächelte mir übertrieben frische Luft zu, und er lachte.

»Stimmt, das hast du nicht«, erwiderte ich, und er hob die buschigen Augenbrauen.

»Mir ist klar, dass die Sache mit Hope noch nicht ausgestanden ist, aber ich wäre trotzdem gern schon vorbeigekommen und hätte die Tapeten entfernt und die Holzteile gestrichen«, hatte Mitch mir vor einigen Tagen am Telefon erklärt.

Er hatte mich in einem schwachen Moment erwischt, denn ich war gerade von einem Spontanbesuch bei meinen Eltern zurückgekommen. Nachdem ich gesehen hatte, wie Hope

Chloe in die Arme gestürzt war, hatte ich plötzlich das Bedürfnis verspürt, meine Mutter zu sehen. Es spielte keine Rolle, ob sie mich erkannte, ich musste zu ihr.

Für jemanden, der lange Zeit nicht hinter dem Lenkrad gesessen hatte, war es eine ziemlich weite Fahrt, doch ich empfand sie als kathartisch. Mein Dad war begeistert gewesen, dass ich sie besuchen wollte, und hatte sofort eine aufblasbare Matratze samt Decke und Kissen für mich gekauft. »Jetzt, wo du deinen Führerschein wiederhast, kannst du so oft herkommen, wie du willst«, erklärte er freudig.

»Nein, im Moment leider nicht«, erwiderte ich und drückte seine Hand. »Ich muss doch Hope von der Schule abholen.« Ich senkte den Blick, damit er mir nicht in die Augen sehen konnte. »Aber damit ist vermutlich Schluss, wenn Chloe aus dem Krankenhaus entlassen wird.«

Er legte einen Arm um mich. »Ist es sehr schwer für dich?«

Das war eine gute Frage, auf die ich keine Antwort wusste. »Es ist herrlich – und gleichzeitig schrecklich. Wie wenn dir durch eine zufallende Tür noch ein letzter schneller Blick auf etwas Wunderschönes vergönnt wird.«

Ich erkannte erstaunt, dass mein Dad Tränen in den Augen hatte. Seine Frau entglitt ihm jeden Tag ein bisschen mehr, und meine Worte hatten seinen Kummer perfekt beschrieben. Wir beide konnten die Menschen, die wir liebten, nicht festhalten, also taten wir das einzig Mögliche: Wir klammerten uns aneinander.

»Ist unsere Beziehung eigentlich was Ernstes?«

Ich grinste zweideutig. »Nein. Ich glaube nicht. Du willst nur mit mir ins Bett.«

Fünfzehn beide. Obwohl es nicht fair war, denn ich hatte schon vorher gewusst, dass er rot werden würde.

»Entschuldige«, sagte ich eilig. Ich war wohl zu weit gegangen. In Mitchs Gegenwart fühlte ich mich sehr wohl, und ich vergaß deshalb leicht, dass unsere Freundschaft noch neu und im Wachsen begriffen war, obwohl wir uns bereits vor meinem Unfall gekannt hatten.

»Chloe scheint beunruhigt zu sein, weil ich in letzter Zeit mehr Zeit mit Ryan verbringe, und ich dachte, es wäre besser für ihre Genesung, wenn sie glaubt, dass ich einen Freund habe.«

»Verstehe«, erwiderte Mitch zögerlich und breitete seine Werkzeuge auf dem Boden aus. »Und müssen wir auch mal mit den beiden ausgehen, damit sie uns glauben? Muss ich die Basics unserer Beziehung auswendig lernen und wissen, wie du deinen Tee am liebsten trinkst?«

Ich lachte. »Mann, wenn ich es nicht besser wüsste, würde ich meinen, du hättest zu viele romantische Komödien gesehen!«

»Ich *liebe* romantische Komödien!«, erwiderte Mitch begeistert.

Kaum hatte ich das Gefühl, diesen Mann endlich durchschaut zu haben, überraschte er mich von Neuem. »Echt?«, fragte ich ungläubig.

»Klar! *Der gebuchte Mann. Wedding Date. Pretty Woman*«, zählte er ohne zu zögern auf. »Alles Filme über erfundene Beziehungen, die am Ende Realität werden.«

Plötzlich war es viel zu heiß in dem kleinen Schlafzimmer. »Ich denke, so weit müssen wir nicht gehen. Ich habe es nur nebenbei erwähnt.«

»Okay«, erwiderte Mitch schulterzuckend und schloss den Dampfer zum Tapetenablösen ans Stromnetz an. »Ich wollte nur die Details klären.«

Meine Hand lag bereits auf der Türklinke, als er plötzlich noch etwas sagte, und ich hielt überrascht inne.

»Einen halben Teelöffel Zucker und viel Milch«, bemerkte er, und ich warf ihm lächelnd einen Blick zu. »So magst du deinen Tee am liebsten«, ergänzte er, bevor er wie ein Zauberer im Dampf verschwand.

Chloe

»Mir wäre nur lieber gewesen, wenn du mich vorher gefragt hättest, das ist alles.«

Es war meine erste Nacht zu Hause, und ich wollte mich nicht streiten. Trotzdem standen wir kurz davor.

»Ich hätte nicht gedacht, dass es ein Problem sein könnte.«

Vielleicht ist es das ja auch nicht, dachte ich zögerlich. *Vielleicht bin* ich *diejenige, die ein Problem hat.*

Ich sah vom Sofa aus zu ihm hoch. Ryan hatte sämtliche Kissen herbeigeschleppt und behandelte mich wie ein Porzellangefäß mit einer tickenden Bombe im Inneren.

Er setzte sich neben meinen Füßen auf die Lehne. »Maddie hat Hope doch die letzten beiden Wochen von der Schule abgeholt, also dachte ich, sie könnte es noch für ein paar weitere Tage tun. Ich will nicht, dass du dich überanstrengst, und außerdem dauert es noch, bis du wieder mit dem Auto fahren darfst.«

Ich versuchte, die Sache vernünftig zu sehen. Beeinflusste meine Eifersucht darauf, dass Maddie so viel Zeit mit Hope verbracht hatte, mein Urteilsvermögen? Vermutlich schon, aber diese Erkenntnis war nicht Grund genug, um nachzugeben.

»Ich könnte sie trotzdem abholen«, erklärte ich stur. »Ich nehme mir einfach ein Taxi.« Es war nicht gerade logisch, aber über diese Phase war ich mittlerweile hinaus.

»Wenn du willst, rufe ich sie an und sage ab«, schlug Ryan vor. Als ich nichts erwiderte, zog er das Handy aus der Tasche.

Ich knickte ein, bevor die Verbindung zustande kam. »Nein. Lass es. Ist schon okay.«

Ryan sah mich prüfend an. Die tiefen Falten um seine Augen bewiesen, wie sehr ihn die letzten beiden Wochen mitgenommen hatten.

»Ich glaube, ich habe vergessen, wie es ist, ein normales Leben zu führen. Ich will doch nur, dass es wieder so ist wie früher.« Interessanterweise fragte er mich nicht, ob ich die Zeit vor meinem Gehirntumor oder vor Maddies Aufwachen aus dem Koma meinte. Und das war auch gut so, denn ich wusste es ja selbst nicht.

»Ich fände es schön, wenn du mich jetzt mal in den Arm nähmst«, sagte ich leise, und im nächsten Moment drückte Ryan mich zärtlich an sich. Ich spürte seinen Atem in meinen Haaren, lauschte seinem gleichmäßigen Herzschlag und schmeckte das Salz einer einzelnen Träne, als er mich küsste. Er füllte mich aus, und plötzlich war alles andere bedeutungslos. Es zählte nur noch, dass ich zu Hause bei Hope und Ryan war.

»Jetzt wird alles wieder gut«, murmelte Ryan und gab mir einen sanften Kuss auf den Scheitel. Er hatte im Grunde nicht das Recht, solche Voraussagen zu machen – aber ich glaubte ihm trotzdem.

Die ersten Wochen waren die schlimmsten, denn ich durfte niemandem zeigen, wie ich mich fühlte. Ich durfte Ryan nicht zeigen, dass ich schreckliche Sorge hatte, nicht die Frau zu sein, mit der er alt werden würde, obwohl wir es uns versprochen hatten. Ich hatte Angst, dass die Zukunft meiner Familie ohne mich stattfinden würde. Ich sah in Gedanken alle wichtigen Ereignisse, die noch vor uns lagen, als wären es Fotos aus einem Familienalbum. Ich sah Hope an ihrem ersten Tag in der Oberstufe. Ich sah, wie Ryan missmutig das Outfit für ihr erstes Date beäugte. Ich sah sie als junge Frau, die gerade den Führerschein gemacht hatte. Ich sah all die Dinge, die ich vielleicht nie erleben würde.

Wer würde neben ihr stehen, wenn sie ihren Uniabschluss feierte? Ryan natürlich, aber wer noch? Und was war an ihrem Hochzeitstag? Würde der Platz der lächelnden Brautmutter auf dem Hochzeitsfoto frei bleiben? Vermutlich nicht, denn es gab ja jemanden, der diese Rolle übernehmen konnte.

Wenn Ryan mich in jenen ersten Wochen nach dem Krankenhausaufenthalt etwa fünfzigmal am Tag fragte, wie ich mich fühlte, schob ich sämtliche Ängste beiseite und erklärte, dass alles okay sei. Und deshalb war es auch vollkommen klar, dass Maddie dieselbe Antwort erhielt, als sie Hope nach der Schule nach Hause brachte.

Ich brauchte länger als sonst, um zur Tür zu gelangen, denn ich hatte mir angewöhnt, so langsam zu gehen, als würde ich ein Buch auf dem Kopf balancieren. Es half zwar nicht gegen den Tumor, aber es war auf jeden Fall gut für die Haltung. »Nein, es ist gewiss *nicht* alles okay«, erwiderte Maddie leise und bestimmt, nachdem Hope an uns vorbei ins Haus gerannt war, um ihre Katze zu suchen. Ich umklammerte den Türrahmen und starrte sie an. Ich hasste es, dass sie mich so einfach durchschaute. Dass sie sah, was meinem Ehemann, meinem Kind, meinen Ärzten und allen anderen verborgen blieb.

Man verändert sich, wenn man einmal dem Tod ins Gesicht geblickt hat. Ich hatte mich verändert, und Maddie auch. Und an diesem Tag wurde mir klar, dass sich unsere Beziehung von jetzt in eine Richtung entwickeln würde, mit der ich nicht gerechnet hatte.

Es dauerte vier Tage, bis ich sie zum Tee hereinbat. Vier Tage, bis ich sie nicht mehr wie einen beliebigen Chauffeur behandelte. Natürlich hoffte ich insgeheim, dass sie ablehnen würde, aber sie tat nichts dergleichen.

Es war anders als bei ihrem ersten Besuch, denn ich holte nicht das beste Geschirr hervor, sondern zwei nicht zusammenpassende Becher. Durch die offene Küchentür hörte ich, wie sich Hope mit Elsa unterhielt, und ich spitzte die Ohren, als sie ihrer Katze von dem »gemeinen Jungen« aus ihrer Klasse erzählte, der sie zum Weinen gebracht hatte.

Ich warf Maddie einen besorgten Blick zu, und sie beugte sich nach vorn, um mir die Geschichte zu erzählen. Wir saßen so nahe beieinander, dass sie nur flüstern musste. »Der kleine Scheißer hat gemeint, Hope und ich würden aussehen wie Blut saugende Vampire.«

Ich dachte an sämtliche Kinderbücher, die Mobbing auf dem Schulhof behandelten, und überlegte, was ich tun konnte. Sollte ich die Klassenlehrerin um einen Termin bitten? Oder den Direktor? Oder war es besser, zuerst in Ruhe mit den Eltern des Jungen zu reden?

»Was hast du denn zu ihr gesagt?«

»Nichts. Aber es kann sein, dass ich mir kurz mal über die Lippen geleckt habe, als wir auf dem Hof an dem Kerl vorbeikamen.«

Ich stöhnte auf und legte den Kopf in die Hände – und zur Abwechslung war der Tumor einmal nicht schuld daran. »Das kannst du doch nicht machen!«

»Na ja, offensichtlich muss ich noch viel lernen. Hope hat eben einen guten und einen bösen Cop als Mutter.«

Ich musterte sie eindringlich. »Du bist ganz anders, als ich mir dich vorgestellt habe.« Maddie sah mich verwirrt an. »Ich habe dich monate-, ja sogar jahrelang im Krankenhaus besucht und hatte ein genaues Bild von dir.« Ich sah sie verlegen an. »In meiner Vorstellung waren wir Freundinnen.«

Maddie nippte an ihrem Tee. »Und wie schlägt sich die Realität im Vergleich mit der Vorstellung?«

»Das kann ich noch nicht sagen«, erwiderte ich vorsichtig.

Sie zuckte mit den Schultern, und ihre Lippen verzogen sich zu einem Lächeln, als unsere Tochter ins Zimmer kam. »Okay, das reicht mir für den Anfang.«

Kapitel 19

Vier Monate später

Maddie

Ich lernte in jenem Frühling sehr viele wichtige Dinge. Die Tage wurden langsam länger und wärmer, und ich erfuhr, dass es etwas noch Schöneres gibt, als deinem verschlafenen Kind einen Gute-Nacht-Kuss zu geben: nämlich, wenn es am Morgen in dein Bett krabbelt und sich an dich kuschelt.

Ich musste feststellen, dass ich total mies im Feilschen war, nachdem ich tausend Pfund zu viel für ein gebrauchtes Auto bezahlt hatte. »Ich hätte mitkommen können«, hatte Ryan gesagt, als es bereits zu spät war. Und ich lernte, bis zehn zu zählen und anschließend freundlich zu lächeln.

Ich fand heraus, dass Mitch wunderbar Tapeten kleben konnte, aber dass ich ihn beim Streichen der Fensterrahmen um Längen schlug. Und so arbeiteten wir mehrere Tage gemeinsam und glücklich Seite an Seite an dem zweiten Schlafzimmer in meiner Wohnung.

Ich merkte, wie sehr ich meine Physiotherapiestunden vermisste, nachdem Heidi irgendwann erklärt hatte, dass wir »fertig« seien. Und ich lernte, dass eine Fitnesscenter-Mitgliedschaft sich nur lohnt, wenn man regelmäßig hingeht, und dass es sehr viel schwieriger ist, sich selbst zu motivieren, wenn einem kein wasserstoffblonder, übereifriger Zwerg Kommandos ins Ohr brüllt.

Ich fand heraus, wie man Tinder benutzt – allerdings nicht für mich, sondern für Mitch, der mir ständig von seinen fürchterlichen ersten Dates erzählte. Ich hatte offenbar mehr Gespür als er, was mögliche zukünftige Freundinnen betraf, und ich lernte, das seltsame Gefühl zu ignorieren, das sich einstellte, als er einige Wochen später immer noch mit der Frau ausging, die ich für ihn ausgesucht hatte.

Am schlimmsten war aber, in jenem Frühling erkennen zu müssen, dass ich nicht annähernd so schlau und gerissen war, wie ich dachte. Ich übersah sämtliche Anzeichen. Ich hielt eine Kriegerin für eine Pazifistin und eine Frau mit einem Herzen wie ein Löwe für einen Feigling. Ich dachte, meine Aufgabe sei, Ryan und Chloe zu helfen. Doch stattdessen erwies sich Chloe Turner als die stärkste Frau, die ich jemals kennengelernt hatte. Denn nur ein ganz besonderer Mensch widmete die Zeit, die ihm noch blieb, dem Training der Person, die ihn einmal ersetzen würde. Und das war noch etwas, was ich in jenem Frühling lernte.

»Lass nur ja nicht zu, dass Hope sich Ohrlöcher stechen lässt, bevor sie dreizehn ist.«

Chloe und ich saßen auf unbequemen Holzstühlen im Gemeindesaal, und vor uns befand sich eine kleine Plattform, die für mehrere aufgeregte kleine Mädchen in rosa Tutus schon bald zur großen Bühne werden sollte.

Ich wandte mich zu Chloe um, die übers ganze Gesicht strahlte, als Hopes Blick suchend über die versammelten Mütter glitt.

»Was?«

Chloe nickte Hope zu, hob den kleinen Camcorder hoch und reckte zuversichtlich den Daumen. Sie beantwortete meine Frage, ohne den Blick von Hope abzuwenden.

»Ohrlöcher. Hope und ich haben einen Deal. Mit dreizehn, nicht vergessen! Sonst muss sie eine ganze Menge Brokkoli essen.«

Ich hatte keine Ahnung, wovon sie sprach, doch während die Lehrerin die CD einlegte und die ersten Takte erklangen, verstand ich endlich.

»Chloe …«, begann ich und griff instinktiv nach ihrer Hand.

»Psst«, zischte sie. »Es geht los.« Sie deutete mit dem Kopf in Richtung Bühne, wo die kleinen Tänzerinnen ausgelassen herumsprangen. Sie hielt meine Hand eine ganze Weile länger als erwartet fest, und als zu ihr hinübersah, liefen Tränen über ihre Wangen.

Chloe

Man erinnert sich oft ein ganzes Leben lang an den Moment, in dem man eine schlechte Nachricht erhalten hat. Die Anschläge vom 11. September, der Tod von Lady Di – diese Augenblicke brennen sich ins Gedächtnis ein. Als ich die schlimmste Nachricht meines Lebens erhielt, saß ich wieder einmal in Dr. Higgins' Büro.

»Es tut mir sehr leid, Chloe, aber die letzte MRT hat gezeigt, dass der Tumor besorgniserregende Ausmaße angenommen hat.«

Ich griff nach Ryans Hand und konzentrierte mich auf das Gefühl seiner Haut auf meiner und auf seinen starken Griff, während die Worte des Arztes wie Peitschenhiebe auf uns niederprasselten.

»Ich habe die Befunde an die Neurochirurgen weitergeleitet. Sie werden sich so bald wie möglich mit Ihnen in Verbindung setzen, um die weitere Vorgangsweise zu besprechen.«

Ich erinnere mich nicht mehr daran, wie ich aufstand, das

Besprechungszimmer verließ und zu unserem Auto zurückging. Ich weiß nur, dass die Sonne warm auf meinen Rücken fiel. In den Bäumen sangen Vögel, doch als sie mein Schluchzen hörten, verstummten sie.

Seltsamerweise mochte ich Dr. Owen vom ersten Moment an, obwohl er mir schon bald den Schädel aufschneiden würde. Er war ein Mann klarer Worte.

»Ich führe diese OP in Wahrheit nur sehr ungern durch, Chloe.« Seine blauen Augen waren so hell, dass sie beinahe weiß wirkten. Er sah mich besorgt an. »Sie sind noch sehr jung und haben eine kleine Tochter. Die OP birgt ein hohes Risiko, und ich würde Ihnen sofort eine Alternative vorschlagen, wenn es eine gäbe.«

Ich schluckte und sah zu Ryan hinüber, der angespannt neben mir saß. Er hielt meine Hand, während die andere zur Faust geballt auf seinem Oberschenkel lag, als wollte er jemanden schlagen. Hoffentlich nicht Dr. Owen.

»Wie wäre es mit Bestrahlung?«, fragte ich zögernd. »Könnten wir nicht zuerst so etwas probieren?«

Dr. Owen schüttelte bedauernd den Kopf und schien im Gegensatz zu den meisten Ärzten nicht unwillig, weil ich Vorschläge zur Behandlung machte, obwohl ich doch gar nichts davon verstand. »Der Tumor ist so groß und liegt an einer so unzugänglichen Stelle, dass wir ihn vermutlich nicht ganz entfernen können. Wir beginnen erst mit der Bestrahlung, wenn Sie sich nach der OP ausreichend gut erholt haben.«

»Wann …«, begann Ryan mit rauer Stimme. Er räusperte sich und versuchte es noch einmal. »Wann ist die OP geplant?«

Dr. Owen seufzte und warf einen weiteren Blick auf die zahllosen Befunde und Bilder. »In ein paar Wochen. Spätestens. Wir sollten es auf keinen Fall länger hinauszögern.«

Ich atmete langsam ein und wieder aus. Ich war ihm dankbar für die Ehrlichkeit, mit der er das Gespräch führte, hatte aber gleichzeitig irrsinnige Angst vor den Komplikationen, die er uns dargelegt hatte.

»Sie wollen das Worst-Case-Szenario kennen?«, hatte er mich gefragt und mich widerstrebend angesehen. Die Ärzte hassten diese Frage zu Recht. Sie kam gleich nach: »Wie lange habe ich noch?«

Ich machte mich auf alles gefasst, und Dr. Owen sah mir meine Entschlossenheit wohl an. Er brauchte nichts zu beschönigen. Ich *musste* die Wahrheit wissen. »Meine größte Sorge ist, dass Sie zu viel Blut verlieren. Die Stents, die Ihren Zustand bis jetzt unter Kontrolle gehalten haben, könnten sich nun als Problem erweisen.«

»Und das bedeutet?«, hakte ich nach, denn so viel Wissen wie möglich anzusammeln war die einzige Möglichkeit, die ich jetzt noch hatte. Wenn es wirklich so schlecht um mich stand, wie der Gesichtsausdruck des Chirurgen erahnen ließ, musste ich über alles Bescheid wissen.

»Sie könnten während der OP verbluten oder eine schwere Behinderung davontragen. Womöglich bleiben Sie danach gelähmt oder verfallen in einen vegetativen Zustand.«

»Also ins Koma«, murmelte Ryan, dessen schlimmster Albtraum sich gerade wiederholte.

»Ja.«

Maddie

»Maddie, dürfen Sam und ich uns noch eine Folge ansehen?«

Hope stand in der Küchentür. Der Rock ihrer Schuluniform war zerknittert, und auf dem Pullover prangte ein Fleck. Die Donuts waren ein Fehler gewesen, aber es hätte unhöflich gewirkt, Mitch darauf aufmerksam zu machen – immerhin hatte er mehr als die Hälfte selbst gegessen. Außerdem hatte Chloe mir gesagt, dass Hope ihre Schuluniform sofort ausziehen musste, wenn sie nach Hause kam.

»Wie sieht's aus?«, fragte ich Mitch, der mit seiner dritten oder vierten Tasse Tee an meinem Küchentisch saß.

»Eine noch«, erwiderte er ruhig. »Aber dann muss ich ihn wirklich zu seiner Mum zurückbringen.«

Ich setzte mich zu ihm an den kleinen Tisch und versuchte, nicht auf die Zuckerkrümel zu starren, die sich in seinem Bart verfangen hatten. Er merkte es und grinste breit. »Donuts zu essen gehört wohl auch zu den Dingen, die ich nicht bei einem Date tun sollte«, sagte er lachend, wischte sich den Zucker vom Kinn und holte ein weiteres Gebäckstück aus dem Karton. Es war ein Zeichen, wie wohl wir uns mittlerweile in der Gegenwart des anderen fühlten, dass er in einer solchen Situation nicht mehr knallrot anlief. Andererseits war das hier auch kein Date.

Ich hatte Mitch ungeniert gebeten, den Abend mit Sam in meiner Wohnung zu verbringen, um Hope abzulenken, und Mitch war zu meiner Rettung geeilt.

Ich war zwar nicht gerade stolz darauf, dass ich meine eigene Tochter austrickste, aber Ryan und Chloe hatten einen Termin im Krankenhaus, und es war einfacher, sämtlichen Fragen über Mummys »schlimmen Kopf« und einer möglichen Operation aus dem Weg zu gehen.

»Nennt sie dich eigentlich immer Maddie? Nie Mummy?«, fragte Mitch und achtete dieses Mal darauf, dass sich keine Krümel in seinem Bart verfingen.

»Ja. Sie weiß natürlich, dass ich ihre Mutter bin. Aber Chloe lief schon sechs Jahre lang unter diesem Namen, bevor ich plötzlich auftauchte, deshalb hat sie auch ein Anrecht darauf.«

»Aber du doch auch.«

»Klar, aber jetzt ist nicht der richtige Zeitpunkt, um darauf herumzureiten.«

»Nein, natürlich nicht.«

Wir schwiegen, und einen Augenblick lang war nur das unbeschwerte Gelächter unserer Kinder aus dem Wohnzimmer zu hören. Sam und Hope hatten sich zwar gerade erst kennengelernt, aber sie freundeten sich bereits miteinander an. Was mich – wenig überraschend – zu meiner viel zu erfolgreichen Partnersuche für Mitch führte.

»Wie läuft es eigentlich mit Caitlin?«

Er sah mich verlegen an. »Gut. Du hast tolle Arbeit geleistet«, gab er zu.

Super! Gut gemacht, dachte ich und bemühte mich um ein halbwegs glaubwürdiges Lächeln.

»Du solltest Tinder auch mal ausprobieren«, drängte er.

»Nein danke. Dafür habe ich im Moment nicht den Kopf frei. Es gibt genug Dinge, über die ich mir Gedanken machen muss, da brauche ich nicht noch mehr Komplikationen.«

Mitch runzelte nachdenklich die Stirn. »Ja, das verstehe ich. Es ist vor allem eine Sache des Timings. Ich war mir ja zuerst auch nicht sicher, was diesen Mumpitz angeht.«

»*Mumpitz*? Sagt man das so?«

»Ja, es kam wieder in Mode, während du geschlafen hast.«

Genau das mochte ich an Mitch: seinen schwarzen Humor,

der immer dann aufblitzte, wenn man es am wenigsten erwartete, und der mich jedes Mal überraschte.

»Ich war in meinem Leben zwei Mal verliebt«, gab Mitch zu, und die Stimmung änderte sich schlagartig. »Vielleicht ist es habgierig, sich noch einmal danach zu sehnen.«

Ich sah ihn neugierig an und überlegte, ob ich ihn fragen sollte, wer die zweite Frau gewesen war. Aber dann ertönte die Schlussmelodie der Fernsehserie aus dem Wohnzimmer. Die Frage musste warten.

Kurz darauf tappten Kinderfüße in unsere Richtung.

»Ich muss erst wieder lernen, wie man einer Frau den Hof macht«, sagte Mitch und erhob sich. »Und bevor du fragst: ›Den Hof machen‹ ist auch wieder in.«

Ich grinste.

»Glaubst du, ich sollte Caitlin beim nächsten Mal Blumen mitbringen?«

»Klar. Aber keine Sonnenblumen«, erwiderte ich wie aus der Pistole geschossen und warf einen Blick auf den Strauß, den er mir auch dieses Mal überreicht hatte und der in der Kristallvase seiner Großmutter auf dem Fensterbrett stand.

»Nein, keine Sonnenblumen«, stimmte er mir zu.

»Gibt es schon Neuigkeiten?« Mein Dad flüsterte, obwohl er am anderen Ende der Telefonleitung war.

»Noch nicht«, antwortete ich und zog mich in die Küche zurück, von wo aus ich Hope immer noch sehen konnte, die in ihrem Zimmer lag und tief und fest schlief. »Ryan hat kurz angerufen und gefragt, ob Hope über Nacht bleiben kann. Er und Chloe haben viel zu besprechen.«

Mein Vater grunzte zustimmend. Er mochte Chloe, und zum ersten Mal machte es mich nicht wütend. »Soll sie operiert werden?«

Ich bestätigte es und dachte an das Gespräch mit Ryan zurück. »Es sieht nicht gut aus«, hatte er gesagt, und als er auflegte, hatte er geweint. Genau wie ich.

»Wenigstens mit dir sind die Ärzte zufrieden«, stellte mein Vater fest, und die Erleichterung war ihm deutlich anzuhören. »Dafür sollten wir dankbar sein.«

»Ja, das sind sie. Zumindest wollen sie mich nicht mehr so häufig sehen.«

»Wenn sie uns nur definitiv sagen könnten, dass du nicht mehr …« Er brach ab, denn wir hatten uns schon zu oft über dieses Thema unterhalten. Irgendwann hört man auf, die immer gleichen Fragen zu stellen, weil man erkannt hat, dass niemand eine Antwort darauf weiß.

»Aber im Leben gibt es keine Garantie, nicht wahr?«, seufzte mein Vater resigniert.

Ich dachte an Chloe, die einer ungewissen und Furcht einflößenden Zukunft entgegenblickte, und seufzte ebenfalls.

»Nein, Dad, so funktioniert das Leben nun mal nicht.«

Chloe

Ich schloss die Nachttischschublade mit den drei weißen Umschlägen. Sie hoben sich deutlich von der dunklen Wäsche ab und waren nicht zu übersehen. Nicht zuletzt deshalb, weil sie ziemlich dick waren. Immerhin enthielten sie alles, wofür ich unter anderen Umständen ein ganzes Leben lang Zeit gehabt hätte und das ich nun auf ein paar Blättern Papier zusammengefasst hatte.

Ich sah mich ein letztes Mal in unserem Schlafzimmer um und entdeckte eine kaum merkliche Falte in der Überdecke. Ich machte ein paar Schritte auf das Bett zu, strich sie glatt und verließ dann das Zimmer. Würde ich es jemals wiedersehen?

Ryan hatte meine kleine Tasche bereits nach unten getragen und lud sie vermutlich gerade ins Auto. Ich hatte nicht viel eingepackt, und in weniger als vierundzwanzig Stunden würde ich vielleicht nicht einmal mehr das brauchen. Ryan hatte mir zwar verboten, solche Überlegungen laut auszusprechen, aber er konnte mich nicht davon abhalten, sie zu denken.

Draußen auf dem Flur hielt ich inne und warf einen Blick in Hopes Zimmer. Elsa lag zusammengerollt am Fußende des Bettes, doch ich brachte nicht die Kraft auf, sie zu verscheuchen. Die Türen des Kürbispuppenhauses standen offen. Hope hatte bis zur letzten Minute damit gespielt, bevor Ryan sie zur Schule brachte. Mein Blick wanderte zwischen der Katze und dem Puppenhaus hin und her, und ich versuchte, mich an die Zeit zu erinnern, als es noch von Bedeutung gewesen war, welches Geschenk Hope besser gefiel.

Ich ging zum Bett, nahm Hopes Kissen und vergrub mein Gesicht darin, um ihren Geruch in mich aufzusaugen. Die Katze sah mich neugierig an, als ich kurz aufschluchzte. Mehr würde ich mir nicht erlauben. Ich hörte, wie die Eingangstür ins Schloss fiel. Es wurde Zeit. Ich streichelte der Katze über den Rücken, und sie begann sofort zu schnurren. »Pass gut auf sie auf, Elsa«, flüsterte ich. »Sieh zu, dass du immer für sie da bist, wenn sie dich braucht.« Während ich mit schweren Schritten zur Tür ging, hoffte ich inständig, dass die Katze diesen Auftrag besser erfüllen würde als ich.

Ryan tat, als wäre es ein ganz normaler Morgen. Er versperrte die Hintertür, stellte der Katze etwas zum Fressen hin und machte die Spülmaschine an, bevor wir gingen. Und genauso normal waren wir auch mit Hope umgegangen. Natürlich wusste sie, dass ich ins Krankenhaus musste, aber das war in den letzten sechs Monaten leider nichts Ungewöhnliches gewesen.

»Bleibst du über Nacht?«, hatte sie gefragt und sich einen Löffel Müsli in den Mund geschoben.

Ich lächelte. Auswärts zu schlafen war nichts Besonderes mehr, seit sie bei Maddie geschlafen hatte. Ich fragte mich, ob Maddie die Wohnung wohl behalten würde. Eine Zeit lang vermutlich. Sie hatte sich offenbar große Mühe gegeben, das zweite Schlafzimmer für Hope einzurichten. Ich wollte eigentlich die ganze Zeit mal hinfahren, um es mir anzusehen, aber es hatte nie gepasst. Ich hatte für so vieles in meinem Leben keine Zeit mehr: ein eigenes Baby, mein erstes graues Haar, die nächsten runden Geburtstage. Ich schüttelte den Kopf. Die Liste war zu lang und zu traurig, als dass ich darüber nachgrübeln wollte.

»Ja, ein paar Tage«, hatte ich schließlich erwidert. Und in einer Welt, in der Wunder geschahen, war es durchaus möglich, dass es die Wahrheit war. Viele Patienten, die sich einer ähnlichen Operation unterzogen hatten, konnten meist nach kurzer Zeit wieder nach Hause gehen. Oder sie kamen nie mehr nach Hause.

Ryan und ich schwiegen den Großteil der Fahrt über. Es war alles gesagt, und der Rest stand in dem Brief, den ich ihm hinterlassen hatte. Er fuhr mit einer Hand und hielt meine mit der anderen fest umklammert. Es war ziemlich verantwortungslos und gefährlich, aber wir schafften es ohne kritische Situation bis zum Krankenhaus.

Es war mir schwergefallen, mich von Hope zu verabschieden. Ich hatte sie ein wenig zu fest und ein wenig zu lange umarmt – genauso, wie Ryan mich die ganze Nacht über festgehalten hatte.

Wir hatten uns geliebt und beide die Möglichkeit ignoriert,

dass es vielleicht das letzte Mal war. Der Sex war innig und zärtlich gewesen, und wir hatten dafür gesorgt, dass er uns für immer im Gedächtnis blieb. Als Ryan schließlich dachte, ich sei eingeschlafen, stand er auf und ging ins angrenzende Badezimmer. Ich hörte, wie er weinte. Als er zurückkam, zog er mich an sich und hielt mich fest umklammert, als hätte er Angst, dass ich über Nacht verschwinden könnte. Er murmelte in einem fort, wie sehr er mich liebte, und irgendwann schlief ich zum Klang seiner Stimme ein.

Es war schwer, im grellen Licht und dem hektischen Treiben im Krankenhaus an dieser zärtlichen Stimmung festzuhalten. Es mussten eine Menge Formulare ausgefüllt werden, und es gab Bluttests und eine letzte MRT. Meine Hand zitterte, als ich schließlich die Einverständniserklärung für die Operation unterschrieb und der Krankenschwester gab.

Zu Mittag schickte ich Ryan ins Erdgeschoss, um Sandwiches zu kaufen, obwohl mir klar war, dass wir beide nichts hinunterbringen würden. Als er zurückkam, hatte er einen Vorschlag im Gepäck.

»Soll ich Maddie bitten, Hope von der Schule abzuholen? Dann könnte ich den ganzen Abend bei dir bleiben. Und über Nacht, wenn sie es erlauben.«

So, wie du es früher immer bei Maddie getan hast, dachte ich traurig. Aber damals war er jünger gewesen und hatte keine Tochter gehabt, auf die er Rücksicht nehmen musste. Trotzdem war es nicht leicht, ihn zurückzuweisen.

»Nein. Du musst gehen.« Ich legte ihm sanft eine Hand auf die Wange. »Wenn ich heute Nacht einschlafe, will ich sicher sein, dass Hope in ihrem Bett liegt und von Dingen umgeben ist, die sie liebt. Ich will, dass du im Zimmer nebenan schläfst. Wenn sich schon ihr ganzes Leben ändert, dann soll sie wenigstens die letzte Nacht ihres alten Lebens an einem Ort verbringen, der voller Erinnerungen an uns drei ist.«

»Sie wird das alles nie vergessen«, erwiderte Ryan, und es war das erste Mal, dass er sich zumindest ansatzweise eingestand, dass er morgen um diese Zeit vielleicht ein alleinerziehender Vater sein würde. Abgesehen davon, dass Hope noch eine zweite Mutter hatte.

»Ich wünschte, du könntest die Sache so sehen wie ich. Es würde alles einfacher machen«, bemerkte ich, doch Ryan schüttelte frustriert den Kopf. »Alles geschieht aus einem bestimmten Grund«, fuhr ich leise fort. Vielleicht verstand er mich heute besser als beim letzten Mal, als wir darüber gesprochen hatten.

Offenbar nicht. »Nein, tut es nicht, Chloe! Es gibt keinen kosmischen Plan. Und auch das Schicksal hat nichts damit zu tun. Das hier ist eine völlig überflüssige Scheiße, die dem großartigsten Menschen passiert, den ich kenne.«

Ich führte seine Hand an meine Lippen und küsste sanft seine Finger. »Ich glaube, du bist ein wenig voreingenommen.«

Er lächelte kaum merklich, doch dann fiel sein Blick auf die Uhr an der Wand. Unsere Zeit war beinahe um. Andererseits steuerten wir vielleicht schon seit sechs Jahren auf das Ende zu. Nichts passierte zufällig. Alles hatte seinen Grund. Es war uns von Anfang an vorbestimmt.

»Dieser Verlauf unserer Leben war nicht vorgeplant, Chloe. Du bist nicht in mein Leben getreten, um Maddies Platz einzunehmen. Du hast nicht einfach nur einen Zweck erfüllt, und jetzt wirst du nicht mehr gebraucht. Du bist in mein Leben getreten, weil wir zusammengehören. Bitte hör nicht auf zu kämpfen. Bleib bei uns«, flehte er und küsste meine Handfläche. »Versprich es mir.«

»Du weißt, dass ich kämpfen werde«, erwiderte ich und

nahm ihn in die Arme, um mich von ihm zu verabschieden. Dann schob ich ihn fort. »Und jetzt geh und hol unsere Tochter von der Schule ab. Ich rufe euch beide später noch einmal an.«

Ryan nickte und blinzelte die Tränen fort.

Er war vermutlich noch nicht einmal beim Aufzug angekommen, als sie bei mir zu fließen begannen.

Die Sonne fiel in mein Zimmer, als Dr. Owen am nächsten Morgen an mein Bett trat. Er sah nicht gut aus. Er wirkte ausgezehrt und war beinahe so blass wie Maddie.

»Geht es Ihnen gut?«, fragte ich, als sei *er* der Patient und *ich* die Ärztin, und die Frage war durchaus berechtigt. Immerhin würde ich mein Leben bald in die Hände dieses Mannes legen.

Dr. Owen lächelte zögerlich. »Ich habe letzte Nacht kaum ein Auge zugetan«, sagte er, und das war wohl das Letzte, was man von seinem Neurochirurgen hören wollte. »Ich habe mir die ganze Zeit Gedanken über Ihre OP gemacht.« Nein, falsch. *Das* war noch viel schlimmer.

Er steckte meine Krankenakte wieder in die Halterung am Fußende des Bettes und wollte bereits gehen, als sein Blick auf das gerahmte Foto auf meinem Nachttisch fiel. Der Blick des Chirurgen wurde weich, und sanfte Fältchen bildeten sich um seine ungewöhnlich hellen Augen. Es war ein Bild von Hope, Ryan und mir aus glücklicheren Tagen.

»Sie haben eine wunderbare Familie«, sagte er sanft. »Und jetzt sorgen wir dafür, dass Sie so schnell wie möglich wieder zu den beiden zurückkommen, okay?«

Das waren die Worte, die ich hören wollte, und ich wiederholte sie wie ein Mantra, während ich nach unten in den Operationssaal geschoben wurde.

Maddie

Ich schleppte die Einkaufstüten den Bürgersteig entlang. Ich hatte ziemlich weit entfernt geparkt, aber das war okay. Wenigstens blockierte ich auf diese Weise nicht die Einfahrt, falls Ryan schnell fortmusste. Falls es einen Notfall gab.

Ich war furchtbar nervös gewesen, als ich vor Monaten zum ersten Mal hierhergekommen war, und auch heute war es nicht anders. Allerdings war der Grund ein anderer.

Ryan sah schrecklich aus, aber ich sprach ihn lieber nicht auf die dunklen Ringe unter seinen Augen an. Er hielt sein Handy in der Hand, als er mir die Tür öffnete, und einen Moment lang dachte ich, er würde telefonieren, doch dann sah ich, dass das Display schwarz war. Vermutlich lief er schon den ganzen Tag damit herum.

»Ich will mich nicht aufdrängen«, erklärte ich und trat ins Haus, womit ich genau das tat. »Aber ich dachte, du hättest vielleicht gern Gesellschaft, während du auf Nachrichten wartest.«

Sein Lächeln wirkte fremd. »Danke, Maddie. Das ist nett von dir.«

Ich hob die beiden Plastiktüten hoch. »Ich habe auch was zu essen dabei, falls du nicht kochen willst.«

Er sah mich ungläubig an. »*Du* hast gekocht?« An manche Dinge erinnerte er sich viel zu gut.

»Na ja, in Wahrheit hat Marks & Spencer gekocht. Ich bin nur der Lieferservice.«

Er lachte und wirkte davon genauso überrascht wie ich. »Danke, das ist sehr aufmerksam. Ich glaube, im Kühlschrank ist noch Platz.«

Ich folgte ihm in die Küche zu dem großen amerikanischen

Kühlschrank, der bis oben hin mit Glasschüsseln und Gefäßen vollgestopft war. »Die Mütter aus der Schule hatten dieselbe Idee«, erklärte Ryan. »Egal, was kommt – wir werden sicher nicht verhungern.« Nur jemand, der ihn wirklich gut kannte, konnte hören, dass seine Stimme zitterte.

»Gibt es schon Neuigkeiten?«

Ryan schüttelte den Kopf, und eine Haarsträhne fiel ihm ins Gesicht. Ich hatte Mühe, nicht die Hand auszustrecken und sie fortzustreichen. Aber das würde wohl immer so bleiben.

»Nein, es ist noch zu früh. Die OP hat um neun begonnen. Und man hat uns gewarnt, dass es bis zu zehn Stunden dauern kann.«

Wir sahen beide zur Uhr an der Wand. Chloes Martyrium war erst zu einem Viertel vorüber. Es würde ein langer Tag werden.

Der Kaffee, den er uns gemacht hatte, war so stark, dass der Löffel praktisch darin stecken blieb, doch ich trank die bittere Brühe, ohne mit der Wimper zu zucken.

»Wie ging es Hope heute Morgen?«

Ryan lächelte wie immer, wenn die Sprache auf unsere Tochter kam. »Gut. Sie hat kurz mit Chloe gesprochen, aber dann wollte sie unbedingt in die Schule.«

»Bist du sicher, dass sie meine Tochter ist?«, fragte ich und brachte ihn damit zum zweiten Mal an diesem Tag zum Lachen.

»Morgen ist Schulsportfest, und heute ist das letzte Training.«

»Man muss trainieren, damit man ein Ei auf einem Löffel balancieren kann?«

»Klar. Obwohl einige Eltern die Sache sehr viel ernster nehmen als die Kinder«, sagte Ryan sarkastisch. »Du kommst doch auch, oder?«

»Klar«, versicherte ich ihm. »Chloe hat es mir eingeschärft. Sie hat alles durchorganisiert, bevor sie ins Krankenhaus gegangen ist.«

»Das macht sie immer«, erwiderte Ryan mit so viel Stolz und Liebe in der Stimme, dass es wehtat.

Ich trank meinen Kaffee aus und warf erneut einen Blick auf die Uhr. Es waren erst zwanzig Minuten vergangen, seit ich zum letzten Mal nachgesehen hatte. »Die Warterei nervt, oder?«

Er sah mich an. Er wusste, was ich meinte, denn er hatte in seinem Leben schon sehr viel Zeit mit Warten zugebracht. Trotzdem kamen seine nächsten Worte vollkommen unerwartet. »Es tut mir leid, Maddie.«

»Was denn?«

»Dass ich nicht auf dich gewartet habe.«

Ich starrte in meinen leeren Kaffeebecher, denn ich konnte ihm nicht in die Augen sehen. »Du hast doch gewartet«, murmelte ich.

»Aber nicht lange genug. Ich habe mein Versprechen gebrochen.«

Ich hob den Kopf. Die Tatsache, dass er sich an das Gespräch von damals erinnerte, traf mich hart. *»Egal, wo du bist, egal, was passiert – ich werde immer für dich da sein.«*

Seine Worte hatten mich vor allem in den ersten Monaten nach dem Aufwachen nicht losgelassen, doch ich hatte nicht geahnt, dass es ihm genauso ging.

»Das ist lange her. Wir waren damals andere Menschen.«

Ryan schüttelte traurig den Kopf und weigerte sich, einfach vom Haken zu springen. »Ich habe mein Versprechen gebrochen«, wiederholte er.

Und mein Herz auch, aber das brauchte er nicht zu hören. Nicht heute. Und auch sonst nie. Denn mittlerweile durchlebte er denselben Albtraum erneut. Er fürchtete um die Frau, die er liebte, während sie alles tat, um bei ihm zu bleiben.

»Ich verzeihe dir.« Das war alles, was ich sagen konnte, um ihm die Last von den Schultern zu nehmen, die darauf lag, seit das Krankenhaus angerufen und ihm gesagt hatte, dass ich aufgewacht war. Ich drückte seine Hand, und für einen Moment überlegten wir wohl beide, was passiert wäre, wenn …

Doch ausgerechnet in diesem Moment begann sein Handy zu klingeln. Wir starrten beide auf das Display und konnten nicht glauben, was dort stand.

Chloe.

Kapitel 20

Chloe

Ich lag im Bett und betrachtete meine Finger mit der Faszination eines Kleinkindes. Es funktionierte alles ordnungsgemäß: meine Zehen, meine Beine – alles. Ich kannte meinen Namen und das heutige Datum, und die Ärzte waren sehr zufrieden.

Kurz nachdem ich aus dem Aufwachzimmer zurückgekehrt war, trat ein freudestrahlender Dr. Owen an mein Bett. Es bestand kein Zweifel, dass die Operation ein Erfolg gewesen war.

»Es ist meines Wissens noch nie vorgekommen, dass ein Tumor dieser Größe so einfach und schnell entfernt werden konnte«, erklärte er. »Es ist besser gelaufen als im Lehrbuch.« Er strahlte, als habe er im Lotto gewonnen. »Wenn es nicht albern klingen würde, würde ich es als Wunder bezeichnen. Falls Sie an solche Dinge glauben.«

»Ja, auf alle Fälle«, antwortete ich und erschauderte. »Ich habe immer schon an Wunder geglaubt.«

Ich fühlte mich fantastisch und hatte keinerlei Schmerzen, was die Ärzte auf den Adrenalinschub zurückführten. Die Krankenschwestern ermahnten mich, nicht übermütig zu werden – als sei es etwas Alltägliches, dem Tod ein Schnippchen zu schlagen. Aber vielleicht hatten sie ja recht. Vielleicht würden die erwarteten Schmerzen in ein paar Tagen einsetzen – doch im Moment war da bloß eine unbändige Freude.

Ich hatte nicht erwartet, je wieder Ryans Stimme zu hören, und als es so weit war, musste ich erneut weinen. Doch dieses Mal waren es Freudentränen. Während ich darauf wartete, dass er ins Krankenhaus kam, schickte ich eine Nachricht an nahezu jeden, den ich kannte.

Ich bin noch da.

Manche Antworten brachten mich zum Lachen, andere zum Weinen, doch am meisten berührte mich Maddies Nachricht:

Gott sei Dank! Und jetzt schnell nach Hause, Miracle Girl. Wir brauchen dich.

»Nein, auf keinen Fall!«

»Warum nicht? Ich fühle mich fantastisch.«

»Mrs Turner … *Chloe!* Sie hatten gestern eine schwere Gehirn-OP. Und da erwarten Sie, dass ich Sie heute nach Hause lasse?«

Ich spitzte die Lippen und blies die Luft aus. Die Stationsschwester war eine harte Nuss. Ich hatte natürlich einen gewissen Widerstand erwartet, aber nicht so etwas.

»Natürlich will ich nicht *nach Hause*. Mir ist klar, wie schwerwiegend die Operation war.«

Die Schwester entspannte sich merklich. »Oh, tut mir leid. Dann habe ich Schwester Price falsch verstanden. Ich dachte, Sie wollten das Krankenhaus heute bereits verlassen.«

»Das will ich auch«, bestätigte ich. »Aber nur den Nachmittag über. Dann komme ich wieder.«

Die Schwester schüttelte resigniert den Kopf. Vermutlich hatte sie solche Ausreden schon oft gehört. Ich musste einen anderen Weg einschlagen.

»Haben Sie Kinder?«

Sie sah mich überrascht an. »Ja. Meine Tochter ist zehn und mein Sohn sieben.«

Ich nickte und schöpfte neuen Mut. »Und würden Sie nicht auch alles tun, um die beiden glücklich zu machen?«

»Natürlich«, erwiderte die Frau, die zwischen mir und der Freiheit stand.

»Gestern war es noch ziemlich wahrscheinlich, dass meine Kleine ohne Mutter aufwachsen würde.«

Ihr Blick wurde weich. »Ich weiß. Sie hatten großes Glück. Und gerade deshalb sollten Sie Ihre Genesung nicht durch eine verrückte Aktion aufs Spiel setzen.«

»Mir ist klar, dass Sie nur das Beste für die Patienten auf Ihrer Station wollen, aber Sie müssen mir glauben, dass das in diesem Fall das Beste für mich ist. Ich muss meine Tochter sehen, und sie mich. Aber nicht im Krankenbett und auch nicht unten im Erdgeschoss. Sie muss ihre Mummy im Publikum sehen, wenn sie heute Nachmittag auf den Sportplatz läuft und den Blick hebt. So wie die anderen Kinder ihrer Klasse. Bitte sagen Sie nicht Nein! Es würde ihr das Herz brechen.«

Einen Augenblick lang meinte ich Tränen in ihren Augen glitzern zu sehen, doch dann blinzelte sie eilig, und das Glänzen war verschwunden. »Eine neurochirurgische Station ist kein Wellnesshotel. Sie können nicht einfach kommen und gehen, wie es Ihnen passt.« Sie sagte, was sie sagen musste, aber es war ihr anzuhören, dass sie nicht mehr so überzeugt war wie zuvor.

»Ich übernehme die volle Verantwortung und unterschreibe sämtliche Erklärungen, wenn Sie mich nur gehen lassen.«

Sie schüttelte den Kopf, als könne sie nicht glauben, wie unverantwortlich manche Patienten waren, doch sie hatte offenbar gemerkt, dass ich fest entschlossen war.

»Immer diese Mütter …«, murmelte sie leise, bevor sie den Blick hob. »Ich werde sehen, was sich machen lässt.«

Maddie

Ich betrachtete die beiden Kleider, die ich herausgelegt hatte, und konnte mich nicht entscheiden. Welches war besser für das Schulsportfest geeignet? Das blaue mit dem luftigen Rock oder das rote mit dem tiefen V-Ausschnitt?

Das Klingeln des Telefons war eine willkommene Ablenkung. Chloe hätte um diese Zeit sicher schon das perfekte Outfit zusammengestellt gehabt, aber sie war ja auch an solche Veranstaltungen gewöhnt. Egal, wie oft ich Hope mittlerweile von der Schule abgeholt hatte – in der Hackordnung befand ich mich gerade mal eine Stufe über den Au-Pair-Mädchen.

Ich tappte in Unterwäsche zum Frisiertisch und hob ab, ohne darauf zu achten, wer anrief.

Es war Chloe. Es ist seltsam, wenn jemand, an den man gerade gedacht hat, kurz darauf anruft, und ich bekam eine Gänsehaut. Abgesehen davon war es ein Wunder, dass sie bereits wieder telefonieren konnte, wenn man bedachte, was sie in den letzten vierundzwanzig Stunden durchgemacht hatte.

»Wie fühlst du dich?«, fragte ich.

»Toll, danke.« Sie klang gehetzt, als wolle sie die Eingangshöflichkeiten so schnell wie möglich hinter sich bringen.

»Unglaublich, wer hätte gedacht …«

»Maddie«, unterbrach mich Chloe. »Heute ist das Schulsportfest.«

Ich ließ mich auf den Stuhl vor dem Frisiertisch sinken und grinste meinem Spiegelbild zu. Sie wollte sichergehen, dass ich es nicht vergessen hatte. Ich hatte ihr versprochen, dass ich hingehen würde.

»Ich weiß«, versicherte ich ihr. »Und deshalb wollte ich gerade …«

Sie unterbrach mich erneut, und das passte gar nicht zu ihr. »Gut! Ich will hin.«

»Ja, das ist verständlich.«

Die Erleichterung war ihr deutlich anzuhören. »Ich wusste, dass du die Richtige bist. Ich habe nämlich eine Frage …«

Hatte ich vielleicht etwas verpasst? »Eine Frage? Was für eine Frage?«

»Ich will, dass du mich hinfährst. Zum Sportfest.«

Ich überlegte, ob ich sie vielleicht falsch verstanden hatte. Doch das war praktisch unmöglich.

»Du willst, dass ich dich heute Nachmittag zu Hopes Schulsportfest fahre?«, wiederholte ich langsam und betonte dabei jedes Wort.

»Ja. Deshalb rufe ich an.«

»Bist du verrückt?«

Sie seufzte genervt. »Nein, ich meine es ernst. Also: Hilfst du mir? Holst du mich ab?«

Sie war schon bei der Logistik, während ich noch mit der Idee an sich kämpfte. »Echt jetzt? Weißt du eigentlich, was du da redest?«

»Klar. Und ich bin *nicht* verrückt«, erwiderte sie leicht verärgert und wesentlich kühler als zu Beginn.

»Doch, das bist du«, widersprach ich. »Ist bei der OP doch etwas schiefgelaufen? Denn das ist echt das Durchgeknallteste, was ich je gehört habe.«

»Ich dachte, dass wenigstens *du* mich verstehen würdest.«

Ich wusste natürlich, was sie mit ihrem verletzten Tonfall bewirken wollte.

Sie wollte an meine weiche Seite appellieren. Bloß, dass ich keine weiche Seite hatte. Zumindest nicht, was dieses Thema anging.

»Warum fragst du ausgerechnet mich, Chloe?«, fragte ich,

obwohl ich es genau wusste. »Warum redest du nicht mit Ryan? Er fährt bestimmt auch hin.«

Sie schwieg.

»Du hast ihm nichts davon gesagt, oder?«, hakte ich nach.

»Er würde es nicht verstehen.«

»Na ja, da ist er nicht der Einzige! Das würde *niemand* verstehen, der halbwegs bei Trost ist.«

»Genau. Und deshalb habe ich dich angerufen.«

»Wow! An deinen sozialen Kompetenzen musst du aber noch arbeiten. Mich als verrückt zu bezeichnen ist nicht gerade hilfreich, weißt du?«

»Nein, das meinte ich nicht«, erwiderte Chloe schnell, wirkte aber ganz und gar nicht verlegen. »Ich meinte bloß, dass du von allen am besten weißt, wie wichtig es ist, keinen Meilenstein in Hopes Leben zu verpassen. Heute ist ein großer Tag, und ich war bis jetzt jedes Jahr dort.«

»Ja, aber da hattest du vorher keine Gehirn-OP …«

Sie sprach weiter, als hätte ich gar nichts gesagt. »Hope ist ein schlaues Mädchen. Auch wenn wir versucht haben, sie nicht mit der Wahrheit zu belasten, weiß sie genau, wie krank ich war. Heute bei ihr zu sein ist nicht nur extrem wichtig für mich, sondern auch für sie. Kannst du dir ihr Gesicht vorstellen, wenn sie mich sieht?«

»Nein, eigentlich nicht. Ich sehe nur Ryans Gesicht vor mir.«

»Lass Ryan meine Sorge sein«, erwiderte Chloe, und sie hatte recht. Immerhin war sie seine Frau.

Sie schwieg, und ich geriet langsam ins Wanken. »Was sagt denn das Krankenhaus dazu?«

»Es ist kein Problem, solange ich eine Erklärung unterschreibe. Und wenn ich danach sofort wieder zurückkomme.«

»Ich halte es trotzdem für eine blöde Idee. Was, wenn du zusammenklappst?«

»Das passiert nicht«, erwiderte Chloe bestimmt, obwohl sie sich wohl kaum in der Position befand, das zu beurteilen.

Es folgte eine weitere Pause. Sie wusste genau, dass ich anfing, mir Gedanken zu machen. Dabei war noch vor ein paar Minuten die Wahl des richtigen Kleides mein größtes Problem gewesen.

»Hör mal, Maddie. Ich bitte dich ja nicht um dein Einverständnis. Und du musst es auch nicht gutheißen. Aber ich mache es so oder so, mit dir oder ohne dich. Ich kann mir auch ein Taxi rufen …« Sie hielt kurz inne, bevor sie zum letzten Schlag ausholte. »Aber *mit* dir wäre einiges einfacher.«

Sie saß auf der Bettkante und wartete auf mich.

»Ich hatte schon Angst, dass du deine Meinung geändert hast«, sagte sie zur Begrüßung. Das hatte ich seit unserem Telefonat tatsächlich einige Male getan, doch jetzt war ich gegen jede Vernunft trotzdem hier. Ich würde tun, worum sie mich gebeten hatte.

Chloe griff nach der Tasche, die ich dabeihatte, und warf einen Blick hinein. »Hast du alles gefunden?«

Ich nickte und musste an den missbilligenden Blick der Stationsschwester denken, die mir auf dem Weg in Chloes Zimmer begegnet war. Sie brauchte mir nicht zu sagen, was sie von unserem Vorhaben hielt, ihre bebenden Nasenflügel und die aufeinandergepressten Lippen sprachen für sich.

Chloe griff in die Tasche, holte ein hübsches, geblümtes Sommerkleid heraus und schüttelte es aus. Ich hatte es genau an der Stelle gefunden, die sie mir beschrieben hatte, und da mein eigener Schrank ein einziges Chaos war, hatte mich ihr ordentliches Schlafzimmer unwillkürlich beeindruckt. Ich hatte sämtliche Dinge auf der Liste gefunden – und auch etwas, das ich gar nicht hätte finden sollen …

»Machst du bitte den Vorhang zu?«, fragte sie und öffnete bereits den Gürtel ihres Morgenmantels. Ich zog den bunten Vorhang um ihr Bett, bis nur noch ein schmaler Spalt offen blieb, in dem ich stand. Chloe war mittlerweile aus dem Morgenmantel geschlüpft und fummelte in ihrem Nacken an dem Band des Krankenhauskittels herum. Ich zögerte kurz, dann trat ich näher und schloss auch noch das letzte Stück des Vorhangs.

»Hände weg, ich mache das«, befahl ich ihr und griff nach dem Band, das den Kittel zusammenhielt.

Sie spielte russisches Roulette, und obwohl ich es besser hätte wissen sollen, half ich ihr, die Pistole zu laden.

Chloe schlug sich unglaublich tapfer, aber sie war schwächer, als sie zugeben wollte. Nachdem ich ihr das Kleid angezogen und ihre Füße in die Sandalen gesteckt hatte, musste sie sich auf den Stuhl neben dem Bett setzen, um wieder zu Atem zu kommen.

»Hast du den Strohhut mitgebracht?«, keuchte sie. Ihre Oberlippe war schweißbedeckt und ihre Haut beinahe so blass wie meine.

»Ja, aber ich glaube, das hier passt besser.« Ich zog ein hauchdünnes Tuch aus meiner Tasche, das ich mir ursprünglich über die nackten Schultern breiten wollte. Doch dann hatte ich gesehen, dass es hervorragend zu Chloes Kleid passte.

»Wir können das Pflaster unter dem Tuch verstecken.«

Chloe drehte sich gehorsam zur Seite. Ihr Gesichtsausdruck war schwer zu deuten, aber es war eine sehr verletzliche Pose, bei der nicht nur die operierte Stelle, sondern auch der rasierte untere Teil des Hinterkopfes zu sehen war. Ich arbeitete zügig, aber sanft, damit ich ihr nicht wehtat. Zum Schluss zupfte ich ihre Haare zurecht, damit man die kahle Stelle nicht sah. Ich platzierte den Knoten etwas seitlich und trat einen Schritt zurück, um mein Werk zu begutachten. Ich musste zugeben, dass es irgendwie süß aussah.

Chloe betrachtete sich in dem kleinen Spiegel, den ich ihr hinhielt, und als sie mich schließlich ansah, waren ihre Augen feucht. Sie nickte.

»Danke, Maddie. Es sieht toll aus. Gehen wir?«

Sie musste sich auf dem Weg zum Aufzug bei mir unterhaken, und ich machte mir bereits Gedanken, weil ich das Auto ein gutes Stück vom Eingang entfernt geparkt hatte. Außerdem mussten wir am Ende der Fahrt ja auch noch vom Auto zum Sportplatz gehen.

Vor allem die paar Schritte am Schwesternzimmer vorbei waren eine Qual, denn die Stationsschwester legte ihre Arbeit beiseite, um uns nachzusehen. Als ich einen Blick über die Schulter warf, sah ich, wie sie uns kopfschüttelnd beobachtete.

Chloe lehnte sich an die Wand neben dem Aufzug, während wir warteten. Sie hatte die Augen geschlossen, und ihr Atem ging schwer. Ich warf einen schnellen Blick auf die Uhr. Würden wir es überhaupt rechtzeitig schaffen? Vielleicht. Wenn wir nicht zu lange zum Auto brauchten und der Verkehr nicht zu groß war. Aber viel Zeit blieb uns nicht.

Der Aufzug kam, und ich hielt Chloe meinen Arm entgegen, doch bevor sich die Tür öffnete, hörte ich die Stimme der Stationsschwester hinter uns. »Warten Sie!«

Wir drehten uns erschrocken um. Sie kam mit einem Rollstuhl auf uns zugelaufen.

»Hier!«, sagte sie und schob ihn mir hin. »Sehen Sie zu, dass Sie sowohl den Stuhl als auch die Patientin heil wiederbringen«, befahl sie ruppig, doch ihr Blick wirkte sanft.

Chloe ließ sich wortlos in den Stuhl sinken, und wir fuhren lächelnd ins Erdgeschoss.

Ich wartete, bis ich das Krankenhausgelände und das Labyrinth an Straßen hinter mir gelassen hatte, bevor ich ein Thema ansprach, das unseren Waffenstillstand womöglich in Gefahr bringen konnte.

Chloe hörte mir schweigend zu und sagte dann: »Dann hast du also den Brief gelesen.«

Ich ließ die Straße einen Moment lang aus den Augen, um sie anzusehen. Chloe hielt die Hände im Schoß umklammert und hatte den Blick nach vorn gerichtet. Sie saß kerzengerade, und es war ihr anzusehen, wie sehr meine Worte sie schockiert hatten.

»Das war privat«, stellte sie schließlich angespannt fest.

»Er war an *mich* adressiert. Was heißt denn da *privat?*«

Sie sah mich an. »Du hättest ihn nicht lesen sollen.«

»Warum hast du ihn dann geschrieben?«

Sie atmete tief durch, als stünde sie kurz davor, die Geduld zu verlieren. »Du solltest ihn *jetzt* noch nicht lesen. Er war bloß für den Fall, dass ich …«

»Ich weiß, warum du ihn geschrieben hast.«

»Hast du die anderen beiden auch gelesen?«

»Nein, natürlich nicht!«, erwiderte ich entsetzt. Es tat weh, dass sie mich für so skrupellos hielt. »Sie sind ja nicht für mich bestimmt. Sie liegen immer noch in der Schublade.«

Wir fuhren mehrere Kilometer, bis ich weitersprach.

»›Ich weiß, dass ihr beiden zusammengehört. Wenn ich fort bin, wird alles wieder so sein, wie es von Anfang an bestimmt war. Das macht es mir leichter.‹«

»Hast du den Brief auswendig gelernt?«

»Nur die wirklich dummen Stellen. Andererseits war der ganze Brief albern …«

»Überhaupt nicht. Es ergibt doch alles einen Sinn.«

Ich lachte trocken. »Ryan hat mir von deinen verrückten Wahnvorstellungen erzählt. Dass du vorherbestimmt in sein

Leben getreten bist, weil Hope und er es nach meinem Unfall nicht allein geschafft hätten. Und dass dein Zweck jetzt erfüllt ist, weil ich wieder da bin.«

»Das wäre doch möglich.«

»Nein, wäre es nicht! Es ist weder möglich noch logisch. Und selbst wenn du recht hättest, hast du etwas vergessen.«

Sie hob die Augenbrauen und wartete, dass ich weitersprach. »Ich liebe Ryan nicht mehr – und was noch viel wichtiger ist: Er liebt mich auch nicht mehr.«

»Doch, das tut er«, erwiderte Chloe leise, und ihre Stimme klang so gequält, dass mein Herz gefror. »Er begreift es nur nicht.«

Es dauerte einige Zeit, bis ich darauf etwas erwidern konnte.

»Die Frau, die ich mit achtundzwanzig war, hätte liebend gern den Rest ihres Lebens mit Ryan verbracht, aber … diese Frau gibt es nicht mehr. Außerdem bin ich mit jemandem zusammen.«

»Ach ja, mit deinem *Vermieter.* Deinen Fantasiefreund hätte ich fast vergessen.«

Ich schluckte schuldbewusst und gab mir Mühe, so ehrlich wie möglich zu klingen. »Er ist überhaupt kein Fantasiefreund. Mitch und ich stehen uns sehr nahe.« Normalerweise werde ich rot, wenn ich lüge, aber dieses Mal war es seltsamerweise nicht der Fall.

»Ich verstehe, warum du dir diese Beziehung ausgedacht hast. Ryan mag ja daran glauben, aber ich nicht.«

»Es geht nicht darum, ob du mir glaubst oder nicht. Im Grunde geht es dich nicht mal etwas an, Chloe!«

»Wie du meinst«, erwiderte sie und schaute zum Seitenfenster hinaus, damit ich ihr nicht ins Gesicht sehen konnte. »Ich kann mir dich nun mal nicht mit ihm vorstellen. Eine Frau wie du könnte doch jeden haben. Was hat ein Mann wie Mitch dir zu bieten?«

»Sonnenblumen«, murmelte ich, und eine seltsame Wärme breitete sich in mir aus.

Zwei Ampeln und einen Kreisverkehr später ergriff ich erneut das Wort. Wenn wir den Nachmittag überstehen wollten, durften wir uns nicht in die Haare kriegen. »Es standen aber auch nette Dinge in dem Brief«, gab ich zu.

Chloe wandte sich schweigend zu mir um.

»Zum Beispiel, was du über mich und meine Mum geschrieben hast.«

Chloe nickte.

»Und dass du findest, Hope könne sich glücklich schätzen, mich zu haben. Das bedeutet mir viel.«

Sie lächelte wissend.

»Aber das bedeutet nicht, dass Ryan und ich wieder zusammengekommen wären, wenn du …«

»Wenn ich gestorben wäre?« Wir hatten jetzt *beide* dem Tod ins Auge geblickt und keine Angst, es offen auszusprechen.

»Ja. Selbst wenn du den Löffel abgegeben hättest, hätten wir nicht doch noch geheiratet.«

Ich nahm eine Hand vom Lenkrad und boxte ihr sanft in den Arm. »Und deshalb wirst du es auch schön bleiben lassen.«

Sie knuffte mich ebenfalls, als wären wir zwei kleine Kinder auf dem Spielplatz.

»Nein, hab ich nicht vor. Zumindest nicht so bald.«

»Gut!«, erwiderte ich, und mein Blick fiel auf die bunten Wimpel, die über der Einfahrt zum Schulparkplatz hingen. »Denn irgendwie habe ich mich inzwischen an dich gewöhnt.«

»Gleichfalls«, erwiderte Chloe.

Ich stellte den Motor ab, und wir wechselten einen kurzen Blick, an den ich mich für den Rest meines Lebens erinnern würde.

Ich hob den zusammengeklappten Rollstuhl aus dem Kofferraum und starrte hilflos darauf hinunter, als würde er sich mit ein bisschen Geduld wie durch Zauberhand selbst aufbauen. Chloe suchte am Autodach Halt und trat dann neben mich. Sie beugte sich wortlos hinunter, klappte den Rollstuhl auseinander, legte ein paar Hebel um und drückte die Sitzfläche nach unten, als hätte sie so etwas schon Tausende Male gemacht.

Als sie fertig war, sah sie triumphierend zu mir hoch. »Ich habe als Freiwillige im Krankenhaus gearbeitet, schon vergessen?« Sie raffte ihr Kleid hoch und ließ sich vorsichtig in den Stuhl sinken. »Außerdem weiß jede Mutter, die etwas auf sich hält und monatelang mit dem Kinderwagen kämpfen musste, wie man solche Geräte aufklappt.« Es war eine kleine, aber sicher nicht böse gemeinte Erinnerung an das, was ich nie erleben durfte.

Ich schob Chloe im Rollstuhl an den anderen Autos vorbei.

»Ryan ist schon da«, stellte sie leise fest, als wir an seinem Auto vorbeikamen, und biss sich auf die Lippe. Wenigstens gewann ihr Gesicht dadurch ein wenig an Farbe.

»Sag ihm, ich hätte dich entführt«, witzelte ich, und sie lächelte schwach. Sie schien sich wirklich Sorgen zu machen.

Ich nahm eine Hand vom Rollstuhl und legte sie auf ihre Schulter. »Er wird sich einfach freuen, dich zu sehen – wenn auch nicht ganz so sehr wie Hope.« Chloes Gesichtsausdruck verriet mir, dass ich genau die richtigen Worte gefunden hatte.

»Der Weg dort drüben führt durch ein paar Bäume am Schulgebäude entlang«, erklärte sie schließlich. »Man kommt am anderen Ende des Sportplatzes heraus. Da erregen wir hoffentlich nicht so viel Aufmerksamkeit.«

Die Veranstaltung hatte offenbar bereits begonnen, denn ich hörte eine mikrofonverstärkte Frauenstimme.

»Die Direktorin hält die Eröffnungsrede«, sagte Chloe, während ich sie den schattigen Fußweg entlangschob. »Sie sagt jedes Jahr dasselbe. Dass es nicht ums Gewinnen geht, sondern ums Dabeisein.«

»Das ist eine bewundernswerte Einstellung«, erwiderte ich und versuchte, nicht an das Regal mit den unzähligen Pokalen und Wimpeln zu denken, auf die meine Mutter früher so stolz gewesen war. In jeder Schule gibt es diese nervtötenden Kinder, die jedes Rennen gewinnen, ohne sich großartig anstrengen zu müssen, und in meiner Schule war ich dieses Kind gewesen. Aber das war lange her. Hatte Hope meinen Ehrgeiz geerbt? War sie ein Produkt meiner Gene oder Chloes Erziehung? Oder eine faszinierende Mischung aus beidem?

Glücklicherweise war es bis jetzt ein warmer, trockener Sommer gewesen, sodass keine Gefahr bestand, dass die Räder sich im Matsch verfingen und ich Chloe versehentlich aus dem Rollstuhl kippte. Wir traten aus dem Schatten der Bäume, und meine Augen brauchten eine Weile, bis sie sich an das helle Licht gewöhnt hatten.

Wenige Meter entfernt befand sich ein kleines Podium, auf dem die Direktorin gerade ihre Rede vor den versammelten Eltern hielt, die mit dem Rücken zu uns auf ziemlich unbequem aussehenden Holzstühlen hockten. Am anderen Ende des Platzes saßen die Kinder in ordentlichen Reihen mit vor der Brust verschränkten Armen und überkreuzten Beinen im Gras. Sie waren zu weit entfernt, als dass wir einzelne Gesichter hätten ausmachen können.

»Am besten, wir bleiben hier, bis sie fertig ist«, flüsterte Chloe, und ich hielt an.

Niemand hatte uns bemerkt, doch kaum eine Minute später drehte sich eine Gestalt in der zweiten Reihe zu uns um. Mein Magen zog sich zusammen.

Ryans attraktives Gesicht war ein Kaleidoskop der Emotionen. Schock, ein missbilligendes Stirnrunzeln und schließlich ein Lächeln, das mich Jahre in die Vergangenheit zurückkatapultierte.

Es begann zögerlich, doch dann wurde es immer breiter, und seine Augen begannen zu strahlen. Genau wie damals, als wir uns zum ersten Mal begegnet waren. Ich hatte über meine Schulter geblickt, um nachzusehen, wen er anlächelte, dabei war ich gemeint gewesen.

Es war unmöglich, ein solches Lächeln nicht zu erwidern, und meine Mundwinkel wanderten bereits nach oben, als mir auffiel, dass Ryans Blick gar nicht mich traf. Sein Lächeln war nicht für mich bestimmt. Und plötzlich war die Sonne zu heiß, die Luft zu stickig und die Erinnerung zu schmerzhaft. Ich trat einen Schritt zurück und verschwand im Schatten, während Chloe abermals etwas für sich beanspruchte, das früher einmal mir gehört hatte.

Ryan erhob sich und stieg über die Beine der anderen Eltern und ihre Taschen hinweg, ohne Chloe ein einziges Mal aus den Augen zu lassen. Als er am Ende der Reihe angekommen war, drehte sich eine Frau hinter ihm in unsere Richtung. Ich kannte sie von Hopes Party. Ihre Lippen formten ein überraschtes Oh, und sie umklammerte den Arm der Frau neben ihr, die sich ebenfalls umdrehte und nach Luft schnappte. Als Ryan schließlich auf uns zukam, waren auch die beiden Frauen aufgestanden. Die erste weinte, und auch die zweite hatte glänzende Augen.

Immer mehr Eltern wandten sich zu uns um und erhoben sich. Die Direktorin merkte natürlich, dass sie die Aufmerksamkeit des Publikums verloren hatte, und begann, über die einfachsten Sätze zu stolpern. Schließlich beschattete sie ihre Augen mit einer Hand und spähte in unsere Richtung.

»Wolltest du dich nicht unbemerkt von hinten reinschleichen?«, fragte ich Chloe leise flüsternd.

Endlich hatte die Direktorin erkannt, wer hier zu spät gekommen war. »Mrs Turner!«, rief sie und vergaß dabei, dass sie ein Mikrofon vor der Nase hatte.

»Jetzt wissen es alle!«, sagte ich zu Chloe, und im nächsten Moment begann eine der Frauen zu klatschen. Immer mehr Eltern stimmten mit ein, der Applaus wurde immer lauter.

»Machen die das immer, wenn du auf den Sportplatz kommst?«, fragte ich mit heiserer Stimme.

»Ja, jedes verdammt Mal«, erwiderte Chloe unter Tränen.

Ich merkte gar nicht, wie Ryan Chloe in die Arme schloss, denn auf der anderen Seite des Platzes gab es plötzlich einen Tumult. Ich hörte die wütende Stimme einer Lehrerin, doch offenbar wurde ihr keine Beachtung geschenkt, denn sie wurde immer lauter und ärgerlicher. Sie rief Hopes Namen, die sich aus der Gruppe der anderen Sechsjährigen gelöst hatte und über das Sportfeld auf uns zugerannt kam. Es gab nur wenige Mütter, deren Augen trocken blieben, und auch viele Väter weinten, als Hope mit solcher Wucht in die Arme ihrer Mutter sprang, dass Ryan den Rollstuhl festhalten musste.

Mutter und Tochter umarmten einander und wiegten sich sanft hin und her. Ich sah ihnen einen Moment lang zu, bis es schließlich zu schmerzhaft wurde und ich den Blick abwandte. Das Mitleid in Ryans Augen, als sich unsere Blicke trafen, verschlimmerte mein Befinden zusätzlich. Er wusste noch immer haargenau, was ich fühlte, doch in diesem Moment konnte ich nicht sagen, ob das ein Fluch oder ein Segen war.

Der Applaus verstummte langsam, doch unsere Ankunft hatte den gesamten Ablauf durcheinandergebracht. Nach und nach standen auch Hopes Klassenkameraden auf und kamen zu ihren Eltern. Überall liefen Kinder herum, und ihre Eltern nahmen sie in die Arme und drückten sie an sich, als hätten sie sich nicht erst vor ein paar Stunden gesehen.

Die Lehrkräfte standen bei der Direktorin am Podium und schienen unsicher, wie der Nachmittag noch zu retten war.

»Jetzt sieh mal, was wir angerichtet haben«, sagte ich zu Chloe, nachdem sie sich von Hope gelöst hatte.

Ein ohrenbetäubendes Pfeifen erklang, als die Direktorin erneut nach dem Mikrofon griff. »Meine Damen und Herren, liebe Kinder«, begann sie, doch dann brach sie ab, und ihr Blick wanderte zu der Frau, die alle daran erinnert hatte, wie kostbar und zerbrechlich das Leben und das Band zwischen Kindern und ihren Eltern ist. Ihre Lippen verzogen sich zu einem Lächeln. Sie hatte eine Entscheidung getroffen. »Dieses Jahr dürfen die Kinder ausnahmsweise für den Rest des Nachmittages bei ihren Eltern bleiben. Bitte achtet aber genau darauf, wann eure Klasse aufgerufen wird!«

Chloe

Das Gute an einer Gehirn-OP war, dass man den größten Schwachsinn anstellen konnte und niemand wirklich wütend darüber wurde. Nachdem die Lehrkräfte endlich wieder für Ordnung gesorgt und die älteren Kinder mit den Wettkämpfen begonnen hatten, wandte sich Ryan mit ernstem Gesicht zu mir um.

»Also, wessen Idee war dieser absurde Auftritt hier?«

»Maddies«, log ich schamlos und zwinkerte Maddie so auffällig zu, dass Ryan es sah.

»Es war eher eine Art Road Trip«, witzelte Maddie.

»Stimmt!« Ich lächelte verschwörerisch. »Wie bei ›Thelma und Louise‹.«

»Wenn ich mich recht erinnere, hatte der Film kein Happy End«, bemerkte Ryan trocken.

»Ich kann dir zumindest versichern, dass wir keinen Tanklaster in die Luft gejagt haben«, sagte Maddie mit vollkommen ernstem Gesicht.

Ryans Mundwinkel zuckten, und für einen Moment wünschte ich, Maddie wäre nicht so witzig und hübsch und … stünde nicht gleich neben mir. Ich verdrängte den Gedanken eilig, doch er hinterließ ein unangenehmes Gefühl.

Kurz darauf wurde Hopes Klasse aufgerufen, doch sie wollte nicht gehen.

»Komm schon, Pumpkin! Du läufst doch so gern!«

Hope schüttelte so heftig den Kopf, dass ihre Zöpfe gegen ihre Wange klatschten.

»Soll ich dich vielleicht hinüberbegleiten?«, schlug Maddie vor und hielt Hope ihre Hand hin. Ich spürte, wie unsicher mein kleines Mädchen war.

»Maddie kann dir ja ein paar Tipps geben«, versuchte Ryan sie zu überreden. »Sie war eine tolle Läuferin.«

Maddie sah überrascht auf.

»Daran erinnerst du dich noch?«

Sein Blick war so liebevoll, dass ich mir langsam Sorgen machte. »Ich erinnere mich an alles.« Er hielt inne, und es schien, als würde er aus einem Traum erwachen. »Außerdem hat deine Mutter andauernd damit angegeben.«

Hope wandte sich mit neu erwachtem Interesse an Maddie. »Warst du gut?«

»Ja, ich habe ein paar Rennen gewonnen«, antwortete sie offenbar mit falscher Bescheidenheit. »Aber davon erzähle ich dir, während wir rübergehen.«

Hope rutschte von meinem Schoß, und trotz des warmen Tages breitete sich Kälte in mir aus, als ich zusah, wie sie und ihre Mutter Hand in Hand davongingen.

Hope gewann ihr Rennen, wurde Zweite im Eierlaufen und Dritte im Dreibeinlauf, was allerdings daran lag, dass sie größer war als ihre Partnerin. Ich wurde langsam müde und freute mich sogar darauf, wieder in das ruhige Krankenhaus zurückkehren zu können, doch wir konnten nicht aufbrechen, bis nicht auch noch die letzten beiden Rennen vorbei waren. Sie waren für viele Eltern das absolute Highlight.

Die Direktorin griff erneut nach ihrem Mikrofon. »Meine Herren, ich muss Ihnen wohl nicht sagen, was als Nächstes kommt. Ich bitte alle Teilnehmer an den Start.«

Maddie sah sich verwirrt um, und ihr Blick erinnerte mich an mein erstes Sportfest hier. Zahlreiche Väter erhoben sich, schlüpften aus ihren Jacketts und nahmen die Krawatten ab. Manche traten sogar ihre eleganten Schuhe beiseite und zogen sich Laufschuhe an. Andere hatten sich umgezogen und kamen in kurzen Hosen und ärmellosen Shirts aus der Umkleidekabine. Ich schüttelte den Kopf. Kaum zu glauben, wie ernst manche Leute dieses Rennen nahmen.

»Was ist denn jetzt los?«, fragte Maddie.

»Die Väter sind an der Reihe«, erklärte Ryan und stand ebenfalls auf. Er hatte sein Jackett bereits ausgezogen und öffnete nun auch noch die Manschettenknöpfe, um die Ärmel hochzukrempeln. Maddie sah ihm fasziniert zu.

»Du läufst auch?«

Er nickte. Hope, die neben meinem Rollstuhl im Gras saß, blickte bewundernd zu ihrem Vater auf. »Daddy gibt zwar jedes Mal sein Bestes, aber er hat noch nie gewonnen«, erzählte sie ehrlich und ohne Rücksicht auf seine Gefühle.

Ich schmunzelte, und Ryan und ich tauschten einen vielsagenden Blick.

»Ja, weil Dabeisein wichtiger ist als Gewinnen«, erwiderte Ryan und fuhr seiner Tochter durch die Haare, bevor er sich zu mir herunterbeugte und mich küsste. »Wünscht mir Glück.«

»Hals- und Beinbruch«, erwiderte ich und lachte, als ich sein verdutztes Gesicht sah. »Aber nicht wirklich, okay? Sonst sitzen wir morgen beide im Rollstuhl.«

Maddie wartete, bis er fort war, bevor sie sich zu mir umdrehte. »Die nehmen das echt so ernst? Das ist nicht bloß zum Spaß?«

»Ganz im Gegenteil. Manche Dads beginnen schon mehrere Wochen vor dem großen Tag mit dem Training.«

Maddie schüttelte verwundert den Kopf, und ich konnte es ihr nicht verübeln. Die Männer waren in unterschiedlicher körperlicher Verfassung, und ich befürchtete jedes Mal, dass einer von ihnen einen Herzinfarkt erleiden würde.

»Wenn du das schon schlimm findest, warte erst auf die Mütter. Siehst du die beiden dort drüben?«, fragte ich und deutete so unauffällig wie möglich auf zwei Frauen, die bereits aus ihren hochhackigen Sandalen schlüpften und Laufschuhe anzogen. »Die letzten zehn Jahre hat immer eine von ihnen gewonnen. Niemand kann es auch nur ansatzweise mit ihnen aufnehmen.«

»Was ist mit dir?«, fragte Maddie, die jetzt neben Hope saß und an ein paar Grashalmen zupfte.

»Ich gehörte immer zu den Letzten«, sagte ich grinsend.

»Mummy ist echt gut«, widersprach Hope, obwohl es natürlich nicht stimmte.

Es fühlte sich seltsam an, dass wir alle drei Ryan zujubelten, als er schließlich mit etwa vierzig anderen Läufern an uns vorbei dem Ziel entgegensprintete. Es war wie jedes Jahr. Mehrere Läufer stolperten und gingen zu Boden, einige gaben schlauerweise freiwillig auf, und eine Handvoll Väter nahm es wieder einmal viel zu ernst. Glücklicherweise gehörte Ryan zu keiner der drei Gruppen.

»Fünfter«, keuchte er, als er ein paar Minuten später wieder neben uns trat. »Mein Stammplatz.«

Ich lächelte und versuchte, nicht allzu amüsiert auszusehen, als die erwachsenen Männer mit den aufgeschlagenen Knien und den Grasflecken auf den Hosen betreten zu ihren Frauen und Kindern zurückkehrten. Einige murmelten vor sich hin, dass sie sicher »nie wieder« mitmachen würden, doch ich wäre jede Wette eingegangen, dass sie nächstes Jahr auch wieder dabei waren.

»Und jetzt die Mütter, bitte!«, rief die Direktorin.

Maddie

»Mummy, läufst du auch mit?«

Chloe sah ihre Tochter bedauernd an, und ich fühlte mit ihr. Sie legte Hope die Hand auf die Wange. »Dieses Jahr nicht, Liebling. Ich bin nicht fit genug.«

Hope wirkte enttäuscht, was bewies, dass sie tatsächlich nicht durchschaute, wie schlecht es Chloe wirklich ging. Wir hatten gute Arbeit geleistet, um es vor ihr zu verbergen.

»Aber dann kann ich ja niemanden anfeuern«, jammerte sie, und plötzlich verstand ich, warum sich auch die unsportlichsten Eltern jedes Jahr auf dieses Rennen einließen. Jeder wollte in den Augen seines Kindes ein Held sein – selbst wenn man als Letzter über die Ziellinie humpelte.

»Nächstes Jahr wieder«, versprach Chloe feierlich und hob Hopes Kopf, um ihr in die Augen zu sehen.

Ich hielt den Blick gesenkt und starrte auf die Grashalme,

die ich ausgerissen hatte. Ich wusste bereits, was jetzt kommen würde.

»Maddie? Läufst du mit?«

Ich biss mir auf die Lippe und sah in das flehende Gesicht meiner Tochter.

»Lieber nicht, Pumpkin. Das Rennen ist für die Mütter und Väter. Niemand hier weiß, wer ich bin.«

Was natürlich nicht stimmte. Obwohl Hope und mir immer wieder neugierige Blicke zugeworfen wurden, kannte beinahe jeder hier unsere Geschichte.

»Außerdem: Es wäre nicht fair, dass du zwei Mummys hast, die für dich laufen können, und deine Freunde nur eine«, fuhr ich fort. »Am Ende wollen die anderen, dass ihre Nannys oder die Au-pair-Mädchen laufen – und das wäre doch ziemlich blöd, oder?«

»Aber du bist keine Nanny und kein Au-pair«, entgegnete Hope feierlich, und wir mussten alle drei lächeln. »Du bist meine *Mummy*.«

Wir schwiegen, während sich die Mütter um uns herum auf den Weg zum Start machten.

»Da hat sie recht«, stellte Ryan schließlich leise fest und warf Chloe einen fragenden Blick zu.

»Ja, du solltest auf alle Fälle laufen«, sagte sie eilig, bevor sie es sich anders überlegen konnte. Dann grinste sie schief. »So besteht wenigstens die Chance, dass Hopes Mutter auch mal gewinnt.«

Sie sah zu der rothaarigen und der blonden Frau hinüber, die offensichtlich dachten, das Rennen würde zwischen ihnen beiden entschieden. Sie schüttelten sich gerade die Hände, und vielleicht war es diese Verbrüderung, die mir meine Entscheidung erleichterte. Oder es war die Gewissheit, dass ich zumindest im Rennen eine bessere Mutter abgeben würde als Chloe.

»Nun mach schon. Es ist wie Radfahren«, sagte Ryan grinsend. »Bloß ohne Fahrrad.«

»Sehr witzig«, erwiderte ich und schlüpfte bereits aus den Sandalen. Ich war immer schon am liebsten barfuß gelaufen.

»Du schaffst das!«, rief Ryan aufmunternd, und plötzlich wollte ich nichts lieber, als das zu beweisen.

Ich stemmte mich hoch.

»Ja! Maddie wird laufen!«, jubelte Hope und sprang ebenfalls auf.

»Letzter Aufruf für alle teilnehmenden Mütter«, hallte es über den Platz.

Ich wollte bereits gehen, als Chloe nach meiner Hand griff. »Gewinn das Ding! Für unser Mädchen!«

Die rothaarige Seriengewinnerin starrte mich in Grund und Boden, als ich auf die junge Lehrerin zutrat, die das Rennen organisierte. »Ich würde gern an Chloes Stelle laufen«, sagte ich leise, doch die Rothaarige hörte mich trotzdem. Sie griff nach dem Arm der Blondine. Ihre Freundin schien allerdings wenig beunruhigt und zuckte bloß gelangweilt mit den Schultern.

»Ich glaube, das ist okay«, erwiderte die Lehrerin freundlich und sah zum Rand des Sportplatzes, wo Ryan gerade Chloes Rollstuhl näher an die Absperrung schob. Hope winkte mir aufgeregt zu, und ich winkte zurück.

»Entschuldigen Sie, aber es gibt klare Regeln! Nur *Mütter* dürfen mitmachen.«

Ich kannte die Frau nicht, denn ihre Kinder waren älter als Hope, und Chloe war ganz sicher nicht mit ihr befreundet. Ich wandte mich langsam zu ihr um. »Möchten Sie, dass wir einen DNA-Test machen?« Ihre blonde Freundin kicherte, und mehrere andere Mütter lächelten aufmunternd.

»Ich finde es einfach unfair, wenn die Regeln im letzten Moment geändert werden.«

»So ist das Leben nun mal«, erwiderte ich mit einem Blick auf meine drei Fans. »Finden Sie sich damit ab.«

Die Frau sah mich an, als hätte sie mir am liebsten eine gescheuert, was sicher auch ein nettes Ende des Sportfestes gewesen wäre. Um sicherzugehen, dass ich nur ihr auf die Füße trat, wandte ich mich zu den anderen zwanzig Teilnehmerinnen um. »Hat noch jemand etwas dagegen, dass ich mitmache?«

Sie waren alle einverstanden.

Ich schenkte der Rothaarigen ein süßliches Lächeln und begab mich zur Startlinie. Ich atmete langsam ein und aus, während ich auf den Startschuss wartete. *Ihr schafft das*, beschwor ich meine Beine. *Heidi hat euch stark gemacht, ihr müsst euch nur erinnern, wie es geht.* Ich sah auf meine nackten Füße hinunter. *Und es wäre echt toll, wenn wir die Rothaarige abhängen.*

Ich warf einen letzten Blick auf Chloe, Ryan und Hope. Sie lächelten alle drei, und Chloe reckte den Daumen.

»Achtung!«

Mein Herz schlug schneller.

»Fertig!«

Meine Muskeln spannten sich an.

»Warten Sie!«, schrie ich plötzlich und richtete mich auf.

»Was denn?«, fragte die Lehrerin, die bereits den Arm über den Kopf gehoben hatte.

»Das geht so nicht«, erklärte ich.

Die Rothaarige murmelte etwas vor sich hin, doch ich ignorierte sie. Stattdessen wandte ich mich an die anderen Läuferinnen, die mich jetzt ansahen, als hätte ich den Verstand verloren. Und vielleicht hatte ich das ja auch.

»Kann ich noch mal kurz weg?«

»Also echt!«, rief eine Stimme zu meiner Linken, und es war nicht schwer zu erraten, wem sie gehörte.

Ich joggte zum Rand des Sportplatzes.

»Was ist denn los?«, fragte Ryan besorgt. »Fühlst du dich nicht wohl?«

»Doch, mir geht es gut«, erwiderte ich und schob ihn sanft beiseite, um nach dem Rollstuhl zu greifen.

»Was zum T…«, begann Chloe, als ich sie auf den Platz schob.

»Keine Schimpfwörter vor unserer Tochter, wenn ich bitten darf«, befahl ich streng und hörte Hope kichern.

»Bist du jetzt komplett verrückt?«, fragte Chloe auf dem Weg zum Start.

»Nicht *komplett*«, erwiderte ich und grinste, als ich die lächelnden Gesichter der anderen Eltern sah. »Gerade verrückt genug für das hier.«

»Um Himmels willen, soll das ein Scherz sein?« Die Rothaarige sah uns an, als würden wir ihr ihren großen Moment ruinieren.

»Keineswegs«, erwiderte ich mit bewundernswerter Zurückhaltung. »Und Sie sollten sich freuen.« Sie hob spöttisch ihre viel zu dünnen Augenbrauen. »Wenn ich allein gelaufen wäre, hätte ich Sie fertiggemacht.«

Ihre blonde Freundin lachte und erntete dafür ebenfalls einen bösen Blick.

»Okay, kann's jetzt losgehen?«, fragte die Lehrerin an der Startlinie.

Ich warf einen schnellen Blick auf Chloe. »Ja, es kann losgehen!«

»Auf die Plätze. Achtung. Fertig. Los!«

Die Rothaarige schoss davon, und ihre blonde Freundin blieb ihr dicht auf den Fersen, während ich zu schieben begann. Hope jubelte lautstark, und auch die restlichen Zuschauer feuerten uns an.

Mehrere Läuferinnen, die eigentlich schon viel weiter vorn hätten sein können, joggten neben dem Rollstuhl her, und als ich mich einmal kurz umwandte, sah ich vier Mütter, die mitten im Rennen stehen geblieben waren. Eine hatte offenbar etwas ins Auge bekommen und machte ein riesiges Aufhebens, während sich die drei anderen hilfsbereit um sie scharten.

Die Frau neben mir presste sich plötzlich in einer dramatischen Geste die Hand auf die Seite. »Seitenstechen!«, keuchte sie und blieb ebenfalls stehen. Ich hatte noch nie erlebt, dass jemand bei einem derart langsamen Tempo Seitenstechen bekam. Trotzdem standen bald zwei Mütter neben ihr, um ihr beizustehen, und das Feld der Läuferinnen wurde immer kleiner.

Ich kam an einer Frau vorbei, die auf einem Bein herumhüpfte und umständlich aus ihrem Schuh schlüpfte, um ihn auszuschütteln. Danach zog sie sich schulterzuckend an den Rand der Bahn zurück.

Der Jubel der Gäste immer lauter, je mehr Läuferinnen ausfielen. Eine lieferte eine bühnenreife Vorstellung, indem sie so tat, als habe sie einen Krampf im Bein. Sie robbte über den Boden, und die Menge johlte. Nur die beiden Frauen, die das Rennen bisher immer unter sich ausgemacht hatten, hatten schon fast drei Viertel der Strecke hinter sich gebracht.

»Bist du mit dem dritten Platz zufrieden?«, flüsterte ich Chloe zu.

»Klar! Los geht's!«, drängte sie.

»Festhalten!«, warnte ich sie. Es sah vermutlich nicht sehr elegant aus, aber mein Tempo war durchaus ansehnlich, und der Jubel der Menge trug uns in Richtung Ziel.

Die beiden Frauen vor uns gaben immer noch ihr Bestes, und im Moment sah es aus, als ob die Rothaarige gewinnen würde.

Doch dann blickte die Blondine zu uns zurück und gab noch einmal Gas. Sie holte rasch auf, und die beiden Frauen liefen eine Weile lang nebeneinander, bis die Blondine schließlich um einige Zentimeter die Führung übernahm.

Ich weiß nicht, ob alle mitbekamen, was passierte. Ich sah es jedenfalls sehr deutlich. Die Blondine machte plötzlich einen ungeschickten Schritt zur Seite – ob absichtlich oder aus Versehen, konnte ich nicht sagen –, und die Rothaarige stolperte über ihren Fuß und begann zu taumeln. Im nächsten Augenblick gingen die beiden zu Boden. Es war der einzige wirkliche Sturz im ganzen Rennen. Als ich den Rollstuhl an den beiden vorbeischob, hob die blonde Mutter den Blick und zwinkerte mir zu, bevor sie sich wieder ihrem Knöchel zuwandte.

Fünf Meter vor uns lag die Ziellinie, und das Publikum feuerte uns jubelnd an. Vier Meter. Drei. Zwei.

Es ist schwer, einen Rollstuhl zu schieben, wenn man ausgelassen lacht, aber ich schaffte es trotzdem irgendwie.

Bevor wir die Ziellinie überquerten, streckte ich die Hand nach vorn, und Chloe schlug ein. Wir verschränkten die Finger und reckten die Hände in die Höhe. Und so kamen wir schließlich ins Ziel: *gemeinsam*.

Kapitel 21

Drei Monate später

»Notruf. Was kann ich für Sie tun?«

»Mummy macht die Augen nicht auf. Schnell! Schicken Sie einen Arzt! In die Mansfield Avenue 5.«

»Wie heißt du denn, Schätzchen?«

»Hope.«

»Okay, Hope. Kannst du mir sagen, was passiert ist?«

»Es gab ein lautes Krachen. Und jetzt liegen sie am Boden.«

»Wer liegt am Boden, Schätzchen?«

»Beide.«

»Okay, wir sind schon unterwegs. Du bist sehr tapfer. Ist jemand bei dir, Hope? Ein Erwachsener vielleicht?«

»Ja, aber sie liegt auch am Boden und bläst Luft in Mummys Mund.«

»Wer bläst Luft in Mummys Mund, Hope?«

»Mummy.«

»Okay, Hope. Ich weiß, es ist sehr beängstigend. Aber Hilfe ist unterwegs.«

Drei Stunden früher

Maddie

»Die sollten sich echt mal neue Zeitschriften anschaffen.«

»Das sagst du jeden Tag«, erwiderte Chloe. »Warum nimmst du nicht einfach ein Buch mit?«

»Dann könnte ich mich ja nicht mehr darüber beschweren, dass hier nur uralte Readers-Digest-Ausgaben herumliegen«, erwiderte ich grinsend. »Wie war es heute?« Mir fiel zum ersten Mal auf, wie erschöpft Chloe nach der Bestrahlung aussah.

»Man möchte meinen, dass ich mich nach vier Wochen langsam daran gewöhnt habe, aber …«

»Es dauert ja nur noch zwei Wochen«, sagte ich aufmunternd. Ich stand auf, doch plötzlich wurde mir schwarz vor Augen, und ich musste mich an der Stuhllehne festhalten.

»Alles okay?«, fragte Chloe.

Ich holte tief Luft, und der Schwindel legte sich. »Ja, mir geht's gut. Ich bin zu schnell aufgestanden.«

»Ich wünschte, bei mir würde wenigstens *irgendetwas* schnell gehen«, seufzte Chloe.

Ich drückte sanft ihren Arm. »Das wird schon. In zwei Wochen hast du die letzte Bestrahlung, und dann ist der Albtraum vorüber.«

Chloe war besorgniserregend blass, und ihre Hand zitterte, als sie ihre Haare zurechtzupfte, um die neue kahle Stelle am Hinterkopf zu verdecken.

»Die wachsen wieder.«

»Ich weiß«, erwiderte sie. Es gab Wichtigeres als ihre Haare, auch wenn es schwer gewesen sein musste, als sie ausgingen. Immerhin waren sie gerade erst wieder nachgewachsen.

»Also, das Krankenhaus werde ich ganz sicher nicht vermissen«, stellte Chloe fest, als wir die Abteilung für Strahlentherapie verließen. »Und auch nicht die verdammte Maske, die ich immer tragen muss.«

»Vielleicht darfst du sie am Ende als Andenken mit nach Hause nehmen?«, überlegte ich laut. »Du könntest sie zu Halloween aufsetzen. Das hält die Kinder mit Sicherheit fern.«

Chloe sah mich an und schüttelte den Kopf. »Du magst Kinder nicht besonders, oder?«

»Nur unseres«, erwiderte ich grinsend. Wir traten hinaus in den kühlen Oktobernachmittag, und ich begann sofort zu zittern.

»Mein Gott, ist das kalt.«

Chloe sah mich verwundert an. »Eigentlich nicht. Vielleicht ist das bloß der Temperaturunterschied zum überheizten Krankenhaus. Oder du hast dir denselben Virus eingefangen wie Hope letzte Woche.«

»Hoffentlich nicht! Ich muss dich immerhin noch vierzehn Tage herumkutschieren.« Ich lächelte, verkniff mir jedoch weitere Scherze, als ich sah, wie schwer es Chloe fiel, mit mir Schritt zu halten. Ich versuchte das Auto immer so nahe wie möglich beim Eingang zu parken, denn auch wenn Chloe es nicht zugeben wollte, bereitete ihr selbst diese kurze Strecke jeden Tag mehr Schwierigkeiten. Ich machte mir Sorgen, weil sie so schwach war, auch wenn die Ärzte es prognostiziert hatten. Ich musste so bald wie möglich mit Ryan darüber reden.

Chloe

Meine Hände zitterten, als ich versuchte, den Sicherheitsgurt zu schließen. Maddie beobachtete mich stirnrunzelnd, bevor sie nach der Schnalle griff und mir half.

»Geht es dir wirklich gut? Sollen wir nicht noch mal rein und mit einem Arzt sprechen?«

Ich schüttelte den Kopf und bereute es sofort. Die Schmerzen waren unerträglich. »Ich will nur nach Hause und mich hinlegen.«

Einen Moment lang sah es so aus, als wollte Maddie mir widersprechen, doch dann startete sie den Motor. »Mach die Augen zu und schlaf ein bisschen!«

»Das wäre unhöflich«, erwiderte ich, obwohl meine Lider bereits zufielen.

»Das ist ja nichts Neues bei dir«, erwiderte Maddie in gespielt bissigem Ton. »Ich weiß eigentlich gar nicht, warum ich mich mit dir abgebe.«

Sie machte Witze. Mittlerweile kannte ich sie gut genug, um das zu wissen. Ich kannte sie besser, als ich es mir je hätte vorstellen können. Und sie war ganz anders als die Maddie, die ich mir damals ausgemalt hatte. Als *sie* noch diejenige gewesen war, die im Krankenhaus lag. Die echte Maddie war lustiger und schlagfertiger, als ich es vermutet hätte. Obwohl ich es natürlich hätte wissen müssen, denn immerhin hatte Ryan sie von ganzem Herzen geliebt. Ich hatte mich mittlerweile sogar daran gewöhnt, dass sie ständig fluchte.

Mir stiegen Tränen in die geschlossenen Augen. »Ich kann dir gar nicht genug danken, dass du mich jeden Tag hierherfährst.«

»Nein, nicht schon wieder!«, stöhnte Maddie, doch sie konnte mich nicht hinters Licht führen.

»Ich meine es ernst, Maddie.« Ich öffnete mühevoll die Augen, damit ich sie ansehen konnte. »Es ist nicht selbstverständlich, dass du deine Zeit dafür opferst.«

Sie wirkte verlegen, aber das war immer so, wenn wir solch ein Gespräch führten. »Na ja, so ist das eben, wenn man keinen Job hat. Die Leute nutzen deine Gutmütigkeit schamlos aus.« Sie sah mich an und schnitt eine Grimasse. »Außerdem muss ich Hope sowieso jeden Tag von der Schule abholen, bis du wieder Auto fahren kannst. Da ist es nur logisch, dass ich das hier auch gleich übernehme.«

Sie hörte sich an, als sei das keine große Sache, aber das war es. Zumindest für mich. »Du sollst nur wissen, wie dankbar ich dir bin. Du bist eine wirklich gute Freundin«, sagte ich und griff nach ihrer Hand.

Ich hatte sie noch nie eine Freundin genannt. Unsere Beziehung war so außergewöhnlich, dass ihr konventionelle Bezeichnungen nicht gerecht wurden, doch heute hatte ich das Bedürfnis, es endlich laut auszusprechen und ihr zu sagen, was ich fühlte.

»Und du bist eine verdammte Nervensäge«, erwiderte sie knapp, obwohl ihre Augen glänzten und ihre Lippen verräterisch zitterten.

Maddie

»Wir sind zu Hause«, sagte ich und schüttelte Chloe sanft. Die Knochen unter ihrem Pullover ragten deutlich hervor, und auch darüber musste ich unbedingt mit Ryan sprechen.

Chloe brauchte einen Moment, bis sie erkannte, dass wir bereits in ihrer Auffahrt parkten. »Tut mir leid, ich bin eingeschlafen. Habe ich geschnarcht?«

»Die ganze Zeit«, erwiderte ich und ging zur Beifahrertür, falls sie Hilfe brauchte. Obwohl ich ihr vermutlich keine große Stütze gewesen wäre, denn mein Kopf fühlte sich an wie in Watte gepackt, und es war mir schwergefallen, mich auf das Autofahren zu konzentrieren. Außerdem war mir immer noch eisig kalt. Vielleicht hatte ich mir wirklich Hopes Virus eingefangen.

»Soll ich uns einen Tee kochen?«, fragte ich, nachdem Chloe den Schlüssel endlich gefunden hatte und wir ins Haus getreten waren.

Mittlerweile fühlte es sich nicht mehr seltsam an, ihre Küchenschränke nach passenden Bechern zu durchstöbern. Ich holte zwei Teebeutel heraus und wartete, dass das Wasser zu kochen begann. Irgendwie gehörte alles, womit ich im Moment kochte, entweder Mitchs Großmutter oder Chloe. Vielleicht wurde es Zeit, das zu ändern.

»Gehen wir ins Wohnzimmer?«, fragte ich, als wäre ich hier zu Hause und nicht Chloe. Sie fand das jedoch offenbar nicht seltsam, was erneut ein Beweis dafür war, wie erschöpft sie war.

Auf dem Weg durch den Flur stützte ich sie sicherheitshalber, denn es war sicher weniger anstrengend, sie zum Sofa zu begleiten, als sie nachher vom Boden aufzusammeln. Trotzdem hätte ich nicht erwartet, dass sie sich derart auf mich lehnen würde, und als wir endlich beim Sofa ankamen, war ich schweißgebadet.

Zwanzig Minuten später wurde Hope von einer der anderen Mütter nach Hause gebracht, und ich hätte gehen können. Doch etwas sagte mir, dass ich warten sollte, bis Ryan aus dem Büro kam.

»Kann ich noch ein bisschen bleiben?«, fragte ich betont locker. Ich hatte Mitch gerade eine Nachricht geschrieben und unsere Verabredung für heute Abend abgesagt. Ich wusste, dass er es verstehen würde.

»Hast du nicht ein *Date?*«, murmelte Chloe, und ich hörte, dass sie das Wort in Gedanken in Anführungszeichen gesetzt hatte. Ehrlich gesagt war meine Beziehung zu Mitch auch mir ein Rätsel. Es war mehr als eine Freundschaft, da war ich mir sicher, aber wir waren kein Liebespaar. Es war, als stünden wir beide auf dem Abstellgleis und warteten auf irgendetwas. Und ich hatte keine Ahnung, worauf.

»Er hat abgesagt«, log ich.

»Dann ist er ein Idiot«, erwiderte Chloe unerwartet schroff. »Jeder Mann, der sich dich entgehen lässt, ist einfach nur dumm.« Sie brach ab, und wir sahen uns verlegen an, als uns klar wurde, dass ihr Mann auch zu dieser Kategorie zählte.

Nachdem Hope vom Sofa gerutscht war, um mit der Katze zu spielen, stand Chloe mit wackeligen Beinen auf. »Ist es okay für euch beide, wenn ich mich ein wenig hinlege?«

Hope nickte fröhlich.

»Brauchst du Hilfe beim Treppensteigen?«

Chloe schüttelte den Kopf, und ihr Blick huschte zu dem kleinen Mädchen auf dem Boden. Eines Tages, wenn Hope alt genug war, würde ich ihr erzählen, wie tapfer Chloe gegen ihre Krankheit gekämpft hat, nur damit Hopes Kindheit so unbelastet wie möglich weitergehen konnte. Eines Tages würde sie erfahren, was ihre Mutter geleistet hatte.

Ich sah Chloe nach, die von einem Möbelstück zum anderen schlurfte. Ich machte den Fernseher an, doch ich konnte mich nicht konzentrieren, sondern lauschte bloß Chloes Schritten.

Plötzlich packte mich die Angst. Ich sprang auf, und mir wurde zum zweiten Mal an diesem Tag schwarz vor Augen.

»Ich gehe hoch und sehe mal nach deiner Mum«, sagte ich zu meiner Tochter, die so in die Fernsehsendung vertieft war, dass sie nickte, ohne sich umzudrehen.

Chloe

Ich war unendlich müde, und meine Beine fühlten sich an wie Blei. Ich hielt mit der Hand auf der Klinke der Schlafzimmertür inne, als ich Maddies Stimme hörte. Sie stand am unteren Ende der Treppe und kam eilig zu mir hoch.

Zuerst merkte ich nicht, dass etwas nicht stimmte.

Maddie stand vor mir, wie sie es schon Hunderte Male getan hatte. Es war wie ein Blick in Hopes Zukunft. Groß, schlank, wunderschön … und blass.

Sie war immer so furchtbar blass. Doch heute waren sogar ihre Lippen beinahe farblos, und ihre Hand umklammerte das Geländer. Sie sah mir in die Augen … Und im nächsten Augenblick war sie fort. Sie taumelte rückwärts und stürzte wie in Zeitlupe die Treppe hinunter.

Es folgte ein lautes Krachen, und im nächsten Augenblick flog die Wohnzimmertür auf, und Hope lief in den Flur. Sie entdeckte Maddie, die am Fußende der Treppe lag, und ihr Schrei hallte durchs Haus und traf mich mitten ins Herz. »Mummy!«

Es war das erste Mal, dass Hope sie so nannte, doch Maddie hörte es nicht.

Kapitel 22

Chloe

Ich sah Ryan, bevor er mich erblickte. Ich sah seinen Gesichtsausdruck, als Hope in seine Arme stürzte und bevor er mich auf der anderen Seite der Glastür entdeckte. Er lieferte die Antwort auf eine Million Fragen, die mich oft nächtelang wach gehalten hatten und die ich mir nun nie mehr zu stellen brauchte.

Die Zeit im Krankenhaus vergeht unterschiedlich schnell. Als Patientin erscheint einem ein Tag oft wie eine ganze Woche, doch wenn man auf Neuigkeiten über den Zustand eines geliebten Menschen wartet, kann sich selbst eine Minute wie eine Ewigkeit anfühlen.

Ich hatte keine Ahnung, wie viel Zeit vergangen war, seit uns die Sanitäter hierhergebracht hatten. Es war gut möglich, dass Hope und ich schon stundenlang in dem unpersönlichen Wartezimmer saßen. Natürlich machte ich mir große Sorgen um Maddie, aber sie hatte wenigstens Ärzte um sich herum, die sich um sie kümmerten. Hope hatte nur mich. Ich hielt sie in den Armen und wiegte sie hin und her, während ich versuchte, sie mit Versprechen zu trösten, die nichts weiter als Lügen waren. Wie konnte ich ihr sagen, dass alles gut werden würde, obwohl wir beide gesehen hatten, wie Maddie auf einer Trage aus unserem Haus gebracht wurde?

Ich hatte erst gar nicht versucht, Ryan zu erreichen, als wir im Krankenhaus angekommen waren, denn um diese Zeit war er gerade auf der Autobahn unterwegs, und das war nicht der richtige Ort, um schlechte Nachrichten zu erhalten. Wobei ich mich fragte, ob es dafür *überhaupt* einen richtigen Ort gab.

Als Hopes Schluchzen langsam leiser wurde, löste ich mich sanft von ihr. »Ich gehe nur mal schnell nach nebenan und rufe Daddy an, okay?« Ich deutete auf ein Büro mit Glastür. »Du kannst mich die ganze Zeit über sehen, aber ich will hier niemanden stören, weißt du?«

Glücklicherweise merkte Hope nicht, dass gar niemand in der Nähe war, der sich durch mein Telefonat gestört fühlen konnte. Aber es gibt nun mal Dinge, die ein Kind nicht sehen oder hören sollte. Der einen Mutter dabei zuzusehen, wie sie verzweifelt versuchte, die andere Mutter wiederzubeleben, gehörte definitiv in diese Kategorie, und ich wollte ihren Schmerz nicht noch verstärken, indem sie mitbekam, wie ich mit Ryan telefonierte.

Der Empfang war hier im Krankenhaus erwartungsgemäß schlecht, und meine Wut wuchs mit jedem Meter, den ich durch das Zimmer wanderte, bis es endlich funktionierte. Ich wählte zitternd Ryans Namen aus der Liste.

Voicemail. Ich starrte auf das Handy hinunter, als würde es diesen schrecklichen Tag absichtlich noch schrecklicher machen wollen. Das Verlangen, es gegen die Wand zu schleudern, war beinahe übermächtig, doch die Vernunft siegte, und ich hinterließ ihm eine Nachricht. Dabei wurde ich von einem plötzlichen Lärm draußen auf dem Flur unterbrochen.

Laute Schritte hallten von dem Fliesenboden wider, und mein Blick wanderte zu Hope, deren unsicherer Gesichtsausdruck gerade einer unglaublichen Erleichterung wich. Es gab nur eine Person, die das fertigbrachte. Sowohl bei Hope als auch bei mir.

Ryan kam den Flur entlanggestürmt – mit diesem Gesichtsausdruck, als sei gerade die Welt untergegangen.

Hope lief auf ihren Vater zu, und ich konnte nicht hören, was er zu ihr sagte. Hopes Antwort war jedoch deutlich zu verstehen.

»Sie haben Mummy im Krankenwagen hierhergebracht!«

Ich sah, wie die Worte ihn bis ins Mark erschütterten, während er sie in die Arme schloss. Ich hatte gehofft, nie mehr einen solchen Schmerz in seinen Augen sehen zu müssen.

Hastig riss ich die Tür auf, und die Erleichterung in seinem Blick ließ mich beinahe in die Knie gehen. Ich stolperte auf die beiden zu. Ryan löste einen Arm von Hope und zog mich an sich.

»Ich wollte dich gerade anrufen«, murmelte ich mit dem Gesicht an seiner Brust.

»Ich bin heute früher nach Hause gekommen. Aber es war niemand da ...«

Ich konnte mir nicht einmal ansatzweise vorstellen, welche Angst er durchlitten hatte.

»Eine Nachbarin hat mir erzählt, dass sie einen Krankenwagen gesehen hätte. Eine Frau wurde weggebracht, und ich dachte ... ich dachte ...«

»Es war Maddie«, erklärte ich, und meine Stimme brach, als ich ihren Namen aussprach.

Er nickte und nahm mich noch fester in den Arm. »Ich habe die ganze Fahrt über versucht, euch anzurufen, doch es ging niemand ran. Ich wusste nicht, wer von euch beiden ...« Er holte tief Luft, um sich zu beruhigen. »Und dann sagte Hope, dass Mummy ...«

Hope wandte ihr tränennasses Gesicht zu uns herum, und unsere Blicke trafen sich. Sie sah aus wie Maddie.

»Es war ja auch ihre Mummy«, erklärte ich und legte Hope eine Hand auf die Wange. »Nur nicht diese hier.«

Ryan setzte Hope auf einem der Plastikstühle ab, und ich erzählte ihm eilig, was passiert war.

»Sie ist die Treppe hinuntergefallen?«, fragte er ungläubig.

»Ja. Aber irgendetwas stimmte schon vor dem Sturz nicht. Und das war auch der Grund, warum sie überhaupt gefallen ist.«

»Hast du schon mit einem Arzt gesprochen?«

Ich schüttelte den Kopf.

»Ich muss Bill anrufen«, sagte Ryan. Ich warf einen schnellen Blick auf Hope und nickte dann. »Draußen.« Er wandte sich ab und wollte gehen, doch dann drehte er noch einmal um und drückte mir einen Kuss auf die Lippen. »Gott möge mir vergeben«, murmelte er heiser. »Aber ich bin so froh …«

Es dauerte noch eine ganze Stunde, bis jemand uns informierte, was los war. Der Arzt, der schließlich durch die Schwingtür trat, kam mir irgendwie bekannt vor. Ryan stand auf und streckte ihm die Hand entgegen, und plötzlich wusste ich, woher ich ihn kannte. Er war Maddies Arzt gewesen, und die Tatsache, dass er jetzt hier war, beruhigte mich kein bisschen. Sie hatte eher den gegenteiligen Effekt.

Hope war mittlerweile auf den Plastikstühlen eingeschlafen, sodass der Arzt offen sprechen konnte.

»Wir tun natürlich alles, was in unserer Macht steht, aber …«

»Ich verstehe das nicht«, unterbrach ich ihn beinahe wütend.

»Was hat sie denn überhaupt? Hat sie sich einen Virus eingefangen? Ist sie deshalb gestürzt?«

Das Mitgefühl und Bedauern in den Augen des Arztes waren nicht zu übersehen. »Ich glaube nicht, dass es sich um einen Virus handelt.«

Ryan und ich sahen uns verwirrt an. »Aber was ist dann passiert? Warum ist sie zusammengebrochen?«

Der Arzt führte uns ein paar Schritte von der schlafenden Hope fort und deutete auf die Stühle.

Wir setzten uns.

»Maddie hat seit etwa einem Monat gesundheitliche Probleme.«

Ich sah Ryan an. Hatte er davon gewusst? Doch sein entsetztes Gesicht sagte mir, dass er genauso ahnungslos war wie ich.

»Probleme?«

Der Arzt nickte. »Wir hatten Grund zu der Annahme, dass es sich um Nachwirkungen des Komas handelt. Die Symptome bereiteten uns große Sorgen.«

»Und warum haben Sie dann nichts dagegen unternommen?«, fragte Ryan verzweifelt und wütend zugleich.

»Weil Maddie es nicht wollte. Noch nicht. Sie wurde sehr deutlich. Sie wollte erst Ende Oktober mit den Tests beginnen.« Der Arzt wirkte ehrlich betroffen, dass ihm die Hände gebunden gewesen waren. »Sie hat uns nie gesagt, was so wichtig war, dass sie ihre Behandlung dafür aufschob …«

Ich sah zu Hope hinüber. Sie schlief tief und fest und träumte sicher von glücklicheren Tagen.

»Ich war es«, erklärte ich leise. »Ich war der Grund, warum Maddie noch warten wollte. Sie wollte warten, bis es mir besser ging. Sie hat mich …« Ich schüttelte den Kopf. Mein Blick wanderte zu Ryan und schließlich wieder zurück zu Hope. *Meine Familie.* Das Wertvollste in meinem Leben. Mir war nicht klar gewesen, dass Maddie genauso fühlte. »Sie hat *uns* an die erste Stelle gestellt«, sagte ich traurig.

Im Zimmer war es vollkommen ruhig, und obwohl ich noch nie hier gewesen war, wirkte es schrecklich vertraut. Ryan war mit Hope in die Cafeteria gegangen, um etwas zu essen, doch ich wollte sie nicht begleiten.

»Jemand sollte bei ihr bleiben.« Ich sah ihm in die Augen. Wir hatten dieses Gespräch schon einmal geführt. An einem anderen Ort, in einem anderen Leben.

»Dir geht es doch selbst nicht gut«, protestierte Ryan und musterte mich besorgt.

»Gut genug, um an ihrem Bett zu sitzen«, erwiderte ich bestimmt. »Ich gehe erst, wenn Bill hier ist.« Ryan nickte zögerlich.

Ich war froh, als Hope und er endlich fort waren.

Als ich mich ans Bett setzte, war es wie ein Déjà-vu. »Hallo, Maddie. Hier ist Chloe.«

Ich nahm ihre kalte, regungslose Hand. Es bereitete mir einige Schwierigkeiten, unsere Finger miteinander zu verschränken, doch ich wollte sichergehen, dass sie mich spürte. Ich glaubte fest daran, dass sie es noch konnte.

»Wissen Sie«, hatte der Arzt vorhin gesagt, bevor er uns in ihr Zimmer führte, »wir haben nie verstanden, warum sie letztes Jahr plötzlich aufgewacht ist. Es war nach der unendlich langen Zeit im Koma nicht erklärbar – zumindest nicht aus medizinischer Sicht. So etwas war noch nie da gewesen. Und dieser Rückfall, die Tatsache, dass sie nun wieder ins Koma gefallen ist … Ehrlich gesagt haben wir auch dieses Mal keine Ahnung, was der Auslöser war. Allerdings war es immer unsere größte Sorge, und Maddie war sich von Anfang an bewusst, dass so etwas jederzeit passieren kann.«

Ich strich Maddie eine Haarsträhne aus der Stirn. Ich würde das nächste Mal eine Bürste mitbringen. Sie sah so wunderschön aus wie immer. Egal, ob schlafend oder wach, Madeline Chambers war nicht nur die schönste Frau, die ich kannte, sondern auch die tapferste und liebenswürdigste.

»Jetzt sind wir also wieder hier«, sagte ich leise, drückte ihre Hand und wartete verzweifelt auf das kleinste Anzeichen, dass sie mich gehört hatte.

»Ich habe mich geirrt, oder?«, fragte ich und fand verblüffend leicht in unser altes Gesprächsmuster zurück. »Andererseits hatte ich aber auch recht.«

Wäre sie wach gewesen, hätte sie mich gefragt, was das soll. Deshalb gab ich ihr die Antwort auch so. »Ich dachte, ich sei in Ryans und Hopes Leben getreten, um einen bestimmten Zweck zu erfüllen. Um ihnen über den Verlust hinwegzuhelfen. Doch dann bist du aufgewacht, und ich wurde nicht mehr gebraucht. Mein Job war erledigt. Ich habe im Grunde immer gedacht, dass ich deshalb krank geworden bin. Aber das stimmt nicht, oder?«

Ich gab ihr Zeit zu antworten, doch nichts geschah. Ihre Brust hob und senkte sich gleichmäßig. Sie war an einem anderen Ort. An einem Ort, wo sie schon einmal gewesen war.

»Du bist *zurückgekommen*, weil wir dich brauchten. Du hast den Weg ins Licht gefunden, weil deine Familie auf dich wartete.«

Ich hob Maddies Hand an meine Lippen und küsste die zarte, weiße Haut. »Ohne dich hätte ich die letzten Monate nicht durchgestanden. Du warst wie ein Fels in der Brandung. Du warst für mich da. Und für Ryan. Aber vor allem für Hope.« Ich streichelte ihre Haare. »Ich bin so froh, dass sie erfahren durfte, was für eine wundervolle und unglaubliche Frau ihre Mutter ist. Ich bin froh, dass *ich* es erfahren durfte.«

Ich drückte ihr einen Kuss auf die Wange.

»Schlaf gut, beste Freundin. Und wenn du dich wieder stark genug fühlst, dann komm zu uns zurück, Miracle Girl.«

Epilog

Zehn Jahre später

Hope

Der Verkehr kam zum Erliegen, und die Fußgänger nutzten die Gelegenheit und strömten auf die Straße. Da ich die Einzige war, die die rote Ampel beachtete, blieb ich allein auf dem Bürgersteig zurück. Ich sah natürlich, dass weit und breit kein Auto kam, aber ich ging nie ein Risiko ein, wenn ich eine Straße überquerte. Außerdem wäre es echt peinlich gewesen, direkt vor dem Krankenhaus angefahren zu werden.

Im Gebäude war es warm, und ich bereute, dass ich mich für den dicken Pullover entschieden hatte. Die anderen Besucher im Aufzug hatten alle kleine Aufmerksamkeiten für die Patienten dabei: Zeitschriften, Blumen und die obligatorischen Weintrauben. Nur ich kam mit leeren Händen.

Ich fand Maddies Zimmer mittlerweile im Schlaf und klopfte leise, bevor ich hineinschlüpfte. »Hallo. Hier ist Hope.«

Ich trat ans Bett und drückte ihr einen Kuss auf die Wange. Dann schlüpfte ich aus der Jacke, zog einen Stuhl heran und griff nach ihrer Hand.

»Also, was gibt es Neues?«, fragte ich fröhlich und hielt kurz inne. Ich hoffte immer noch, dass sie irgendwann genau in diesem Moment die Augen öffnen würde. *»Na ja, weißt du, Hope …«* Ich kicherte leise. Vermutlich wäre ich vom Stuhl gefallen oder hätte einen Herzinfarkt bekommen.

»Okay, dann fange ich an, einverstanden?« Ich erzählte ihr, was ich seit meinem letzten Besuch vor drei Wochen erlebt hatte.

»… und ich habe eine Eins im Geschichtstest.« Es war nicht leicht zu ertragen, wenn sich die eigene Mutter nichts aus den Schulnoten ihrer Tochter machte. Manchmal waren es ausgerechnet diese kleinen Dinge, die am meisten wehtaten.

»Mum kommt am Freitag.« Ich beugte mich näher zu ihr. »Sie hat ein neues Buch für dich. Aber ich warne dich: Es ist echt langweilig.« Ich ließ diese Information sacken. »Ich schätze, jetzt wäre der ideale Zeitpunkt, um aufzuwachen. Dann musst du dir den Historienschinken nicht antun.« Ich bot ihr jedes Mal kleine Anreize, die Augen aufzuschlagen, und redete mir ein, dass sie nur auf einen wirklich guten Grund wartete. Bis jetzt hatte sie aber auf nichts reagiert.

Doch heute hatte ich ein wirklich gutes Argument. »Falls du es vergessen hast: Ich werde nächste Woche sechzehn.«

Ich schaute auf die Frau hinunter, die mir so ähnlich sah, dass sogar ich es manchmal unheimlich fand. »Du brauchst dir aber keine Gedanken zu machen, weil du noch kein Geschenk besorgt hast.«

Ich betrachtete die regungslosen Lider meiner Mutter. Sie sah wirklich aus, als würde sie schlafen. Ich meine, ich schlief genauso gern wie alle anderen Teenager, aber meine Mutter hatte die Sache auf ein ganz neues Level gehoben. Zehn Jahre – nein, eigentlich *sechzehn*, wenn man das erste Koma mitrechnete. Das reichte doch langsam, oder?

»Ich mache eine Party«, erzählte ich und hoffte, sie damit locken zu können. Obwohl sie natürlich auf keine meiner bisherigen Einladungen zu meinen Geburtstagspartys reagiert hatte. Also warum sollte sie es dieses Mal tun?

Ich seufzte und sah mich im Zimmer um. Obwohl es Dezember war, stand ein riesiger Strauß Sonnenblumen auf dem Fensterbrett. Das war so, seit ich mich erinnern konnte, und er stand immer am selben Platz, sodass sie ihn sofort sehen würde, wenn sie die Augen öffnete. (Mitch sagte immer »wenn« und nie »falls«.)

Ich grinste. »Soll ich dir mal ein Geheimnis verraten?« Ich deutete ihr Schweigen als Ja. »Ich habe einen Jungen kennengelernt.«

Ich erwartete beinahe, dass sie schockiert die Augen aufriss, doch sie zeigte keine Regung. Sie wies mich nie zurecht, sagte mir nie, dass ich mein Zimmer aufräumen sollte, und war auch nie wütend, wenn ich zu spät nach Hause kam. Ich legte meinen Kopf neben ihrer Hand auf die Matratze, damit sie meine Haare streicheln konnte … falls sie es wollte. »Ich dachte immer, du würdest rechtzeitig zurückkommen, um mir gute Ratschläge zum Thema Jungs geben zu können und so«, sagte ich traurig. »Natürlich könnte ich Mum fragen, aber ehrlich gesagt glaube ich, dass du über diese Dinge besser Bescheid weißt.«

Ich hob den Kopf und betrachtete die Frau, an deren Stimme ich mich nicht mehr erinnern konnte. »Hattest du in meinem Alter schon einen Freund?« Ich seufzte deprimiert. »Es gibt so viele Dinge, die ich dich fragen möchte! So vieles, was nur du mir sagen kannst.«

Ich rückte noch näher heran. »Könntest du mir vielleicht ein Zeichen geben, dass du mich hörst?«, bat ich zum gefühlt millionsten Mal. »Es muss ja nicht viel sein. Du musst bloß die Hand bewegen. Oder einen Finger, wenn das einfacher ist.« Ich starrte auf die langen schlanken Finger auf dem weißen Laken hinunter. Sie bewegten sich nicht, und ich hatte ein schlechtes Gewissen, weil ich sie gedrängt hatte.

»Es tut mir leid. Ich weiß, dass du sofort zurückkommen würdest, wenn du könntest. Aber noch ist es nicht so weit.«

Ich beugte mich zu ihr, um mich zu verabschieden, und unsere Haare vermischten sich. Uns verband und trennte so viel.

»Ich komme an meinem Geburtstag wieder, dann können wir zusammen feiern. Was hältst du davon?«, flüsterte ich ihr ins Ohr, und in meinen Gedanken antwortete sie mir. In meinen Gedanken sagte sie mir, wie sehr sie sich darauf freute. In meinen Gedanken sagte sie mir, dass sie mich liebte.

»Ich liebe dich auch, Mum«, flüsterte ich und schämte mich dafür, dass meine Stimme brach.

»Bis bald.«

Im Zimmer war es vollkommen still, nachdem das Mädchen gegangen war. Draußen regnete es, und es wurde langsam dunkel, sodass geheimnisvolle Schatten über die Wände tanzten.

In der absoluten Stille wirkte selbst das kleinste Geräusch ohrenbetäubend laut. Zuerst war es zwar leise, kaum merklich, doch dann wurde es immer lauter und lauter. Der Zeigefinger der Frau zuckte und bewegte sich kurz darauf auf dem Bettlaken langsam vor und zurück. Nicht nur einmal, sondern immer und immer wieder …

Danksagung

Schreiben ist eine einsame Angelegenheit, aber trotzdem entsteht ein Buch nur dank der vereinten Kräfte einer Menge Leute.

Ich bin unglaublich dankbar, dass so viele Menschen unermüdlich daran gearbeitet haben, dieses Buch zum Leben zu erwecken. Sie haben wieder einmal dafür gesorgt, dass Träume wahr werden.

Ein großer Dank geht an die qualifizierten Mitarbeiterinnen und Mitarbeiter von Simon & Schuster und im Besonderen an meine Lektorin Jo Dickinson für ihre Weisheit, Geduld und Unterstützung. Danke auch an Emma Capron, Sara-Jade Virtue, Jessica Barratt und alle anderen Frauen und Männer, die Zauberhaftes leisten. Ich bin glücklich, ein Teil dieser ganz besonderen Familie zu sein.

Danke an meine Agentin Kate Burke von Diane Banks Associates, die mich weiterhin auf sicherem Weg durch die Verlagswelt führt. Ohne dich wäre es nicht dasselbe, Kate.

Danke an meine Freundin und Autorenkollegin Kate Thompson für ihre Begeisterung, als ich ihr zum ersten Mal von dieser Geschichte erzählt habe. Du hast ihr durch deine inspirierenden Kommentare ein anderes Ende beschert und sie dadurch noch besser gemacht.

Ein besonderer Dank gilt Martin Ingram, der seit dreißig Jahren der Optiker meines Vertrauens ist und mich nicht nur über Chloes Sehtest aufklärte und mir erlaubte, seinen Namen zu verwenden, sondern der auch mit den richtigen Brillen dafür gesorgt hat, dass ich in den letzten drei Jahrzehnten nirgendwo gegengelaufen bin! Etwaige Fehler an den entsprechenden Stellen gehen auf meine Kappe.

Wenn man über schwerwiegende gesundheitliche Probleme schreibt, muss man respektvoll und vorsichtig vorgehen. Der Grat zwischen der korrekten Vermittlung medizinischer Fakten und der Notwendigkeit, eine gute Geschichte zu erzählen, ist sehr schmal und ein komplizierter Balanceakt. Ich hoffe, dass Sie, liebe Leserinnen und Leser, mir die Freiheiten verzeihen, die ich mir genommen habe, um Ihnen Maddies und Chloes Geschichte näherzubringen.

Eine Frau hat besonders großen Anteil an der Geschichte (weil es im Grunde *ihre* Geschichte ist), und ich bin sehr stolz, sie zu meinen Freundinnen zählen zu dürfen. Dieses Buch ist Bev Leverton gewidmet, die mir als Vorlage für Chloe diente. Sie war die Einzige, der ich meine Kinder anvertraute, und sie hat sich in den zwanzig Jahren, die wir uns kennen, kein einziges Mal über ihre Krankheit beschwert. Hinter ihrem breiten Lächeln und dem großzügigen Herzen verbirgt sich eine wahre Heldin und ein wundervoller Mensch.

Danke für deine Hilfe, Bev. Und für die Beantwortung Dutzender Fragen via E-Mail und das dreistündige Telefonat!

Es gibt noch eine weitere Gruppe Menschen, bei denen ich mich bedanken möchte, denn ohne sie hätte ich keinen Job. Mein Dank geht an alle Leserinnen und Leser, an die Blogger und Rezensentinnen und Rezensenten – danke, dass Sie Geld ausgegeben haben, um in meine Welt zu reisen. Hoffentlich haben Sie den Aufenthalt genossen, interessante Leute kennengelernt und kommen bald wieder. Sie sind jederzeit herzlich willkommen!

Und zuletzt geht mein großer Dank an die drei Menschen, die mir auf dieser Welt am meisten bedeuten. Gleichgültig, wie viele Kilometer zwischen uns liegen, ich spüre eure Liebe und eure Unterstützung und brauche nur die Hand danach auszustrecken. Ralph, Kimberley und Luke – danke, dass ihr mir gesagt habt, dass ich schreiben kann und schreiben *soll.* Und für euer stolzes Lächeln, als ich es schließlich getan habe.

Was wäre, wenn dir das Leben eine zweite Chance geben würde?

Wie würdest du der Person begegnen, die du nie wieder treffen wolltest, die aber nun vielleicht dein einziger Trost ist?

Wie sähe dein Leben aus, wenn du immer auf dein Herz hören würdest?

Was würdest du tun, wenn das Überleben eines Fremden von dir abhinge?

Tauche ein

in die

bewegende Welt

von

Dani Atkins …

Rachels Leben ist perfekt – bis zu jenem schrecklichen Unfall, der ihr alles nimmt, was sie liebt.
Fünf Jahre später findet sie sich nach einem Zusammenbruch im Krankenhaus wieder – und plötzlich ist ihr Leben so, als hätte es nie einen Unfall gegeben: Sie hat einen Traumjob, und ihr Verlobter strahlt sie mit seinem schönsten Lächeln an …

Emmas Hochzeitstag ist gekommen. Doch die Freude wird von Erinnerungen überschattet – an den furchtbaren Unfall, bei dem ihre Freundin Amy zu Tode kam, an ihren Retter Jack, an ihren Verlobten, der ihr beim Verschieben der Hochzeit beistand. Und daran, wie anders ihr Leben verlaufen wäre, hätte sie in jener Nacht nicht auf ihr Herz gehört.

Ally liebt ihren Mann Joe vor allem wegen seines großen Herzens. Charlotte ist unbeschreiblich glücklich, dass David sich nach vielen Jahren endlich für sie entschieden hat.
Als beide Männer auf der Intensivstation landen, treffen Ally und Charlotte ausgerechnet auf die Frau, mit der sie nie mehr etwas zu tun haben wollten, und wissen: Nichts wird mehr so sein wie zuvor.

Von ihrem Freund betrogen, nimmt sich Hannah eine Auszeit in Kanada. Doch auch nach fünf Wochen ist sie sich über ihre Beziehung noch nicht im Klaren. Als ihr Rückflug ansteht, begegnet ihr am Flughafen ein Fremder, dessen grüne Augen sie sofort in ihren Bann ziehen. Da weiß sie noch nicht, dass das Schicksal sie schon bald unter dramatischen Umständen sieben Tage lang zusammenführen wird …

Sophie glaubt nicht, dass man nur mit seiner besseren Hälfte glücklich werden kann. Schließlich ist das Leben kein Memory-Spiel, bei dem es darum geht, Paare zu bilden. Ihre beste Freundin Julia versucht trotzdem immer wieder, sie zu verkuppeln – was gar nicht so einfach ist, denn seit dem tragischen Tod ihres Bruders hält Sophie ihr Herz fest verschlossen.

Als eines Nachts ein Feuer in Sophies Dachgeschosswohnung ausbricht, wird sie in letzter Sekunde von einem Passanten gerettet. Danach weicht Ben ihr praktisch nicht mehr von der Seite. Sophie spürt, dass er ein besonderer Mensch in ihrem Leben werden könnte, doch Ben verbirgt mehr als eine erschütternde Wahrheit vor ihr.

KNAUR